DAVID SEDLACZEK

RUNAWAY

DAVID SEDLACZEK

RUNAWAY

Thriller

Vollständige Taschenbuchausgabe August 2017
1. Auflage

www.DavidSedlaczek.com

David Sedlaczek
c/o Papyrus Autoren-Club
Pettenkoferstr. 16-18, 10247 Berlin

Dieses Buch ist auch als E-Book erhältlich.
Umschlaggestaltung: David Sedlaczek
Umschlagabbildung: Ryan McGuire
Satz: Adobe InDesign
Bestellung und Auslieferung: Nova MD GmbH
Druck und Bindung: CPI – Clausen & Bosse, Leck
Printed in Germany
ISBN 978-3-961-11500-6

Für meine Eltern

EINS

Der Tag neigte sich langsam dem Ende.
Der Feierabendverkehr war um diese Uhrzeit unerträglich.
Ein dunkelblauer Fiat zwängte sich gerade vor ihm an einem Lieferwagen vorbei. Als er die lange Brücke überquert hatte, wurde er unruhiger.
Er lenkte seinen alten Buick behutsam auf den Parkplatz und vergewisserte sich, dass ihm niemand gefolgt war. Der Buick rollte langsam in eine der unzähligen, leeren Parklücken. Er drehte sich ein paar Mal in jede Richtung um und stieg aus.
Der Parkplatz war bis auf zwei Autos völlig leer. Ohne sich umzudrehen, ging er zielgerichtet auf den Eingang des Restaurants zu. Es war eines von diesen Restaurantketten, die es überall in Nordamerika gab. Er blickte durch die große Fensterreihe und sah, dass das Restaurant wie erwartet so gut wie leer war.
Er bahnte sich seinen Weg bis ans Ende des Restaurants und ließ sich auf eine dunkelbraune Ledergarnitur sacken. Eine junge Bedienung kam nach einem kurzen Moment an seinen Tisch gelaufen.
»Guten Abend. Möchten Sie die Speisekarte?«
Er sah zu der jungen Frau hoch.
»Nur einen Kaffee, bitte.«

Die Frau nickte und ging zurück in Richtung Theke.

Eine ganze Weile verging, bis sie wiederkam. Sie stellte die Tasse mit dem heißen Kaffee vor dem Mann ab.

Gerade als sie wieder gehen wollte, griff er nach ihrem Arm.

»Ich würde gerne sofort bezahlen.«

Zu dieser späten Uhrzeit waren draußen nur noch vereinzelt Menschen unterwegs. Er starrte unentwegt in die Richtung eines Mannes, der etwas weiter entfernt von ihm an einem Fensterplatz saß.

Dann öffnete sich die Eingangstür und eine Frau betrat das Restaurant. Nachdem ihre Blicke kurz durch das Restaurant gewandert waren, sah sie ihn und kam langsam auf ihn zugelaufen. Zögernd starrte sie ihn an.

»Sind Sie es?«

Der Mann nickte.

Dann nahm sie ihren Schal und setzte sich zu ihm. Ihre Hände zitterten leicht.

»Haben Sie Hunger?«, fragte er.

Die Frau schüttelte den Kopf. In dem Moment kam die Bedienung wieder.

»Auch einen Kaffee?« Sie deutete auf die Kaffeetasse des Mannes.

Die Frau blickte kurz zu der Tasse und bemerkte, dass der Mann sie anstarrte.

»Ja, bitte. Schwarz. Ohne Zucker.«

Die Bedienung verschwand.

»Haben Sie lange her gebraucht?«, fragte er.

»Nein.«

»Also wohnen Sie in der Nähe?«

»Ja, kann man so sagen.«
Sie beobachtete die Hände des Mannes.
»Wann haben Sie den Brief bekommen?«, fragte er.
»Vorgestern Nachmittag.« Als sie antwortete, schien ihre Stimme kurz zu versagen. Dann kam der Kaffee.
»Wie ...«
Die Frau stockte.
Er konnte an ihren Händen sehen, dass sie immer noch sehr nervös war.
Ihr Zeigefinger berührte ständig ihren Daumen.
»Wie erklären Sie sich das alles?«, fragte sie.
Der Mann schaute ihr eine Weile in die Augen.
»Ich weiß es nicht.«
»Ich hoffe, Sie werden es herausfinden«, sagte die Frau.
»Haben Sie ihn dabei?«, fragte er und beobachtete sie.
Sie kramte in ihrer Handtasche herum und zog einen kleinen Umschlag heraus. Gerade als sie den Umschlag öffnen wollte, griff er nach ihrer Hand und hielt sie fest. Im gleichen Moment stellte die Kellnerin die Kaffeetasse auf den Tisch. »Möchten Sie die Speisekarte oder möchten Sie auch sofort bezahlen?«
Die Frau starrte den Mann an. Dann zog sie ihr Portemonnaie heraus und bezahlte. Sie saßen beide noch eine Weile so da, ohne ein Wort zu sprechen.
Der Westwind schob jetzt riesige Wolkenfetzen vom Pazifik heran.
Die angrenzenden bewaldeten Hügel wirkten durch das verblassende Licht trostlos und bedrohlich. Am dunklen Himmel zogen ein paar Möwen ihre Kreise.

Als Diane Frisky die Post ihres Vaters Richard Frisky durchgesehen hatte, wie sie es in den ersten Monaten nach seinem Tod ständig gemacht hatte, war ihr der Brief zwischen einigen Werbeprospekten sofort aufgefallen. Der Umschlag war – bis auf den Namen ihres Vaters –, unbedruckt. Zuerst hatte sie ihn nicht weiter beachtet, weil sie ihn für billige Reklame gehalten hatte. Genau wie die vielen anderen Werbeprospekte, denen sie auch sonst keine Aufmerksamkeit schenkte. Aber irgendetwas hatte sie dazu bewegt, den Umschlag genauer zu betrachten. Vielleicht lag es am Poststempel. Sie wusste es nicht mehr genau. Als sie den Umschlag unter den Werbeprospekten herausgefischt hatte, war sie erstarrt. Es musste sich um eine Verwechslung handeln, da war sie sich sicher. Irgendjemand da draußen hatte ihren Vater mit jemandem anderen verwechselt.
Der Inhalt des Briefs hatte sie so verstört, dass sie am ersten Tag das Haus nicht mehr verlassen hatte. Sie hatte sich sofort an ihren Computer gesetzt und den Namen Richard Frisky in das Suchfeld eingegeben. Sie war erleichtert, als sie noch einen anderen Eintrag unter dem gleichen Namen gefunden hatte, und war sich sicher, dass der Brief für diesen Richard Frisky aus Glendale, Arizona bestimmt war. Sie hatte ihn gleich am nächsten Morgen angerufen und sie hatten sich für ein gemeinsames Treffen verabredet.

Das tosende Geräusch des Staubsaugers hallte durch das leere Restaurant.
Eine rothaarige, kleine untersetzte Frau um die sechzig, in

einem langen grauen Kittel, zog den kleinen Kasten hinter sich her. Draußen war es mittlerweile stockfinster.
Er nahm das Tablett und stellte es auf einen metallenen Rollwagen, der verlassen in dem langen Flur des Restaurants stand.
Ein eisiger Wind legte sich wie eine kalte Hand auf seinen Nacken, als er das Restaurant verließ. Für einen Moment verlor er fast das Gleichgewicht. Er ging über den großen dunklen Parkplatz auf seinen Wagen zu. Sein alter Buick stand verlassen in der Dunkelheit. Er zog kräftig am Türgriff und warf schnell die Tür hinter sich zu, sodass das heulende Geräusch des Windes mit einem Mal verstummte.
Die Fahrt dauerte fast fünfzig Minuten. Er mochte es, am anderen Ende der Stadt zu leben. Die Wohngegend war im Vergleich zu den anderen Teilen der Stadt sehr ruhig. Fast wirkte sie wie ein kleines Dorf innerhalb der Stadt. Die Autofahrt ließ ihn ein wenig entspannen.
Der Tag endete, wie er angefangen hatte. Er kam erst nach fast einer Stunde wieder aus dem Bad heraus. Er schaltete den alten Fernseher ein und setzte sich auf das Bett.

Er wachte wie gerädert auf.
Seine Lunge schmerzte. Er richtete sich auf und stieg langsam aus dem Bett.
Für sein Alter war er eigentlich noch sehr gut beisammen. Nur seine Atmung hatte ihm über die Jahre immer wieder zu schaffen gemacht.
Das wichtigste Organ, das uns die Luft zum Atmen gab,

machte ihm wieder große Sorgen.
Er bekam nur schwer Luft.
Er ließ handwarmes Wasser in einen kleinen Plastikbehälter laufen und öffnete eine kleine Tüte mit Nasensalz, das er in den Behälter füllte. Dann steckte er sich den Behälter in das rechte Nasenloch und ließ das salzige Wasser durch die Nasenlöcher laufen. Das machte er mittlerweile seit einem oder zwei Monaten. Über die Jahre hatte er sich immer mehr zurückgezogen. Umso mehr war er erstarrt, als er von dem Brief erfahren hatte. Ein weit entfernter Gedanke drängte sich in sein Bewusstsein, der ihn in eine längst vergessen geglaubte Zeit zurückzog. Als er las, was in dem Brief stand, gab es keine Zweifel.

ZWEI

Amherst, Massachusetts, 1988

Die englische Literaturstunde hatte gerade begonnen.
Die Klasse war bis auf einen freien Stuhl voll besetzt mit pubertierenden Teenagern, die sich alle mehr für sich und ihre Klassenkameraden zu interessieren schienen als für die Literaturstunde von Mr. Hagel.
Frederick Hagel war Mitte dreißig, hatte dunkelbraunes kurzes Haar und trug einen Zweiwochenbart.
Nach der Stunde verschwand er sofort im Lehrerzimmer. Er steckte den Stecker der Kaffeemaschine in die Steckdose und beobachtete, wie das Wasser in der Maschine zu tropfen begann. Er versuchte, sich so gut es ging durch den Schultag zu schleppen, da er kein großes Interesse daran hatte, mehr als den beruflich bedingten Kontakt zu seinen Kollegen zu haben. Er war froh, wenn er sein Tagesprogramm beenden konnte und seine Heimfahrt antreten würde. Seit ein paar Tagen hatten sie eine neue Kollegin, eine Geschichtslehrerin Anfang vierzig, die aus einem für ihn unbekannten Grund die Schule gewechselt hatte und zu ihnen gekommen war. Gerade als er den Kaffee brühwarm in die Tasse goss, ging die Tür auf und die Geschichtslehrerin betrat das Lehrerzimmer.
»Haben Sie auch eine Tasse für mich?«, fragte sie.

Frederick beobachtete das heruntertropfende Wasser in der Kaffeemaschine.
Er kramte eine Tasse von der Ablage hervor und füllte sie mit Kaffee. Als er fertig war, gab er ihr die Tasse.
»Na dann cheers«, sagte die Frau und grinste ihn kurz an, während er versuchte, ihren Blicken auszuweichen.
»Ich glaube, wir haben uns noch gar nicht vorgestellt. Ich heiße Catherine.«
»Frederick Hagel.«
Er streckte seine Hand aus.
»Und was unterrichten Sie?«
»Englische Literatur«, antwortete er.
»Sie sind die neue Geschichtslehrerin.«
»Scharf kombiniert«, sagte sie und grinste wieder.
»Und, irgendwelche guten Ratschläge für mich als Neuling?«, fragte sie, während sie ihn ununterbrochen mit ihren Blicken begutachtete.
»Ich weiß wirklich nicht, was ich Ihnen raten könnte. Als ich hier angefangen habe, da war …«
»Sie müssen das nicht so ernst nehmen. War einfach nur eine Frage«, unterbrach sie ihn und lachte.
Er nahm einen Schluck aus seiner Kaffeetasse.
»Warum machen Sie so ein Gesicht?«, fragte sie.
Sie sah ihn fordernd an.
»Ich schätze Sie auf Anfang dreißig. In diesem Alter sollte man heiraten. Haben Sie eine Freundin?«
Sie lachte.
Frederick nahm einen Schluck aus seiner Kaffeetasse, schaute die Geschichtslehrerin an und hob langsam seine

linke Hand. Sie starrte seine Hand an, an dessen Ringfinger sich ein kleiner Ehering befand.
In dem Moment ging die Tür auf und einer der älteren Kollegen kam in das Lehrerzimmer gelaufen. »Oh, störe ich?«, sagte er. »Sie scheinen sich ja gut bei uns einzufinden.«
Die Frau sah zu dem älteren Kollegen rüber.
»Oh ja, nur, dass der junge Kollege hier etwas stürmisch ist.« Sie grinste, stellte ihre Kaffeetasse auf dem Tisch ab und verließ das Lehrerzimmer.
Frederick Hagel lief über den großen Parkplatz hinter der Amherst Regional Highschool. Seine Hand bohrte sich fest in den Griff seines dunkelbraunen Lederkoffers.
Während der Heimfahrt dachte er noch ununterbrochen an die Geschichtslehrerin. Als er zu Hause ankam und die Tür aufschloss, ließ er seinen Koffer neben dem Kühlschrank stehen und setzte sich auf die große Stoffcouch im Wohnzimmer. Die Holzjalousien verdeckten die Fenster, sodass er im fast völlig abgedunkelten Wohnzimmer saß, ohne dass ein Lichtschein von draußen hereinkam.
Nur langsam kam das ständig klingelnde Geräusch in sein Bewusstsein. Das Telefon klingelte schon eine ganze Weile, ohne dass er es bemerkt hatte. Dann griff er zum Hörer.
»Hallo?«
»Wie weit bist du?«, sagte eine Frauenstimme.
»Wir müssen um halb acht dort sein. Bist du dann soweit?«, fragte sie noch mal. »Ich muss mich darauf verlassen können. Das ist ein sehr wichtiger Abend für mich.«

»Gut. Bis später«, murmelte er vor sich hin. Dann legte er den Hörer auf.

Es war eine dieser typischen Dinnerpartys. Die ganze Wohnung war voll von nichtssagenden Anzugträgern und Frauen in Business-Kleidern. Es langweilte ihn nicht nur, er fühlte sich äußerst unwohl und absolut fehl am Platz. Am liebsten wäre er mit dem Fahrstuhl in die Tiefgarage zurückgefahren, in seinen Wagen gestiegen und nach Hause gefahren. Er bahnte sich seinen Weg vorbei an den kleinen Grüppchen, die sich überall gebildet hatten. Überall zähnefletschende Gesichter, die sich lauthals unterhielten und sich gegenseitig Honig ums Maul schmierten. Meist standen sie um irgendein Gemälde herum und lachten so laut, dass es auch ja jeder hören konnte. Alle hielten Sektgläser in der Hand und kamen sich vor wie die ganz Großen. Er verabscheute solche Veranstaltungen. Vernissagen, Dinnerpartys, Happenings, Geschäftsessen und wie sie alle heißen mochten. Von einem großen Buffet nahm er sich zwei kleine Canapés und füllte sich Ginger-Ale in eines der Sektgläser. Er sah eine leere Couch und steuerte geradewegs darauf zu, als sich plötzlich eine ältere Frau zusammen mit einem übergewichtigen Mann genau auf den Platz fallen ließ, den er im Auge gehabt hatte. Die ältere Frau sah zu ihm auf. »Na los, setzen Sie sich! Hier ist doch genug Platz für alle, nicht wahr.«
Frederick zögerte. Er wollte alleine sein. Nun hatte ihn sogar der übergewichtige Mann im Blick. »Kommen Sie

schon. Sie wollten sich doch setzen. Ich weiß, ich bin nicht gerade der Schlankste, aber die Couch ist groß genug.«

Frederick setzte sich. Er biss in eines der Canapés, das mit Shrimps und Ei belegt war. »Die sind lecker«, sagte die Frau.

»Und was genau machen Sie, wenn ich fragen darf?«, fügte sie hinzu.

»Ich bin Lehrer«, sagte Frederick.

»Bestimmt Mathematiklehrer.«

Der Mann kicherte vor sich hin, als hätte er den Witz des Jahrhunderts auf die Beine gestellt.

»Englische Literatur. Und was führt Sie beide auf so eine tolle Feier?«, sagte Frederick.

»Wir sind Geschäftspartner von Kyle und Cynthia. Wir sind auch jeden Sommer auf dem Segelboot in Cape Ann dabei. Ist einfach wundervoll jedes Mal. Woher kennen Sie die beiden?«

»Meine Frau.« Er zeigte auf eine kleine Gruppe von Leuten, die etwas weiter im Raum herumstanden, und sich sehr zu amüsieren schienen. Sie war zierlich, etwa ein Meter fünfundsechzig groß und hatte tiefschwarzes Haar. Eine schmale, attraktive Frau mit ausdrucksvollen Augen. In ihrem schwarzen Abendkleid sah sie sehr vorzeigbar aus. »Meine Frau kennt Kyle seit der Schulzeit. Sie arbeiten beide zusammen bei der Chase Modern Bank. Anlage- und Vermögensberatung. Sie kümmert sich um die Vermögensverwaltung und arbeitet eng mit den Tochterbanken zusammen.«

»Ach, sieh an, eine alte Schulfreundin. Das ist ja schön.

Manchmal gibt es Dinge im Leben, die lassen sich einfach nicht trennen.«
Frederick biss in das zweite Canapé. Ein Mann kam auf sie zugelaufen.
»Was machst du denn hier? Das ist ja ewig her. Wie geht's dir?« Vor ihnen stand ein Mann Ende vierzig, mit Halbglatze und untersetztem Bauch.
»Hallo, Irwin.«
Frederick drehte sich kurz zu der älteren Frau und dem dicken Mann um.
»Das ist Irwin Shaw, ein bekannter Zahnarzt aus Boston.«
»Jetzt übertreibst du aber, Frederick. Ich bin der Zahnarzt deiner Frau, aber lange nicht so bekannt wie dein Hang zur Übertreibung.« Er lachte und nahm einen Schluck aus seinem Sektglas.
»Wo ist sie überhaupt?«
Frederick deutete auf die kleine Gruppe von Leuten.
»Wenn Sie mich bitte für einen Augenblick entschuldigen würden.«
Der Zahnarzt drehte sich um und lief auf die kleine Gruppe zu. Frederick beobachtete, wie er seine Frau begrüßte.
»Kennen Sie meine Frau?«, fragte Frederick.
»Nein. Bisher nicht«, antwortete die ältere Frau.
»Ich weiß, wir haben uns gerade erst kennengelernt, aber kann ich Ihnen etwas anvertrauen?« Die ältere Frau und der dicke Mann waren nun sehr aufmerksam und starrten Frederick an.
»Aber natürlich«, sagte die Frau.
»Meine Frau und Kyle betreuen einige Investitionen bei

der Chase Modern Bank. Das sind hochspekulative Geschäfte. Insidergeschäfte. Ich bin mir ziemlich sicher, dass meine Frau bei der Unterschlagung von Geldern beteiligt ist. Meine Versuche, sie davon abzubringen, sind erfolglos. Ich möchte niemandem schaden, aber es muss eine Möglichkeit geben, sie davon abzubringen und sie auf den Boden der Legalität zurückzubringen.«

Frederick war verwundert über sich selbst. *Wie konnte er so etwas, so schnell, diesen ihm völlig fremden Menschen anvertrauen?*

»Das ist eine heikle Situation mein Freund«, murmelte der dicke Mann vor sich hin. »Ernsthafte Anschuldigungen, die Sie da machen. Ist Ihnen klar, was das bedeutet? Sie sagen damit, dass Kyle – unser Freund und Geschäftspartner –, illegale Geschäfte abwickelt.«

Frederick wusste nicht, was er darauf antworten sollte.

»Wie war Ihr Name noch gleich?«

Frederick schwieg.

Die Frau sah zu dem übergewichtigen Mann rüber. Es war nicht besonders schwer, ihren Blick zu deuten und so kam es nicht unerwartet, als die beiden eine Minute später aufstanden und sich von der Couch entfernten.

Frederick starrte in das Wohnzimmer. Mittlerweile war kaum noch Platz in der Wohnung. Das Gerede war so laut, dass es sich wie das Geschnatter von wilden Vögeln anhörte. Er stand auf und zupfte an seinem Hemd. Er versuchte, seine Frau in der Menschenmenge zu finden. Keine Spur von ihr. Dann sah er Irwin. Der Zahnarzt zwängte sich gerade an zwei älteren Herrschaften vorbei und versuchte, sein überfülltes Sektglas in Sicherheit zu bringen. Dann verschwand er wieder zwischen den dunklen Sakkos und den Cocktailkleidern. Frederick lief in den Flur. Aus einem Nebenzimmer hörte er Musik. Als er die Tür öffnete, hörte er einen älteren Song der Band Heart. Der Raum war voll mit tanzenden Menschen. Er versuchte, sich irgendwie durch die tanzende Menge zu bewegen und wurde mehr als einmal stark zur Seite geschoben. Im hinteren Teil des Raumes sah er seine Frau wild tanzend, die sich offenbar merklich amüsierte. Mehrere Männer wirbelten in ihren schwarzen Nadelstreifenanzügen um sie herum. Frederick drückte sich an ein paar Leuten vorbei und griff nach ihrem Arm. Sie fuhr herum und ihre fröhliche Miene veränderte sich schlagartig, als sie sah, dass es Frederick war. »Komm, lass uns gehen«, brüllte Frederick so laut wie möglich, um gegen die unüberwindbare Lautstärke der Musik anzukommen.

»Das ist meine Sache hier, die machst du mir nicht kaputt«, schrie sie zurück. Dann riss sie ihren Arm von ihm weg und tänzelte in Richtung der Partymeute.

DREI

Es regnete ununterbrochen.

Das Licht der Straßenlaterne schnitt wie ein scharfes Messer durch die pechschwarze Nacht.

Der Regen wurde immer stärker, als Frederick in die Tiefgarage lief.

Er überquerte den großen Parkplatz und stieg in sein Auto.

Als er zur Haustür hereinkam, war der ganze Boden voll mit Papier. Das Faxgerät hatte ein langes Stück Papier vom einen Ende des Zimmers, bis knapp vor die Eingangstür gelegt. Er schloss die Tür hinter sich. Dann hob er das lange Papier vom Boden auf und ging in Richtung des Faxgeräts. Auf dem Papier waren viele Nummern. Immer wieder tauchten Namen auf. Er rollte das Papier langsam zusammen. In der Mitte befanden sich Bilanzen, die aussahen wie Banktransfers. Anweisungen für Umbuchungen auf diverse Konten. Tabellen mit etlichen Zahlen. Als er das Papier nahezu völlig zusammengerollt hatte, fand er einen handgeschriebenen Text:

Hallo Linda. Bitte kümmere dich um die letzten beiden Einzahlungen in diesem Monat.
Einmal 30 000 Dollar und dann noch einmal 40 000 Dollar auf Konto 1047 und Konto 1219. - K.

Er starrte das Fax noch eine Weile an. Dann legte er es zurück auf den Boden.
Als er Linda kennenlernte, waren sie beide unzertrennlich gewesen. In den ersten Monaten ihrer Beziehung sahen sie sich jeden Tag. Sie verbrachten die langen Sommerferien zusammen mit einem Campingkocher, einem kleinen Armeezelt, Proviant und ihrer starken Zuneigung zueinander. Damals waren sie ein Team. An diesem Abend wurde ihm bewusst, dass man einen Menschen nie wirklich kennen konnte.
Es war spät, als Linda nach Hause kam. Sie bemerkte nicht, dass er in der dunklen Ecke auf der Couch saß. Sie stellte ihre Tasche auf den Boden, zog ihre Jacke aus und hängte sie über einen Sessel. Sie schaute plötzlich nach unten und sah das viele Papier am Boden. Er beobachtete sie, ohne etwas zu sagen. Sie streckte ihre Hand aus und hob das Ende des langen Faxpapiers vom Boden auf.
»Was macht Ihr da für Sachen?«
Sie fuhr zusammen.
»Du musst damit aufhören«, sagte Frederick.
Sie starrte in das dunkle Wohnzimmer.
»Warum mischst du dich in meine Sachen ein?«
»Wieso kannst du nicht mit dem zufrieden sein, was du hast?«, sagte er. »Du hast die ganzen Jahre so hart gearbeitet und willst jetzt alles aufs Spiel setzen?«
Sie kam auf ihn zugelaufen.
»Hör mir jetzt gut zu. Du überschreitest hier eine rote Linie. Du mischst dich in Sachen ein, die dich nichts angehen! Halt dich da raus! Hast du das verstanden?«

Sie drehte sich um und ging auf das Faxgerät zu. Dann riss sie mit einer schnellen Handbewegung das Faxpapier ab und verschwand in einem Nebenzimmer.

VIER

Er fuhr die siebenundachtzig Meilen bis nach Providence in knapp zwei Stunden. Er kannte den Weg von den vielen Thanksgiving-Besuchen. In den letzten Jahren hatten sie das Fest jedes Mal bei ihrem Bruder verbracht.

John war ein gewöhnlicher Typ. Nicht so ein Karrieremensch wie seine Schwester. Er war Ende vierzig und lebte mit seiner Frau Lucy und seinen beiden Töchtern in einem kleinen Einfamilienhaus. Er war als Elektriker für einige Hotels in der Gegend zuständig. Als Frederick seinen Wagen in die Einfahrt lenkte, sah er zwei geparkte Autos vor dem Haus stehen. Langsam ging er auf die Tür zu und drückte auf die Klingel. Es dauerte einen Moment, bis geöffnet wurde.

»Was machst du denn hier?«, fragte John erstaunt, als er Frederick ins Haus ließ.

»Können wir uns unterhalten?«

Frederick wusste nicht, wie John reagieren würde. Sie gingen beide in einen Anbau des Hauses, der wie ein kleiner Wintergarten wirkte. John ging zu einer kleinen Theke und füllte den beiden etwas Scotch in die Gläser.

»Danke, aber ich muss noch zurückfahren.«

»Wenn du reden willst, dann lass uns reden, aber einen guten Schluck Scotch wirst du ja wohl noch vertragen.« John stellte das bräunlich schimmernde Glas vor ihm ab.

Frederick starrte das Glas einen Moment lang an, während es still im Raum blieb. Dann unterbrach sein Gastgeber die Ruhe. »Erzähl! Wundert mich, dass du alleine hier rausfährst.« Frederick zögerte. Er spürte etwas, das ihn zweifeln ließ.

»Ich weiß nicht, wie ich anfangen soll. Vor drei oder vier Monaten habe ich das zum ersten Mal mitbekommen. Linda kam immer später nach Hause. Ich weiß, dass sie viel zu tun hat und alles für ihre Firma macht. Als ich eines Abends nach Hause gekommen bin, habe ich ein langes Fax am Boden gefunden. Bilanzen. Bankgeschäfte. Und irgendwelche Namen. Da stand noch etwas Handgeschriebenes. Als ich das erste Fax vor ein paar Monaten gefunden hatte, waren das Summen, die mich verunsicherten. 80 000 Dollar und 60 000 Dollar. In den letzten Monaten kamen immer wieder solche Faxe. Immer unterschiedliche Summen. Ich habe jedes Mal versucht, mit ihr zu reden. Keine Chance. Sie meinte, es wäre ihre Sache und ich soll mich nicht in ihre Geschäfte einmischen. Das kann so nicht weitergehen. Sie muss damit aufhören. Ich weiß, dass sie das Geld auf Konten einzahlt, um für diese Kunden die Steuern zu umgehen. Du musst mit ihr reden.«

John starrte die ganze Zeit über den kleinen See, den man von seinem Fenster aus sehen konnte.

»Frederick, du musst aufhören, dich da einzumischen. Das geht dich nichts an.«

»Das ist doch nicht dein Ernst. Natürlich geht es mich etwas an. Das belastet unsere Beziehung. Ich will nicht, dass sie Schwierigkeiten bekommt. Ich meins doch nur gut.«

»Ich sag's dir noch mal. Halt dich da raus!«

»Das kann doch nicht dein …« Frederick stockte.

John stand plötzlich von seinem Sessel auf.

»Es ist besser, wenn du jetzt verschwindest.«

Die Fahrt zurück war kürzer als die Hinfahrt. Als er Rhode Island wieder verlassen hatte, hielt er an einer Tankstelle auf der Interstate 90. Ihm war schlecht. So hatte er sich das Gespräch mit Lindas Bruder nicht vorgestellt. Er bestellte einen Kaffee und setzte sich auf einen der Fensterplätze. Es musste eine Möglichkeit geben, wie er Lindas riskante Finanzgeschäfte stoppen konnte. Wenn sie so weitermachte, steuerte sie mit absoluter Gewissheit in ein riesiges Unglück hinein. Er wusste das. Er wusste, was er tun musste, wusste aber nicht, wie er es machen sollte. Es musste einen Weg geben, um sie von diesem Wahnsinn zu lösen. Es war seine Pflicht und seine Überzeugung, die ihn dazu brachten.

Die Chase Modern Bank hatte nur drei Filialen in Amherst. Zwei etwas kleinere Zweigstellen und die Hauptzentrale im Zentrum der Stadt. Frederick parkte seinen Wagen auf dem großen Firmenparkplatz. Es war kurz nach vier am Nachmittag und vielleicht hatte er Glück und konnte noch jemanden erwischen. Das große gläserne Gebäude ragte weit hinauf und war neben vier anderen Bürotürmen eines der höchsten Gebäude der Stadt. Als er durch die verglaste Tür ging, traten seine Schuhe auf

Marmor. Er ging auf die lange Empfangstheke zu, hinter der eine junge attraktive Blondine in Business-Kleidung saß und einen Telefonhörer am Ohr hatte. Frederick stand wartend vor der Blondine.

»Ja, natürlich. So war das auch gemeint.« Sie deutete mit ihrem Zeigefinger auf den Telefonhörer und sah dabei zu Frederick hoch. »Gut, ich werde es ausrichten. Keine Ursache. Wiederhören.« Sie nahm den Telefonhörer und legte auf.

»Bitte entschuldigen Sie. Was kann ich für Sie tun?«

»Mein Name ist Frederick Hagel, ich würde gerne mit einem Mitarbeiter von der Geschäftsleitung sprechen, wenn das noch möglich wäre.«

»Sind Sie Kunde bei uns?«, fragte die Blondine.

»Nein, nicht direkt.«

»Also dann kann ich …«

»Ich möchte es aber vielleicht werden.«

»Einen Augenblick bitte.« Sie überflog einen Ringbuchordner und tippte dann eine Telefonnummer in die Tastatur des Telefons. »Ja, hallo, hier ist Judy vom Empfang. Hier ist ein Herr, der mit jemandem von der Direktion sprechen möchte. Es geht wohl um eine Neukundenaufnahme. Hätten Sie ein paar Minuten? Gut, ich richte es aus. Danke Ihnen.« Judy legte den Hörer auf. Frederick schaute erwartungsvoll in ihre Richtung. »Sie nehmen den Fahrstuhl und fahren in den sechsten Stock. Dort gehen sie nach links und werden von einem unserer Mitarbeiter abgeholt.« Ihre graugrünen Augen strahlten.

»Das ist sehr nett, vielen Dank.«

Frederick ging zum Fahrstuhl und drückte auf den viereckigen Knopf. Im Fahrstuhl betrachtete er sich in dem großen Spiegel. Ein klingendes Geräusch ertönte und die Tür öffnete sich. Zwei junge Banker betraten den Aufzug. Sie lachten beide. Frederick fiel auf, dass beide das gleiche Modell einer Patek-Philippe-Uhr mit blauem Ziffernblatt und Goldband mit Zopfmuster am Handgelenk trugen. Eine vergoldete Krawattennadel rundete das prunkvolle Bild ab, das die beiden nach außen darstellen wollten. Als der Fahrstuhl im sechsten Stock anhielt, ging Frederick nach links. Der ganze Flur war mit dunkelblauem Teppichboden belegt, auf dem sich goldene Ornamente befanden. Er sah eine Sitzecke, einen Glastisch und eine Zimmerpflanze. Gerade als er sich auf die graue Stoffcouch setzen wollte, kam ein jüngerer Bankangestellter auf ihn zugelaufen.

»Guten Tag, Sir. Sie möchten mit Mr. Harris wegen einer Kontoeröffnung sprechen?«

»Ja, das stimmt«, antwortete Frederick.

»Wen darf ich anmelden?«

Frederick zögerte. »Mr. Hagel. Frederick Hagel.«

»Bitte nehmen Sie einen Moment Platz, ich bin gleich wieder bei Ihnen.« Der Mann verschwand so schnell, wie er gekommen war. Frederick setzte sich auf die Couch und starrte in der Gegend herum. Diese Bankgebäude hatten etwas sehr Spezielles an sich. Irgendwie fühlte er sich sehr wohl in diesem langen Flur mit dem dunkelblauen Teppichboden. Es dauerte nicht einmal drei Minuten, da kam der junge Mann wieder zurück. »Bitte folgen Sie mir, Sir.«

Frederick stand auf und folgte dem Mann in ein großes Büro. An einer riesigen Fensterfront stand ein älterer Herr, den er um die sechzig schätzte. Unterhalb der großen Fensterfront verlief eine lange schwarze Bücherablage, auf der sich mehrere Aktenordner türmten. Vier große weiße Computermonitore mit grünen Zahlentabellen standen ebenfalls auf der langen Ablage. Ein roter Ledersessel thronte in der Mitte des Raumes, hinter einem großen schwarzen Schreibtisch. »Was kann ich für Sie tun?«, fragte Mr. Harris. Der junge Bankangestellte verließ den Raum und schloss die dicke Tür hinter sich.

»Ich interessiere mich für Ihre Bank.«

»Bitte nehmen Sie Platz. Was genau haben Sie ins Auge gefasst?«

»Ich möchte offen und ehrlich zu Ihnen sein. Es gibt Insidergeschäfte in Ihrer Bank, die nicht korrekt sind.« Mr. Harris schien einen Moment lang aus der Fassung geraten zu sein.

»Woher wollen Sie das wissen?«

»Meine Frau arbeitet für Sie.«

»Und wie heißt Ihre Frau?«

Er hatte Fredericks Nachnamen anscheinend sofort wieder vergessen.

»Meine Frau macht diese Transaktionen für Ihre Bank seit mindestens einem Jahr. Zusammen mit einem Geschäftspartner. Sie bringt Bargeld von Kunden aus dem Staat Massachusetts heraus, um sie an der Steuer vorbei zu schaffen.«

»Wie ist der Name Ihrer Frau?«, fragte Mr. Harris.

»Ich möchte nicht, dass meine Frau oder irgendjemand anderes in Schwierigkeiten gerät. Mir geht es nur darum, meine Frau zu schützen und sie von diesem Wahnsinn wegzubringen. Sie müssen mir versprechen, dass Sie ihr nichts von meinem Besuch erzählen werden und sie nicht entlassen wird.«
Mr. Harris starrte in eine der Glaskugeln, die als Briefbeschwerer auf seinem Schreibtisch lagen.
»Wie ist der Name?«
»Ich brauche Ihr Wort.«
»Und ich brauche den Namen.«
»So kommen wir nicht weiter. Es muss eine Möglichkeit geben, sie zu schützen und diesen Geschäften ein Ende zu bereiten.«
Frederick schaute auf die überdimensionale digitale Uhr, die seitlich vom Schreibtisch an der Wand hing. Die großen roten Zahlen hatten etwas Bedrohliches.
»Hören Sie, ich habe nicht den ganzen Tag Zeit. Entweder Sie nennen mir jetzt den Namen Ihrer Frau, oder Sie verlassen das Gebäude.«
»Was genau werden Sie dann tun?«, fragte Frederick.
»Ich werde zunächst Ihre Anschuldigungen überprüfen lassen. Es wird ein internes Komitee geben, die Ihre Angaben prüfen werden. Falls sich Ihre Angaben bewahrheiten sollten, wird es Konsequenzen geben. Unsere erste Pflicht ist zu untersuchen, ob Ihre Frau Gelder dieser Bank veruntreut hat. Falls ja, müssen wir das Ausmaß der Unterschlagung beurteilen. Falls sie keine Gelder der Bank veruntreut hat, bin ich mir über ihre persönliche Haftung nicht sicher, weil sie das alles privat gemacht hat und demnach nichts mit uns

zu tun hat. Natürlich würden wir das FBI und das US-Justizministerium verständigen, falls der Straftatbestand ein Bundesgesetz verletzt hat. Ich würde so oder so vorher mit ihr sprechen. Bevor wir den Vorfall einer offiziellen Behörde melden, würden wir alles in unserer Macht Stehende tun, um die Sache ruhig und ohne viel Aufmerksamkeit unter Kontrolle zu bekommen. Dadurch vermeiden wir das Risiko von schlechter Presse und wenden mögliche Rufschädigung von der Bank ab. Wenn das herauskäme, könnte es üble Folgen haben für unsere Bank und negative Publicity mit sich bringen. Sie wollen Ihrer Frau doch helfen, oder? Das können Sie nur, wenn Sie mir ihren Namen verraten.«

Frederick schaute durch die große Fensterfront direkt auf die benachbarten Bürotürme. Einige Möwen kreisten um die Türme herum. Dann öffnete er langsam den Mund.

»Linda Hagel.«

Es war fast dunkel, als Frederick in sein Auto einstieg. Er bog vom großen Firmenparkplatz zurück auf die Hauptstraße. Im Radio lief Springsteens *Dancing in the Dark*. Frederick dachte über alles an diesem Tag nach. *Hatte er das Richtige getan?* Er wusste es nicht. Er parkte das Auto und betrat das Haus. Linda saß auf einem Küchenstuhl und las in einem Magazin.

»Wir müssen reden, Linda.«

»Ja, das müssen wir«, antwortete sie. »Warum ziehst du meinen Bruder da mit rein? Du bist total verrückt geworden, Frederick. Wenn du nicht sofort damit aufhörst, dich in meine geschäftlichen Dinge einzumischen, dann kann ich dir auch nicht mehr helfen.«

FÜNF

Linda war spät dran. Sie zupfte ihre Bluse zurecht und warf einen letzten Blick in den Rückspiegel. Als sie das Gebäude betrat, sah sie Kyle am Fahrstuhl warten. »Ich dachte, ich wäre die Einzige, die heute zu spät kommt.« Kyle neigte seinen Kopf nach rechts und blickte über seine Schulter.

»Wir müssen uns unterhalten, Linda.« Sie merkte, dass Kyle angespannt war. Seine sonst so beschwingte Art hatte er in den Hintergrund gestellt. Die Tür des Fahrstuhls öffnete sich. Sie betraten den Fahrstuhl und Kyle wollte gerade auf den Knopf für das vierte Stockwerk drücken, zog dann aber seine Hand zurück. Er drückte stattdessen auf die Fünf, die unmittelbar danach zu leuchten begann.

»Wir kommen zu spät.« Linda sah ihn fragend an.

»Das macht nichts. Paul und dieser Mr. Garber sind sowieso noch nicht da.«

»Woher weißt du das?«, fragte sie irritiert.

»Sein Wagen steht nicht auf dem Parkplatz.«

»Vielleicht ist er mit dem Taxi gekommen«, antwortete sie.

»Und wenn schon, die paar Minuten sind nicht weiter schlimm. Linda, wir müssen vorsichtiger sein.« Die Fahrstuhltür öffnete sich und die beiden betraten die Cafeteria. Kyle zog ein paar Münzen aus seiner Hosentasche

und warf sie in einen Espressoautomaten.
»Willst du auch einen?«
Er beobachtete, wie Linda in ihrer Handtasche herumkramte.
»Ja, bitte.«
Er schob einen weiteren kleinen Pappbecher unter die Espressomaschine. Sie setzten sich draußen auf die Terrasse.
»Es gibt ein paar Leute, die mögen es nicht, wenn man sich in ihre Angelegenheiten einmischt.« Linda hörte aufmerksam zu. Sie nahm einen kleinen Holzstiel und rührte in dem Pappbecher herum.
»Sag schon, was los ist«, sagte sie.
»Genau das wollte ich dich fragen. Es gibt Gerede, Linda.« Kyle stoppte, als er zwei Kollegen sah, die zu ihnen rüber winkten. Kyle deutete auf den Becher mit dem Espresso und setzte schnell ein selbstsicheres Grinsen auf. Linda drehte sich um. »Siehst du, wir kommen zu spät.«
»Linda, du musst Frederick in den Griff bekommen. Er hat geredet. Wer weiß, mit wem er noch alles darüber spricht. Das Risiko ist viel zu groß.«
»Mit wem soll er denn geredet haben?«, fragte sie. Sie wollte Kyle nichts von ihrem Bruder erzählen. Zu diesem Zeitpunkt wollte sie ihn nicht noch mehr verunsichern.
»Kannst du dich an das ältere Paar letzte Woche erinnern? Die beiden kamen auf der Party irgendwann zu mir und waren sehr erstaunt über das, was einer der Gäste kurz zuvor zu ihnen gesagt hatte. Sie hatten seinen Namen vergessen, wussten aber, dass du seine Frau bist.«
»Was hast du jetzt vor?«, fragte sie.

Kyle zögerte. »Wir müssen etwas machen.«
»Ich rede mit ihm«, sagte Linda.
»Das musst du auch.« Kyles Augen fixierten sie. »Es sind zu viele, die da mit drinstecken. Du solltest niemandem mehr davon erzählen. Wir bleiben bei diesen Kunden und bringen die laufenden Transaktionen zu Ende. Wenn du Frederick nicht in den Griff bekommst …«
Er stand mitten im Satz auf, schmiss den braunen Pappbecher in den Mülleimer und verließ die Terrasse.
Frederick schaute auf das lange Stauende. Er schaltete in den zweiten Gang und rollte langsam auf die Brücke. Er wollte an diesem Wochenende zum Angeln rausfahren, um ein bisschen Abstand von Allem zu bekommen. Die digitale Uhr zeigte 16:49 Uhr an. Er war mitten in den Feierabendverkehr der Wochenendpendler gekommen. Viele nutzten diese Zeit um aus der Stadt zurück aufs Land zu fliehen. Frederick hatte selbst oft mit dem Gedanken gespielt, der Stadt komplett den Rücken zu kehren und sich zurück aufs Land zu begeben, wo er aufgewachsen war. Er stammte eigentlich aus der Gegend um Medford, Oregon. Er war die weitläufigen Felder und Wälder gewohnt und ihn zog es immer wieder raus in die Natur. Er hob die blaue Kiste mit dem Angelzeug von der Rückbank und lief einen kleinen Pfad hinunter. Der Fußmarsch dauerte eine knappe Dreiviertelstunde. Die Stelle, an der er sonst immer gesessen hatte, gab es so nicht mehr. Ein langer Ast, der von einem alten Baum quer über der Wiese gehangen hatte und ihm einen guten Sitzplatz geboten hatte, war abgesägt worden. Einen Moment lang spürte er einen Anflug

von Wut in ihm aufkommen. *Wer hatte so etwas getan?* Es gab einfach keinen wirklichen Grund dafür, diesen Ast zu entfernen. Er hatte keinen Weg blockiert und auch nicht dem Baum geschadet. Er packte eine durchsichtige Kiste mit allen möglichen Sorten von Zubehör aus. Er hatte sich angewöhnt mit Hundefutter zu angeln. Es gab diese kleinen Getreideringe, die er als Köder benutzte. Irgendetwas war an ihnen, das die Fische mochten. Auch Käse fand als Köder Verwendung. Er warf die Angel aus, befestigte sie an einer Halterung und ließ sich in einen faltbaren Campingstuhl fallen. Zum ersten Mal seit Tagen war das Gefühl von Freiheit und Erleichterung zurück. Er versuchte wenigstens in dieser Zeit seine Gedanken zu ordnen und die Probleme mit Linda auszublenden. Dann fielen ihm die Augen zu. Er musste vor über einer Stunde eingeschlafen sein, weil die Sonne fast nicht mehr zu sehen war. Er blickte auf die andere Seite des Baches. Dann sah er auf die Angel, die unverändert in der Halterung lag. Langsam drängten sich die Gedanken wieder in seinen Kopf. Er musste noch einmal mit Linda sprechen. Es musste einen Weg geben, um sie von diesem Wahnsinn zu lösen.

SECHS
1. Phase - Schockphase

»Mach auf! Hey, mach auf!« Linda hämmerte wie eine Wahnsinnige gegen die Haustür. Es dauerte nicht lange und die Tür öffnete sich.
»Mein Gott, was ist denn mit dir passiert?« Linda ging an ihrer Freundin vorbei ins Haus hinein.
»Soll ich dich ins Krankenhaus fahren?«
Linda schüttelte den Kopf.
»Warte, ich hol dir ein Handtuch.«
Julianne verschwand, so schnell sie konnte, im Bad, und kam kurz darauf mit einem nassen Handtuch wieder.
»Setz dich am besten dorthin.« Sie zeigte auf eine ältere dunkle Couch. Linda setzte sich und fing an zu weinen. Ihre Freundin tupfte ihr mit dem nassen Handtuch über die Schnittverletzungen in ihrem Gesicht und versuchte diese so gut es ging zu reinigen.
»Was ist mit dir passiert?«
Linda war fertig. Sie war mit ihren Nerven am Ende. Als ihr Julianne behutsam mit dem Handtuch über das Gesicht wischte und ein Stück von Lindas Oberteil zurückzog, ließ sie plötzlich das Handtuch fallen.
»Linda, was ist das?« Ihre Freundin saß einfach nur da und machte nichts mehr. »Was ist das, Linda?«
Unter dem Oberteil, auf der Höhe der Schulter, ragte eine fleischfarbene Bisswunde hervor.

»Du musst zu einem Arzt, Linda. Wir können sofort fahren.«
»Nein«, stammelte Linda vor sich hin.
»Was ist mit dir passiert? Du musst mir das sagen.«
Linda drehte sich ein wenig und legte ihre Füße nach oben. Dann legte sie sich langsam auf die Couch und schloss ihre Augen.

Frederick kramte in einer Schublade herum, die bis oben mit alten Dias gefüllt war. Er nahm immer mal wieder ein Dia heraus und hielt es vor eine Lampe. Es waren alte Aufnahmen aus seiner Kindheit. Mehr oder weniger positive Erinnerungen an eine vergangene Zeit. Seine Eltern waren früh gestorben und das Einzige, was ihn an eine schönere Zeit erinnerte, waren diese alten Dias. Er war müde und legte sich auf den Fußboden. Das hatte er früher schon als Kind gemacht. Damals hatten sie noch einen Hund und er lag manchmal stundenlang zusammen mit ihm auf dem Fußboden. Jetzt lag er alleine da. Nur ein paar Dias neben sich.
Dann ertönte ein Geräusch, das er kannte. Das langsame Rattern des Papiers, das sich aus der Maschine herausbewegte. Er stand auf und ging zum Faxgerät. Langsam kam das Fax zum Vorschein. Er hielt ein ärztliches Attest in der Hand. Darauf befand sich die Zeichnung einer Frau. Das Gesicht und der Körper waren an mehreren Stellen mit Linien markiert.
Schnittwunde 2, Schnittwunde 4, Schnittwunde 3, Schnittwunde 1. Am Rücken der gezeichneten Frau war noch eine Linie. Auf der Aufschrift stand: BISSWUNDE.

Darunter befand sich der ärztliche Befund:

> *Prellmarke und Hämatom an der linken Schläfe. Großflächige zirkuläre, handbreite Hämatome am rechten Oberarm. Großflächige Hämatome, zirkulär am linken Unterschenkel, fleckförmige Hämatome am rechten Oberschenkel und im Bereich des rechten Beckenkamms. Sowie Würgemale am Hals.*

Linda war schon ein paar Tage bei ihrer Freundin Julianne. Sie hatte die nötigsten Sachen mitgenommen und sich in einem Gästezimmer einquartiert, in dem sie übernachtete. Abends saßen sie beide zusammen auf der Couch vorm Fernseher und aßen zusammen zu Abend.

»Willst du noch mal mit ihm reden?«, fragte Julianne. »Er ist dein Mann, also sollte er dir zuhören.« Linda starrte auf den laufenden Fernseher.

»Er ist nicht mehr mein Mann. Er ist nur jemand, den ich kenne.«

Linda erholte sich langsam und fuhr eines Abends noch einmal nach Hause.

Als sie ihn auf dem Bett liegen sah, überkam sie eine mächtige Wut. Er hörte Schritte und drehte sich um.

»Was machst du hier?«, fragte er erstaunt.

»Bis vor ein paar Tagen habe ich noch hier gewohnt. Ich will nur ein paar Sachen holen. Dann verschwinde ich.« Er sah sie erstaunt an. Das hatte er nicht erwartet. Nicht so zeitnah.

»Du kapierst gar nichts. Ich dachte, du hättest langsam gemerkt, wie ernst die Lage ist. Du mit deiner verdammten Moral.«

Sie kehrte auf dem Absatz um und packte weiter ihre Klamotten in eine Tasche. Frederick saß auf einem Hocker in der Küche. Vor ihm lagen zwei Toastscheiben, die er mit Mayonnaise bestrichen hatte. Auf einer Seite lag eine Tomatenscheibe und ein Stück Schinken auf der anderen. Linda klappte den Koffer zusammen. »An deiner Stelle wäre ich vorsichtig!«, sagte sie mit ruhiger Stimme. Sie sah noch einmal in seine Richtung und schloss die Tür. Gerade als er in das Toastbrot beißen wollte, fiel sein Blick auf einen kleinen Zettel, den Linda offenbar übersehen hatte. Vielleicht war er auch aus dem Koffer gefallen. Er legte den Toast zur Seite und hob den Zettel auf. Auf dem Zettel stand ein Wort: *Monster*

Direkt daneben befand sich eine Telefonnummer. Frederick griff zum Hörer und wählte die Nummer. Das Freizeichen ertönte alle vier Sekunden. Er wollte gerade wieder auflegen, als der Signalton plötzlich verstummte. Völlige Stille. Auf einmal war ein leises Atmen zu hören.

»Hallo?«, fragte Frederick in den Hörer hinein.

»Wer ist da?«, antwortete eine ältere, tiefe Männerstimme.

»Wer sind Sie?«

»Woher haben Sie diese Nummer?«

»Was wollen Sie von meiner Frau?«

Es ertönte ein kurzes Geräusch, dann erschrak Frederick. Er hörte, wie seine eigene Stimme das sprach, was er kurz zuvor gesagt hatte.

»Hallo? Wer sind Sie? Was wollen Sie von meiner Frau?«

Wieder hörte er ein klickendes Geräusch, das sich anhörte, als würde ein Band zurückgespult werden. Dann wurde aufgelegt. Er saß noch eine ganze Weile in seinem Stuhl, ohne sich zu bewegen.

SIEBEN

Er hatte seit mittlerweile über sechs Jahren keinen Tropfen mehr getrunken. Nicht einen. Immer wieder hatte es Momente gegeben, an denen er fast in sein altes Schema zurückgekehrt wäre. Wenn man einmal damit angefangen hatte, war es wie in einer dieser Kirmes-Attraktionen. Sobald man sich in einen Wagen gesetzt hatte, konnte man das Ganze nicht mehr stoppen. Ein Teufelskreis. Am Anfang fiel es ihm noch extrem schwer. Es hatte über drei Jahre gedauert, bis er vollständig trocken war. Dazu gehörte das gesamte Programm. Keine Bars, Wechsel des Freundeskreises, strikte Verwandlung. Eine gründliche und furchtlose Inventur von sich selbst. Das ging nur mit eiserner Disziplin. Das Zwölf-Schritte-Programm kannte er in- und auswendig. Er hatte die Treffen der Anonymen Alkoholiker regelmäßig besucht.

Er lief durch den langen Gang. Dieser Laden war früher wie sein zweites Zuhause gewesen. Er kramte in seinem Portemonnaie und legte zwei Fünf-Dollar-Scheine auf den Tresen. Die Kasse sprang auf und der bärtige Mann gab ihm zwei Dollar zurück. Frederick lief über die regennasse Straße und überquerte den Parkplatz. Das orangefarbene Schild von DISCOUNT LIQUORS spiegelte sich in einer der großen Pfützen. Er zog die Fahrertür zu und legte die braune Papiertüte auf den Beifahrersitz.

Dann machte er das Radio an und startete den Wagen. Eine Weile fuhr er ziellos durch die Gegend. Im Radio spielten sie gerade einen Song von Journey, der 1981 herausgekommen war. *Who's Crying Now.* Er mochte den Song. Trotzdem wechselte er den Sender. Es war einer dieser Talk-Sender, in denen ununterbrochen Talkshows zu allen möglichen Themen liefen. Er hatte sich in ein laufendes Gespräch eingeklinkt. Zwei Männer sprachen über die aktuelle First Oil Crisis.

»Wenn Sie morgen früh wieder Ihr Fahrzeug betanken, sollten Sie darüber nachdenken, ob das Benzin nicht möglicherweise aus einer Krisenregion zu Ihnen gekommen ist. Auch wenn die Reserven hier bei uns fast unerschöpflich erscheinen, könnte es doch sein, dass wir indirekt einen Krieg mitfinanzieren, der auf einem anderen Kontinent ausgetragen wird.«

»Mit diesen Worten verabschieden wir uns von Ihnen und wünschen Ihnen eine angenehme Nacht.« Nach einem kurzen Werbe-Jingle ging es weiter. »Und jetzt zu den Spätnachrichten.« Die kratzige Stimme des Ansagers verlieh den Nachrichten einen dramatischeren Unterton und erinnerte ihn an die Zeit, als er selbst noch geraucht hatte.

»In Amherst, Chesterfield und Granby kommt es ab heute Nacht 04:00 Uhr zu einer Vollsperrung der Interstate 90. Der Schwertransport wird bis voraussichtlich 06:00 Uhr unterwegs sein.«

Er bog in eine lange, weitläufige Allee ein. Die Häuser ähnelten sich und waren fast alle im viktorianischen Stil gebaut. Freistehende, riesige Anwesen. Meist wurden sie durch

sehr hochgewachsene Bäume verdeckt. In dieser Gegend lebten überwiegend Richter, Ärzte, Anwälte und Banker.
Kyles Wagen stand in der Einfahrt. Frederick stellte die Scheinwerfer aus und stieg aus dem Auto. Er ging an einer großen Hecke vorbei, bis er an die Haustür gelangte. Dann drückte er fest entschlossen auf den kleinen runden Knopf in der Wand. Er hielt solange gedrückt, bis ein Hund zu bellen begann und die Lichter im oberen Stockwerk eingeschaltet wurden.
»Komm rausu duu Schweein«, lallte er vor sich hin. »Ich weiß, dass du mmit meiner Frau Geschäfte machst!« Die Tür ging auf und Kyle stand in einem dunkelblauen Morgenmantel vor ihm.
»Was zur Hölle machst du hier?« Frederick ging nicht auf die Frage ein.
»Hhöör zu! Ja? Hörst du? Du und meine Frau, Ihr zwei seid völlig verrückt! Wenn Ihr nicht aufhört damit, dann muss ich Euch anzeigen. Ja. Genau das mach ich.« Frederick schluckte kurz und stützte sich mit einem Arm an der Hauswand ab.
»Du verschwindest jetzt sofort und nimmst dir ein Taxi. Das geht auf mich. Du schläfst dich aus und kommst wieder zur Vernunft. Ich ruf dir ein Taxi.« Kyle wollte gerade im Haus verschwinden, als ihn Frederick am Arm packte.
»Du gehst nirgendwo hin duu Schweeiin.« Er hielt ihn so fest, dass Kyle versuchte, ihn abzuwehren. Im gleichen Moment packte Frederick Kyle am Kinn und riss ihn zu Boden.
»Du verdammter Wichser! Geh runter von mir. Das

reicht!«

Kyle war ein sportlicher Typ. Mit einem Hebelgriff überwältigte er Frederick und die beiden tauschten die Plätze. Kyle drückte ihm den Arm fest auf den Rücken. »Du hast den Bogen überspannt. Das war's.«

Ein Streifenwagen hielt direkt hinter Fredericks Wagen. »Na dann kommen Sie mal mit uns und schlafen sich gut aus.« Die beiden Polizisten setzten Frederick auf den Rücksitz des Streifenwagens, wünschten Kyle noch einen ruhigen Rest der Nacht und stiegen ein.

In einem Vorraum wurden Fredericks Fingerabdrücke und Fußabdrücke genommen. Fotos wurden geschossen. Die Ausnüchterungszelle bot gerade genug Platz für eine Pritsche. Alles drehte sich in seinem Kopf. Er ließ sich auf die Pritsche fallen und rollte sich wie ein Baby zusammen.

Sein Kopf dröhnte. Es war mittlerweile wieder Abend geworden und er goss gerade heißes Wasser in einen Plastikbecher, der mit Cup Noodles gefüllt war. Er hatte heftige Kopfschmerzen. Er blätterte das Telefonbuch durch und stoppte beim Buchstaben *E*. Er notierte sich die Telefonnummer auf einem Zettel. Es war schon zu spät für einen Anruf, deshalb schaltete er den Fernseher an und nahm sich vor, gleich am nächsten Morgen anzurufen.

Er schleppte sich in das frühmorgendliche Seminar, zu dem er fast nicht erschienen wäre, wenn sein Ausflug in die Ausnüchterungszelle eine Nacht später stattgefunden hätte. Glücklicherweise war der Unterricht nicht sehr gut besucht und er teilte die Schüler in Arbeitsgruppen ein, damit er seine Ruhe hatte. Als die Stunde vorbei war, ging er ins Lehrerzimmer. Er wartete, bis die nächsten Unterrichtsstunden wieder begonnen hatten. Es war fast elf Uhr. Er zog den Zettel aus der Tasche. Dann griff er zum Telefonhörer. Um nach draußen telefonieren zu können, musste er die Null wählen. Er wartete und wählte die Nummer. Es klingelte fünf Mal, dann sechs Mal. Nach einer knappen Minute nahm jemand ab.

»Hallo?«

»Hier ist Frederick Hagel. Sind Sie das Kendrick?«

»Ja.«

»Ich war vor einigen Jahren in Ihrer Gruppe. Sie können sich bestimmt nicht ...«

Im gleichen Moment wurde er unterbrochen.

»Natürlich erinnere ich mich. Das ist ja eine halbe Ewigkeit her.«

»Ich hab' Mist gebaut.« Am anderen Ende der Leitung wurde es plötzlich still. »Ich habe 6 Jahre durchgehalten, bis letzte Nacht. Organisierst du immer noch die Treffen?«

»Ja.«

»Und wann?«

»Wir treffen uns morgen Abend wieder.«

»Gleicher Ort, gleiche Uhrzeit?«, fragte Frederick.

»Gleicher Ort, gleiche Uhrzeit. Du bist jederzeit willkommen, auch wenn ich nicht dachte, dass wir uns unter diesen Umständen wiedersehen würden.« Dann legte er auf.

Die Fahrt dauerte eine knappe halbe Stunde.

Das Gelände war etwa achtzehn Meilen von Amherst entfernt. Es dauerte nicht lange und Frederick erkannte alles wieder. Es erinnerte ihn irgendwie an die Südstaaten. Das weitläufige Gelände mit den riesigen Bäumen hätte genauso gut in Louisiana sein können. Er parkte auf einer weiten Grünfläche und stieg aus. Es war ein sehr mulmiges Gefühl, das er damals dort hinter sich gelassen hatte und das jetzt nach sechs Jahren wieder in ihm aufkam. Links vom Eingang stand ein alter Jaguar, der schon einmal bessere Zeiten gesehen hatte. Gleich daneben ein alter Chrysler ohne Reifen. Auf der rechten Seite waren an die fünfzehn Autoanhänger nebeneinander aufgereiht. Alle alt und verrostet. Genauso wie das Eingangstor, das an eine alte Viehzucht Farm erinnerte. Er ging durch das Tor und sah eine selbstgebaute Lodge aus Holz, an die er sich nicht erinnern konnte. Die Tür stand offen und er konnte Stimmen hören. Am anderen Ende des Geländes stand eine riesige Holzscheune, die er noch von damals kannte. Diese Scheune war der Ort, an dem sie sich immer zusammengefunden hatten. Der Ort des Vertrauens und der Zusammengehörigkeit. Jeder, der hierher kam, hatte auf die eine oder andere Weise das gleiche Schicksal erlebt. Die häufigste Ursache war die Einsamkeit. Dicht gefolgt von Eheproblemen und Trennung. Jetzt, wo er wieder hier stand, hielt er es für einen Fehler, wieder hergekommen zu sein. Eine Schwäche, die er überwunden hatte und mehrere Jahre unter Kontrolle gebracht hatte, die ihn jetzt aber wieder heimgesucht hatte. Es war schwer, sich das einzugestehen. Er war all die Jahre ohne Hilfe ausgekommen und wurde nun zurückgeworfen. Er stand bereits eine Weile auf dem Gelände und war völlig in seine

Gedanken an die Vergangenheit vertieft, sodass er nicht bemerkte, dass jemand unmittelbar hinter ihm stand.
»Kann ich Ihnen helfen?«
Er kannte die Stimme. Als er sich umdrehte, sah er einen kleinen Mann Mitte fünfzig, mit dickem Bauch und einer Rodeo-Jacke.
»Das gibt's doch nicht«, sagte der Mann. »Junge, ich freu mich, dich zu sehen.«
»Hallo, Kendrick. Ist lange her.«
»Komm her.« Kendrick zog ihn zu sich und die beiden umarmten sich. Dann klopfte er ihm brüderlich auf die Schulter.
»Von allen, die hier waren, hätte ich dich am wenigsten erwartet. Was ist passiert?«
»Kannst du dich an Linda erinnern.«
Er schien sich nicht wirklich zu erinnern.
»Ich bin damals gerade mit ihr zusammengekommen. Sie arbeitet für die Chase Modern Bank.«
»Ja, da klingelt was. Hast ein paar Mal von ihr erzählt. Sie ist deine Frau, oder?«
»Eigentlich schon.«
Kendrick merkte, dass es ihm unangenehm war.
»Das eilt nicht. Lass uns später alle Details besprechen. Komm erst mal mit rein.«
Die beiden betraten die selbstgebaute Holz-Lodge. Innen war es sehr gemütlich. Es wirkte fast wie in einer Sauna. Er war ein paar Mal in einem koreanischen Restaurant gewesen, das ihn an diese Lodge erinnerte. Schlichtes Design aus Holz. Gedämpfte Beleuchtung. Aufgebaut wie

eine Sauna. Direkt hinter dem Eingang befand sich eine kleine Theke, auf der einige Broschüren in Halterungen steckten. Auf einigen befand sich das bekannte AA-Logo der Anonymen Alkoholiker. Kendrick ging zu einem der Schreibtische, die sich hinter der Theke befanden, und wühlte sich durch einen Haufen Papiere. Er hielt Frederick ein Papier vor die Nase.

»Den musst du ausfüllen.« Frederick nahm den Anmeldebogen und legte ihn auf die Theke. Er nahm einen Kugelschreiber, trug seinen Namen und seine Anschrift ein und füllte die restlichen Felder aus.

»Das wird reichen.« Kendrick nahm den Anmeldebogen, überflog ihn kurz und legte ihn dann in eine Ablagekiste, die in einem der Regale stand. Dann schaute er auf seine Uhr.

»Wir haben noch ein paar Minuten, bevor es losgeht. Lass uns frische Luft schnappen.«

Das ganze Areal war noch viel größer, als er es in Erinnerung hatte. Die beiden bogen hinter der Holz-Lodge auf eine riesige Koppel. Es gab Schafe und Pferde. »Was hat dich dazu gebracht, wieder anzufangen?«

»Linda.«

»Habt Ihr euch getrennt?«

»Kann man so sagen.«

Er erzählte ihm alles über die Bankgeschäfte und über seine Versuche, sie davon abzubringen. Dann erzählte er von dem Attest und der Bisswunde.

»Hast du sie geschlagen?«

»Nein, natürlich nicht. Es gab immer wieder Streit. Ein

paar Mal ist es auch heftiger geworden, aber ich hab' sie nie geschlagen.«
Die beiden liefen weiter über das Gelände.
»Und gebissen?«
Frederick blieb stehen. Er betrachtete Kendrick von oben bis unten.
»Glaubst du wirklich, dass ich so etwas machen würde?«, fragte er.
»Kannst du dich an Douglas erinnern?« Frederick nickte. »Du weißt, dass er ein lieber Kerl gewesen ist. Schüchtern und zurückhaltend. Niemals hätte man erwartet, dass dieser Kerl jemandem etwas antun würde. Ein halbes Jahr nachdem er hier weg ist, hat er eines Abends einfach so aus heiterem Himmel eine Axt genommen und ist mit seiner Frau und seiner Tochter in den Wald gefahren.« Kendrick wartete auf Fredericks Reaktion, aber Frederick blieb weiter ruhig. »Ich glaub dir, was du sagst Frederick, nur sehen die Vorwürfe auf den ersten Blick vernichtend aus.« Kendrick sah auf die Uhr. »Wir müssen los.«
Frederick bekam ein seltsames Gefühl in der Magengegend. Er dachte noch über Kendricks Worte nach und wollte am liebsten auf dem Absatz umkehren und verschwinden.
»Hallo, ich heiße Karl und bin Alkoholiker.« Der Mann setzte sich wieder und schaute verschüchtert in den Stuhlkreis. Die Scheune bot den idealen Ort für einen Neuanfang. Als der Letzte gesprochen hatte, war Frederick an der Reihe.
»Hallo.«
Er zögerte und starrte in die Gesichter der Teilnehmer.

Dann sah er zu Kendrick rüber.
»Hallo, ich heiße Frederick und ...«
Er konnte es nicht mehr ertragen. Er stand auf, schaute Kendrick in die Augen und ging mit schnellen Schritten aus der Scheune. Er lief zielgerichtet auf seinen Wagen zu, stieg ein und brauste davon.
Als er über die große Hauptstraße fuhr, schaute er in den Rückspiegel. Nichts. Die Straßen waren um diese Uhrzeit nicht besonders befahren. Trotzdem hatte er insgeheim gehofft, dass ihm vielleicht jemand hinterhergefahren wäre, um ihn zurückzuholen. Er ließ die Wohnungstür ins Schloss fallen und goss sich einen großen Schluck Wasser in ein Glas ein. Während er das Glas etwas drehte, beobachtete er, wie sich das Wasser wie in einem Strudel auf hoher See bewegte. Er legte seinen Kopf zurück und kippte die Flüssigkeit herunter. Frederick schaute auf den Anrufbeantworter, auf dem ein kleines Lämpchen blinkte und drückte auf einen der Knöpfe. »18:34 Uhr: Hallo, Frederick, ich bin's Irwin. Ich wollte es dir eigentlich persönlich sagen, aber ich glaube, es ist wirklich wichtig, deshalb spreche ich aufs Band. Ich hab' Linda heute getroffen. Sie wirkte ... wie soll ich sagen, etwas gehetzt. Sie kam zu mir in die Praxis und meinte, du solltest endlich deinen Mund halten. Und ich soll mit dir reden. Sie war wirklich aufgebracht. So habe ich sie noch nie erlebt. Wie ausgewechselt. Am Ende sagte sie, sie würden sich schon darum kümmern, dass alles weitergeht und du kannst dich beruhigen, wenn du deinen Mund hältst.«
Frederick wählte eine Nummer.

»Hallo?«
»Hallo, Irwin. Ich habe gerade deine Nachricht gehört. Hat sie sonst noch irgendwas gesagt?«
»Es ist gerade nicht so passend.«
»Hat sie noch etwas anderes gesagt, Irwin?«
»Kann ich dich zurückrufen? Ich melde mich später.«
Dann legte er auf.
Es war zwei Uhr vierundvierzig. Fredericks Wagen bog in die weitläufige Allee ein. Diesmal parkte er in einer Nebenstraße. Den Rest lief er zu Fuß. Er blieb auf der anderen Straßenseite stehen und blickte auf das dunkle Haus. Seine Fäuste hämmerten gegen die Tür. »Dreckssaauuu, komm rauuusuu!« Frederick hämmerte so stark gegen die Tür, dass er sich die Hand aufriss. Das Licht im Haus ging an und die Tür wurde aufgerissen.
»Ich hab' dich gewarnt!«
Kyle war außer sich, als er Frederick vor sich sah. Wie eine Gazelle, die von einem Panther erwischt wurde, ging Frederick zu Boden. Kyle schlug mit voller Wucht gegen seine Rippen. Frederick versuchte nicht einmal, sich zu wehren. Er war so betrunken, dass er nicht das Geringste spürte. Das Blut sackte ihm in die Beine. Als die beiden Officer Frederick in den Wagen zerrten, schlief er schon halb. Kyle hatte sich an der Hand verletzt, als er zu stark gegen die Rippen geschlagen hatte. Dieses Mal gab es für Frederick eine andere Behandlung. In so kurzer Zeit war er zweimal vor dem gleichen Haus mitten in der Nacht aufgegriffen worden. Beide Male völlig betrunken und randalierend. Genau so schrieb es der diensthabende

Officer in seinen Bericht. Zusammen mit der eingegangenen Beschwerde über nächtlichen Hausfriedensbruch und tätlichen Angriff legte er das gefaxte Attest von Lindas Ärztin, mit der genauen Beschreibung der Schnittwunden und der Bisswunde, in eine Aktenmappe. Etwa zwei Tage vergingen, bis er aus der Untersuchungshaft entlassen wurde. Er musste sich um sein Leben kümmern. Am gleichen Abend setzte sich Frederick an sein Telefon und wählte Irwins Nummer. Es klingelte, aber niemand hob ab. Frederick stieg in sein Auto und fuhr ins zehn Meilen entfernte Sunderland, einen kleinen überschaubaren Ort. Irwin Shaw hatte seine Zahnarztpraxis vor vierzehn Jahren zusammen mit einem Kollegen in Amherst eröffnet. Er war einer von denen, die sich fast ausschließlich im Kreis der eigenen Reihen aufhielten. Sein Berufsstand brachte einige Privilegien mit sich, sodass er mit den wenigen guten Ärzten die Amherst zu bieten hatte, per Du war. Ein befreundeter Herzspezialist schlug häufig ein paar Bälle mit ihm auf dem örtlichen Tenniscourt.
Irwin lebte seit einiger Zeit in einer beschaulichen Wohngegend in Sunderland, war geschieden und ein eher ruhiger Zeitgenosse. Bis auf die Tatsache, dass Irwin Lindas Zahnarzt war, hatten sie nicht wirklich viel Kontakt zueinander. Frederick und Irwin kannten sich noch von der Schule. Sie waren sich über die Jahre immer mal wieder auf Schulfesten und Dinnerpartys begegnet. Er mochte Irwin und konnte es sich nicht erklären, warum er ihn nicht mehr zurückgerufen hatte. Er selbst war einer der Menschen, die sich – so schnell es ging –, zurückmeldeten,

weil er es als extrem unhöflich empfand, wenn jemand etwas versprach und dann nicht hielt. Das ständige Warten auf einen Rückruf kannte er nur zu gut. Es war kurz vor zweiundzwanzig Uhr, als Frederick auf Irwins Haustür zuging. Der Wagen, ein älteres Modell eines Oldsmobile Regency, parkte in der Einfahrt. Das Licht brannte noch, also war Irwin noch wach. Frederick drückte auf die Klingel. Er hörte Geräusche. Im Wohnzimmer, das er vom Fenster aus sehen konnte, lief der Fernseher. Dann wurde die Eingangstür geöffnet. Irwin war kurz zusammengezuckt, als er Frederick vor sich stehen sah. »Was machst du denn hier?«, sagte er in einem plötzlichen Anflug aus Unsicherheit und Skepsis. »Ich habe auf deinen Rückruf gewartet«, erwiderte Frederick.

»Ach so, das. Das hab' ich ganz vergessen. Tut mir leid.«

Frederick spürte, dass etwas in der Luft lag und sich Irwin seltsam verhielt. Er kannte ihn gut, aber er wusste mittlerweile, dass man sich gerade in den Menschen, die einem am vertrautesten waren, sehr stark täuschen konnte. Die beiden standen immer noch auf Irwins Veranda. »Was hat sie dir noch erzählt, Irwin?« Frederick musterte ihn und Irwin wurde es zu viel. »Ich hab' dir alles gesagt. Mehr gibt's nicht. Sie sagte, sie würden das in den Griff bekommen und alles würde weiterlaufen. Du sollst deinen Mund halten und dann passiert auch nichts.« Frederick ging zurück zu seinem Wagen. »Gute Nacht, Irwin.«

ACHT

Eine Stunde später lief Frederick in Schlangenlinien durch den Vorgarten. Er blieb mit seinem Fuß an etwas hängen, stolperte und viel zu Boden. Ein Gartenschlauch lag wie eine Giftschlange zusammengerollt im Garten. Er schaute nach oben und versuchte sich aufzurichten. Sein Kopf dröhnte. Seine Beine waren schwer wie Blei und er konnte sich nur mühsam wieder aufrichten. Dann hämmerte er gegen die Eingangstür. »Heeey mach auf!! Ich weiß, dass du da bist! Mach auf!« Er schrie so laut er konnte. Das Licht im Dachgeschoss wurde angeschaltet. Auf dem Dach befanden sich zwei dreieckige Dachgauben. Einen kurzen Moment später wurde eines der Fenster in einer der Dachgauben geöffnet. »Was willst du hier? Verschwinde, oder wir rufen die Polizei«, sagte eine Frauenstimme. Er hatte sich mit Julianne noch nie wirklich gut verstanden. Eigentlich hatte er nichts gegen sie, aber sie schien ihn einfach nicht zu mögen. Das war zwar absolut unverständlich und es hatte auch nie einen Grund dafür gegeben, aber er hatte es irgendwann einfach akzeptieren müssen, dass man sich nicht mit jedem Menschen verstehen konnte. Anfangs hatte er sich sehr gewundert, dass sie ihn bei gemeinsamen Treffen einfach bewusst ignoriert hatte und ihn nicht einmal begrüßt hatte. Danach hatte er immer lange darüber nachgedacht und mit Linda gestrit-

ten, die ihre Freundin – damals wie heute –, unterstützte. »Linda will nichts mehr von dir wissen, also verschwinde!«
»Ich muss mit ihr sprechen.« Er hielt sich mit einer Hand an der Hauswand fest. »Hol sie ans Fenster!«, rief er so, dass es mittlerweile auch die Nachbarn hören konnten.
»Wenn du nicht sofort von meinem Grundstück verschwindest, rufe ich die Polizei! Du hast sie schon geschlagen. Dann wirst du echte Probleme bekommen! Und jetzt verpiss dich du Drecksack!« Julianne warf das Fenster zu und das Licht wurde wieder ausgeschaltet. Frederick hämmerte weiter gegen die Tür. Dann holte er aus und versetzte der Tür einen Tritt mit seinem Fuß, sodass eine der Holzlatten splitterte. Er suchte den Boden ab und fand einen mittelgroßen Stein, den er in das Fenster warf, aus dem ihn Julianne noch vor einer Minute zum Gehen aufgefordert hatte. Der Stein krachte mit voller Wucht in das Fenster und das Glas wurde in alle Richtungen geschleudert. Wieder ging Licht im Haus an. Er wusste, dass es Zeit war zu verschwinden. Er kroch zurück auf den Fahrersitz und im Radio trällerte Olivia Newton-John *Hopelessly Devoted to You.* Er raste die Straße hinunter. In der Küche füllte er sich einen großen Schluck Wasser in ein Glas und trank es komplett leer. Er schlief sofort ein. Die Kopfschmerzen am nächsten Morgen waren so stark, dass er zuerst dachte, er hätte sich irgendwo verletzt. Er tastete seinen Kopf ab, fand aber nichts. Das grelle Licht schmerzte in seinen Augen, als er in die Küche lief.
Er bereitete ein provisorisches Frühstück vor, das ihm

hoffentlich ein bisschen Energie brachte. Außer einer Scheibe Toast und einer Tomate ließ sich nichts Anderes im Kühlschrank finden. Er trank eine große Tasse Kaffee und verließ das Haus. Er war schon spät dran und wollte es sich nicht mit seinen Schülern verscherzen. Gerade als er in seinen Wagen gestiegen war, klopfte eine Faust gegen die Fensterscheibe des Wagens. Frederick starrte auf eine dunkelgraue Jacke. Eine Polizeimarke steckte im Gürtel. Die Faust klopfte noch einmal gegen die Fensterscheibe. Dann kurbelte Frederick das Fenster herunter. »Gibt es ein Problem?«, fragte er.

»Sind Sie Frederick Hagel?«, fragte der Polizist.

»Ja«, sagte Frederick.

»Würden Sie bitte aus dem Fahrzeug aussteigen.« Der Tonfall seiner Stimme klang nicht so, als wäre er zu Späßen aufgelegt. Frederick öffnete langsam die Fahrertür und stieg aus seinem Wagen. »Ich habe in fünfzehn Minuten eine Klasse, die ich unterrichten muss.«

»Sie wohnen alleine hier?« Der Polizist deutete auf das Haus.

»Mittlerweile schon. Eigentlich wohne ich hier zusammen mit meiner Frau. Aber darf ich bitte erfahren, worum es hier eigentlich geht.«

»Natürlich. Können wir uns einen Moment im Haus unterhalten?«

In dem Augenblick merkte Frederick, dass der Polizist nicht alleine war. Zwölf weitere Polizisten standen hinter Fredericks Wagen und verzogen keine Miene. »Was ist denn hier los? Sind Sie sicher, dass Sie zu mir möchten?«

»Bitte lassen Sie uns im Haus weitersprechen.«
Frederick schloss die Tür auf. »Ich denke, es wäre am besten, wenn Sie Ihre Unterrichtsstunde für heute absagen würden«, sagte der Polizist in einem bestimmenden Ton. Frederick setzte sich auf die Couch, während die Polizisten anfingen, das ganze Haus zu durchsuchen. Er griff zum Telefonhörer und wählte eine Nummer. »Hier ist Frederick Hagel. Wären Sie so nett und würden meine Literaturstunde für heute absagen. Es ist etwas Unerwartetes dazwischengekommen. Richten Sie den Schülern bitte aus, dass wir die Stunde nächste Woche nachholen werden. Danke.« Dann legte er den Hörer auf. »Darf ich fragen, was das alles soll?«
»Mr. Hagel, wann haben Sie Ihre Frau das letzte Mal gesehen?«
»Wieso? Ist etwas passiert?«
»Beantworten Sie einfach meine Frage.«
»Vor vier Tagen. Da ist sie zu einer Freundin gegangen. Sie hat ihre Sachen gepackt und ist abgehauen.«
»Warum? Haben Sie sich gestritten?«
Frederick starrte auf den Teppichboden. Dann schaute er zu dem Polizisten.
»Kann man so sagen.«
»Sie haben sie seitdem nicht mehr gesehen?«
»Nein.«
»Hatten Sie in letzter Zeit häufiger Streit?«
Frederick nickte.
»Also hat Ihre Frau Sie verlassen, richtig?«
»Ich denke schon.«

»Sie wissen, dass Ihre Frau Sie wegen gefährlicher Körperverletzung angezeigt hat. Sie haben sie ins Gesicht geschlagen und sie gebissen.«
»Das stimmt nicht. Das hat sie sich ausgedacht, um mich unter Druck zu setzen.«
»Wir haben noch eine weitere Anzeige gegen Sie erhalten.«
»Was?« Frederick konnte nicht glauben, was hier gerade geschah.
»Wo waren Sie gestern zwischen halb zwölf und halb eins?«
»Zu Hause.«
»Dafür gibt es natürlich keine Zeugen, oder?«
Frederick schüttelte den Kopf.
»Was werfen Sie mir überhaupt vor?«, fragte Frederick.
»Freiheitsberaubung. In Tateinheit mit schwerer Körperverletzung.«
»Was? Das ist doch Wahnsinn. Das stimmt nicht.«
»Sie waren gestern Abend im Haus von Mrs. Daniels.«
Frederick dachte genau über den Satz nach, den der Polizist gerade gesagt hatte.
»Nein«, antwortete er.
»Ich war nicht im Haus. Ich war am Haus.«
»Mrs. Daniels hat ausgesagt, dass Sie gestern Abend gegen halb zwölf völlig betrunken auf das Grundstück von Mrs. Daniels gekommen sind. Sie haben so lange gegen die Tür geschlagen und getreten, bis Ihnen Mrs. Daniels gedroht hat, die Polizei zu rufen.«
»Bis dahin ist es korrekt«, sagte Frederick.

»Dann haben Sie einen Stein genommen und ihn in eines der Fenster geworfen. Sie sind auf das Dach geklettert und sind durch das geöffnete Fenster in das Haus eingedrungen. Ihrer Frau haben Sie mindestens vier Mal mit den Fäusten ins Gesicht geschlagen, bis sie bewusstlos geworden ist. Als Mrs. Daniels Sie gesehen hat, ist sie aus Angst vor Ihnen aus dem Haus geflüchtet. Sie ist barfuß vier Blocks bis zur nächsten Polizeistation gerannt. Sie war völlig aufgelöst, als sie dort ankam. Schien wirkliche Todesangst zu haben. Sie wiederholte immer wieder denselben Satz. Immer und immer wieder.«

Der Polizist lehnte sich etwas nach vorne, sodass er Frederick genau in die Augen schaute. »Das Monster wird sie töten.«

Alles drehte sich. Frederick wurde speiübel, als er die Worte des Polizisten hörte. Er wusste hundertprozentig, dass er nicht in das Haus eingestiegen war.

»Das ist völliger Blödsinn.«

»Mrs. Daniels tritt als Zeugin auf.«

»Linda kann bestätigen, dass ich es nicht gewesen bin.«

»Das bezweifle ich«, sagte der Polizist.

»Wenn das wirklich passiert wäre, dann hätte Julianne sie nicht alleine dort zurückgelassen.«

»Wenn ich eine Frau wäre und jemand mitten in der Nacht in mein Haus eindringen würde, mich bedroht und vor meinen Augen meine Freundin zusammenschlagen würde, dann hätte ich Angst. Finden Sie nicht? Sie wollte Ihrer Frau helfen. Und die einzige Möglichkeit, die sie hatte, war zur Polizei zu laufen.«

»Meine Frau will mich fer-«
»Etwa eine Stunde nachdem Mrs. Daniels ihre Aussage bei meinen Kollegen gemacht hat, haben wir einen Anruf bekommen. Der Anruf kam aus Mrs. Daniels' Haus.«
Frederick schnürte es die Luft ab.
»Ein Arzt hat dort um 03:46 Uhr den Tod Ihrer Frau bestätigt.«
Einer der vielen Polizisten kam in den Raum gelaufen und hielt ein Gewehr in der Hand.
Frederick und der Polizist starrten zu dem Polizisten mit dem Gewehr in der Hand.
»Das lag im Keller.«
»Gut. Packen Sie's ein«, sagte der Polizist. »Sind Sie Jäger, Mr. Hagel?«, fragte er weiter.
»Nein. Das Gewehr gehörte meinem Vater.«
»Ein Erbstück also.«
»Ja, genau«, antwortete er. »Wie ist eigentlich Ihr Name?«, fragte Frederick.
»Luma. Detective Luma.«
Frederick schüttelte den Kopf. *Was war hier passiert?* Er konnte die Realität nicht mehr als solche erkennen. Fredericks Erinnerung an die vergangene Nacht war nicht vorhanden. Sein Hirn hatte die Erinnerung entweder in den entlegensten Teil verbannt, oder sie aus Selbstschutz gar nicht erst abgespeichert. Das Letztere schien ihm plausibler zu sein.
Genau ein Tag verging. Es war sehr früh am Morgen. Das Geräusch der brechenden Eingangstür hallte durch das ganze Haus. Die Beamten fixierten ihn und zogen ihn zap-

pelnd aus seinem Schlafzimmer. »Wir müssen Sie mitnehmen, Mr. Hagel. Das wissen Sie«, sagte Detective Luma.

NEUN

Es war sechs Uhr einunddreißig, als er gegen seinen Willen durch eine Sicherheitsschleuse geschoben wurde. Geldbeutel und Schlüssel wurden ihm abgenommen. Danach ging es durch einen unterirdischen Gang, der so niedrig war, dass man sich beim Gehen instinktiv ducken musste. Dann wurde er in eine Zelle gesperrt. Die Zelle war Teil der Eingangsstation. Ein Vierbettzimmer ohne Waschbecken. An der Tür befand sich ein winziges Fenster, durch das er gerade so auf den Gang hinausschauen konnte. Durch eine weitere Sicherheitsschleuse konnte er zur Toilette gehen, die vorher vom Personal geöffnet und überprüft werden musste. Intimsphäre gab es nicht mehr. Er saß allein in der Zelle und war mit seinen Nerven am Ende.

Er war ein gesunder und nicht vorbestrafter Angeklagter. Das Gericht hatte ihn von der schweren Körperverletzung, Freiheitsberaubung, Sachbeschädigung und des Hausfriedensbruchs freigesprochen. Wegen Schuldunfähigkeit. Ein externes psychiatrisches Gutachten, eine kurz zuvor eingeholte ärztliche Stellungnahme einer Psychiaterin, die Linda Hagel kurz vor ihrem Tod an sich selbst und an ihre Freundin Julianne Daniels gefaxt hatte, attestierte Frederick eine akute psychotische Episode. Laut der Psychiaterin litt Frederick an einer ernst zu nehmenden psychiatrischen Krankheit und sei deshalb sehr gefährlich.

Aufgrund der Schuldunfähigkeit wurde seine dauerhafte Unterbringung in eine geschlossene Forensisch-Psychiatrische Klinik in Massachusetts angeordnet, wo er fortan therapiert werden sollte. Dauerhaft. Ohne jegliche Aussicht auf Entlassung. Seine Ehe war zu Ende und er fragte sich immer wieder, wie aus der Liebe seines Lebens, gnadenloser Hass werden konnte. Das Urteil kam einer Hinrichtung gleich. Ein Leben in der Hölle bis zum Tod. Er war gezwungen, sich zu unterwerfen. Er flehte die Ärzte an, ihm zu glauben. Keiner wollte ihm zuhören. Niemand ging seinen Anschuldigungen auch nur ansatzweise nach. Sein neues Zuhause war die geschlossene Anstalt. Eine hermetisch abgeschottete forensische Psychiatrie, in der die gefährlichsten aller als psychisch krank diagnostizierten Straftäter einsaßen. Die forensische Klinik war ein extrem abgeriegelter Hochsicherheitstrakt. Gesichert mit Stacheldraht, meterhohen Mauern, einem großen Wassergraben, Kameras und der neuesten elektronischen Überwachungstechnik. Er war sich sicher, dass es Linda und ihre Weggefährten perfekt eingefädelt hatten. Nachdem er keine Ruhe gegeben hatte, hatte seine Frau die übelste Karte gezückt, die es gab. Er wurde aus seinem bisherigen Leben gerissen und verschwand im Kellertrakt 72A des Longwood Forensic Psychiatric Hospitals.
Er wurde in denselben Trakt gebracht, in dem perverse Sexualtäter, Vergewaltiger, brutale Gewalttäter, Wahnsinnige und andere kranke Straftäter saßen. Und Mörder. Insassen, die als gemeingefährlich und wahnsinnig eingestuft wurden und deshalb in der geschlossenen fo-

rensischen Psychiatrie auf unbefristete Zeit weggesperrt waren. Extrem gefährliche Kranke, die in keiner anderen Institution im Bundesstaat weiter behandelbar waren. Er war hineingespült worden in einen fatalen Kreislauf, der nicht mehr unterbrochen werden konnte. Er war machtlos und hatte keine Chance. Hier saßen einhundertsechsunddreißig Menschen seit Jahrzehnten fest und fristeten ihr unmenschliches Dasein. Auf dem Papier war Frederick Hagel ein kranker Mensch, ein Patient.

Fassungslosigkeit, nackte Wut und völlige Erschöpfung mischten sich zu einem kritischen Zustand. Jedes Geräusch ließ ihn erstarren. Er wusste nicht, wie spät es war und er versuchte sich irgendwie zu beruhigen, als er mitten in der Nacht hochschreckte. Seine Stirn war feucht und er atmete in kurzen Zügen. Er meinte aus der Ferne ein Geräusch zu hören, war sich aber nicht sicher, ob seine Sinne ihm einen Streich spielten.

Vierundzwanzig Stunden später saß Frederick in der Zelle und wartete auf sein Frühstück. Er hatte kaum geschlafen vor Aufregung. Ihm war eiskalt. Er hatte nur eine Wolldecke bekommen, die aber viel zu kurz war. Wenn er sie nach oben zog, um in der Nacht nicht zu frieren, dann waren seine Beine und Füße unbedeckt. Wenn er seine Beine und Füße bedeckte, dann fror er am ganzen Oberkörper. Die harte Matratze auf der Steinpritsche hatte ihr Übriges getan, um zu seinem Befinden beizutragen. Seine Schuhe wurden ihm vorher ausgezogen und hingen in einem Plastikbeutel außen an der Zellentür. In dem Moment, in dem er die psychiatrische Station betreten hatte, hatte er

die Grundrechte des menschlichen Daseins verloren. Niemand durfte sich frei bewegen. Jeder Besucher wurde von einem Wachmann begleitet. Aus dieser forensischen Psychiatrie wurde niemand direkt in die Freiheit entlassen. Ein Patient wäre wenn überhaupt nur in die Institution zurückgeschickt worden, aus der er ursprünglich gekommen war. Sei es eine geschlossene Psychiatrie oder ein Gefängnis. In diesem abgeriegelten Hochsicherheitstrakt für Extremfälle, saß in jenem Spätherbst 1988 Frederick Hagel als Gefangener.
Wäre er zu einer Freiheitsstrafe verurteilt worden, hätte er wenigstens gewusst, wann seine Haft zu Ende war. Wer als schuldunfähiger und kranker Mensch in eine geschlossene Psychiatrie gesperrt wurde, hatte keine Aussicht, ob und wann er diese je wieder verlassen durfte. Nach Aktenlage war Frederick Hagel ein schwer wahnkranker Mensch, ohne Aussicht auf Entlassung. Er war eine Gefahr für die Allgemeinheit. *Die Wahrheit war eine Gefahr für die Allgemeinheit,* so dachte er. Er unterdrückte den starken Drang, einfach loszuweinen. Er musste an seinen Vater denken. Als er klein war, hatte sich Frederick in geschlossenen Räumen nie wohlgefühlt. Er litt nicht offiziell unter Klaustrophobie, hatte aber schon immer damit zu kämpfen. Die akute Angst, die ihm langsam die Adern hinaufstieg und seinen Körper durchflutete, war ganz anderer Natur. *Wann würde dieser Albtraum zu Ende sein? Würde er einige Tage oder Wochen hier verbringen? Oder mehrere Monate?* An etwas Anderes wollte er gar nicht erst denken. Er musste versuchen, sich zusammenzurei-

ßen und die Situation irgendwie verarbeiten. *Anpassung würde ihn am Leben halten,* dachte er. Er musste sich an die kahlen, weißen Wände irgendwann gewöhnen. Nur so hatte er eine Chance, nicht wahnsinnig zu werden.

Auf Station F I., auf der sich Frederick momentan befand, waren zwanzig Mitgefangene. Das waren psychisch schwerstkranke Menschen. Darunter auch zwei Mörder.

Manche von ihnen litten an akutem Verfolgungswahn und Paranoia, aufgrund einer ausgeprägten Psychose. Sie dachten, dass andere über sie sprechen würden und eine Verschwörung gegen sie planten. Das ging so weit, dass sie sich nicht mehr aus ihren Zellen heraustrauten und in ständiger Angst vor einem Angriff lebten. Sie bezogen alles um sie herum auf sich selbst, sodass eine normale Auswertung ihres Gehirns nicht mehr funktionierte. Die Maske des Wahns stand vielen ins Gesicht geschrieben.

Die Station befand sich in den Katakomben der Klinik. Die Nervenklinik war in mehrere Stockwerke aufgeteilt. Auf fünf Stockwerken waren elf Stationen verteilt. Station F I. war eine Behandlungsstation für Patienten mit Persönlichkeitsstörungen und Psychosen.

Was für einen selbst und für andere gefährlich werden konnte, wurde entweder völlig entsorgt oder vom Personal aufbewahrt. Alles wurde sofort wieder weggeschlossen. Duschgel, Rasierapparate, Zahncremes, Nagelscheren, Seife, Zigaretten, Feuerzeuge und viele andere kleine Gegenstände. Man musste danach fragen, wenn man sich duschen oder rasieren wollte. Er war dreiundzwanzig Stunden am Tag in seiner Zelle eingesperrt. Er hatte ein-

mal eine Stunde am Tag Hofgang. Mit angelegten Fußfesseln und Handschellen. Alles geschah unter Aufsicht. Um es einfach zusammenzufassen: Man hatte die gleichen Rechte und Pflichten wie ein Kind unter zwölf Jahren.
Der Tagesablauf war wie folgt:
Um sechs Uhr morgens wurden sie mit Rufen geweckt. Seine Augen blinzelten, als er die lauten Rufe hörte. »Aufstehen!« Er kroch langsam von der kleinen Pritsche herunter. In dem Vierbettzimmer waren noch zwei andere Patienten untergebracht. Frederick hatte sich für die obere Pritsche entschieden. Es konnte von Vorteil sein, wenn man auf einer der oberen Pritschen schlief, falls jemand einem Schaden zufügen wollte. Die obere Pritsche gab einem einen taktischen Vorteil in einem möglichen Kampf. Die unteren Pritschen waren allein aufgrund ihrer Beschaffenheit sehr gefährlich. Fast so wie eine Falle. Die anliegenden Wände der oberen Pritschen sorgten dafür, dass es nur einen Weg gab, um rein oder rauszukommen. Wenn man sich auf einer der unteren Pritschen gegen einen möglichen Übergriff verteidigen wollte, war man aufgeschmissen.
Um sechs Uhr dreißig gab es die morgendlichen Durchsuchungen. Man musste sich aufstellen und die Zelle wurde von zwei Aufsehern abgesucht. Sie schüttelten die Kopfkissen und zogen die Bettlaken ab. Viel gab es in der kleinen Zelle nicht zu durchsuchen.
Dann ging es in die gemeinsamen Duschräume. Dort wurden Duschgel und Seife an die Patienten verteilt. Vier Aufseher standen bereit, falls es irgendwelche ungeahnten

Komplikationen gab. Das lauwarme Wasser schoss aus dem Duschkopf heraus. Frederick stellte sich unter die Dusche und rieb seine Arme. Dann nahm er ein Stück Seife und schmierte sich damit ein. Er drehte am Duschhahn, damit das Wasser heißer wurde. Er beobachtete, wie die Mitgefangenen um ihn herumstanden. Plötzlich bemerkte er, dass ihn einer der Aufseher ständig anstarrte. Schnell wich Frederick den Blicken aus. »So, das reicht jetzt«, sagte einer der Aufseher, nachdem nur wenige Minuten vergangen waren. Die Duschen wurden abgeschaltet und das übrige Duschgel und die Seifen wurden wieder eingesammelt. Dann ging es zum Zähneputzen. Zahnbürsten und Zahncremes wurden verteilt. Nachdem alle fertig waren, wurde besonders darauf geachtet, dass auch ja jede Zahnbürste wieder zurückgegeben wurde. Frederick folgte den anderen Patienten in die lange Schlange der Cafeteria. Ein großer Speiseraum, der an eine kleine Turnhalle erinnerte, bot genügend Platz, um die vielen Insassen zu verpflegen. Es war Frühstückszeit. Es gab Zwieback, Toastbrot, Marmelade, Wurstaufschnitt und Cheerios. Die Cheerios quollen langsam auf, als sie in der Schale mit Milch lagen. Es passten immer nur drei oder vier von ihnen auf einen Löffel und irgendwann nahm er einfach die Schale und trank den Rest aus. Der Kaffee war der schwächste und wässrigste Kaffee, den er jemals zu sich genommen hatte. Er trank ein paarmal, bis er ihn schließlich stehen ließ. Als er sein Tablett in den dafür vorgesehenen Rollwagen schob, wurde ihm bewusst, dass er völlig auf sich allein gestellt war. Als wäre seine ganze Persönlichkeit mit einem Mal ausgelöscht worden. So als hätte er nie die Schule besucht, nie studiert und nie gelebt. Die Vergangenheit war vorbei und er musste bei null anfangen. Er kannte niemanden und niemand kannte ihn. Eine neue Welt, in der andere Regeln herrschten. Er sah, wie ein Mann in einem Arztkittel und einem Block in der Hand auf ihn zugelaufen kam.

»Sie sind Mr. Hagel?«

»Ja.«

»Sie haben jetzt ein Gespräch im Patientenzimmer 12 mit Dr. Larsson.«

Frederick starrte den Mann an und folgte ihm. Als er das Zimmer betrat, saß Dr. Larsson bereits auf einem Stuhl und blätterte durch eine Patientenakte. Dr. Larsson war um die sechzig, schätzte er. Er war anscheinend einer von den Nervenärzten, die ihn einschätzen sollten.

»Nehmen Sie Platz.« Der Doktor deutete auf einen freien Stuhl. Frederick setzte sich.

»Hagel, Frederick. Alter 35. Wahnhafte psychotische Störung«, las er aus der Akte vor. »Wie geht es Ihnen, Mr. Hagel?«

Frederick musste überlegen.

»Gut.«

»Das ist schön. Haben Sie das Gefühl, dass Sie zu unrecht hier sind?«

Er war von der Frage überrascht. Wahrscheinlich wollte ihn der Arzt auf die Probe stellen und in eine Kategorie einordnen. Sicherlich stellte er die Frage nicht zum Spaß. Er sah sich selbst vor seiner Englischklasse sitzen, wie er seine Literaturstunden abgehalten hatte. Ihm fielen die Zeilen eines Aufsatzes ein, den eine Schülerin einmal geschrieben hatte. Er konnte sich nicht an den genauen Wortlaut erinnern, brachte aber den Kern noch zusammen. Die Geburt eines Menschen markierte den Startpunkt eines lebenslangen Kampfes. Ein Kampf, in dem man gezwungen war, sich selbst an eine sich ständig verändernde Umgebung anzupassen. Normalerweise gelang es dem Menschen, sich anzupassen. Allerdings schafften es einige nicht.

»Ich glaube nicht, dass ich das beantworten kann.«

Der Arzt schaute irritiert von der Patientenakte hoch.

»Beantworten Sie doch einfach die Frage.«

»Also gut. Ja, ich glaube, dass ich zu unrecht hier bin. Aber das tut nichts zur Sache. Ich werde mich an die Regeln halten und versuchen, den Therapiefortschritt nicht zu gefährden. Reicht das?«

Der Arzt schien nun wirklich erstaunt.

»Mr. Hagel, Sie glauben jetzt vielleicht noch, dass Sie zu unrecht hier sind, aber das wird sich bestimmt noch ändern. Hätte es keinen Grund gegeben, dann wären Sie nicht hier. So einfach ist das.«

Dr. Larsson legte die Akte auf den Tisch.

ZEHN

Als Frederick wieder in seiner kargen Zelle lag, packte ihn die Angst. Ihm war kalt und er war todmüde von den letzten Tagen. Dann fielen ihm die Augen zu. Er hatte nicht tief geschlafen und sah einen Schleier vor seinen Augen. Dann erkannte er, dass sein Mitgefangener direkt vor seinem Gesicht stand. »Was ist los?«, fragte Frederick. Der Patient aus seiner Zelle rührte sich nicht von der Stelle. Es schien so, als könnte er durch Frederick hindurchschauen. Der Mann schaute ihn an, als hätte ihm Frederick etwas Schreckliches angetan. Ein sehr kritischer Gesichtsausdruck verstärkte das ohnehin schon sehr markante Gesicht des Mannes.

Unter Aufsicht trat Frederick auf den Hof hinaus. Ein kalter Wind wehte ihm entgegen. Die Fußfesseln sorgten dafür, dass er nur sehr langsam einen Fuß vor den anderen setzen konnte. Er ging über einen Steinboden entlang, der aus großen zusammengelegten Steinplatten bestand. Der Steinweg führte zu einem weitläufigen Kiesplatz. Er kniff die Augen wegen des grellen Lichts zusammen. Im Abstand von ein paar Hundert Metern war ein anderer Patient mit Aufseher unterwegs. Er hatte nur eine Stunde hier draußen. Das Laufen mit den Fußfesseln sorgte dafür, dass er innerhalb dieser einen Stunde nur vier Runden um den Hof laufen konnte. Er sah auf die hohen Mauern, die

am oberen Ende mit niemals enden wollenden Drahtrollen versehen waren.
Wieder stellte sich Frederick in der Schlange der Cafeteria an.
Er nahm genauso wie sein Vordermann, ein kräftiger und ungepflegter Mann, einen Teller mit Kartoffelbrei, Klößen und Bohnen, den er auf ein Tablett stellte. Dann schaute er sich nach einem Sitzplatz um. Die ganze Halle war überfüllt. Frederick steuerte gerade auf einen Platz zu und setzte sich neben einen hageren Mann mit schütterem grauen Haar, der in seinem Kartoffelbrei herumstocherte und dabei wie ein kleines Kind wirkte. Frederick versuchte so zu tun, als wäre es ein normales Mittagessen und fing langsam an zu essen. Das Essen schmeckte nicht so übel, wie er es erwartet hatte. Vielleicht lag es auch daran, dass er großen Hunger hatte. Ihm fiel auf, dass keiner während des Essens ein Wort sprach. Zumindest nicht an seinem Tisch. Er schaute immer nur kurz zu den Mitgefangenen, um keine Aufmerksamkeit auf sich zu ziehen und nicht in ein Gespräch verwickelt zu werden. Erst musste er sich an seine neue Umgebung gewöhnen. Er musste sich eine Strategie zurechtlegen, um diese Zeit, wie lange sie auch immer dauern mochte, zu überleben und irgendwie wieder rauszukommen. Sämtliche Reibungsflächen musste er versuchen zu vermeiden. Bloß keine Konfrontation mit dem Klinikpersonal oder den Mitgefangenen. Er beschloss, sich möglichst wenig mit dem Klinikpersonal auszutauschen und das, was man von ihm verlangte, zu erfüllen. Der höchste Grad an Kooperation war sein Ziel.

»Teller abräumen, Besteck zu mir!«, rief ein grauhaariger Stationsleiter in den Raum hinein. »Alle in eine Reihe!« Die Männer an den Tischen standen auf und stellten sich alle in einer Reihe auf. Der Stationsleiter kam zusammen mit einem Aufseher zu jedem Platz gelaufen. Nach jedem Essen wurde das Besteck abgezählt, um zu verhindern, dass es auf unerklärliche Weise verschwand und nach Wochen plötzlich im Hals eines Mitgefangenen wiederauftauchte. Stellte man im Nachhinein fest, dass ein Messer oder eine Gabel fehlte, wurden alle Zimmer sofort durchsucht, was viele Stunden dauerte. Der Aufseher nahm jedem der Männer einzeln das Besteck ab und zählte dabei leise mit.

An der Medikamentenausgabe war eine lange Schlange. Als er endlich an die Reihe kam, wurden ihm zwei Tabletten gegeben.

Um zwei Uhr zweiunddreißig – mitten in der Nacht –, strahlte ein greller Lichtkegel genau auf Fredericks schlafende Augen.

Jede Nacht, im Zwei-Stunden-Rhythmus, kam einer der Aufseher an die Zellentür gelaufen und leuchtete mit einer starken Taschenlampe durch das kleine Fenster in der Tür. Die gesamte Zelle wurde ausgeleuchtet und dann wurde die Taschenlampe auf das Gesicht des schlafenden Gefangenen gezielt. Der Lichtkegel, der direkt auf seine Augen gerichtet war, ließ ihn jedes Mal aufschrecken. Schlafentzug war eine der schlimmsten Foltern. Es wurde so argumentiert, dass die Überwachung zur eigenen Sicherheit erfolgte, um mögliche Suizidversuche der Patienten zu verhindern. *Als würde man für einen Suizid mehr als zwei Stunden brauchen,* dachte Frederick.

In nordamerikanischen forensischen Psychiatrien saßen weit über fünfhunderttausend Menschen hinter weißen Wänden, deren Gemüter im Kampf mit dem Leben gebrochen worden waren. Schizophrenie, Persönlichkeitsstörungen und viele andere Fälle füllten die Zellen mit *Leben* aus.

Die Stimmen drangen immer näher. »Aufstehen!«

Dann hämmerte es gegen die Tür. Es war sechs Uhr morgens. Frederick hatte durch das mehrfache nächtliche Wecken nur ein paar Stunden Schlaf gefunden. Seine Augen fielen immer wieder zu. Er kämpfte gegen die extreme Übermüdung an, als er zusammen mit den anderen die Duschräume betrat.

»Was ist los? Auf geht's! Nehmen Sie Ihre Seife!«, forderte ihn einer der Aufseher in rauem Tonfall auf. Er war total fertig. Er hatte schon lange nicht mehr so wenig und so schlecht geschlafen, wobei das in den letzten Tagen eigentlich kein Kunststück gewesen wäre.

Die Cheerios waren schon fast komplett aufgeweicht, als er bemerkte, dass er tatsächlich eingeschlafen war. Schnell schaute er sich nach den Aufsehern um, die anscheinend nichts bemerkt hatten. Sein Plan war, nicht aufzufallen, und daran musste er sich halten, egal in welcher Verfassung er war. Er schob das Tablett in den Rollwagen und wollte gerade den Speiseraum verlassen, als ihn einer der Aufseher am Arm packte. »Hör gut zu! Du hast hier keine Sonderrechte! Du reißt dich ab jetzt zusammen. Geschla-

fen wird nur in deinem Zimmer!«
Frederick trat wieder seinen einstündigen Ausflug auf den Hof an. In Handschellen und Fußfesseln. Es war der einzige Moment, in dem er sich halbwegs *normal* fühlte, auch wenn ein Aufseher unmittelbar neben ihm lief und die Müdigkeit wirklich unerträglich war. Der weitere Tag verlief genauso eintönig wie zuvor. Nur bei der abendlichen Medikamentenausgabe gab es eine Veränderung. Diesmal bekam er vier Tabletten. Er nahm sie in einem kleinen weißen Pappbecher mit etwas Flüssigkeit ein.
Frederick erkannte schnell, dass er auf seine Körpersprache und sein Verhalten achten musste, damit ihm nicht eine weitere Diagnose angehängt werden konnte, durch die er noch mehr Medikamente einnehmen musste.

Die Ärzte hielten ihn seit über zweiundfünfzig Tagen fest. In diesem Zeitraum hatte er über dreihundertvierundsechzig Tabletten zu sich genommen.
Er wurde gegen seinen Willen mit Medikamenten regelrecht vollgepumpt, sodass er kaum noch laufen konnte. Tavor, Zyprexa, Risperdal, Cipralex, Glianimon/Benperidol, Akitenon, Melperon, hießen einige davon. Er war völlig sediert. Der Speichel lief ihm aus dem Mund, ohne dass er jegliche Kontrolle darüber hatte. *Der* Frederick Hagel, der er einmal gewesen war, war plötzlich von der Bildfläche verschwunden. Als hätte jemand einen Schalter umgelegt und ihn in einen hilflosen Zombie verwandelt. Er starrte meist stundenlang gegen eine weiße Wand, ohne seinen Kopf zu bewegen. Es war so, als wären seine Ge-

danken und sein eigenständiges Handeln einfach eingefroren. Fredericks Tag war von existenziellen Angstschüben geprägt. Sein Leben war reduziert auf Schlafen, Essen, Leerlauf.

Er hatte seit einiger Zeit eine halbgelähmte linke Hand.

Die unerwünschten Wirkungen von Psychopharmaka wurden gerne als Symptomwechsel abgetan. Sie wurden nicht als Nebenwirkungen klassifiziert, sondern als Symptomwechsel der jeweiligen psychischen Erkrankung. Dadurch wurde der Einsatz von immer weiteren Medikamenten gerechtfertigt.

Er versuchte alles, was ihm irgendwie positiv ausgelegt werden konnte. Notfalls sagte er Dinge, die seiner Überzeugung widersprachen.

Er hatte in kürzester Zeit zwei Selbstmorde miterlebt. Einer der Patienten hatte sich einen Strick aus einem Bettlaken gedreht und sich in der Zelle erhängt. Kein schöner Anblick am nächsten Morgen. Der Andere hatte dreitausend Milligramm Seroquel genommen. Eine Überdosis. Als er nach sechsunddreißig Stunden Schlaf wieder aufwachte, hatte er sich mit einem Stück Draht die Handgelenke aufgeschlitzt, jede Arterie aufgeschnitten und sein Blut über die Zellenwand verteilt.

Es gab auch den umgekehrten Fall, den er immer wieder von Mitgefangenen erzählt bekam. Ein älterer Arzt hatte einem jüngeren Patienten eine Lockerung versprochen. Als dieser Arzt seine Versprechen nicht hielt, spielte der junge Patient nicht mehr mit. Er wurde daraufhin in ein anderes Stockwerk verlegt. In ein Zimmer mit alten stinkenden Pennern. Darüber hinaus wurde er sexuell belästigt. Als er eines Tages in das Arztzimmer zu einem Gespräch gerufen wurde, war es kein Wunder, dass er sich in seiner Verzweiflung mit einem Hammer wehrte. Frederick hatte immer wieder miterleben müssen, wie Mitgefangene für eine erhobene Stimme und Protest gegen das Klinikpersonal, von bis zu acht Aufsehern auf eine Pritsche geschnallt wurden und von den Ärzten ins Koma gespritzt wurden. Er befand sich an einem Ort, an dem sich innerhalb einer funktionierenden Gesellschaft, in einem Land mit einem demokratischen Staatssystem, Mitarbeiter der Klinik in Eigendynamik zu perversen Monstern entwickelten. Die Psychiatrie wurde dazu eingesetzt, um Menschen zu brechen, die nicht der Norm entsprachen.

Sein Zellennachbar faselte immer wieder etwas von Stimmen in seinem Kopf. Bisher hatte das Zusammenleben in der Zelle mehr oder weniger funktioniert. Keiner war dem anderen, bis auf einmal, zu nahegekommen. Bis auf die Stimmen, die sein Zellennachbar zu hören schien, wusste Frederick nicht viel über ihn, weil er ansonsten keinen Ton von sich gab. Manchmal versuchte er etwas zu sagen, klapperte dann aber nur mit seinen Zähnen. Sein Name war Frank. Er schien indianischer Abstammung zu sein. Zumindest sah er so aus.

Es war früh am Nachmittag, als eine Stationsschwester zusammen mit zwei Aufsehern die Zellentür von Zelle 38 öffnete. Frederick kauerte am äußersten Rand der Zelle am Boden. Seine Arme hatte er um seine Beine geschlungen und sein Kopf war nach unten geneigt. Er reagierte nicht, als die Stationsschwester die Zelle betrat. Die beiden Aufseher zogen ihn vom Boden weg und fixierten ihn auf seiner Pritsche. »Warum tut Ihr mir das an?«, stammelte er. Die Aufseher sorgten dafür, dass er nichts mehr sagte, indem einer von ihnen seinen Mund fest mit seiner Hand zuhielt. Die Stationsschwester steckte eine kleine Nadel in Fredericks Arm. Sein Gesicht fing an zu zucken. Dann schlief er ein. Es war kein gewöhnlicher Schlaf. Ein halbschlafender Zustand, indem er sich nicht bewegen und nicht sprechen konnte. Er bekam alles um sich herum mit. Nur etwas gedämpfter. Er war ein Gefangener in seinem eigenen Körper. Seit sechs Jahren wurde er mit Chemie abgefüllt. Medikamente gegen Wahnvorstellungen, Angstzustände, Persönlichkeitsstörungen, Zwangserkrankungen, Manie und Schizophrenie. Eine weite Bandbreite an allerlei Kombinationen verschiedener chemischer Elemente brodelte in seinen Adern. Um die heftigen Nebenwirkungen, oder die Symptomwechsel, wie sie vom Klinikpersonal genannt wurden, einzudämmen, bekam er mittlerweile mehrmals in der Woche eine dieser Injektionen. Er wurde behandelt wie ein wildes Tier. Schritt für Schritt hatte er sich selbst fast vollständig verloren.

Es gab einen gemeinsamen Fernsehraum für alle, den er mittlerweile für eine halbe Stunde am Tag nutzen konnte. Frederick hatte sich verändert. Er war deutlich von den vielen verschiedenen Medikamenten gezeichnet. Alles, was ihn als Menschen ausgemacht hatte, war verschwunden. Er war gezwungen, stillschweigend alles Unmenschliche zu akzeptieren.

Die Strafvollstreckungskammer hatte ihn in seiner Abwesenheit entmündigt. Sein Elternhaus, in dem er seine ganze Kindheit verbracht hatte, war zur Auktion freigegeben worden und er konnte nichts dagegen unternehmen. Er hatte seit seiner erzwungenen Einweisung keinerlei Kontakt nach draußen gehabt. Keine Anrufe, keine Besucher. Es war schwer vorstellbar, wie sich ein Mensch von einem normalen bürgerlichen Leben, das er einmal geführt hatte, in einen Zustand der absoluten Fremdbestimmung in einer psychiatrischen Klinik entwickelt hatte.

Die Verzweiflung war so stark, dass er es nicht länger ertragen konnte. Er fühlte sich wie eine Schachfigur, die für keinen Zug mehr geeignet war.

Er musste diesen Ort irgendwie verlassen.

ELF

Er hatte sich schon seit einiger Zeit um eine Stelle in der Werkstatt bemüht. Bisher waren seine Anfragen immer abgelehnt worden. Nach dem Mittagessen ging er zu einem der Aufseher. »Ich möchte bitte mit Mr. Kline sprechen, wenn das möglich ist.«

»Folgen Sie mir«, antwortete der Aufseher.

Er folgte dem Aufseher bis zu einer Tür, auf der WERKSTATT stand. Der Aufseher klopfte zweimal gegen die Tür, bis ein kleinerer Mann die Tür öffnete.

»Hier ist jemand, der Sie sprechen möchte.«

»Kommen Sie rein.«

Mr. Kline war der Chef der Werkstatt. Eine Arbeitsmaßnahme, die für die Gefangenen eine gute Abwechslung zum eintönigen Klinikleben bot. Es gab zwar auch weniger anspruchsvolle Arbeiten wie das Zusammenklicken von Vorhangrädchen, aber mit etwas handwerklichem Geschick und dem guten Willen des Personals, konnte man auch Modellautos zusammenbasteln.

»Ich möchte mich in die Werkstatt einteilen lassen, wenn das möglich wäre.« Frederick versuchte, so höflich wie möglich zu wirken.

»Haben Sie schon einmal in einer Werkstatt gearbeitet?«

»Nicht direkt. Also früher, da habe ich manchmal Sachen gebastelt. Aus Holz. Mit einer Laubsäge.«

Mr. Klines dunkelgrüne Augen begutachteten Frederick von oben bis unten.

»Nennen Sie mir einen Grund, warum ich gerade Sie hier arbeiten lassen sollte?«

Frederick legte seine rechte Hand auf den Tisch.

»Ich habe gute Fingerfertigkeiten. Ich könnte mich hier bei Ihnen nützlich machen und von Ihnen lernen. Außerdem höre ich keine Stimmen, neige nicht zu unkontrollierten Wutausbrüchen, habe keine narzisstische oder schizoide Persönlichkeitsstörung und bin ein zuverlässiger Arbeiter.«

Der Mann sah ihn einen Moment lang skeptisch an.

»Also gut, warum nicht.«

Er bekam die Möglichkeit, einer Tätigkeit nachzugehen, die seinem sonst so tristen Alltag eine neue Note verlieh. Und er hatte direkten Zugriff auf Werkzeuge aller Art. Auch Schraubenzieher. »Kommen Sie mit, ich zeige Ihnen, was wir hier machen.«

Frederick folgte Mr. Kline zu einer großen Werkbank. In der Werkstatt gab es sechs von diesen Werkbänken. Zwei Patienten standen an jeweils einer Werkbank und schraubten gerade an einem Miniatur-Porsche, der in einem Mini-Schraubstock steckte. Frederick schaute genau auf das Werkzeug, während ihm Mr. Kline eine Rede über alle möglichen Varianten von Modellautos hielt. Es gab einen Spind in der Mitte des Raumes, in dem das gesamte Werkzeug aufbewahrt wurde. In mehreren Schubladen befanden sich genau abgezählte Schraubenschlüssel, Teppichmesser, Feinmechaniker-Schraubendreher, Handgewindebohrer,

Taschensägen, Lötkolben, Zangen, Pinzetten und Schraubenzieher.
Auf jeder Werkbank lag eine grüne Plastikmatte. Als sie an einer der Werkbänke vorbeigingen, an der gerade einer der Patienten einem feuerroten Porsche die Räder anschraubte, sah Frederick einen Schraubenzieher neben der grünen Plastikmatte liegen. Genau so etwas würde er brauchen.
»Sie bekommen Ihr Werkzeug vorher von mir und müssen es am Ende wieder abgeben. Da drüben steht der Werkzeugschrank. Sie können erst mal José über die Schulter schauen und sich ansehen, was er so macht.«
José war ein kräftiger Bursche. In seinen dicken wurstigen Händen wirkte der winzige Porsche völlig verloren. Es wunderte ihn, wie es überhaupt möglich sein konnte, dass er so filigran arbeiten konnte, ohne den Porsche zu zerquetschen.
Die Versuchung war zu groß, um den Schraubenzieher einfach dort liegen zu lassen. José war so vertieft in seine Arbeit und damit beschäftigt, dem kleinen Porsche die Räder anzuschrauben, dass Frederick die Gunst der Stunde nutzte und mit einem blitzschnellen Griff den kleinen Schraubenzieher von der Werkbank zog und in seine Hosentasche steckte.
So einfach hatte er es sich nicht vorgestellt. Er wusste, dass das Werkzeug genau abgezählt war, deshalb hätte er niemals die Möglichkeit bekommen, etwas mitgehen zu lassen, dass er selbst zuvor geliehen hatte.
Mr. Kline kam nach etwa einer Viertelstunde zu der Werkbank gelaufen.

»Und, schon etwas Interessantes entdeckt?«, fragte er und klang dabei wie ein Opa, der gerade seinen wissbegierigen Enkel in die Weisheiten des Modellbaus eingeweiht hatte.
»Ja, in der Tat. Wirklich interessant«, sagte Frederick.
»Gut, dann gehen wir da rüber.«
Mr. Kline ging zu einer freien Werkbank und legte einen grauen Plastikhaufen auf die grüne Plastikmatte. Es waren unbemalte Modellteile, die zu einem VW-Käfer gehörten. Daneben legte Mr. Kline ein Teppichmesser, eine Pinzette und einen Handgewindebohrer.
Es war nur eine Frage der Zeit, bis José bemerken würde, dass sein Schraubenzieher auf magische Weise abhandengekommen war.
Das Risiko war viel zu groß, deshalb musste Frederick so schnell wie möglich aus der Werkstatt verschwinden.
Er legte seine halbgelähmte linke Hand auf die Werkbank. Während ihm Mr. Kline eine ausführliche Einweisung in die Welt der Werkzeuge gab, hob Frederick das Teppichmesser hoch und schnitt damit direkt in seine linke Hand. Das Blut quoll aus der getroffenen Arterie.
Frederick presste seinen Daumen auf die Schnittwunde.
»Sagen Sie, spinnen Sie oder was? Ich habe doch gerade erklärt, dass wir hier auf genaue Anweisungen arbeiten und Sie das Werkzeug erst dann benutzen, wenn ich es Ihnen sage. Ich glaube, diese Arbeit ist doch nichts für Sie.«
Genau das waren die Worte, die Frederick hören wollte. Innerhalb von ein paar Minuten hatte sich das Blatt gewendet und Mr. Kline rief einen der Aufseher, der Frederick von der Werkstatt abholte.

Er hatte sich freiwillig für den wöchentlichen Putzdienst gemeldet. Als er eines Abends mit dem nassen Wischmop im Aufenthaltsraum stand, hörte er ein dumpfes Geräusch. Gefolgt von einem kurzen schnauben. Er schaute zu dem Aufseher rüber, der auf einem Stuhl in der anderen Ecke des Raumes saß und ihm fiel auf, dass er die Augen geschlossen hatte. Sein Kopf lehnte fast an der Wand und wieder versuchte er, durch die verstopfte Nase zu atmen. Frederick musste diesen Moment nutzen. Er starrte auf die Uhr, die in der Mitte des Raumes hing. Wenn er ganz besonderes Glück hatte, blieben ihm zwei Stunden, bis der Aufseher abgelöst wurde. Frederick drehte sich um, lehnte den Wischmop so behutsam wie möglich gegen die Wand und lief auf eine Tür zu. Er wusste, dass ihn dieser Weg in die Freiheit führen konnte. Er war nervös und zitterte, als er den Türgriff herunterdrückte. Die Tür ließ sich öffnen und Frederick atmete kurz auf. Er schaute durch den geöffneten Türspalt. Ein langer Gang erstreckte sich vor ihm. Er schloss die Tür hinter sich, ging ganz nah an der Wand entlang und blieb im dunklen Schatten. Am Ende des Gangs befand sich eine Glastür, die offenstand. Durch eine zweite Schleuse stieg man eine Treppe hinauf und betrat schließlich den Besucherraum der forensischen Psychiatrie. Die Fenster waren nicht vergittert, aber aus ausbruchsicherem Spezialglas. Alle Türen waren abgesperrt. Es gab ein paar Tische, um die jeweils vier Stühle akkurat platziert waren. Es schien keinen Ausweg zu geben. Gerade als er sich auf eines der Fenster zubewegen wollte, hörte er Stimmen. Seine Blicke schossen in alle

Richtungen, während sein Puls ebenfalls nach oben schoss. Der einzige Ort um sich zu verstecken, waren die Tische. Er dachte nicht länger darüber nach und sprang unter einen der vielen Tische. Dann zog er die Stühle wieder soweit wie möglich an den Tisch heran. »... völlig daneben war das. Hab's ihm schon oft gesagt.« Die Stimmen kamen immer näher. Das klackende Geräusch der Schuhe auf dem Steinboden des Besucherraums wurde immer lauter. Er erkannte einen der Aufseher. Es war Louis, ein großer Bärtiger, der wie ein Holzfäller oder Metzger aussah. Er hatte einen dicken Bauch und einen noch dickeren Kopf und sah aus, als wäre er einen Cheeseburger von einem Herzinfarkt entfernt. Die beiden Aufseher gingen unmittelbar an dem Tisch vorbei, unter dem Frederick fast vor Angst erstarrt wäre. *Was jetzt?* Am Ende des Besucherraums stand ein Automat mit Süßigkeiten. Chips, Schokoriegel, Fruchtgummis, Brezel Snacks und alle möglichen Erfrischungsgetränke waren zwischen den kleinen silbernen Spiralen eingeklemmt. Louis war der Erste, der ein paar Münzen in den Automaten warf. Der andere Aufseher war ein viel kleinerer Mann mit zurückgegelten Haaren. Louis fischte eine Tüte Chips aus der Automatenklappe heraus. Es gab nur eine Tür zum Besucherraum. Diese Tür hatten Louis und sein zugegelter Zwergenfreund so geöffnet, dass die Tür in einer Vorrichtung an der Wand eingerastet war und offenblieb. Die beiden mussten den Weg zurück durch diese Tür nehmen. Die Wahrscheinlichkeit, dass sie ihn während des Zurücklaufens durch Zufall unter dem Tisch sahen, war sehr hoch, deshalb war es an der Zeit, sich einen anderen Platz zu suchen. Der Gelkopf warf gerade ein paar Münzen in den Automaten, während sich Louis an einen Fensterplatz setzte und seine Chipstüte aufriss. Aus der Automatenklappe fingerte der kleine Mann einen Schokoriegel hervor. Und eine Tüte Fruchtgummis. Er lief an den Tisch, an dem Louis schmatzend seine Chips verdrückte. Louis hatte seinen Rücken zum Raum gerichtet. Frederick musste handeln. Er schob so leise wie er nur konnte einen der vier Stühle nach vorne. Dann krabbelte er wie ein Baby unter dem Tisch hervor, während er die beiden Aufseher nicht eine Sekunde aus den Augen ließ. Die beiden waren so mit ihren Süßigkeiten beschäftigt, dass sie nichts merkten. Er robbte durch den halben Besucherraum, bis er an die Tür kam. Beide waren unverändert mit der Vertreibung ihres Hungers beschäftigt. Jetzt oder nie. Frederick zog sich langsam über die Türschwelle, bis er den Raum verlassen hatte. Geduckt und auf Zehenspitzen, schlich er bis zu einer Wand, die zu einem Treppenhaus gehörte.

Die Stufen des Treppenhauses führten bis zur Behandlungsstation F III., einer Rehabilitationsstation für akute Notfälle im zweiten Stockwerk. Hier wurden alle behandelt, die sich eigentlich von diesem Leben schon verabschiedet hatten. Ob gewollt oder ungewollt, war meistens nicht mehr genau nachzuvollziehen. Es gab Patienten, die alles schluckten, was sie irgendwo finden konnten. Glasscherben, Nägel, Schrauben, Putzmittel, Seife und viele andere Dinge, die irgendwie in ihren Mund passten. Er lehnte sich gegen die Tür, die wie erwartet verschlossen war. Durch das kleine Fenster in der Tür konnte er in einen Raum hineinsehen, in dem zwei Krankenbetten standen. Daneben war jeweils ein Infusionsbeutel an einem Infusionsständer aufgehängt. In einem der beiden Betten lag jemand. Ein kleiner Schlauch führte in den Arm des Patienten. *Was auch immer ihm zugestoßen war, hier hatte er wenigstens für eine kurze Zeit seine Ruhe,* dachte Frederick. Als er wieder unten an der Tür ankam und in den Besucherraum hineinschaute, waren Louis und sein Begleiter verschwunden. Der einzige Weg in Richtung Freiheit war der Weg nach unten durch das Treppenhaus. Er wartete ein paar Minuten und achtete auf jedes Geräusch. Dann ging er die Stufen hinunter. Er war im Erdgeschoss der psychiatrischen Klinik angekommen. An der Wand war eine lange Holzstange befestigt, die als Armstütze durch den gesamten Flur verlief. Alle Lichter waren ausgeschaltet. Er konnte sich an seine Einlieferung erinnern und wusste, dass es nach links in Richtung der Katakomben ging, in denen sich seine Zelle befand. Geradeaus war der Weg in die Freiheit. Ein kleiner Glaskasten mit einer Anmeldung und einer Art Aufenthaltsraum für die Aufseher, befand sich am Ende des Flurs. Als er in den Flur trat, blieb er einfach stehen. Er sah, wie der Gelkopf gerade in den beleuchteten Glaskasten lief. Frederick wich zurück und presste seinen Körper gegen die Wand des dunklen Treppenhauses. Er wartete. Er neigte seinen Kopf ein wenig, um in den Flur hineinschauen zu können. Nichts. Beide Aufseher befanden sich wohl in dem Glaskasten. Er machte sich auf den Weg. Geduckt ging er durch den langen dunklen Flur. Er sah nichts. Nur das winzige Licht des Glaskastens am Ende des Flurs. Er war mit der Dunkelheit verschmolzen. Der Glaskasten kam immer näher. Jetzt konnte er Stimmen hören. Der beleuchtete Glaskasten lag unmittelbar vor ihm auf der linken Seite. Das langgezogene Fenster des Glaskastens war gerade so hoch, dass Frederick unbemerkt darunter hindurchlaufen konnte.

»Die Mets oder die Mariners?«

»Die Mariners.«

»Die Phillies oder die Padres?«

»Die Phillies.«

»Also 'nen 50er auf die Mets und die Padres.«

»Yap ... Was? Nein, Mann. Mariners und Phillies hab' ich gesagt.«

»Genau, deswegen setze ich auf die Mets und die Padres.«

Ein lautes Lachen schallte durch den Glaskasten.

Frederick war gerade unter dem Fenster vorbeigehuscht, als die Stimmen in dem Glaskasten plötzlich verstummten. Er rannte, so schnell er konnte, Richtung Ausgang. Natürlich war die Eingangstür in der Nacht abgeschlossen. Daran hatte er auch schon gedacht. Eigentlich hatte er darauf gehofft, dass er sich in dem kleinen Putzraum neben dem Eingang so lange verstecken konnte, bis früh morgens das erste Personal die Türen aufschloss. Dann wäre er einfach in die Freiheit gerannt. Gerade als er diesen Gedanken immer wieder durchspielte, wurde er von einer Hand im Nacken gepackt und durch die Luft geschleudert. Er stürzte auf den Boden. Ein lautes Rauschen füllte seine Ohren. Dann donnerte ein heftiger Schlag gegen seine Schläfe.

ZWÖLF

Frederick wurde in eine Isolierzelle gebracht und die Tür wurde geschlossen. »Ausziehen!«, fauchte der Aufseher. Dann stand er nur mit Unterhose und Socken bekleidet vor ihm.

»Alles! Auch Unterhose und Socken.«

Er wurde auf einer Pritsche an den Händen und an den Füßen fixiert. Der Speichel lief ein paar Minuten später unkontrolliert aus seinem Mund, während der Aufseher die Spritze zurück in eine kleine Ledermappe steckte. Ein Schwindelgefühl und böse Kopfschmerzen fingen an, ihr Unwesen zu treiben. Das Licht in der Isolierzelle wurde gelöscht und die Tür fiel ins Schloss. In seinen Gedanken lief Frederick gerade zur Eingangstür der psychiatrischen Klinik hinaus in einen warmen Sommertag.

Der Verlust der Scham zählte nach Freud zu den sicheren Merkmalen des Wahnsinns. Es gab einige Patienten, die sich immer wieder entblößt hatten, oder erst gar nicht ihre Kleider anziehen wollten. Frederick bekam von alledem nichts mehr mit. Er lag seit acht Monaten fixiert auf der Pritsche in der Isolierzelle und vegetierte vor sich hin. Draußen stürmte es. Die Blätter stürzten von den Bäumen wie kleine Torpedos. Der heftige Sturmwind hatte ungewöhnlich viele Blätter von den Bäumen geweht. Der

Boden vor der psychiatrischen Klinik war fast völlig in Rot gehüllt. Nur ein paar wenige gelbe Blätter schauten dazwischen hindurch. Das Jahr ging langsam zu Ende und er musste sich in kleinen Schritten wieder an den Klinikalltag gewöhnen. Die Isolationshaft hatte ihre Spuren hinterlassen. Die hohe Dosis der Neuroleptika hatte bei ihm zu einer Verlangsamung aller Bewegungsabläufe geführt. Das Tempo der Dosissteigerung während der Isolationshaft war die eigentliche Ursache. Hinzu kam, dass er unter Blickkrämpfen litt. Anfallsartige und oft langanhaltende Dauerbewegungen der Augen. Er war nicht mehr wiederzuerkennen. Er spürte überall Schmerzen, war abgemagert und ein dichter Bart verdeckte sein Gesicht. Er hatte vierundzwanzig Stunden am Tag in ständiger Dunkelheit verbracht. Als er wieder in seine alte Zelle verlegt wurde, war fast ein Jahr vergangen. Frank konnte es kaum glauben, als er Frederick zu Gesicht bekam. Er zuckte mit seinen Schultern hin und her und drehte sich immer wieder im Kreis herum.

Die Routine des eintönigen Kliniklebens bestimmte wieder sein Leben. Die Aufseher warfen jetzt einen noch genaueren Blick auf Frederick und waren in ihrer Grundhaltung den Patienten gegenüber noch voreingenommener. Bei seinem ersten Hofgang nach der langen Zeit in der Isolierzelle atmete Frederick die frische Luft so stark ein, dass er fast hyperventilierte. Das grelle Licht schmerzte in seinen Augen und er bekam starke Kopfschmerzen. Er blieb stehen. Sofort ertönte eine kratzige Stimme hinter seinem Rücken. »Weiterlaufen! Hier wird nicht stehengeblieben«, fauchte der Aufseher. Während er an der hohen Mauer vorbeilief und seinen Hofgang fortsetzte, ließen ihn die Aufseher nicht eine Sekunde aus den Augen. Ein Eichhörnchen sprang von der Mauer ab und landete auf dem Boden. Es rannte schnell weg und verschwand hinter einem kleinen Busch. *Wie leicht es dieses Tier hatte,* dachte er. Es konnte einfach so über die Mauer klettern. Wie gerne hätte er getauscht. Seine Welt war auf das Mindeste reduziert worden. Er lebte jetzt schon viele Jahre getrennt von allem, was einmal sein Leben gewesen war. Er war weder tot noch lebendig. Er atmete zwar noch, war aber ansonsten fast gar nicht mehr da. Im Leben konnte man dem Tod nicht entkommen. Im Tod konnte man aber dem Leben entkommen. Genau das ging ihm durch den Kopf, als er den lauwarmen Brei mit dem Löffel aus dem tiefen Teller herausbeförderte. Seine Geschmacksnerven ließen ihn nur noch Ansätze der bestimmten Geschmacksrichtungen erahnen, was im Fall der Psychiatrie-Kost eindeutig von Vorteil war. »Du bist ein schlauer Kerl.« Frederick fuhr herum, als er die unbekannte Stimme hörte. Neben ihm saß ein schlaksiger Mann, den er auf Mitte vierzig schätzte. Er hatte ihn vorher nicht wirklich wahrgenommen. Sie sahen sich nur beim Frühstück und beim Mittagessen, wenn alle Patienten der verschiedenen Stationen zusammenkamen. Ohne ihn ein weiteres Mal anzusehen, löffelte Frederick weiter den Brei aus dem Teller. »Wir haben davon gehört, was du gemacht hast. Wegen dir sind die Aufseher jetzt besonders freundlich zu uns.«

»Was willst du?«, fragte Frederick.

»Du bist nicht so wie die Anderen hier. Schau sie dir an. Sie sabbern und gehorchen. Wie Babys.«
»Was willst du?«, wiederholte Frederick.
»Dein Wissen.«
»Und was willst du wissen?«
»Das weiß ich jetzt noch nicht.«
»Verstehe.« Frederick schüttelte mit dem Kopf.
»Ich bin nicht verrückt. Ich habe nur andere Emotionen als die Anderen.«
»Dann komm doch einfach wieder, wenn du weißt, was du wissen willst.«
Der schlaksige Mann stand auf, legte seine Hand auf Fredericks Schulter und ging.
Eines hatten die meisten Patienten gemeinsam. Fast alle von ihnen wären gerne als geheilt entlassen worden, obwohl tief in ihrem Innern der Wahn noch immer kitzelte. Sie bemühten sich mit aller Macht, die fremden Stimmen in ihren Köpfen zu unterdrücken, ihre Gesichtszüge zu kontrollieren und kein falsches Wort über ihre Lippen zu lassen. Die erfahrenen Ärzte durchschauten sie jedes Mal und die Patienten brachen in rasende Tobsucht aus, bis man sie wieder in ihre Zellen beförderte. Was Frederick von ihnen unterschied, war die Tatsache, dass all seine psychotischen Symptome erst in der forensischen Psychiatrie entstanden waren. Durch den jahrelangen Einsatz von Neuroleptika wie Haldol, war er auf ein Minimum seiner eigentlichen Persönlichkeit reduziert worden. Sein Geist war an den Rand des Verlöschens getrieben worden. Wie ein Roboter mit leeren Batterien. Er musste die Batterien

irgendwie wieder aufladen, oder sie komplett austauschen, bevor die Lichter für alle Ewigkeit ausgingen.

An diesem Morgen sah er nicht viele Mitgefangene. Die Aufseher waren stets darum bemüht, ihn nur so lange wie absolut notwendig außerhalb seiner Zelle zu lassen. Sie wussten, dass es sich herumgesprochen hatte, und wollten den Kontakt zu den Mitgefangenen so gering wie möglich halten. Papier und einen Stift zum Schreiben bekam er nicht ohne Weiteres. Sie hatten sich darauf geeinigt, dass er einmal in der Woche – für eine halbe Stunde – außerhalb seiner Zelle, ein Blatt Papier und einen Bleistift bekam. Er versuchte seine Gedanken irgendwie zu ordnen und auf Papier zu bringen, auch wenn das Papier sofort danach wieder zerstört wurde. Wenigstens konnte er so seinen Kopf wieder etwas in Gang setzen und versuchen, den Wahnsinn nicht in sein System eintreten zu lassen. Abends stand er wieder in der Schlange an der Medikamentenausgabe. Es standen noch fünf andere Patienten in der Schlange, die auf ihre Medikamente warteten. Einer von ihnen weinte, weil sein Körper nach den Medikamenten flehte, die er eigentlich zwei Stunden vorher hätte bekommen sollen. Er klammerte sich wie ein verängstigtes Tier an die Wand und Frederick merkte, wie der Mann versuchte, gegen seine Krämpfe und Zuckungen anzukämpfen. Es war ein Teufelskreis. Die Leute wurden auf Medikamente gesetzt und nach einer kontinuierlichen Zeit abhängig gemacht.

»Der Mann braucht sofort seine Medikamente«, sagte ein älterer Mann, der mit in der Schlange stand. Sofort kam ein Aufseher auf ihn zugelaufen. »Schön ruhig. Immer der Reihe nach. Ihr bekommt alle eure Pillen. Keine Angst.«

»Er braucht seine Medikamente sofort, sehen Sie das nicht?«, sagte der alte Mann.

Der Aufseher kam auf den älteren Mann zugelaufen und blieb unmittelbar vor ihm stehen. Er starrte ihm eine Zeit lang in die Augen, bis sich der ältere Mann wieder zurück auf seinen Platz in der Schlange stellte.

Der Aufseher wandte sich wieder von der Schlange ab. *Was für eine Art Mensch musste man sein, um den Beruf eines Aufsehers auszuüben?* Wenn man sich für diese Stelle bewarb, musste man zwangsläufig damit rechnen, einen Einblick in das qualvolle Leid vieler Patienten zu erhalten. Es musste schon ein ausgeprägter Drang nach Macht vorhanden sein, um mit ruhigem Gewissen andere Menschen zu erniedrigen. Frederick bekam seine Tabletten und wurde wieder zurück in seine Zelle gebracht.

Er hatte die Möglichkeit bekommen, ein paar Magazine zum Lesen zu abonnieren. Zwischen Promi-Klatschheften, Rock & Jazz Magazinen, Football & Baseball Heften und Automobil-Zeitschriften, entschied er sich für *Mother Earth News, Outdoor Life, Field & Stream* und *Backpacker Magazine.*

Es war spät am Abend, als Frederick Hagel eine Ausgabe von *Mother Earth News* fertiggelesen hatte und sich für eine weitere Nacht auf seiner Zellenpritsche vorbereitete. Frederick war schon immer eher ein Einzelgänger und hatte den Kontakt zu den Anderen auf das Mindeste reduziert. Manchmal sehnte er sich nach der Zweisamkeit mit einem anderen Menschen, aber er war irgendwann zu dem Schluss gekommen, dass er sich nur auf sich selbst verlassen konnte und so war seine Einsamkeit in der Psychiatrie eigentlich nichts Neues für ihn. Frank – sein Zellennachbar – war, wenn er es genau betrachtete, der perfekte Zeitgenosse. Er sprach so gut wie nie und bis auf den einen oder anderen panischen Anfall, war er so gut wie unsichtbar. Manchmal hatte Frederick versucht, ein paar Worte mit ihm zu wechseln, bemerkte dann aber schnell, dass die Unterhaltungen nie sehr weit führten. Etwas Schlimmes, da war sich Frederick sicher, hatte in Franks Vergangenheit etwas angerichtet, das ihn zu dem gemacht hatte, der er jetzt war.

DREIZEHN

Der Winter brach wie ein weißes Ungeheuer so unerwartet über sie herein, dass die Leitung der forensischen Psychiatrie alle Hände voll zu tun hatte. Ein heftiger Sturm hatte einen großen Nadelbaum aus dem Boden gerissen und ihn in das Dach des Pförtnerhauses stürzen lassen. Die Schneemengen, die jeden Tag aufs Neue im Eingangsbereich der forensischen Klinik und im Hof weggeräumt werden mussten, verlangten die volle Aufmerksamkeit des Personals. Die Wetterprognosen für die kommenden Tage waren ähnlich verheerend, sodass die Klinik durch ihren abseits gelegenen Standort von der Außenwelt mehr oder weniger abgeschnitten war. Eine Transportfirma mit dem passenden Namen IN & OUT FOOD COMPANY, belieferte an sechs Tagen in der Woche die forensische Psychiatrie mit Nahrungsmitteln, Getränken und allerlei anderen Gütern, die zum alltäglichen Gebrauch in der Klinik benötigt wurden. Um Punkt acht Uhr nahm der dunkelbraune Lastwagen die letzte Kurve hinauf zur Anstalt. An der Sicherheitsschleuse wurde der Lastwagen kurz begutachtet und die Fahrt führte weiter vorbei an einem Werkstattgebäude und einer Wäscherei, bis der Lastwagen an einer Rampe zum Stehen kam. Fünf Männer machten sich daran, die vielen Rollcontainer mit den unterschiedlichsten Waren von dem Lastwagen abzuladen. Kaffee, Obst,

Gemüse, tiefgefrorene Fertiggerichte, Waschmittel, Seife, Shampoo, Rasierschaum und viele andere Dinge befanden sich in aufeinandergestapelten Bananenkisten, die sich in dem Rollcontainer türmten. Es dauerte ungefähr anderthalb Stunden, bis der gesamte Inhalt der Bananenkisten in den jeweiligen Lagerräumen verstaut war. Ein Mitarbeiter der Klinik musste ein fünfseitiges Formular unterzeichnen, während die Männer die leeren Rollcontainer zurück in den Lastwagen transportierten. Der Lastwagen bahnte sich seinen Weg über das abschüssige Gelände zurück, hinunter bis zum Eingangstor. Ein Pförtner, der in seinem Wachhaus saß, winkte kurz zu den Männern in dem Lastwagen rüber.

Frederick saß in seiner Zelle und betrachtete das Cover einer Ausgabe von *Field & Stream,* auf dem ein Mann in einem schwarzen Bärenfell abgebildet war. Er legte das Heft auf den Rand seiner Pritsche und knipste das Licht aus. Er saß eine Weile einfach so da und starrte in die Dunkelheit. Er wusste nicht mehr genau, wann der Gedanke in seinen Kopf gekommen war, und eigentlich war der Zeitpunkt auch egal. Was zählte, war die Tatsache, dass der Gedanke sein Bewusstsein erreicht hatte und sich langsam in ihm festigte. Etwas wurde in ihm aufgeweckt, das fast verloren gegangen war. Er fuhr herum und zuckte hoch, als er merkte, dass er aufgewacht war. Es musste mitten in der Nacht sein. Frank schnarchte so gleichmäßig wie immer. Frederick stützte sich mit den Armen ab und richtete sich auf. Er konnte sich nicht daran erinnern, dass er eingeschlafen war. In seiner Kindheit hatte es Momente gegeben, in denen er etwa zwei bis drei Mal im Monat mitten in der Nacht mit weit geöffneten Augen an seine Zimmerdecke gestarrt hatte, obwohl er schlief. Wenn er damals aufwachte, erschrak er, weil er nicht wusste, wie lange er schon in sitzender Position an die Decke gestarrt hatte. Er konnte sich an einen bestimmten Vorfall erinnern. Eines Nachts war er plötzlich stehend an seiner halb geöffneten Zimmertür aufgewacht, während er den Schlüssel im Türschloss herumdrehte. Er wusste nicht, wie er an die Tür gekommen war und bis zu diesem Ereignis war er nie zuvor im Schlaf gewandelt. Er schloss seine Augen und versuchte, wieder einzuschlafen. Dass seine *Therapie* in der Klinik eine Wirkung hinterlassen hatte, war eindeutig. Besonders schlimm war es am frühen Morgen nach dem Aufwachen. Seine über Jahre verdrängten Emotionen schienen sich mit alten Erinnerungen zu vermischen, sodass er über den Tag verteilt immer wieder mit starken Ängsten zu kämpfen hatte. Über den Geisteszustand der Anderen wusste er nicht sonderlich viel. Außer ein paar Zusammenbrüchen, vier Selbstmorden und den üblichen Gewaltausbrüchen einiger Patienten, hatte er nur die Psyche seines Zellennachbarn Frank kennengelernt. Wenn auch nur in sehr beschränkter Form, da Franks Zustand nicht viel über ihn verriet. Wenn es ihm richtig schlecht ging, konnte er sich ausmalen, wie Frank wieder einen seiner zahllosen Kämpfe gegen die dunklen Gestalten in seinem Kopf führte.

Ein grauer Nebel lag über der Einfahrt, die hinauf zur Anstalt führte. Das Schneechaos hatte im Umkreis von zehn

Meilen mehrere Bäume und Telefonmasten aus dem Boden gerissen. Die forensische Klinik war mit einer alten, aber bewährten Sicherheitstechnik ausgestattet, die auch in akuten Notsituationen funktionierte, sodass es keinerlei Grund zur Besorgnis gab. Ein Dieselgenerator, der bei einem kompletten Stromausfall als Notaggregat ansprang, würde die Klinik mit genügend Strom versorgen. So weit war es bisher noch nicht gekommen, aber man konnte nie wissen. In einem Nachbarort war es einige Jahre zuvor zu einem Totalausfall gekommen. Damals mussten acht Patienten aus dem örtlichen Krankenhaus sofort verlegt werden, als der Strom ausfiel. Weil zwei Patienten künstlich beatmet werden mussten, aber nicht transportfähig waren, wurden sie an das Notaggregat der örtlichen Feuerwehr angeschlossen. So etwas konnte in dieser Klinik nicht passieren. Um das Personal zu unterstützen, wurden jeweils zwei Patienten aus den unterschiedlichen Stationen zum Schneeschaufeln im Hof eingeteilt. Frederick meldete sich sofort freiwillig. Er bekam ein Paar dicke Wollhandschuhe, eine wattierte Jacke, Stiefel, eine Wollmütze und eine Schneeschaufel. Vier Aufseher standen im Hof bereit und ließen niemanden aus den Augen. Die erste wirkliche körperliche Betätigung nach einer sehr langen Zeit brachte neuen Wind in seine Knochen. Er rammte die Schneeschaufel mit voller Kraft in eine Eisplatte, die vom Schnee bedeckt war. Das Eis zersprang in lauter winzig kleine Stücke. Natürlich kam ihm der Gedanke unmittelbar in den Kopf. Es wäre bestimmt nicht schwer gewesen, einen geeigneten Moment abzupassen. Die Aufseher standen alle zusammen und lachten über die allerschlechtesten Witze. Die Schneeschaufel war groß genug, um jedem Einzelnen – mit einem gut ausgeholten Schlag –, ein paar Zähne auszuschlagen. Der Überraschungsmoment würde ihm einen Vorteil verschaffen. Einer der Aufseher würde einen Generalschlüssel an einem Schlüsselbund bei sich tragen. Den würde er nehmen. Dann würde er sich so schnell wie möglich aus dem Staub machen. Wie bei fast allen Dingen, gab es aber einen Haken an der Sache. Unmittelbar hinter der Tür aus dickem Sicherheitsglas – die zum Hof hinausführte –, standen zwei Aufseher, die genau auf so eine Situation warteten. Wenn sie sahen, wie ihre Kollegen mit ausgeschlagenen Zähnen am Boden herumkrochen, waren sie bestimmt in höchster Alarmbereitschaft. Außerdem konnten sie die Tür von innen mit ihrem Schlüssel versperren, sodass er keine Chance hatte zu entkommen. Er rammte die Schneeschaufel wieder in eine dicke Eisschicht und stellte sich dabei vor, wie ein Paar Zähne durch die Luft flogen. Als er wieder in seine Zelle kam, lag Frank auf seiner Pritsche und schien zu schlafen. Er war mit dem Gesicht zur Wand gedreht und ein leises, rhythmisches Röcheln füllte die Zelle mit einem sonderbaren Ton. Das rasselnde Geräusch, das mit dem Luftstrom hervorgebracht wurde, als Frank versuchte zu atmen, machte ihm Sorgen. Frank hatte in letzter Zeit stark abgebaut und war völlig in sich gekehrt. Auch wenn sich dieser Zustand fast nicht von seinem gewöhnlichen Verhalten unterschied, so merkte Frederick doch einen Unterschied.

Er dachte zurück an den ersten Tag in Gefangenschaft und

konnte immer noch nicht glauben, dass er seit vielen Jahren kein freier Mensch mehr war. Er hatte mehrfach um eine Entlassung gebeten. Doch jedes Mal, wenn er dachte, er würde freikommen, entschied ein Gericht gegen ihn. Alles basierte mehr oder weniger auf einem alten Gutachten, das einmal kurz nach seiner Einweisung erstellt wurde und dann immer wieder als Grundlage für seinen gefährlichen Geisteszustand verwendet wurde. Er kannte die Geschichten, die sich irgendwann zu jedem Patienten in der Klinik herumsprachen. Paul Katz war einer der Patienten, der nach jahrelanger Ablehnung an dieser Lebenssituation zugrunde gegangen war. In einer ruhigen Minute hatte er in der Werkstatt einen Schraubenzieher zweckentfremdet. Als ihn Mr. Kline fand, kam jede Hilfe zu spät. Es dauerte, bis man den Schraubenzieher aus seinem Hals herausgezogen hatte. Frederick wusste, dass für viele Patienten das Leben in Gefangenschaft geendet hatte. Seine Angst, nie wieder herauszukommen, hatte sich wie ein lähmender Schleier über sein Leben gelegt.

Er war mittlerweile dreiundfünfzig Jahre alt und wurde seit achtzehn Jahren in der geschlossenen Psychiatrie verwahrt. Er war ein Gefangener. Eine Marionette, die keinen eigenen Willen mehr besaß. Er war gezeichnet von der zerstörerischen Dauerverwahrung.

Frederick saß im Aufenthaltsraum und versuchte trotz der starken Wirkung des Seroquels noch etwas von seiner Umgebung mitzubekommen. Der chemische Cocktail hatte ihn in einen Nebelschleier gehüllt, sodass er kaum einen klaren Gedanken fassen konnte. Er starrte auf den kleinen

Fernseher, der in der rechten oberen Zimmerecke unterhalb der Decke angebracht war. Außer ihm saßen noch zwei andere Insassen in dem Aufenthaltsraum. Die beiden schienen eine noch höhere Dosis als er intus zu haben, weshalb er bezweifelte, dass sie dem Fernsehprogramm überhaupt folgen konnten. Die Übertragung eines College-Baseballspiels aus irgendeiner Kleinstadt langweilte ihn. Er versuchte sich trotzdem auf das Spiel zu konzentrieren, weil es die einzige Abwechslung zu seiner sonst so schrecklich einsamen Zeit bot. Ein junger Spieler rannte gerade mit voller Kraft an der letzten Base vorbei. In zehn Minuten würden die Aufseher ihn in seine Zelle zurückbringen. Das Spiel war fast zu Ende. Dann erschrak er plötzlich. Seine Kehle zog sich zu und er versuchte, nach Luft zu schnappen. Alles drehte sich. Das Seroquel musste mittlerweile die volle Wirkung erreicht haben. Er kämpfte und schrie. Er wollte nicht glauben, was er dort oben auf dem kleinen Fernsehgerät gesehen hatte. Die Kamera zeigte eine Großbildaufnahme des Publikums. Das konnte nicht wahr sein. Sie saß einfach da. Zwischen den unzähligen Zuschauern dieses belanglosen College-Baseballspiels. Sein Hirn schien ihm einen ungeheuren Streich zu spielen. Wenn das, was er dort oben sah, die Realität sein sollte, dann fragte er sich, wer vor achtzehn Jahren in der Nacht in der Notaufnahme gestorben war.

VIERZEHN

Das menschliche Herz schlug etwa sechzig bis hundertmal pro Minute. Das bedeutete, achtzigtausend bis einhundertfünfzigtausendmal am Tag. Während eines achtzigjährigen Lebens waren das durchschnittlich drei Milliarden Schläge. Das schlagende Herz pumpte das Blut unaufhörlich durch den gesamten Körper. Diese Ausdauerleistung war in der Natur einzigartig. Das Herz konnte aber auch aus dem Takt geraten. Wenn es komplett aus dem Rhythmus geriet, konnten die Folgen sehr schwerwiegend sein. Ein plötzlicher Herztod war nicht ausgeschlossen. Es gab unterschiedliche Arten von Herzrhythmusstörungen. Diese Störungen waren behandelbar. Nachdem er häufig über einen stechenden Schmerz in der Brust geklagt hatte, bekam Frank seit einem halben Jahr ein Medikament gegen seine Herzrhythmusstörungen. Metoprolol war ein Betablocker, das ihm dabei half, den Herzschlag zu regulieren. Bemerkenswert an diesen Medikamenten war die Tatsache, dass sie bei einem gesunden Patienten das Gegenteil bewirkten und Herzrhythmusstörungen überhaupt erst auslösen konnten. Vorhofflimmern war insbesondere bei älteren Menschen eine weitverbreitete und zugleich die häufigste Art der Herzrhythmusstörung. Die häufigsten Anzeichen waren ein unregelmäßiger Puls, Herzstolpern, Atemnot und Angstgefühle. Das würde nicht reichen. Es gab nur eine Möglichkeit. Nur ein wirklich akuter Notfall führte in der geschlossenen Psychiatrie zu einer sofortigen Verlegung. An diesem Abend wusste Frederick, was zu tun war. Frank hatte an der Medikamentenausgabe die doppelte Dosis Metoprolol bekommen, weil sich seine Schmerzen in der Brust auf unerklärliche Weise über Nacht enorm verschlimmert hatten. Als er zurück in die Zelle kam, spuckte er die kleinen blauen Kapseln in einen Plastikbecher, den er Frederick überreichte. Er betrachtete die kleinen Kapseln für einen Moment. Es war schon seltsam, wie viel Macht in so einer kleinen Kapsel steckte. Die Macht über Leben und Tod. Er hatte Frank als doch sehr umgänglichen Menschen kennengelernt, der zwar seine Macken hatte, aber schließlich doch ein angenehmer Zeitgenosse war. Er klopfte ihm auf die Schulter und wusste, dass Frank diese Geste verstand, auch wenn es nicht den Anschein danach machte.

Es war zwei Uhr siebenunddreißig, als Frederick die beiden kleinen blauen Kapseln herunterschluckte. Er hörte noch, wie Frank gegen die Zellentür hämmerte, als das Vorhofflimmern bei ihm einsetzte und er keine Luft mehr bekam. Die Zellentür wurde aufgerissen. Frederick wurde auf eine Trage geworfen und vier Aufseher rannten mit ihm den langen Gang hinunter. Das Kammerflimmern setzte nach vier Minuten ein. Eine gefährlichere Form der Herzrhythmusstörungen gab es nicht. Genau das, was er brauchte. Er wurde auf die Akutstation gebracht, die sich im ersten Stock befand. Ein junger Aufseher rauchte gerade eine Zigarette an einem geöffneten Fenster, die ihm vor

Schreck aus der Hand fiel. Sofort kamen zwei Notärzte in den Raum gerannt und pressten den Defibrillator auf Fredericks Brust. Die kurzen starken Stromstöße erregten alle Herzmuskelzellen gleichzeitig. Fredericks Körper zuckte nach oben, als der Strom in die Zellen gejagt wurde.

FÜNFZEHN
2. Phase - Widerstandsphase

Nahm man den Schlafmangel und das Adrenalin in seinem Körper zusammen, dann ergab das eine sehr gefährliche Mischung.
Seine Beine schmerzten. Als er sich umdrehte, blickte er in die stockfinstere Nacht. Er rannte weiter. Die Dunkelheit war jetzt sein ständiger Begleiter und einziger Freund. Er rannte, so schnell er konnte. Sein Herz hämmerte so stark, als ob es jeden Moment aus seiner Brust herausspringen würde. Frederick rannte östlich der Klinik durch einen langen, bewachsenen Korridor in einem Maisfeld, in dem er für eine halbe Meile weiterlief. Rechts von ihm lag der große Zaun, der die forensische Klinik von der Außenwelt trennte. Links von sich sah er dicht bewachsenes Gestrüpp. Die Behandlungsstation F III. war so gelegen, dass alle Fenster der Rehabilitationsstation unmittelbar über dem Eingang der psychiatrischen Klinik lagen und dadurch nicht von dem Zaun und den Mauern umgeben waren. Er hatte sein linkes Bein verdreht, als er kopfüber aus dem Fenster gestürzt war. Trotz der starken Schmerzen versuchte er, immer mehr Distanz zwischen sich und die psychiatrische Klinik zu bringen, die jetzt über eine Meile hinter ihm lag. Er wusste nicht, wie weit es noch war. Vielleicht vier oder fünf Stunden. So genau konnte er es nicht einschätzen. Bisher hatte er unvorstellbares Glück

gehabt. Hätte der Aufseher das Fenster nicht offengelassen, um eine Zigarette zu rauchen, hätte die Fensterscheibe deutliche Spuren an ihm hinterlassen.
Frederick war sich sicher, dass sich innerhalb weniger Stunden alles zum Schlechteren verändern konnte. Es würde keine Vorwarnung geben, wenn sie ihn aufspürten. Jede Minute zählte, um auf seiner Flucht weiterzukommen.
Falls Spürhunde zum Einsatz kommen würden, hätte er so gut wie keine Chance. Er rannte an den dicht zusammenstehenden Kiefern vorbei. Der ganze Boden war mit Kiefernnadeln übersäht. Er hob ein paar Kiefernnadeln vom Boden auf und rieb damit über seine Haut, seine Schuhe, seine Kleidung und seine Haare. Er hatte in einem Magazin für Wanderer gelesen, wie wichtig es bei einem Notfall in der Wildnis war, seinen Geruch so zu verdecken, dass man von Tieren nicht mehr so schnell aufzuspüren war. Bluthunde konnten heruntergefallene Hautschuppen auch nach Tagen noch wittern. Er riss ein Stück vom Hosenbein seiner dunkelgrauen Stoffhose ab. Dann legte er das abgerissene Stück Stoff auf den Boden und erleichterte sich darauf. Er nahm das vollgepinkelte Stück Stoff und warf es in hohem Bogen in die Bäume. Das Stück Stoff landete auf einem Ast. Der Wind würde den Geruch in alle Richtungen tragen. Wenigstens eine Maßnahme, um gegen vermeintliche Bluthunde vorzugehen.
Er zwängte sich durch das Gestrüpp aus Dornenpflanzen und riss sich dabei die Beine auf. Plötzlich stand er mitten auf einem Feld. Er drehte sich nach links und nach rechts

und konnte überhaupt nichts erkennen. Er entschied sich für eine Richtung und fing an zu rennen. Nach ungefähr zehn Minuten stoppte er, als er ein extrem lautes Geräusch hörte. Motorengeräusche. Sein Atem stockte. Es wirkte fast so, als hätte seine Atmung für einen kurzen Moment komplett ausgesetzt. Etwas weiter oberhalb, nur ein paar Schritte von ihm entfernt, sah er plötzlich Lichter auf sich zukommen. Die Lichter blendeten ihn so, dass er nichts mehr sehen konnte. Schnell versuchte er, nach einer Deckung zu suchen. Aber weit und breit gab es nur Acker. Er rannte sofort los. Er keuchte und merkte, wie ihm kalter Schweiß den Rücken herunterlief. *Sollte es das gewesen sein? Die ganze Mühe und präzise Planung sollte sich auf diesem Feld in einer Nacht auflösen und für immer sein Schicksal besiegeln?* Er wusste, dass er weiterrennen musste, aber er wagte einen schnellen Blick über seine Schulter. Er ließ sich auf den Boden fallen und versuchte seine Atmung zu regulieren. Weniger als eine halbe Meile von ihm entfernt fuhr ein Mähdrescher über das Feld, der mit großen Scheinwerfern und Flutlichtern ausgestattet war. Frederick war völlig erschöpft. Er musste weiter. Weiter über die dunklen Felder, die so wirkten, als würden sie niemals enden.

Es fing an, stark zu regnen. So heftig, dass er schleunigst einen Unterschlupf finden musste. Er rannte ziellos umher und konnte fast nichts mehr erkennen. Das Wasser schoss vom Himmel herunter, als wollte es ihn ein für alle Mal vom Erdboden davonspülen. Dass sich nun auch noch die Natur gegen ihn zu stellen schien, wollte und

konnte er nicht akzeptieren. Er schleppte sich durch das Unterholz. Erschöpft ließ er sich auf den kalten Erdboden sinken. Er wusste, dass er durchhalten musste und dass es in ein paar Stunden hell werden würde. Trotzdem brauchte er eine Pause. Er musste sich dazu zwingen, wenigstens eine Stunde zu schlafen. Langsam kroch er auf dem Boden nach vorne und zog sich hinter ein dichtes Gebüsch. Sein Herz hämmerte immer noch.
Er schloss die Augen.

Ein sägendes Geräusch wiederholte sich immer und immer wieder. Es klang wie eine Metallsäge, die sich irgendwo verhakt hatte und trotzdem weitersägen wollte. Mit diesem Geräusch wachte er auf. Als er die Augen öffnete, wurde er durch das grelle Licht geblendet und sprang sofort auf. Dann kam die Erinnerung zurück. Er war eingeschlafen. Nach dem vielen Rennen über die Felder war er so erschöpft gewesen, dass er eine Pause gemacht hatte. Die Sonne stand nun weit oben am Horizont und sorgte für eine wohlige Wärme. Doch so empfand er es nicht. Er wusste, dass er einen Fehler gemacht hatte. Er sah sich um und konnte zu seiner Beruhigung nichts Auffälliges erkennen. Plötzlich fielen ihm die Worte wieder ein, die er sich sonst immer wieder einverleibt hatte. *Nicht anhalten. Weitermachen.*
Er versuchte anhand des Sonnenstands zu erahnen, wie die Uhrzeit war. Es musste ungefähr zehn oder elf Uhr am Morgen sein. Dann rannte er weiter.
Frederick musste sich orientieren. Er sah hohe Tannen,

die eine Felsformation bedeckten, die über den Feldern emporragte. Es gab nur zwei Möglichkeiten. Entweder bewegte er sich weiter auf den offenen Feldern, oder er machte sich auf in die dichten Wälder Massachusetts. Er wusste, welches Risiko es mit sich brachte, einfach so über die offenen Felder zu rennen. Früher oder später würde er wieder auf einen Bauern treffen, der sich in dieser Jahreszeit um die Feldarbeiten kümmerte. Er würde auf dem Präsentierteller unterwegs sein. Die andere Möglichkeit war nicht weniger gefährlich. Die dichten Wälder boten zwar mehr Schutz als die offenen Felder, aber das Problem war ein anderes. Das Problem lag in den Wäldern.

In allen Wäldern Neu Englands und im Staate New York trieb sich der amerikanische Schwarzbär herum. Ein Bär hatte nichts zu fürchten. Er machte, was er wollte. Entweder erschreckte er dich und verschwand, oder er erschreckte dich und fraß dich. In den meisten Fällen würde er jedoch ein Defensivverhalten zeigen und verschwinden. Der Schwarzbär war zwar weniger gefährlich als sein größerer Cousin, den es in dieser Gegend glücklicherweise nicht gab, bot aber dennoch ein hohes Risiko. War man alleine unterwegs, bot man natürlich eine größere Angriffsfläche für alle möglichen Raubtiere.

Wölfe waren weitläufig in Kanada und Nordamerika angesiedelt. Sie jagten in Rudeln von bis zu vierzig Wölfen. Wölfe würden erst einmal weglaufen. Wenn sie sich anschlichen und dich belauerten, würdest du es nicht wissen. Wenn sie dich töteten, würde man keine Überreste von dir finden. Mehr Menschen wurden von Bären angegriffen und getötet, weil Bären eine Kampf- und Flucht-Mentalität besaßen. Wölfe nicht. Bären waren das untereinander gewohnt. Sie attackierten, schlugen mit ihrer Pranke oder bissen zu, um ihre Artgenossen zu überwältigen. Sie wussten nicht, wie verletzlich ein Mensch war. Und sie kümmerte es nicht. Wölfe attackierten nur, wenn sie hungrig waren. Wirklich hungrig. Nur wenn sie ausgehungert waren oder eine Überpopulation in der Gegend herrschte, wurden sie zur tödlichen Gefahr. Es war dennoch wahrscheinlicher, in einer Großstadt getötet zu werden, während man eine Straße überquerte. Wenn man den Bären mit einem Rudel Wölfen verglich, war klar, dass man bei einem Bären nur gegen ein einziges Gehirn arbeitete. Bei einem Rudel Wölfen arbeitete man gegen ein Rudel von Gehirnen. Es kam immer auf die Umstände an. Wölfe nahmen eine Spur auf und konnten dich aufspüren. Sie konnten einen über mehrere Tage verfolgen, ohne jemals etwas davon mitzubekommen. Die einzige Möglichkeit war ein hoher Baum, auf den man klettern musste. Dann stellte sich nur noch die Frage, ob die Wölfe warten würden, bis man wieder herunterkam. Ein Bär konnte auf den Baum klettern. Wölfe konnten sich beim Warten ablösen. Wenn man einen Vergleich anstellen wollte, musste man die Vor- und Nachteile genau betrachten. Die Vorteile gegenüber Wölfen lagen auf der Hand. Wölfe waren kleiner und schwächer als Menschen. Man hatte vielleicht die Möglichkeit, sie mit lauten Geräuschen zu vertreiben und selbst gefährlich auf sie zu wirken. Hier war der hohe Baum oder ein nächstgelegener Fluss eine gute Wahl. Der

Nachteil war, dass bei einem Rudel von Wölfen, sagen wir ein volles Rudel von sechs bis sieben oder gar mehr, wirklich eine haarige Angelegenheit vorprogrammiert war. Waren sie ausgehungert und gefräßig, würden wir Stück für Stück auseinandergerissen und langsam verspeist werden. Sie würden dich einkreisen, bis man keine Möglichkeit zur Flucht hatte. Und sollte man es doch schaffen zu entkommen, würden sie dich schnappen und bon appétit. Der Bär würde einen vielleicht in Ruhe lassen, wenn kein Bärenjunges in der Nähe war und er nicht besonders ausgehungert war. Der Nachteil bei Bären lag darin, dass es besonders schwer war, sich zu verstecken, wenn man auf einen sehr blutdürstigen Bären traf. Ohne eine Waffe, ein Gewehr, Bärenspray oder einen Bogen, war man fast machtlos. Sie konnten dich in kürzester Zeit einholen, auf Bäume klettern und dich fressen. Hatte man nun beide Szenarien durchgespielt, war ein Aufeinandertreffen mit einem Bären und einem Rudel Wölfen gleichzeitig, die beste Variante. Diese seltsame Situation würde einem vielleicht die Chance zur Flucht geben, während sich der Bär mit dem Rudel Wölfen auseinandersetzen musste. Man konnte es drehen und wenden, wie man wollte. Auch wenn es wahrscheinlicher war, von einem Bären angegriffen zu werden, so stellte sich doch nur eine Frage:

Hättest du lieber EINEN zugedröhnten Junkie, der in dein Haus einbrach, oder MEHRERE?

Es gab auch aggressive Kojoten, die aber normalerweise eher scheu waren und nicht über Menschen herfielen. Er konnte sich an den Tod einer jungen Country-Sängerin erinnern, die während einer Wanderung in einem kanadischen Nationalpark von zwei Kojoten angegriffen und getötet wurde. Sie und ein kleines dreijähriges Mädchen waren die einzigen bekannten Fälle, die in Verbindung mit Kojoten zum Tod geführt hatten. Weitere Bewohner des Waldes waren Wildschweine, Schlangen, Spinnen, Hirsche, Fledermäuse und Luchse.

Er durfte keine Zeit verlieren und rannte geradewegs auf die Felsformation zu. Er beschloss, sich für die nächste Nacht in den Wäldern zu verstecken, um unentdeckt zu bleiben. Als er die Felsformation näher vor sich sah – etwa vier oder fünf Fußballfelder von ihm entfernt –, hörte er wieder ein lautes Geräusch. Diesmal kam es von oben. Die Rotorenblätter schnitten durch die Luft und der Hubschrauber rauschte über die Felder. Er wusste nicht, ob es ein Rettungshubschrauber war oder einer dieser Helikopter, die für alle möglichen Arten von Staumeldungen bis hin zu Aufklärungsflügen für lokal ansässige Nachrichtensender genutzt wurden. Er versuchte einen Blick auf den Hubschrauber zu werfen, wurde aber durch die Sonne geblendet. Als er weiter auf die Felsformation zurannte, spürte er ein starkes Stechen in seiner Brust. Er musste unbedingt etwas trinken.

In einer Notlage konnte man bis zu drei Tage ohne Wasser auskommen. Am Ende des zweiten Tages war man in keiner guten Verfassung mehr, deshalb war es wichtig, vorher Wasser zu finden. Die beste Trinkwasserquelle war eine natürliche Quelle in der Natur, wobei die Wahrscheinlichkeit solch eine Quelle in der Wildnis zu finden, äußerst gering war. Er hatte einmal irgendwo gelesen, dass man sich an den Vögeln in der Umgebung orientieren musste, weil sie sich in Bereichen mit frischem Wasser aufhielten. Ein fließender Bach oder Fluss war die beste Alternative. Das Trinken von Wasser aus Flüssen und Bächen konnte zu Krankheiten führen, aber in seiner Situation war das nebensächlich.

Er erreichte die Felsen und schaute nach oben, um sich einen Weg hinauf zu suchen. Es gab ein paar Stellen, an denen die Felswand brüchig war. Große Risse zogen sich von einer Seite zur anderen. Er stützte seinen linken Fuß gegen die Felswand und zog den rechten Fuß hoch. Dann stellte er seinen rechten Fuß in eine der Felsspalten und zog sich mit aller Kraft nach oben. Es dauerte ungefähr fünfundzwanzig Minuten, bis sich Frederick auf den kalten Felsboden am obersten Teil der Felsformation legte und erschöpft die Augen schloss. Sein Herz pochte wie ein Dampfhammer. Seine Sinne waren so beschäftigt, dass er fast ohnmächtig geworden wäre. Alles war verstärkt. Sein Geruchssinn, seine Sehkraft und sein Gehör. Es war fast so, als würde er alles um sich herum in zehnfacher Intensität wahrnehmen. Bis auf die wenigen Stunden, die er geschlafen hatte, war er seit sechsunddreißig Stunden auf den Beinen, davon seit vierundzwanzig Stunden auf der Flucht. Er wusste, dass er noch etwa zwei Tage zu Fuß unterwegs sein würde, wenn er es überhaupt schaffte. Es gab einige staatliche Wälder in dieser Gegend und er wusste nicht, in welchem er sich befand. Er drückte ein paar Äste herunter, sodass er in den Wald hineingehen konnte. Plötzlich war es fast dunkel. Draußen schien die Sonne, aber im dichten Wald schien es wie in einer anderen Welt zu sein. Hier galten andere Regeln. Er wusste, dass es in Nordamerika immer wieder zu Unfällen zwischen Menschen und wilden Tieren gekommen war und er war sich sicher, dass er nicht dazugehören wollte. Auf einmal schoss ihm die Erinnerung an eine *National Geographic*-Sendung in den Kopf, die er vor einigen Jahren einmal gesehen hatte. Er sammelte alle möglichen Äste vom Boden und legte sie zu einem kreisrunden Haufen zusammen. Nicht weit entfernt fand er einen Bach. Er schöpfte das eiskalte Wasser mit seiner Hand aus dem kleinen Bach und ließ es in seinen Mund laufen. Als es schließlich dunkel wurde und die Nacht hereinbrach, kroch er unter die Äste und schob die umliegenden Blätter über die Äste. *Für eine Nacht im Wald würde es reichen,* dachte er. Er tastete mit den Händen die Umgebung ab und hätte liebend gerne auf einen Wecker gehauen, um noch ein paar Minuten zu schlummern. Der Geruch von gebratenem Speck lag in seiner Nase und er konnte sich nichts Schöneres vorstellen, als einen heißen Becher Kaffee, Spiegeleier mit Speck und einen Kirschmarmeladen Toast. Als er die Augen öffnete, wusste er, dass er all das nicht bekommen würde. Er hatte geschlafen wie ein Stein. Sein Rücken schmerzte, als er versuchte sich aufzurichten. Der Connecticut River Greenway State Park lag ungefähr neunzehn Meilen von Amherst entfernt. Das Schild des Parks war der erste Orientierungspunkt seit ein paar Tagen. Jetzt wusste er wenigstens, wo er war. Er rutschte einen kleinen Abhang hinunter. Er trank aus dem Bach und goss sich das kalte Wasser über den Kopf. Dann schaute er auf den Stand der Sonne und rannte los. Wieder führte ihn sein Weg über etliche Felder. Er schlief weitere vier Nächte in den angrenzenden Wäldern.

SECHZEHN

Auf der dunklen Landstraße waren um diese Uhrzeit nicht mehr viele Autos unterwegs. Wie ein laufender Schatten ging Frederick am Rand der Straße entlang.
Etwas weiter vor sich sah er endlich schimmernde Lichter. Er hatte es geschafft. Nach der langen Flucht zu Fuß, hatte er schließlich wieder Zivilisation vor Augen. Er marschierte noch etwa anderthalb Stunden weiter, bis er in eine abgelegene Gegend am Stadtrand kam. Er drehte sich ein paar Mal um und lief über die breite Straße. Der riesige Parkplatz um das Fenway Park Stadium war fast komplett zugeparkt. Die Flutlichter strahlten über das große runde Stadion hinweg und das Spiel war anscheinend in vollem Gange. Er erinnerte sich an einen Artikel, den er irgendwann einmal gelesen hatte. In dem Artikel ging es um Massenveranstaltungen und er konnte sich daran erinnern, dass ein Mitarbeiter der American Insurance Association zitiert wurde. Sie behaupteten, dass bei einer öffentlichen Zusammenkunft wie dieser, sieben Prozent der Menschen, die mit ihren Fahrzeugen ankamen, vergaßen ihre Fahrzeuge abzuschließen. Es war ein sehr riskanter Plan, aber es gab keine Alternative. Er hatte kein Geld, keine Papiere und keine Möglichkeit zum Untertauchen. Mittellos im wahrsten Sinne des Wortes. Sein Leben war ihm genommen worden und er musste irgendwie versu-

chen, es zurückzubekommen. Als er an den geparkten Autos vorbeilief, war er der Einzige weit und breit. Er schaute in jeden Wagen. Es dauerte eine ganze Weile, bis er tatsächlich einen orangefarbenen 1980er-Ford-Pinto fand, bei dem die Knöpfe nicht heruntergedrückt waren. Er sah sich schnell um und öffnete langsam die Fahrertür. Er klappte den Fahrersitz nach vorne und stieg auf die Rückbank. Schnell warf er die Fahrertür wieder zu und klappte den Sitz zurück. Dann drückte er die Knöpfe herunter. Er warf einen kurzen Blick in den Rückspiegel und konnte zum ersten Mal nach Tagen sein Gesicht wiedersehen. Er verharrte etwa zwei Stunden auf der Rückbank, bis er Geräusche hörte. Menschen liefen kreuz und quer zwischen den Autos entlang. Lautes Gegröle kam ihm entgegen. Er beobachtete seine Umgebung. Dann presste er seinen Kopf und seinen Körper so gut es ging auf den Boden vor dem Rücksitz. Jetzt konnte er nur hoffen, dass *Familie Ford Pinto* nur aus *Mama Pinto* und *Papa Pinto* bestand. Es verging eine weitere halbe Stunde. Sein Körper verkrampfte und es war extrem unbequem, aber er dachte sofort an den kalten Waldboden zurück, auf dem er die Nacht zuvor verbracht hatte. Dann hörte er wieder laute Stimmen, die eindeutig auf den Wagen zukamen und er wusste, es war soweit. Entweder musste er gleich wieder die Flucht ergreifen, oder er konnte als blinder Passagier mitreisen. Jemand steckte den Schlüssel ins Schloss. Die Knöpfe sprangen hoch und die Fahrertür wurde geöffnet. Frederick presste sich so fest er konnte in den Fußraum des Wagens. Um ihn herum war völlige Dunkelheit. Er konnte nur hören, was passierte. Er hörte das Rascheln einer Jacke, die anscheinend der Person gehören musste, die sich auf den Fahrersitz setzte. Dann wurde die Fahrertür geschlossen. Ihm stockte der Atem. Vor seinem geistigen Auge zählte er bis fünfzig. Dann sprang der Motor an. Das Radio ging automatisch mit an und ein lauter Slayer-Song ertönte aus den Boxen. Die dröhnende Musik schallte durch den kleinen Wagen. *Warum war er ausgerechnet in diesen Wagen gestiegen?* Plötzlich spürte er etwas in der Nähe seines Kopfes. Der Beifahrersitz wurde nach hinten geschoben und zwang Frederick, seinen Kopf seitlich einzudrehen. Er wusste nicht, wie lange er es in dieser Position aushalten würde. Die Beifahrertür wurde zugeworfen und der Wagen rollte los. Ihm fiel ein Stein vom Herzen. Das war zwar in dieser Position nicht lange zu ertragen, aber wenigstens war die erste Hürde überstanden. Jetzt konnte er nur hoffen, dass die beiden Insassen geradewegs zu ihrem Ziel fuhren, ohne noch irgendwo jemanden mitzunehmen.

Die Einfahrten der Rastplätze waren immer in zwei Seiten aufgeteilt. Geparkte Autos auf der einen Seite und Lastwagen und Wohnwagen auf der anderen Seite. Der alte Ford Pinto hielt direkt vor einem Picknickplatz. Das Radio war immer noch an und irgendeine schreiende Stimme plärrte unverständliche Laute in das Mikrofon. Im Hintergrund schmetterte jemand auf einer E-Gitarre einfache Akkorde durch die Luft. Plötzlich verstummte alles. Jemand hatte das Radio abgestellt und es herrschte von einem auf den anderen Moment Totenstille. Er wusste nicht, was jetzt passieren würde. Seine Gedanken rasten durch seinen Kopf und er versuchte, die Luft anzuhalten. Er presste sich so stark auf den Fußboden, dass er das Gefühl hatte, sein Körper würde mit dem Teppichboden verwachsen. Die Türen wurden geöffnet. Er hörte Schuhe, die auf den Asphaltboden traten. Das Knirschen von kleinen Kieselsteinen. Die Innenbeleuchtung des Pintos war angegangen. Eine Tür wurde zugeworfen. Dann die Zweite. Es war wieder stockfinster im Wagen. Frederick war allein. Er wartete bestimmt zwei volle Minuten, bis er sich langsam zur Seite drehte und sich aufrichtete. Schnell rasten seine Blicke über den Rastplatz. Die Picknicktische waren menschenleer. Ein paar Meter weiter, auf der anderen Seite, stand ein alter Wohnwagen. Oberhalb des Rastplatzes befand sich ein Diner. Es war ein Schnellimbiss-Restaurant, das auch über Sitzplätze verfügte, wie er aus der Entfernung durch die Fensterscheiben erkennen konnte. Er warf einen Blick auf das Zündschloss, in dem leider kein Schlüssel steckte. Dann schob er den Fahrersitz nach vorne. Er schaute durch die Windschutzscheibe und zog einen der Türknöpfe nach oben. Ein kurzes Geräusch ertönte und er öffnete die Fahrertür. Das Licht der Innenbeleuchtung ließ den Wagen in der Dunkelheit aufleuchten. Hastig stieg er aus und zog die Fahrertür zu. Das Licht ging sofort wieder aus und er stand in der völligen Dunkelheit, die ihn sofort verschluckte. Es dauerte einen Moment, bis sich seine Augen an die Nacht gewöhnt hatten. Schnell rannte er über die Wiese zu einem Gebüsch. Hinter dem Gebüsch kniete er sich auf den Boden. Von dort aus hatte er den gesamten Rastplatz im Blick. Seine Methode, in ein fremdes geöffnetes Auto auf dem Parkplatz eines Baseballstadions einzusteigen und sich auf den Boden des Rücksitzes zu legen, erschien ihm jetzt als sehr gefährlich und leichtsinnig. Er wusste nicht, wem das Auto gehörte und wohin diese Menschen fuhren. Vielleicht waren es die nettesten Zeitgenossen, die man sich vorstellen konnte, vielleicht waren sie aber auch das absolute Gegenteil. Das Risiko war zu groß. Er hatte es geschafft, seit einer knappen Woche auf der Flucht zu bleiben, was, wenn man die Umstände betrachtete, schon spektakulär genug war. Wenn man die Statistiken über Fluchtversuche aus Gefängnissen und psychiatrischen Anstalten in Erwägung zog, dann brachte das immer die gleiche Erkenntnis. Fast alle Flüchtigen wurden nach sehr wenigen Tagen wieder festgenommen. Manche schafften es auch über einen längeren Zeitraum auf der Flucht zu bleiben, aber feststand, dass früher oder später der Weg zurück in die Zelle führte. Oder ins Leichenschauhaus. Er hatte Statistiken noch nie gemocht. Er musste sich schnell überlegen, wie es weitergehen sollte. Eigentlich war der alte Ford Pinto eine gute Möglichkeit gewesen. Nur ohne seine beiden Insassen. Als er sich auf dem Rastplatz umsah, gab es nur noch vier andere Autos. Ein dunkelblauer BMW, ein brauner Cadillac Eldorado, ein schwarzer Chevrolet Silverado und ein schwarzer Mercedes. Auf der anderen Seite stand der große alte Wohnwagen. Frederick schaute auf die hell erleuchteten Fenster des Diners. Langsam trat er hinter dem Gebüsch hervor und lief auf die

Treppenstufen zu. Er ging die Treppenstufen nach oben und öffnete die Tür zum Diner. Eine langgezogene Theke erstreckte sich fast durch den ganzen Laden. Vor der Theke standen verchromte Drehsessel. Im hinteren Bereich gab es vier Tische, mit jeweils einer Sitzbank davor. Ein älterer Mann stand in einem weißen Outfit mit Schürze hinter der Theke und wischte gerade mit einem Lappen über eine Arbeitsplatte. Am Ende der Theke saßen zwei übergewichtige Männer, die beide Lederwesten trugen und wie Biker oder Mitglieder der Village People aussahen. An einem der vier Tische saß ein älterer Mann, der in einer Zeitschrift las. Vor ihm stand ein Teller mit einem angebissenen Hot Dog. Am zweiten Tisch saß ein Mann mit einer rothaarigen Frau, die beide Speck mit Spiegeleiern aßen. Am dritten Tisch saßen drei Männer, die alle Waffeln aßen und Cola tranken. Er überlegte kurz und versuchte sich auszumalen, zu wem welcher Wagen gehörte. Am vierten Tisch schaute ein Mann immer wieder durch das Fenster auf den Parkplatz herunter. Der Mann war schwarz gekleidet. Als er sich in Fredericks Richtung drehte, blieb Frederick fast die Luft weg. Auf einem kleinen, aufgestickten Logo an der linken oberen Schulter war das Wappen des Bundesstaates Massachusetts zu sehen. Der Mann trug eine schwarze Polizeiuniform. Das konnte nicht sein. Er hatte keinen Streifenwagen auf dem Parkplatz bemerkt. Er musste ihn übersehen haben. Vielleicht stand er hinter dem großen Wohnwagen. Das wusste er nicht. Gedanken schossen durch seinen Kopf. Er durfte sich nicht auffällig verhalten. *Was war besser? Auf die To-*

ilette zu gehen, oder etwas zu bestellen? Er schaute sich um, sah das Türschild und ging geradewegs auf die Toiletten zu. Er verschwand in der Herrentoilette und schloss sich in einer der Kabinen ein. *Verrückt*, dachte er. Die einzige Möglichkeit sich vor der Polizei zu verstecken bestand darin, sich selbst einzuschließen. Er wartete eine ganze Weile, um sich zu sammeln. Nach etwa fünfzehn Minuten stand er auf und öffnete die Tür. Als er sich zur Seite drehte, um auf die Tische zu schauen, war der Polizist verschwunden. Alle anderen saßen immer noch auf ihren Plätzen. Er ging zur Theke und bestellte zwei Hot Dogs, eine Portion Pommes frites und eine große Cola. Dann setzte er sich auf den Platz, an dem der Polizist zuvor gesessen hatte. Er hatte außer ein paar Beeren und Baumrinde seit fast einer Woche keine Nahrung mehr zu sich genommen. Er verschlang die beiden Hot Dogs und die Portion Pommes frites, als gäbe es keinen Morgen mehr. Er war todmüde und wäre am liebsten auf der Stelle eingeschlafen. Die Sitzbank war sehr gemütlich und wäre durchaus geeignet gewesen. Er hatte schon an viel schlimmeren Orten geschlafen. Nur war an Schlaf leider noch nicht zu denken. Von seinem Platz hatte er, wie zuvor der Polizist, den perfekten Ausblick auf den gesamten Parkplatz. Als die drei Männer ihre Waffeln zu Ende gegessen hatten, griff einer von ihnen in seine Hosentasche und zog ein Portemonnaie heraus. Er zog ein paar Scheine heraus und legte sie zusammen mit ein paar Münzen auf den Tisch. Dann standen sie auf und liefen in Richtung Tür. Frederick überlegte nicht lange und behielt den Mann hinter der Theke ständig im Auge. Mit einer sehr schnellen Bewegung lehnte er sich über die Sitzbank zu seinem Nachbartisch herüber und griff nach den Münzen und einem der Geldscheine. Niemand hatte etwas davon mitbekommen. Unter dem Tisch zählte er innerhalb von wenigen Sekunden das Geld und war sich sicher, dass er nur das ordentliche Trinkgeld seiner Nachbarn entwendet hatte und damit seinen Hot Dog bezahlen konnte. Frederick beobachtete, wie die drei Männer unterhalb des Diners in den dunkelblauen BMW einstiegen und davonfuhren. Als Frederick durch den Raum schaute, sah er, wie die beiden übergewichtigen Ledermänner gerade bezahlten und das Diner kurz darauf verließen. Wieder schaute er aus dem Fenster und wartete, bis die beiden Rocker, Biker oder Metallköpfe über den Rastplatz liefen. *Welches Auto würden sie wohl nehmen?* Dann sah er, wie die beiden Männer die Treppenstufen hinunterkamen. Sie liefen an dem schwarzen Mercedes vorbei, geradewegs auf den braunen Eldorado zu. Einer von ihnen blieb stehen, um sich eine Zigarette anzustecken, während der Andere weiterlief. Sie gingen am Cadillac vorbei. Auch an dem schwarzen Chevy Silverado gingen sie vorbei. Dann öffnete einer der beiden die Tür zum orangefarbenen Ford Pinto. Da ging sie also hin, seine bequeme Mitfahrgelegenheit. Er hatte damit gerechnet, dass früher oder später jemand in den Pinto einsteigen würde. Jetzt wusste er wenigstens, wer die beiden Fahrer waren, die ihn bis hierher als blinden Passagier gebracht hatten. Blieb noch die Frau mit dem Mann und dem Speck und den Spiegeleiern, der Mann mit der Zeitung und der Verkäufer. Frederick war sich sicher, dass der braune Cadillac Eldorado zu dem Verkäufer des Diners gehörte. In einem kleinen Fernseher, der in einer der Ecken unter der Decke angebracht war, fingen gerade die Abendnachrichten an. Nur zu gerne wäre er auf der gemütlichen Sitzbank sitzen geblieben und hätte sich in aller Ruhe die Nachrichten angesehen. Es war an der Zeit zu verschwinden. Frederick kramte den Fünf-Dollar-Schein und die paar Münzen aus seiner Hosentasche und legte sie auf den Tisch. Der Mann mit der Schürze nahm das Kleingeld und den Fünfer vom Tisch, öffnete die Kasse und sortierte das Wechselgeld heraus.

»Und, hat's geschmeckt?«

Frederick versuchte, so normal wie möglich zu wirken, grinste kurz, nahm das Wechselgeld und verschwand.

Ein starker Wind zog über ihn hinweg, als er die Treppenstufen des Diners herunterlief. Er lief weiter auf den alten Wohnwagen zu. Er drehte sich kurz um und schaute zurück auf das beleuchtete Diner. Auf dem Parkplatz war alles still. Dann verschwand er im dunklen Schatten hinter dem alten Wohnwagen. Ein paar Bäume und Gestrüpp boten ein gutes Versteck, von dem er unter dem Wohnwagen hindurch auf den Parkplatz und auf den Anfang der Treppenstufen sehen konnte. Irgendwie musste er von diesem Rastplatz wieder wegkommen. Der alte Wohnwagen sah von außen sehr mitgenommen aus. Er hatte braune Ränder, die seine Stellzeit auf dem Rastplatz nur erahnen ließ. Die Witterung hatte starke Spuren hinterlassen, deshalb ging er davon aus, dass der alte Camper schon eine sehr lange Zeit auf dem Rastplatz zu Hause war. Es war durchaus denkbar, dass der alte Mann aus Bequemlichkeit nach Feierabend in den alten Wohnwagen kroch, um sich aufs Ohr zu hauen und immer in der Nähe seines Arbeitsplatzes zu sein. Aber das glaubte er nicht. Er konnte sein Glück versuchen und die nächste Nacht in dem schäbigen alten Wohnwagen verbringen und hoffen, dass er keinen nächtlichen Besuch bekam. Oder er konnte sich so schnell wie möglich von dem Rastplatz entfernen. *Nur wie?* Es war so, als würde er an einem Glücksrad drehen und hoffen, einen Preis zu gewinnen. Nur mit dem kleinen Unterschied, dass dieser Preis sein Leben war. *Was hatte er davon, sich eine Nacht in dem alten Wohnwagen so richtig auszuschlafen, um dann am nächsten Morgen im grellsten Tageslicht von einem Rentner auf der Durchreise erkannt zu werden?* Er entschied sich, am Glücksrad zu drehen.

Es dauerte ungefähr zwanzig Minuten, bis der Mann zusammen mit der rothaarigen Frau die Treppenstufen hinuntergelaufen kam. Frederick kauerte auf der Laderampe des schwarzen Chevrolet Silverado und drückte seine Beine so fest gegen die Wand, dass er die Fahrt halbwegs überstehen würde. Es war ein 1994er-Modell mit offener Ladefläche. Nur eine alte dunkelgrüne Plastikplane war in eine Ecke geworfen, die Frederick als Tarnung benutzte. Die Schritte kamen näher und er hörte, wie die Knöpfe im Innenraum nach oben sprangen. Die Türen wurden zugeworfen und die 5.7 Liter V8 Maschine wurde mit einem lauten Dröhnen aufgeweckt. Er klammerte sich fest in die

Rillen der Ladefläche und war bereit für die nächste Reise ins Ungewisse. Der Chevy rollte langsam vom dunklen Parkplatz und verschwand. Die dunkelgrüne Abdeckplane flatterte im Fahrtwind auf und ab, während Frederick beide Hände fest in die Rillen der Ladefläche drückte. Der Pick-up Truck holperte über die steinige Straße, was dazu geführt hätte, dass Frederick hin und her geschleudert worden wäre, wenn er nicht mit aller Kraft dagegen angekämpft hätte. Das laute Röhren des Motors vermischte sich mit dem krachenden Geräusch der Stoßdämpfer, die ihr bestes gaben, um die Schlaglöcher am Boden halbwegs abzudämpfen. Es waren vielleicht erst fünfzehn Minuten vergangen, als sich der Wagen noch ein letztes Stück den Weg durch die stockfinstere Nacht bahnte, und schließlich langsamer wurde. Frederick versuchte, sich zusammenzureißen. Er war seinem Schicksal ausgeliefert und wusste nicht, was passieren würde. Das Einzige, was ihn mit absoluter Gewissheit antrieb, war der Pakt, den er mit sich selbst geschlossen hatte. Jeden Atemzug in Freiheit würde er nutzen, um für sein Leben zu kämpfen. Und er wollte die Menschen finden, die ihm seine wichtigsten Jahre geraubt hatten. Der alte Chevrolet wurde so langsam, dass er fast zum Stehen kam. Frederick spürte, dass der Wagen abgebogen war. Dann verstummte plötzlich das röhrende Geräusch der V8 Maschine. Er hörte nichts mehr. Von einem auf den anderen Moment war es totenstill geworden. Dann wurde eine Tür geöffnet und sofort wieder zugeschlagen. Er hörte das Knirschen der Schuhe auf dem Boden. Er wusste nicht, wer am Steuer gesessen hatte.

Plötzlich waren die Schritte so nah, dass er jeden Moment damit rechnete, dass die Abdeckplane weggezogen würde. Dann hörte er unmittelbar neben seinem Kopf ein metallenes Geräusch. Eine Klappe wurde geöffnet. Etwas wurde aufgeschraubt. Dann das Geräusch von Metall auf Metall. Der Zapfhahn steckte bis zum Anschlag im Tank und pumpte Diesel in den alten Silverado. Der Tankdeckel wurde wieder zugeschraubt. Dann entfernten sich die Schritte. Das war die Gelegenheit.
Frederick sprang auf, schob die Abdeckplane zur Seite und sprang von der Ladefläche. Er musste sich schnell orientieren. Direkt vor ihm befand sich eine hell beleuchtete kleine Tankstelle mit zwei Zapfsäulen und einem kleinen Geschäft. Weit und breit war völlige Dunkelheit. Er erkannte eine Gestalt, die gerade hinter einem Pfosten in dem Geschäft verschwand. So leise wie möglich schlich er um den Wagen herum und riss die Fahrertür auf. Er sprang sofort auf den Fahrersitz und sah mit völliger Verwunderung den Mann auf dem Beifahrersitz liegen, der zu schlafen schien und ihn nicht bemerkt hatte. Als Frederick auf das Zündschloss schaute, konnte er sein Glück kaum fassen. Eine winzige hawaiianische Tänzerin baumelte am Zündschloss herunter. Er sah zu dem Geschäft herüber. Die Frau stand an der Theke und bezahlte gerade. Mit einer ausholenden Bewegung beugte er sich langsam über den schlafenden Mann und streckte seinen Arm in Richtung der Beifahrertür aus, die er behutsam öffnete. Die Tür war nur einen Spalt geöffnet, bewegte sich aber durch die leicht abschüssige Straßenlage wie von Geisterhand.

Mit einem lauten Schlag, gefolgt von einem schmerzerfüllten Raunen, krachte der schlafende Mann auf den Asphaltboden. Frederick schlug die Beifahrertür zu, drehte den Schlüssel herum und trat mit seinem Fuß aufs Gaspedal. Der alte Silverado rauschte davon und die hawaiianische Tänzerin baumelte durch die Luft.

SIEBZEHN

Der Verkehr auf der Interstate 90 war überschaubar. Er war weder tot noch lebendig. Er musste weiter gegen seine Erschöpfung ankämpfen. Er fuhr seit acht Stunden ohne Pause. Er stoppte in der ersten Nacht in Erie, Pennsylvania. Erie hatte etwas mehr als einhunderttausend Einwohner und lag direkt an einem See. Nachdem er das Handschuhfach und das Fach in der Mittelkonsole des Wagens durchsucht hatte und eine kleine Ledermappe mit zwei Fünfzig-Dollar-Noten gefunden hatte, stieg er aus und vergewisserte sich, dass der Wagen abgeschlossen war.

Das Motel wirkte von außen wie eine Absteige für Vertreter, Fernfahrer, Fremdgänger, Leute auf der Durchreise und Menschen wie ihn, die nicht entdeckt werden wollten. Ein Schild zeigte die Raten an, die man stündlich, täglich oder wöchentlich für ein Zimmer bezahlen musste.

FARBFERNSEHER, KLIMAANLAGE, TELEFON & INTERNET stand auf einem Schild unterhalb der violetten Leuchtreklame. Er hatte ein heruntergekommenes, schäbiges Zimmer erwartet, aber zu seinem Erstaunen war das kleine Zimmer sauber und wirkte sogar gemütlich. Er machte die 70er-Jahre-Stehlampe an, die in einer Ecke stand. Als er das altmodische Interieur betrachtete, dachte er für einen kurzen Moment an seine Zeit Mitte der 80er zurück und fühlte sich ein wenig so, als wäre das alles nie passiert. Hier drinnen fühlte er sich zum ersten Mal nach sehr langer Zeit fast wie zu Hause. Die Scheinwerfer eines Autos oder Lastwagens huschten über die kahle Wand des Motelzimmers. Die dicken blauen Vorhänge waren zugezogen und dabei wollte er es auch belassen. Völlig erschöpft sackte er auf das Bett.

Er musste sich einen Plan zurechtlegen, wie er in den kommenden Tagen vorgehen würde. Seine Flucht war noch zu frisch, deshalb ging er tagsüber nicht auf die Straße. Er wartete, bis der Tag zu Ende war, und ging nur bei Dunkelheit an die frische Luft. In einem kleinen Internetcafé machte er sich zum ersten Mal mit dem Internet vertraut. Wenn eine Person wirklich im Dunkeln bleiben wollte, konnte sie das durchaus schaffen. Man musste einen gewissen Aufwand betreiben, konnte sich aber den gängigen Online-Portalen und sozialen Netzwerken entziehen und unsichtbar werden.

Er starrte auf den Bildschirm. Als er *Linda Hagel* in das Suchfeld eingab, gab es zwei Treffer. Er war froh, dass er in seiner Gefangenschaft das eine oder andere Magazin über den Umgang mit Computern gelesen hatte und die Grundlagen des Internets verstanden hatte. Der erste Link führte zu einer sechsundsiebzigjährigen Künstlerin, die in Maine lebte. Auch wenn sie sich für ihr Alter gut gehalten hatte, war er sich sicher, dass es nicht die Linda Hagel war, die er suchte. Er klickte auf den zweiten Link. Ihm lief ein Schauder über den Rücken, als er das Foto sah. Er kannte das Foto. Es zeigte eine sehr alte Aufnahme, die er damals selbst gemacht hatte. Ein klassisches Foto, das zur Repräsentierung bestens geeignet war. Er starrte auf das Foto. Es befand sich im oberen Bereich der Webseite. Die Seite war in zwei Teile aufgeteilt. *Finanzen & Investitionen* und *Bürgschaften & Darlehen.* Er suchte nach einer Adresse, fand aber nur den Eintrag einer Treuhandgesellschaft mit Firmensitz in Portland, Oregon.

Dann tippte er *Kyle Fenworth* in das Suchfeld ein.

Die Suchmaschine zeigte mehrere Ergebnisse. An sozialen Netzwerken war Kyle anscheinend überhaupt nicht interessiert. Er war weder bei Facebook noch bei LinkedIn oder Twitter angemeldet. Genau wie Linda hatte er vermutlich ein Leben in der Anonymität vorgezogen. Es gab eine alte Firmenwebseite, die offenbar nicht mehr aktuell war, da am unteren Rand des Bildschirms *1997 – 1998* angezeigt wurde. Er klickte zurück und schaute sich die Suchergebnisse an. Etwas weiter unten fand er einen Eintrag über die Chase Modern Bank. Er klickte auf den Link. TOP BANKER 1986 lautete die Überschrift. Er überflog den Artikel und konnte außer etlichen Lobhudeleien nichts Interessantes finden. Auch die anderen Links waren nur Berichterstattungen über Tradingabläufe innerhalb der Finanzbranche.

So kam er nicht weiter. Es musste sich irgendetwas finden lassen. Er dachte weit zurück. Dann kam ihm die Idee. Natürlich musste es Zeitungsberichte gegeben haben. Er musste sich erst daran gewöhnen, dass er dieses – für Andere völlig selbstverständliche Internet –, frei nutzen konnte. Er tippte ein Datum in das Google-Suchfeld: *30. Juni 1988*. Das Datum seiner Festnahme. Dahinter schrieb er: *Schwarzgeldverschiebungen, Linda Hagel, Kyle Fenworth, Chase Modern Bank*. Zu den Schwarzgeldverschiebungen konnte er nichts finden. Rein gar nichts. *Sie war also nie dafür belangt worden.* Anscheinend war der Fall bis jetzt nicht an die Öffentlichkeit gelangt.

Er tippte wieder das Datum ein.

Dahinter schrieb er: *Frederick Hagel.*

Sofort tauchten vier Ergebnisse auf. Er klickte auf einen Link, der zu den New Yorker Tageszeitungen und ihren Archiven führte. Alle vier Ergebnisse führten zu kurzen Berichten. Einer im Lokalteil der *New York Times*, einer im Lokalteil des *Boston Herald* und zwei Titelseiten im *Amherst Bulletin*. Die Überschrift des *New York Times*-Berichts lautete: MANN WEGEN ANGRIFF AUF EHEFRAU IN PSYCHIATRIE GESPERRT.

Die Überschrift des Berichts im *Boston Herald* war: MANN NACH PSYCHIATRISCHEM GUTACHTEN FÜR SCHULDIG ERKLÄRT. Die beiden Titelseiten im *Amherst Bulletin* waren identisch: GEISTESZUSTAND BRINGT GEMEINGEFÄHRLICHEN EHEMANN IN FORENSISCHE PSYCHIATRIE.

Ihm lief es kalt den Rücken herunter, als er die Berichte zum allerersten Mal nach so langer Zeit las. Sein Leben war ihm genommen worden. Er fühlte sich wie einer dieser Komapatienten, die nach Jahrzehnten wieder aufgewacht waren, nur um festzustellen, dass sie um mehr als zwanzig Jahre gealtert waren und nichts mehr so war, wie es einmal gewesen ist. Alles Vertraute war verschwunden. Die Welt hatte sich verändert. Er erinnerte sich an den Film *Zeit des Erwachens*, in dem Robert De Niro einen Patienten in einer Nervenheilanstalt spielte, der für kurze Zeit wieder aus seinem komatösen Zustand herausgeholt werden konnte. In einer Szene sah er in den Spiegel und musste zu seinem Entsetzen feststellen, dass er ein alter Mann und kein Junge mehr war. Der Unterschied zwischen Robert De Niros Figur lag darin, dass Frederick als völlig gesunder Mensch, achtzehn Jahre seines Lebens gezwungenermaßen in der forensischen Psychiatrie verbracht hatte und Robert De Niros Figur aufgrund der Krankheit ins Koma zurückfiel. Frederick war sich sicher, dass ihm das nicht passieren würde.

Dann kam ihm langsam aber sicher die Erkenntnis, dass es durchaus sein konnte, dass Linda ihren Nachnamen gewechselt hatte. Vielleicht sogar ihren Vornamen, wer wusste das schon.

Als Allererstes brauchte er einen Job, um sich über Wasser halten zu können. Wieder gab er etwas in das Suchfeld ein. Er klickte auf den Link einer Organisation, die sich CLEAN HANDS nannte. Sie unterstützte Menschen mit Alkoholproblemen, Drogenproblemen, Spielsucht und jeglicher Art von finanziellen Schwierigkeiten. Sie betreute Ex-Sträflinge und vermittelte Bewährungshelfer. Sie half Menschen bei der Suche nach einer neuen Arbeitsstelle, unabhängig davon, was in der Vergangenheit passiert war. Als er sich durch die Seite klickte, stieß er immer wieder auf den Leitspruch der Organisation:

Starthilfe für jeden. Neustart in die Zukunft.

Am nächsten Morgen saß er vor einer fülligen Frau, auf

deren Namensschild PAULA stand. Sie starrte gebannt in den Computermonitor. Sie trug eine dieser Brillen, an deren Bügel sich ein Brillenband befand, das um ihren Hals hing. Sie klickte immer wieder auf die kleine Computermaus. »So, dann mache ich Ihnen mal ein paar Vorschläge. Wir hätten einmal einen Brötchenfahrdienst. Schichtbeginn vier Uhr morgens. Auslieferung an die Kunden und Rücktransport der leeren Paletten. Als Nächstes Nachtportier in einem Bahnhofshotel. Schichtbeginn um elf Uhr abends. Morgens um sieben müssen Sie das Frühstücksbuffet vorbereiten und machen um neun Feierabend. Alles sechs Mal die Woche. Oder Küchenhilfe bei Hon Wun's Kitchen. Schichtbeginn sechzehn Uhr. Alles Lohnuntergrenze.« Paula schaute das erste Mal zu ihm. Frederick musste nicht lange überlegen. »Hon Wun's Kitchen«, sagte er. Paula klickte auf ihre Computermaus und kurz danach war der Drucker zu hören. »Also dann, Won Hun's Kitchen.« Er grinste kurz. Sie überreichte ihm ein ausgedrucktes Formular. »Das füllen Sie komplett aus. Dann geben Sie es da drüben ab.« Sie zeigte mit ihrer dicken Hand auf einen Schalter, der gerade nicht besetzt war. Frederick schaute auf das Formular. Die üblichen Formalitäten. Dann starrte er auf das erste Feld: NAME.

Er hatte keinen Namen mehr. Zumindest keinen Namen, den er weiter benutzen konnte. Seine eigene Vergangenheit war für immer abgeschlossen und stand ihm nicht mehr offen. Er musste sich eine neue Identität zulegen, das war so sicher wie das Amen in der Kirche. Er nahm das Formular und verabschiedete sich von der fülligen Paula.

Als Nächstes ging er zurück in das kleine Internetcafé. Er setzte sich an einen Computer und bewegte die Maus. Sofort war das Google-Suchfeld zu sehen.
Er tippte los: *Geburtsurkunde ohne Ausweis*. Er klickte auf den ersten Link. Sofort tauchte eine Liste aller Bundesstaaten auf. Unter jedem Staat waren die Anforderungen aufgelistet, um an eine Geburtsurkunde heranzukommen. Er musste bereits einen gültigen Führerschein besitzen, um diese anfordern zu können. Genau das war das Problem. Es war wie ein Schneeballeffekt. Das Eine führte zum anderen. Mit einem gültigen Führerschein bekam man eine Geburtsurkunde. Mit einer Geburtsurkunde bekam man eine Sozialversicherungsnummer. Mit einer Sozialversicherungsnummer bekam man eine Arbeitsstelle.
Er hatte vor ein paar Jahren einen Fall gehört, an den er sofort denken musste. Ein Psychiater hatte seinen Selbstmord inszeniert, um unterzutauchen. Er täuschte einen Obdachlosen, um so an eine neue Identität zu gelangen. Es musste noch eine andere Möglichkeit geben.
Er hatte den alten Chevrolet bei seiner Ankunft ein paar Straßen vom Motel entfernt abgestellt. Das Auto war sowieso schon auffällig genug, weil es nicht gerade der kleinste fahrbare Untersatz war. Seit seiner Ankunft war er nicht mehr an dem Wagen gewesen. Er war sich sicher, dass die rothaarige Frau und der Mann den Wagen längst als gestohlen gemeldet hatten und die Kennzeichen zur Fahndung freigegeben waren. So konnte er auf keinen Fall weiterfahren.
Sobald die Dunkelheit hereingebrochen war, spazier-

te Frederick aus seinem Versteck. Die Büroräume des Chevrolet-Autohauses waren stockdunkel. Nur der Showroom im Erdgeschoss, in dem die neuesten Modelle standen, war übertrieben hell beleuchtet. Ein großer begehbarer Parkplatz lag direkt neben dem Autohaus. Der Parkplatz war voll mit etlichen Gebrauchtwagen. Ein Drahtzaun versperrte den Weg zu einem noch größeren Parkplatz, der sich innerhalb des Firmengeländes befand. Auf dem Parkplatz standen eine ganze Menge Neuwagen. Etwas weiter hinten sah Frederick eine weitere Reihe mit Gebrauchtwagen. Das Autohaus lag in einer Seitenstraße einer eher ruhigen Gegend, in der um diese Uhrzeit nichts mehr los war. Er vergewisserte sich, dass wirklich niemand in der Nähe war und kletterte über den kleinen Drahtzaun. Sofort sprintete er zu den Gebrauchtwagen, die sich im hintersten Teil des Parkplatzes befanden. Er lief bis ans Ende, wo die wirklich gebrauchten Fahrzeuge standen. Alle Wagen standen so eng aneinander, dass man kaum zwischen ihnen hindurchgehen konnte. Einige sahen so verkümmert aus, dass er nicht wusste, ob sie einfach kürzlich gebraucht dort abgegeben worden waren, oder schon Jahrzehnte auf diesem Parkplatz ihr Dasein fristeten. Er fand einen wirklich ramponierten alten Truck in der vorletzten Reihe, der mit dem Boden verwachsen zu sein schien. Es dauerte etwa sieben Minuten, bis er die Nummernschilder aus den Halterungen geschraubt hatte. Er steckte die beiden Kennzeichen unter seine Jacke und brauchte noch einmal so lange, um die beiden Nummernschilder seines Chevy Silverados an dem alten Truck anzubringen. Dann kletterte er zurück über den Drahtzaun. Der schwarze Chevy Silverado hatte sich von einer Zulassung aus Massachusetts in einen Wagen aus Pennsylvania verwandelt.

Er fuhr etwa vierzehn Meilen südöstlich nach Waterford. Er hatte es auf einer Landkarte, die er im Pick-up gefunden hatte, herausgepickt, weil es ein kleiner Ort war, in dem nur knapp eintausendfünfhundert Einwohner lebten. Er parkte seinen Wagen eine Viertelmeile vor dem Ortsschild und ging über Nebenstraßen zu Fuß bis an den Stadtrand. Ihm waren die kleinen Spelunken sofort aufgefallen. Wenn er sich jetzt auf die Suche machte, dann konnte seine bisherige Anonymität eventuell Risse bekommen. *Aber wenn nicht jetzt, wann dann*, dachte er sich.

Er nahm den Türgriff in die Hand und drückte die Klinke herunter. Die Bar hieß SHOW ME KARAOKE und war wohl eine der heißen Adressen in Waterford. Es gab anscheinend das billigste Bier in der Gegend, das auf unübersehbare Weise auf mehreren Werbeschildern angepriesen wurde. Die Bar war gut besucht und es gab nur wenige freie Plätze. Frederick stellte sich an die Theke und bestellte ein Ginger-Ale. Links von ihm war eine kleine Bühne aufgebaut, an deren Ende eine weiße Leinwand hing. Davor stand ein schwarzer Metalltisch mit einem Beamer und einer Stereo-Anlage darauf. Ein dicklicher Mann mit schütterem Haar stand vor einem Computermonitor und schien etwas zu suchen. »Das macht $3.50.« Die junge Kellnerin stellte das Ginger-Ale auf die Theke und Frederick bezahlte. Zwei kichernde junge Teenager liefen zusammen auf die kleine Bühne und das Licht in der Bar wurde abgedunkelt. Der dickliche Mann überreichte ihnen zwei Mikrofone und dann ertönten die ersten Akkorde von *(I've Had) The Time of My Life*. Welch Ironie, dachte Frederick. Er sah sich ein wenig um und hatte gehofft, dass die Bar genau das Klientel anzog, das zu ihrem schäbigen Äußeren passte. Nach ein paar Songs der beiden Teenager kam ein älterer Mann auf die Bühne, der sich zu *Love Me Tender* wie ein Kreisel bewegte, der noch nicht ganz umgefallen war. Gerade hatte Frederick sein Glas geleert und beschlossen, eine andere Bar aufzusuchen, als er etwas weiter hinten eine Gruppe von Jugendlichen sah, die alle Baseballkappen trugen. Seine Vorurteile sortierten sie sofort in die Möchtegern-Kleinstadt-Gangster-Schublade. Es erschien ihm sehr unwahrscheinlich, dass diese Kids Zugang zu gut gefälschten Führerscheinen hatten und trotzdem musste er es irgendwie versuchen. Er wartete, bis einer von ihnen aufstand und die Bar verließ. Frederick folgte ihm nach draußen.

Vor der Bar herrschte Totenstille. In dieser Gegend am Stadtrand war um diese Uhrzeit soviel los, wie bei einem Orkan im Freibad. Der Möchtegern-Gangster stand in einer Seitengasse mit dem Rücken zu ihm und rauchte eine Zigarette. Er hätte zu gerne gewusst, was dem Typen durch den Kopf ging, wenn ihn ein Mann in Fredericks Alter nach einem gefälschten Führerschein fragte. Aber dazu kam es nicht. Gerade als Frederick zu ihm gehen wollte, blökte ihn einer der anderen von hinten an. »Hey, alter Mann, was hasten auf Tasche?« Frederick drehte sich um, und sah dem Möchtegern-Eminem in die winzig kleinen Augen.

»Ich hab' was ganz Tolles auf Tasche«, antwortete Frederick.

Die beiden Typen schienen nicht ganz zu kapieren, was gerade vor sich ging.

»Ach ja, dann zeig mal her alter Mann.«

Frederick zog ein Taschenmesser aus seiner Hosentasche. Die beiden Jugendlichen fingen an zu lachen. »Was hasten damit vor, du Kackvogel?«

»Ich will es euch schenken, was denn sonst?«

»Der ist verrückt der Alte.«

»Da hast du nicht ganz unrecht.« Frederick musste grinsen, als er das sagte. Offiziell gesehen war er das auch.

»Ich schenke euch das Messer, wenn Ihr mir sagt, wo ich einen gefälschten Führerschein herbekommen kann.« Jetzt fing einer der Jugendlichen so laut an zu lachen, dass er fast keine Luft mehr bekam. Er musste stark husten und verschluckte sich.

»Was hasten damit vor?«, fragte der Eine.

»Hältst du uns für so bescheuert? Du bist ein Bulle, oder?« Beide sahen sich kurz an. »Lass uns verschwinden.« Die beiden wollten gerade gehen.

»Nein, wartet. Hört zu. Ich bin kein Bulle. Ich brauche Eure Hilfe. Kennt Ihr jemanden in der Gegend, der mir einen Führerschein verkaufen könnte?«

»Verpiss Dich.« Die beiden verschwanden in der Dunkelheit. Dann hörte er, wie die Tür zur Bar zugeworfen

wurde. Frederick war ein hohes Risiko eingegangen. Sie hielten ihn für verrückt, was die beste Tarnung war. Sie würden bestimmt niemandem davon erzählen und selbst wenn, war das keine wirkliche Gefahr für ihn. Er wartete ungefähr eine Stunde und ging dann zurück in die Karaokebar. Wenn er recht hatte, dann waren die Jugendlichen mittlerweile sturzbetrunken. Die Bar war immer noch genauso voll wie vorher und er versuchte sich so schnell wie möglich an einer Gruppe von Leuten – die mitten im Raum standen – vorbeizuzwängen. Er schaute zurück zu dem Tisch, an dem die Jugendlichen zuvor gesessen hatten. An dem Tisch saß einer der Typen mit einer Blondine auf dem Schoß, deren Münder sich beide ineinander verfangen hatten. Er schaute durch die ganze Bar und sah den anderen auf der kleinen Tanzfläche herumtorkeln. Frederick stellte sich in eine Ecke in der Nähe der Garderobe, sodass er fast völlig im Dunklen stand. Es dauerte noch eine ganze Weile, bis sich der Typ endlich von der Tanzfläche entfernte und auf die Toiletten zuging. Frederick setzte sich in Bewegung und folgte ihm. Die Tür fiel leise zu. Der Jugendliche hatte sich an eines der Pissoirs gestellt und versuchte irgendwie, sein Gleichgewicht zu halten. Frederick ging ganz langsam auf ihn zu. Er tat so, als sei er selbst völlig betrunken, legte ihm seinen Arm um die Schulter und stellte sich direkt neben ihn. »Heyy, waas, waaas isst?«, lallte der Typ.
»Alles super. Ich bin kein Bulle, wollte nur Spaß machen vorhin.«
»Iss gut«, brachte er gerade noch so über die Lippen.

Während ihm Frederick immer wieder auf die Schulter klopfte, zog er ihm langsam das Portemonnaie aus der Hosentasche.

»Ich mussss los.« Der Möchtegern-Gangster taumelte in eine der Kabinen und legte sich auf den kalten Steinboden.

»Gute Nacht«, sagte Frederick und verließ die Toiletten. Der andere Typ war immer noch mit der Blondine beschäftigt und Frederick ging geradewegs zur Tür hinaus, während im Hintergrund vier ältere Frauen *Lady* von der Little River Band trällerten.

Frederick lief, so schnell er konnte, zum Wagen zurück, stieg ein und fuhr die vierzehn Meilen zurück zu seinem Motel in Erie. Als er vor dem Motel parkte und den Motor abstellte, zog er sofort das erbeutete Portemonnaie hervor. Zu seiner Enttäuschung befanden sich nur ein alter *Blockbuster*-Videothekausweis und ein abgelaufener Highschool-Ausweis in einem der Fächer. Und ein Fünf-Dollar-Schein. Der ganze Aufwand war umsonst gewesen. Er nahm den Schein heraus und steckte ihn in die Tasche. Am nächsten Morgen machte er sich wieder auf in das kleine Internetcafé. Diesmal tippte er *gefälschter Führerschein* in das Suchfeld ein. Er fand ein paar Blog-Einträge über College-Studenten, bei denen gefälschte Ausweise immer hoch im Kurs standen. Er klickte sich durch ein Forum und fand in einem der darunter stehenden Kommentare einen Link zu einem chinesischen Anbieter, der gefälschte amerikanische Führerscheine verkaufte. Jeder Ausweis hatte das authentische Design des jeweiligen Bundesstaates und wurde im selben PVC-Material hergestellt wie ihre originalen Vorbilder. Die Ultra-Violett-Tinte, die Hologramm-Beschichtung, die mit Laser eingravierten Unterschriften und Geburtsdaten, sowie die Barcodes und Magnetstreifen, sorgten für die gleichen Sicherheits-Eigenschaften des Originals. Sie wurden von jedem Scanner erkannt und gelesen. In dem Beitrag wurde darauf hingewiesen, dass innerhalb der USA und Kanada ansässige Firmen keine gefälschten Papiere verkaufen durften und in China andere Gesetze herrschten. Endlose Rezensionen bewerteten den chinesischen Händler als Top-Adresse für hochwertige, gefälschte Papiere. Frederick füllte das Online-Formular aus und trug als Versandadresse die Adresse des schäbigen Motels ein. Er wusste, dass es einige Zeit dauern würde, bis der Führerschein für den Staat Pennsylvania, ausgestellt auf den Namen Richard Freeman, aus China eintreffen würde. Er musste seine finanzielle Situation schnellstens verändern, deshalb konnte er nicht so lange warten und wertete den gefälschten Führerschein aus China als absoluten Notnagel. Es musste noch eine schnellere Lösung geben.

ACHTZEHN

Er beobachtete, wie die jungen Ärztinnen und Ärzte an ihren Tischen saßen und ihr Mittagessen zu sich nahmen. Er hatte das Krankenhaus beim Hereinfahren schon bemerkt. Es lag am Rand von Jamestown, etwa siebenundfünfzig Minuten von Erie entfernt. Wenn er sich nicht allzu dumm anstellte und eine gute Portion Glück dazu kam, dann konnte er mit seinem kleinen Plan Erfolg haben. Falls etwas schiefging, hatte er immer noch die Möglichkeit zur Flucht und würde durch die Entfernung kein zu hohes Risiko eingehen und unerkannt bleiben. Für die erste Zeit würde sicherlich ein gefälschter Führerschein ausreichen, aber um wirklich ein neues Leben beginnen zu können, musste er echte Papiere besitzen. Er wartete geduldig, bis alle fertig gegessen hatten und ihre Tabletts wegräumten. Die Kantine war für jedermann zugänglich. Er legte die leere Orangensaft-Packung auf sein Tablett und stand auf. Dann schob er das Tablett in den Wagen und folgte den Medizinern. Sie verstreuten sich nach der Mittagspause in alle Himmelsrichtungen. Er entschied sich schließlich einer jüngeren Ärztin zu folgen, die zusammen mit einer Kollegin den langen Gang zur Strahlenklinik hinunterging. Als die beiden durch eine große automatische Schiebetür gingen, musste er sich beeilen, um hinterher zu kommen, da die Tür nur für befugtes Personal vorgesehen war. Schnell huschte er noch durch die Tür, die sich gerade wieder schließen wollte. Er drehte sich sofort um und blieb an einem leeren Krankenbett stehen, das verlassen auf dem Flur herumstand. Aus dem Augenwinkel konnte er sehen, wie die beiden Ärztinnen in einem Ärztezimmer verschwanden. Kurze Zeit später kamen beide mit Straßenkleidung wieder heraus. Er wartete, bis die beiden außer Sichtweite waren, und ging dann auf das Ärztezimmer zu. Die Tür war nicht verschlossen und er verschwand blitzschnell im Zimmer. Das Zimmer ähnelte einer Umkleidekabine in einer Turnhalle. In der Mitte stand eine große Sitzbank mit Kleiderhaken darüber. An den Seiten standen mehrere Spinde. Er zog an jeder Spindtür. Alle waren verschlossen. Bis auf eine. Er zog die Tür auf und fand eine blaue Jeans und einen dunkelbraunen Pullover. Er griff sofort in die Hosentaschen und zog ein Portemonnaie heraus. Dann schloss er die Tür des Spinds und verließ das Ärztezimmer. Draußen vor dem Krankenhaus setzte er sich auf eine der Besucherbänke, die sich unter einem schattigen Baum befand. Er klappte das Portemonnaie auf und freute sich. Mehrere Karten steckten in den Fächern. Er zog zuerst eine silberne Kreditkarte heraus. Auf der Karte stand ein koreanischer Name. Als er die nächste Karte herauszog, veränderte sich seine Miene. Das Gesicht einer vierzigjährigen Koreanerin schaute ihn von einem texanischen Führerschein an. Sofort steckte er alle Karten zurück in das Portemonnaie und ging zurück ins Krankenhaus. Als er vor der verschlossenen, automatischen Schiebetür wartete, sah er einen älteren Mann in einem Krankenbett liegen. An dem Bett baumelte ein dünner Schlauch herunter. Frederick drehte sich um und schaute in den langen Flur. Keine Menschenseele. Er ging langsam auf das Krankenbett zu und sah, dass der alte Mann nicht bei Bewusstsein war. Der Mann hatte kaum noch Haare auf dem Kopf und seine Haut sah irgendwie seltsam aus. Am linken Arm waren mehrere braune Flecken, die nicht gut aussahen. Er sah sehr krank aus. Als Frederick auf das Bett schaute, sah er, dass unterhalb des linken Beins eine Patientenakte auf der Bettdecke lag, die in einer Plastikhülle steckte. Schnell nahm er die Patientenakte und blätterte. Ein Untersuchungsbefund war angeheftet und das, was Frederick verstehen konnte, schien nichts Gutes für den alten Mann zu bedeuten. Er schaute auf die Uhrzeit, die auf dem Untersuchungsbefund stand. Der Befund war gerade erst vor zehn Minuten geschrieben worden. Also war der alte Mann wohl noch nicht sehr lange dort. Frederick nahm jedes Blatt Papier aus der Plastikhülle heraus, bis er tatsächlich das fand, auf das er spekuliert hatte. Der Führerschein des alten Mannes steckte zusammen mit der Sozialversicherungskarte zwischen den letzten Seiten der Patientenakte. Er nahm den Führerschein und die Karte heraus und schob die Papiere zurück in die Plastikhülle. Dann legte er die Akte zurück auf die Bettdecke und gerade, als er zurück zu der automatischen Schiebetür gehen wollte, kam ein junger Arzt auf ihn zugelaufen. »Darf ich fragen, was Sie da machen?« Fredericks Füße wollten so schnell wie möglich davongehen, aber dazu war es zu spät. »Ich hab' gewartet und gehofft, dass er aufwacht«, sagte

Frederick.
»Sind Sie ein Verwandter?«
Frederick dachte kurz über die Frage nach und entschied sich dann, die Wahrheit nicht allzu sehr zu verdrehen. »Nicht direkt.«
»Ach, und was soll das heißen?«, fragte der junge Arzt, der sichtlich misstrauischer wurde.
»Ich wurde von einem Verwandten geschickt, um nach dem Rechten zu sehen. Das ist doch erlaubt, oder?«
»Und wer hat Sie geschickt, wenn ich fragen darf?«
Jetzt war es an der Zeit, sich herauszureden.
»Mrs. Amelia Bernstein ist sehr besorgt um ihren Vater. Überhaupt nicht zufrieden ist sie mit der Art und Weise, wie sie am Telefon behandelt wurde, als sie nach dem Zustand ihres Vaters fragte. Sie ist eine vielbeschäftigte Frau, müssen Sie wissen. Deshalb hat sie mich geschickt, um nach ihrem Vater zu sehen, da sie keinerlei Vertrauen in dieses Krankenhaus hat. Habe ich mich klar genug für Sie ausgedrückt?« Der junge Arzt war offensichtlich stark überfordert mit den Anschuldigungen, die er soeben gehört hatte und seine Miene veränderte sich.
»Das … das tut uns leid. Hier ist so viel los, dass man sich manchmal im Ton vergreifen kann«, versuchte ihn der junge Arzt zu beschwichtigen.
»Ich muss jetzt wirklich gehen«, sagte Frederick, während er so tat, als würde er auf die nicht vorhandene Uhr an seinem Handgelenk schauen. Der junge Arzt drehte auf dem Absatz um und ging auf die Schiebetür zu. Er zog eine Karte durch ein Kartenlesegerät, das an der Wand be-

festigt war und die Tür öffnete sich. Dann bog er an der nächsten Ecke rechts ab und verschwand. Frederick wartete kurz und ging durch die geöffnete Schiebetür. Er öffnete die Tür zum Ärztezimmer und sah, dass es nach wie vor leer war. Dann steckte er das Portemonnaie zurück in die Hose, die – wie er jetzt wusste – der Koreanerin gehörte. Er verließ das Ärztezimmer und entfernte sich von dem Krankenhaus.

Der Nachtbus der Greyhound-Linie war nur halb besetzt. Er hatte nur kurz Blickkontakt mit dem Busfahrer, als er vorne eingestiegen war. Dann ging er bis zur Mitte des Busses und setzte sich auf einen Fensterplatz. Der Bus rollte vom Bus-Terminal und reihte sich zwischen ein paar Autos in den spätabendlichen Verkehr ein. Frederick zog den in New Mexico ausgestellten Führerschein des alten Mannes aus der Hosentasche und schaute auf das unscharfe Foto. Der Mann war doch nicht so alt, wie Frederick zuerst gedacht hatte. Die schwere Krankheit ließ den Mann um mindestens zehn Jahre älter erscheinen, als er eigentlich war. Der Mann war neunundfünfzig, nur sechs Jahre älter als er. Das unscharfe Foto zeigte den Mann mit einem Vollbart. Die besten Voraussetzungen.
Neben dem Foto waren die Augenfarbe und die Größe des Mannes vermerkt. Mithilfe der Sozialversicherungskarte würde der todkranke Edward Hume, der im Krankenbett des Jamestown Memorial Hospital auf die ewige Ruhe zutrieb, zu neuem Leben erweckt werden, auch wenn dieses neue Leben von einem anderen gelebt werden würde. Es

waren ungefähr zwei Meilen zu Fuß zurück zum Motel. Frederick wusste, was er am nächsten Morgen unternehmen würde.

Es war kurz vor neun, als Frederick unter dem Namen Edward Hume mit dessen Sozialversicherungsnummer ein Girokonto bei der SunTrust Bank eröffnete. Der nächste Besuch brachte ihn zur Kraftfahrzeugstelle, wo er den Führerschein aus New Mexico gegen einen neu ausgestellten aus Pennsylvania eintauschte. Darauf waren nun sein Foto und seine Unterschrift, mit eigener Augenfarbe und Größe. Mit seiner neuen Identität unternahm er langsame Gehversuche.

Die Küche war nicht besonders groß, aber doch gut sortiert. Alle möglichen Küchenutensilien waren an einer verchromten Leiste angebracht, die an einer Wand befestigt war. Ein Mann Mitte vierzig schnitt eine Zwiebel so schnell, dass Frederick für einen Augenblick meinte, die Hand des Mannes unter dem Santokumesser verschwinden zu sehen. Als der Mann sofort die Enden der nächsten Zwiebel abtrennte, sah Frederick, dass ihm die Fingerkuppe des rechten Zeigefingers fehlte. In der Mitte der Küche befand sich ein großes Kochfeld, an dem eine ältere Frau stand, die gerade einen Wok schwenkte, aus dem es stark herausdampfte. Es roch nach Zwiebeln und Chili. »Hier eine Schurzel.« Ein älterer Chinese reichte Frederick eine Schürze und deutete auf ein Holzbrett, das auf der Küchenablage stand. Der Mann nahm ein Messer, das wie ein Hackbeil aussah, und während der folgenden zwei Stunden wies er Frederick in die Geheimnisse des

schnellen Gemüseschneidens ein. Die ersten Wochen als Küchenhilfe in Hon Wun's Kitchen waren zwar mit Stress und Mühe verbunden, brachten aber neue Lebensenergie in Fredericks Alltag. Er wurde schnell für sein höfliches Benehmen und seine Arbeitsmoral von den Anderen geschätzt. Seine gewissenhafte Art sorgte dafür, dass er bereits nach wenigen Wochen wie ein Familienmitglied behandelt wurde. Sie arbeiteten zu dritt in der Küche, während Mr. Wáng vorne im Restaurant zusammen mit zwei Kellnern den Laden im Überblick behielt. Fredericks Aufgaben waren klar strukturiert. Gemüse schneiden und vorbereiten. Fleisch panieren und frittieren. Geschirr spülen und wegräumen. An einigen Abenden – wenn besonders viel los war – musste Frederick zusätzlich die Bestellungen am Telefon entgegennehmen. Er war ein freier Mann und es war an der Zeit, sich auch wie einer zu verhalten.
Als er aus dem Bus ausstieg, regnete es. Er lief durch das Bus-Terminal und stoppte plötzlich. An einer Wand flatterten mehrere Zettel im Wind, die mit Pinnnadeln angebracht waren. Er ging auf die Wand zu und starrte auf einen der Zettel, an dem mehrere eingerissene, kleinere Zettel herunterhingen. Auf dem abgewetzten Papier stand eine Beschreibung über ein kleines Appartement, das zur Vermietung angeboten wurde. Er riss einen der kleinen Zettel ab, auf dem eine Telefonnummer stand, und steckte ihn in seine Jackentasche.
Frederick Hagels Flucht war wie eine Wiedergeburt. Er hatte neuen Auftrieb bekommen und sich in seinem kleinen, unscheinbaren neuen Leben selbst wiederentdeckt. Fre-

derick war kein Gefangener mehr. Er hatte sich selbst neues Leben eingehaucht und musste weiter dafür sorgen, am Leben zu bleiben. Er hatte sich mittlerweile angewöhnt, sein Motel immer wieder zu wechseln, sodass er nicht zu lange am selben Ort blieb. Dafür hatte er sich die kleineren Orte auf seiner Karte herausgesucht, die etwa eine Autostunde von Erie entfernt lagen.

»Und, ruhig heute?«, fragte ein junger Mann, der einem noch jüngeren Sean Penn ähnlichsah.

»Morgen rennen sie uns wieder die Bude ein. Wegen Sonntag«, sagte die junge Kassiererin. Auf ihrem Namensschild stand STACIE. Stacie hatte dunkelbraunes, langes Haar und sah sehr gut aus. Wahrscheinlich war sie eine von diesen jungen Mädchen, die so viel arbeiteten, um ihr Taschengeld fürs College etwas aufzubessern, was ohnehin schon ein Vermögen der Eltern verschlang. Der Gemischtwarenladen hatte samstags bis spät am Abend geöffnet, sodass die Leute noch schnell die letzten Einkäufe vor dem Sonntag machen konnten, an dem es in dem kleinen Ort sonst keine Möglichkeiten mehr gab, etwas Essbares zu finden. Außer den beiden italienischen Restaurants und einem Taco Bell gab es nur noch eine Tankstelle mit einem Diner, die etwa zwölf Meilen entfernt lag. Frederick stand noch immer am Zeitungsregal und blätterte durch eine Ausgabe der *New York Times*. Er überflog die Titelseite und suchte nach einer Meldung über sein Verschwinden. Nichts. Er blätterte durch die Zeitung und konnte nichts finden, was auf einen Ausbruch oder eine Fahndung hindeutete, die mit ihm in Verbindung gebracht

werden konnte. Entweder war es eine Taktik der örtlichen Polizei und dem FBI, absichtlich eine Meldung zurückzuhalten, oder sie hatten tatsächlich keine Spuren entdeckt. Er steckte die Zeitung zurück in das Zeitungsregal und legte die beiden Dosen mit den passierten Tomaten, die Packung Spaghetti, die Dose Bier und das Hackfleisch auf das Laufband. Das Piepsen des Scanners hatte eine beruhigende Wirkung auf ihn. Die vertrauten Geräusche in dem kleinen Supermarkt erinnerten ihn an unzählige Einkäufe seines Lebens. Er packte die Sachen in eine dunkelbraune Papiertüte. »Schönen Abend noch«, sagte er, als er den Laden verließ. Das war der erste Satz, den er seit seiner Flucht gesprochen hatte, ohne dabei in Panik zu geraten. Genau das machte ihm Angst. Frederick wusste, dass er auch ohne Hilfe vorankommen musste.
Er betrat den Waschsalon und stopfte seine Klamotten in eine der vielen Waschmaschinen. Dann kramte er ein paar Münzen aus seinem Portemonnaie und warf sie in den Automaten, der an der Wand hing. Er setzte sich auf einen der vielen grauen Plastiksitze und schaute dabei zu, wie die Wäsche langsam anfing, sich im Kreis zu drehen. Die Tür öffnete sich und ein älterer Mann mit Sonnenbrille betrat den kleinen Waschsalon. Frederick schaute kurz in seine Richtung und drehte sich sofort wieder ab. Es war stockdunkel draußen, deshalb wunderte er sich über die Sonnenbrille. Entweder hatte der Mann sehr empfindliche Augen, wollte cool aussehen, hatte eine Verletzung am Auge, war betrunken, blind oder vom FBI. Sein äußerliches Erscheinungsbild war sehr auffällig, deshalb schloss

er diese Möglichkeit eigentlich aus, wobei die Leute vom FBI oft dazu neigten, nach außen einen Eindruck von Coolness und Bestimmtheit auszustrahlen. Die schwarzen Sonnenbrillen waren auch Markenzeichen von Polizisten, Drogenhändlern und Musikern. Dann hörte er das Geräusch einer weiteren Waschmaschine, die angeworfen wurde. Er versuchte sich weiter auf die nassen Klamotten zu konzentrieren, die durch die Trommel geschleudert wurden. Draußen fuhr ein Wagen vor. Frederick drehte seinen Kopf nur minimal, sodass er durch die Glasscheibe sehen konnte. Die Scheinwerfer des taubenblauen Ford Crown Victoria wurden gerade ausgeschaltet. Das Nummernschild konnte er aus der Entfernung nicht erkennen. Zwei Männer stiegen aus dem Wagen. Frederick drehte seinen Kopf sofort wieder weg. Seine linke Hand fing langsam an, zu zittern. Gerade hatte er sich in dem kleinen Gemischtwarenladen noch über die leere Zeitung gefreut. Er rechnete jeden Moment damit, dass das klingende Geräusch der Tür ertönen würde. Das schlagende Geräusch der nassen Kleidung in der Wäschetrommel schien immer lauter zu werden. Dann ertönte ein klingendes Geräusch. Das rote Licht der Waschmaschine leuchtete auf. Frederick schaute kurz zur Tür und sah, dass der Wagen verschwunden war. Er öffnete die Waschmaschine und nahm seine nasse Kleidung heraus. Dann packte er alles in eine Sporttasche, schaute zu dem älteren Mann und verließ den Waschsalon. An dieses Gefühl der ständigen Angst hatte er sich über die vielen Jahre eigentlich gewöhnt. Der Unterschied lag für ihn aber darin, dass er vorher in einem abgesperrten Areal mit festen, routinierten Ritualen gelebt hatte, wo es so gut wie keine Überraschungen gegeben hatte. Zumindest wurde alles unternommen, um solche Überraschungen zu vermeiden. Er musste sich erst einmal daran gewöhnen, dass er jetzt mit dem normalen Leben konfrontiert war, das sich nicht vollständig kontrollieren ließ.

Er lief über den Parkplatz zum Eingang des Super 8 Motels. Sein Zimmer lag auf der Südseite. Man musste eine alte Treppe nach oben laufen, um zu der oberen Reihe der Zimmer zu gelangen. Er warf die passierten Tomaten in einen kleinen Topf und brachte das Wasser für die Spaghetti zum Kochen. Dann schaltete er den Fernseher ein und warf seine Füße auf die Couch. In den Abendnachrichten wurde nur über lokale Themen berichtet, die bei Weitem nichts mit ihm zu tun hatten. *Zum Glück*, dachte er. Je länger er unentdeckt bleiben konnte, desto besser. Er wechselte den Sender. Eine Frau drehte gerade an einem Glücksrad und der Moderator tat so, als wäre es das letzte Mal für alle Ewigkeit. Frederick stand auf und schaute nach der Tomatensauce. Als er wieder zurück zur Couch kam, hatte die Frau im Fernseher ein breites Grinsen im Gesicht. Er schaltete weiter. Die *Breaking News* hatten gerade auf einem Nachrichtenkanal begonnen, der landesweit berichtete. Ein Banküberfall in Saint Paul in Minnesota hielt die örtlichen Behörden seit zwei Tagen auf Trab. Anscheinend war dabei niemand zu Tode gekommen. Das Besondere an dem Fall war, dass die Bankräuber nicht nur mit der Beute abgehauen waren, sondern gleich noch zwei Bankangestellte mitgenommen hatten. Eine weitere Schlagzeile war ein ehemaliger Polizist, der eine Blutspur quer durch Arizona gezogen hatte, weil er ein halbes Jahr zuvor vom Dienst suspendiert worden war. Er wollte sich an der gesamten Polizei rächen und fuhr schweres Geschütz auf. Die nächste Meldung ließ Frederick erstarren. Er sah ein altes Passfoto, das mindestens zwei Jahre alt war. Auf dem Foto hatte er noch einen Vollbart und längere Haare getragen. Die Worte der Nachrichtensprecherin brannten sich in sein Gehirn ein. »Wer kennt diesen Mann? Frederick Hagel, Alter dreiundfünfzig, Hautfarbe weiß, etwa ein Meter dreiundachtzig groß, ist vor zwölf Wochen aus der geschlossenen forensischen Psychiatrie in der Nähe von Amherst im Bundesstaat Massachusetts geflohen.« In dem Moment zeigte eine Großaufnahme die forensische Klinik. Die Rehabilitationsstation wurde gezeigt. »Durch den Sprung aus diesem Fenster konnte der Patient aus der abgeriegelten Psychiatrie entkommen. Der Gefangene leidet unter schweren psychischen Problemen und ist möglicherweise gefährlich. Alle Bewohner in der Gegend werden dringend dazu aufgerufen, ihre Haustüren verschlossen zu halten und keine Fremden ins Haus zu lassen. Nehmen Sie keine Anhalter mit! Falls Sie irgendwelche Hinweise haben, wenden Sie sich bitte an die örtlichen Polizeidienststellen.« Das nächste Thema folgte sofort. Ein schwarzer Jugendlicher war im Bundesstaat Mississippi bei einer Routinekontrolle erschossen worden. Die Aufstände der Anwohner waren so verheerend, dass die Polizei von der Nationalgarde unterstützt werden musste.

Frederick ließ die Spaghetti in einen Teller fallen und goss die heiße Tomatensauce darüber.
Er wusste genau, dass der Tag früher oder später kommen würde, und man nach ihm suchen würde. Er rief sich ins Gedächtnis, dass die Strafvollzugsbehörden nicht auf jede Fahndung sofort reagierten. Natürlich würde die Polizei schon nach ihm suchen. Er wusste aber nicht, wie nah sie an ihm dran waren. Wahrscheinlich blieb ihm noch Zeit. Genug Zeit, um wirklich zu verschwinden. Gerade als er angefangen hatte, sich ein wenig an den Alltag in Erie zu gewöhnen, war es doch an der Zeit zu gehen. Er hatte einen neuen Namen und musste dafür sorgen, Frederick Hagel so weit wie möglich hinter sich zu lassen. Die Tatsache, dass er auf dem Foto einen Vollbart und längere Haare trug, verschaffte ihm ein wenig Beruhigung. Bisher hatte ihn wohl niemand erkannt. Erie war eigentlich ein geeigneter Ort, um anonym zu bleiben. Unter vielen Leuten war er ein Gesicht in der Menge. Was ihm Sorgen bereitete, war die doch sehr überschaubare Distanz zu Amherst. Er war genau vierhundertdreiundsiebzig Meilen von seinem ehemaligen Zuhause entfernt. Sieben Stunden und fünfundzwanzig Minuten trennten ihn von einem Leben, das eigentlich zu Ende gewesen war. Zwar befand er sich in einem anderen Bundesstaat, aber je weiter er von Amherst und der forensischen Klinik weg war, desto sicherer würde er sich fühlen. Seit seiner Flucht waren fast drei Monate vergangen und er wusste, dass die ersten Tage die gefährlichsten waren. Die meisten Fluchtversuche endeten bereits innerhalb weniger Stunden. Dass er es

so weit geschafft hatte, war ein gutes Zeichen. Mr. Wáng machte ein merkwürdiges Gesicht, als ihm Frederick von seiner todkranken Tante erzählte. Er drückte sein Bedauern aus, da er in der kurzen Zeit doch ein vollständiges Mitglied von Hon Wun's Kitchen geworden war. Er ließ sich sein Gehalt auszahlen und versprach, sobald es Neuigkeiten gab, sich wieder bei Mr. Wáng zu melden.

NEUNZEHN

Es war noch dunkel, als er das Motel verließ und die Treppenstufen hinunter zum Parkplatz nahm. In den frühen Morgenstunden wirkte Erie wie eine Geisterstadt. Mit gemischten Gefühlen legte er den Gang ein und steuerte auf die Interstate. Nach zwölf Stunden Autofahrt erreichte er Lebanon, Missouri. Er nahm die Ausfahrt, verließ die Interstate und bog auf eine Hauptstraße. Der Parkplatz des Motel 6 war nicht zu voll, aber gut besucht. Frederick legte sich aufs Bett, versuchte sich zu entspannen und verfolgte die Lokalnachrichten im Fernseher. Es gab nichts Weiteres, was er an diesem Tag noch hätte machen können und er beschloss, so früh wie möglich seine Strecke weiterzufahren. Zweihundertneunundneunzig weitere Meilen brachten ihn schließlich in einen Vorort von Wichita im Bundesstaat Kansas mit dem wunderschönen Namen El Dorado. El Dorado hatte zwölftausend Einwohner und lag eine halbe Autostunde vom dreihunderttausend Einwohner großen Wichita entfernt. Sein erstes Ziel war eine feste Unterkunft. Er dachte an den Zettel, den er an der Bushaltestelle in Erie abgerissen hatte. Er kaufte eine lokale Tageszeitung und überflog die Appartement-Angebote. Mit seinem angesparten Geld, das er bei Hon Wun's Kitchen verdient hatte, war er in der Lage, eine Kaution und zwei Monatsmieten im Voraus zu bezahlen. Gerade als er die Zeitung zuschlagen wollte, fiel sein Blick auf eine Anzeige:

MÖBLIERTES SINGLE APPARTEMENT FÜR DEN NEUANFANG.
KOCHNISCHE, 1. STOCK, TV, KÜHLSCHRANK, DUSCHE.
KAUTION: 3 MONATSMIETEN
MIETPREIS INKL. 1 MAL REINIGUNG PRO WOCHE: $400

HARRY WENDELL
316-555-5775

Frederick klappte die Zeitung zu und überquerte die Straße. Er checkte in ein Days Inn Motel ein und verschloss die Tür. Dann griff er zum Telefonhörer.

Es dauerte nicht lange, bis er eine freundliche Stimme hörte.

»Hallo, ich rufe wegen der Anzeige im Eagle an.«

»Ach so. Ja, da sind Sie richtig.«

»Wäre es möglich, dass ich mir das Appartement einmal ansehen kann?«

»Mit wem spreche ich eigentlich?«, fragte der Mann.

»Mein Name ist Edward Hume. Ich bin noch nicht lange in der Gegend, habe aber vor, eine Weile zu bleiben.«

»Gut Mr. Hume. Wie wär's um sieben?«

»Klingt super«, antwortete Frederick.

Frederick war pünktlich. Er parkte den Wagen einen Block entfernt und ging den Rest zu Fuß. Mr. Wendell öff-

nete sofort, nachdem Frederick zweimal gegen die dicke Holztür geklopft hatte.
Es war sehr gemütlich. An der Wand hingen zwei mexikanische Wandteppiche und ein altes, dunkelgraues 70er-Jahre-Stoffsofa stand neben einer großen Steinwand. Der Rest des Hauses war in schlichtem dunkelbraunen Holz gehalten, sodass es ihn an die gemütliche Atmosphäre einer Berghütte erinnerte. Als er in Mr. Wendells Richtung sah, funkelten seine Augen freudig zurück. »Kommen Sie, ich zeige Ihnen die Wohnung.«
Mr. Wendell nahm einen Schlüssel von einer Kommode und beide gingen an der Seite des Hauses eine kleine Treppe nach oben. Man hatte eine wunderbare Aussicht und das Appartement gefiel Frederick sofort.
»Ich würde es sehr gerne nehmen«, sagte Frederick.
»Gut, dann machen wir das. Ich erspare Ihnen das übliche Gerede von anderen Interessenten. Sie waren der Erste, der sich gemeldet hat und ich habe ein gutes Gefühl.«
Frederick setzte ein freudiges Lächeln auf. Jetzt hatte er nach so langer Zeit endlich wieder ein Zuhause. Die erste Nacht im eigenen Bett war unbeschreiblich. Er dachte sofort an seine Kindheit zurück. Hier gab es niemanden, der ihm etwas vorschrieb. Er war weit genug entfernt von der Hölle, die ihn achtzehn Jahre seines Lebens gekostet hatte. Zeit um nachzudenken hatte er genug gehabt. Er war nicht freiwillig in diese Hölle hineingegangen, dafür aber freiwillig hinausgegangen. Das zweite Ziel würde eine Menge mehr an Aufwand benötigen, als nur die Zeitung aufzuschlagen.

Am nächsten Tag stand er in einem großen Gang eines Elektronikfachhandels und schaute sich die neuesten Laptops an. Er verließ das Geschäft mit einem brandneuen Laptop und einem Router für seine kommenden Reisen ins Internet. Am gleichen Abend setzte er sich an einen kleinen alten Holztisch in seiner neuen Wohnung, nahm einen Block und einen Kugelschreiber und fing an, eine Liste zu machen. An erster Stelle schrieb er:
LINDA HAGEL

Es gab etliche Internetseiten, die einem dabei helfen sollten, verlorene Freunde wiederzufinden. Ehemalige Mitglieder einer Highschool, eines Colleges oder des Militärs ließen sich meist sehr schnell und einfach über die jeweiligen Netzwerke finden. Jede Universität verfügte über eine Alumnivereinigung, die ehemalige Studenten zusammenbrachte. Als er in dem kleinen Internetcafé in Erie zum ersten Mal nach Linda gesucht hatte, war er nur auf alte Zeitungsmeldungen und ihren früheren Arbeitgeber gestoßen. Er musste alles auflisten, was er über sie wusste. An zweiter Stelle ließ er den Kugelschreiber einen Moment lang wie ein Schwert über dem Papier baumeln, bis er schließlich die Zahl *56* dahinter schrieb. Daneben schrieb er: *09.11.1950*. An dritter Stelle schrieb er: *Gardner St 437*, die Adresse des Hauses, in denen beide zuletzt gewohnt hatten. Darunter schrieb er an vierter Stelle: *Chase Modern Bank*. An fünfter Stelle ließ er den Kugelschreiber über dem Papier kreisen, sodass er kleine blaue Kreise auf dem Papier hinterließ. Er hatte auf einer Internetseite – die er bei seiner Recherche gefunden hatte – gelesen, dass man auch besondere Interessen der gesuchten Person auflisten sollte, um daraus vielleicht weitere Schlüsse ziehen zu können. *Welche Interessen hatte Linda außer ihrer Arbeit und den gelegentlichen Dinnerpartys sonst noch gehabt?* Sie hatte sich schon immer für Kunst interessiert. Genauer gesagt für handgeschnitzte Skulpturen. Er vermerkte das an fünfter Stelle.

An sechster Stelle schrieb er den Namen von Lindas Bruder in großen Druckbuchstaben: JOHN AYLMER

Darunter folgten die Namen von Lindas damaliger bester Freundin und dem Zahnarzt:

7. JULIANNE DANIELS
8. IRWIN SHAW

An neunter Stelle schrieb er langsam einen weiteren Namen auf das Papier:

9. KYLE FENWORTH

Von dem Namen zog er eine Linie bis zum äußeren Rand des Blocks und schrieb Kyles Adresse auf. Eine weitere Linie führte an den Anfang des Blattes zu Lindas Namen. Das war zumindest ein Anfang. Es war oft sehr naheliegend, eine verschwundene Person durch Freunde oder unmittelbare Verwandte wiederzufinden. Frederick war sich nicht sicher, ob Lindas Bruder noch in Rhode Island unter der gleichen Adresse lebte. Noch mehr beschäftigte ihn die Frage, wie der Bruder reagieren würde, wenn er, der psychisch Kranke und entflohene Patient einer Nervenheilanstalt, ihm eines schönen Tages einen Besuch abstatten würde und ihn nach der Anschrift seiner Schwester fragen würde. Das würde ihn sicher nicht begeistern. Genauso wenig, wie er sich über Fredericks damaligen Besuch begeistern konnte und er deutlich seine Ablehnung gespürt hatte. Von der Tatsache einmal abgesehen, dass er ebenso wie einige andere Personen von Lindas Geschäften profitiert hatte und alles unternehmen würde, um Linda zu warnen und Frederick so schnell wie möglich zurück in die Hölle schicken würde. Das war sicher keine Option. Er musste einen Weg finden, um unbemerkt an die sehr wahrscheinlich vorhandene Korrespondenz zwischen Bruder und Schwester zu kommen. Wenn Linda irgendwo weit entfernt unter neuem Namen lebte, dann war er sich doch nicht mehr so sicher, ob sie wirklich den Kontakt zu ihrem Bruder aufrechterhalten hatte. Sie war zu intelligent, um sich durch einen kleinen Fehler wie diesen zu verraten. Aber einen Versuch war es bestimmt wert. Frederick stöpselte das Kabel in den Router und stellte den blinkenden kleinen Kasten auf einen klapprigen alten Holztisch, der in der Ecke seines Zimmers stand. Dann klappte er seinen neu erworbenen Laptop auf und begann mit seiner Recherche. Er tippte *John Aylmer Providence Rhode Island* in das Google-Suchfeld. Nach weniger als zwei Sekunden landete er mehrere Treffer. Es schien offensichtlich so, dass Lindas Bruder noch immer an Ort und Stelle lebte und Rhode Island nicht verlassen hatte. Seine Anschrift stand zusammen mit einer Telefonnummer und einer E-Mail-Adresse direkt neben seinem Namen. Eine Erkenntnis, mit der er nicht genau umzugehen wusste. Auch Irwin, der all die Jahre für das Wohl ihrer Zähne verantwortlich gewesen war, hatte es

offenbar nie von Massachusetts weggetrieben. Unter dem Namen Julianne Daniels konnte er mehrere Einträge finden. Es waren vier Einträge, die alle nicht im Bundesstaat Massachusetts lagen. Julianne war etwas jünger als Linda und eine hübsche Frau, also hatte sie höchstwahrscheinlich jemanden kennengelernt und ihren Wohnsitz geändert. Er listete alle vier Einträge neben Juliannes Namen auf und beschloss sie abzutelefonieren, wenn die Zeit reif war. Er litt unter starken Schlafstörungen. Über den Tag verteilt hatte er immer wieder mit Muskelkrämpfen zu kämpfen. Die jahrelang verabreichten Medikamente zeigten nun ihre dauerhaften Begleiterscheinungen.
Er wechselte den Bus zweimal hintereinander. Es gab etwa zwanzig verschiedene Buslinien, die entweder in Wichita direkt fuhren, oder – wie die Greyhound-Linie – ihre Passagiere quer durch die Staaten beförderte. Er hatte damit angefangen, alles um sich herum genau zu beobachten. Sein Weg führte ihn durch jede Ecke der Stadt. Mit der Zeit prägte er sich die immer wiederkehrenden Routineabläufe ein, die – wie in jeder Stadt –, vor sich gingen. Das tägliche, frühmorgendliche Klappern des Wagens der Müllabfuhr, hatte ihn in den ersten Wochen jedes Mal aus dem Schlaf gerissen. Da er dann sowieso nicht mehr weiterschlafen konnte, zog er seine Laufschuhe an und folgte der Tagesroute des Müllfahrzeugs. Nach kurzer Zeit kannte er alle Mechanismen, die diese Stadt am Leben hielten. Dabei entgingen ihm keine Details. Er beobachtete, wie die beiden jungen Officer sich jeden Morgen zur gleichen Zeit, am gleichen Ort, das gleiche Frühstück kauften.

Oder ein Vertreter für Heizungsanlagen, den er durch Zufall eines Nachmittags dabei beobachtet hatte, wie er von einer üppigen, älteren Dame jenseits der Sechzig zur Tür hineingebeten wurde, um erst über eine Stunde später wieder herauszukommen, nachdem Frederick wieder an dem Haus angekommen war, um seine tägliche Laufroute zu beenden. Er gewöhnte sich eine disziplinierte Routine an, um sich geistig und körperlich auf Vordermann zu bringen.

Frederick lief die alten Steinstufen zur Stadtbibliothek hinauf. Als er zur Tür hereinkam, sah er einen längeren Tisch, hinter dem ein älterer Mann stand. Er lief auf den Tisch zu und sah ein altes Messingschild mit der Aufschrift: ANMELDUNG.

»Wie kann ich Ihnen helfen, Sir?«, fragte der Mann.

»Ich würde gerne einen Ausweis machen lassen«, antwortete Frederick.

»Sehr gerne.«

Der Mann reichte ihm ein Formular, dass Frederick sofort ausfüllte und mit Edward Hume unterschrieb. Er legte seinen Führerschein auf den Tisch und nach einem kurzen prüfenden Blick, indem der Mann seine Lesebrille ein Stück heruntergezogen hatte, bekam Frederick einen Bibliotheksausweis überreicht, in den er nur noch seine Unterschrift eintragen musste. »Ist nur der Vorläufige.« Der Mann deutete auf den Ausweis. »In ein oder zwei Wochen werden Sie den richtigen mit der Post bekommen. Ist dann eine Plastikkarte.«

Den Rest des Tages verbrachte er damit, in den örtlichen

Tageszeitungen nach einem geeigneten Job zu suchen. Sofort stieg ihm der Geruch der hausgemachten Wan Tan in die Nase, die er bei Hon Wun´s Kitchen sehr gemocht hatte. Er hatte sich in einer Ecke der Bibliothek an einen Tisch gesetzt und war stundenlang alle möglichen Tageszeitungen durchgegangen. Gerade als er seine Suche für den Tag beenden und von seinem Sitzplatz aufstehen wollte, drehte er sich für einen kurzen Moment in die Richtung einiger Bücherregale, die am Ende eines langen Korridors in den großen Raum hinauf ragten. Im selben Moment sah er, wie ein Mann zu ihm rüber schaute. Als Frederick das bemerkte, drehte sich der Mann sofort in die Richtung des Bücherregals, vor dem er stand. Er hatte einen dichten schwarzen Bart und trug eine Brille. Sein dunkelgraues Sakko hatte ein quadratisches Muster und er schätzte den Mann auf Mitte fünfzig. Frederick starrte auf die Tageszeitung, die vor ihm auf dem Tisch lag. Alle möglichen Gedanken schossen ihm durch den Kopf. Es war sonderbar, wie sich die Blicke der beiden für den Bruchteil einiger Sekunden getroffen hatten. Frederick versuchte, die Situation realistisch zu betrachten. Es war sehr unwahrscheinlich, dass ihm jemand bis hierher gefolgt war und ihn erkannt hatte. Entweder war es purer Zufall, dass der Mann zu ihm geschaut hatte, oder eben nicht. Es gab nur eine Möglichkeit, um das herauszufinden. Wenn er wirklich erkannt worden wäre, dann würde ihn der Mann bestimmt bei der örtlichen Polizei melden. Frederick schaute zurück zum Bücherregal und sah, wie der Mann mit einem Buch in der Hand den Gang hinunterlief. Frederick stand auf und ging in Richtung des Bücherregals. Der Mann verschwand gerade am Ende des Ganges. Frederick trat einen Schritt zur Seite und stellte sich an die gleiche Stelle, an der der Mann einige Minuten zuvor gestanden hatte, und schaute in das Bücherregal. Der Buchstabe *W* zierte ein kleines schwarzes Messingschild, das in das dunkelbraune Teakholz des Bücherregals genagelt war. Frederick überflog die Buchrücken und stockte plötzlich. Genau an der Stelle, an der der Mann gestanden hatte, hing ein schwarzes kleines Kabel zwischen zwei Büchern. Als sich Frederick umdrehte, sah er, wie der Mann gerade die Bibliothek verließ. Frederick ging auf den Ausgang zu. Als er an der Anmeldung vorbeilief, sah er durch die große Glasscheibe in der Eingangstür, wie der Mann die Steinstufen hinunterging. Frederick verließ die Bibliothek und folgte dem Mann. Auf der Straße waren ein paar wenige Autos unterwegs. Eine Wolkenfront verlieh dem Tag eine sonderbare Stimmung. Der Himmel war so grau, als läge eine Aschewolke über der ganzen Stadt. Für einen kurzen Augenblick versperrte ihm ein heranfahrender Bus die Sicht auf die andere Straßenseite. Schnell beschleunigte er seinen Gang, trat an dem Bus vorbei und überquerte die Straße. Zum Glück waren nicht allzu viele Menschen auf den Straßen unterwegs. Er durfte den Mann nicht verlieren, aber auch nicht zu auffällig sein. Er hielt genügend Abstand und folgte ihm etwa zwei Häuserblocks in Richtung Norden. An einer größeren Kreuzung stellte sich der Mann an einem Zeitungsstand an. Als er an die Reihe kam, kaufte er eine Zeitung. Er bezahlte und ging. Bisher hatte

der Mann seinen Weg zu Fuß fortgesetzt, sodass es nicht allzu schwer war, ihm zu folgen. Als ihm diese Tatsache im Kopf herumschwirrte, stieg der Mann plötzlich in ein Taxi. Frederick schaute sich blitzschnell um. Er sah, wie gerade ein Taxi auf der anderen Straßenseite anhielt und eine Frau ausstieg. So schnell er konnte, rannte er über die Straße. Er kam keuchend am Taxi an. Dann klopfte er auf das Dach des Taxis, um sicherzugehen, dass ihn der Taxifahrer bemerkte. Der schaute kurz in seine Richtung und öffnete die Tür mit einem kurzen Ruck. Frederick sprang auf den Beifahrersitz und warf die Tür zu. »Ich hab's eilig. Wir müssen wenden.« Der Taxifahrer wendete.
»Wo soll's denn hingehen?«
»Folgen Sie einfach der Straße.«
Frederick war sich bewusst, dass er ein Ziel nennen musste, um nicht unnötig aufzufallen. »Bringen Sie mich zum River Trail.« Frederick kannte den Indianer, der über dem Wasser auf einem Felsen stand. Jeden Abend um Punkt neun Uhr wurde die Indianerfigur von einem Feuer umgeben. Bei seinen Jogging-Touren war er oft dort vorbeigekommen. Der Indianer hielt einen Tomahawk in beiden Händen, den er über seinen Kopf geschwungen hatte. Der Taxifahrer bemühte sich, so gut es ging, durch den Verkehr zu kommen. Frederick hielt Ausschau nach dem Taxi, in das der Mann aus der Bibliothek zuvor eingestiegen war. Er konnte es noch nicht sehen, war sich aber sicher, dass es in diese Richtung gefahren war. Es vergingen etwa vier Minuten, bis er das Taxi endlich an einer Ampel stehen sah. Als die Ampel auf Grün sprang, bog es nach rechts ab.

»Biegen Sie hier vorne rechts ab«, sagte Frederick.
»Aber zum River Trail geht's hier lang«, sagte der Taxifahrer, während er mit seiner Hand in der Luft herumfuchtelte.
»Ich weiß, aber wir biegen hier ab!«, ließ ihn Frederick so deutlich wie möglich wissen.
Der Taxifahrer machte ein leicht spöttisches Gesicht und lenkte den Wagen nach rechts. Am Ende der Straße hielt das Taxi, in dem der Mann saß, plötzlich am Bürgersteig an.
»Stopp!«, sagte Frederick fast schreiend.
Der Taxifahrer schaute kurz in seine Richtung und hielt am Seitenstreifen an. Das Taxameter zeigte 9.50 Dollar an. Frederick zog einen Zehn-Dollar-Schein aus seiner Tasche und stieg aus, ohne einen Ton zu sagen. Sein Blick war auf das Taxi am anderen Ende der Straße gerichtet. Er knöpfte seine Jacke zu, während er mit schnellen Schritten die Straße überquerte. Der Mann lief auf dem Bürgersteig die Straße hinunter und betrat ein großes Gebäude, das von außen wie eine Bank aussah. Frederick wollte ihm gerade in das Gebäude folgen, als ihn jemand am Ärmel packte. »Helfen Sie mir. Bitte.« Er blickte auf einen zerrissenen schwarzen Handschuh, der unter einem abgewetzten braunen Ärmel herausschaute. Der Ärmel gehörte zu einer Jacke, die aussah, als hätte sie jahrzehntelang in einer Schlammpfütze gelegen. Ein Paar dunkelbraune Augen starrte ihn an. Der dichte schwarze Bart des Mannes war mit einer ockerfarbenen Flüssigkeit verklebt. »Bitte«, sagte der Mann. Frederick wollte keine Zeit verlieren.

»Gut, ich helfe Ihnen. Dafür müssen Sie aber auch etwas für mich machen.« Der Bärtige starrte ihn verdutzt an. »Aber wie soll ich Ihnen denn …« Frederick unterbrach ihn, während er einen Zwanziger aus der Tasche zog und dem Mann unter die Nase hielt. »Mein Schwager ist da gerade reingelaufen.« Frederick deutete auf das große Glasgebäude. »Ein älterer Mann um die fünfzig. Kurze graue Haare. Brille. Dunkelgraues Sakko mit quadratischem Muster. Und er trägt so einen Bart wie Sie.« Der Mann mit dem verklebten Bart starrte ihn mit halbgeöffnetem Mund an. »Haben Sie sich das gemerkt?«, fragte Frederick. Der Bärtige nickte. »Ich möchte ihn unter keinen Umständen verpassen. Ich werde jetzt da reingehen, und falls mein Schwager herauskommen sollte, dann möchte ich, dass Sie ihn so lange aufhalten, bis ich wieder hier bin. Können Sie das?« Der Bärtige zog mit einer trägen Handbewegung den Zwanzig-Dollar-Schein aus Fredericks Hand. »Das mache ich mit links Mister.«

Frederick verschwand in der Drehtür des Glasgebäudes. In der Bank herrschte reger Verkehr. Vor jedem Schalter diskutierte ein Kunde mit einem Angestellten. Frederick suchte den bärtigen Mann. Er zwängte sich an den vielen Menschen vorbei und sah einen Sicherheitsbeamten, der in einer Ecke stand. »Gibt es hier noch einen Raum?«, fragte Frederick. Der Beamte musterte ihn mit einem schnellen Blick. Dann deutete er auf eine Treppe, die nach unten führte. Frederick nickte ihm zu und ging zur Treppe. Die Stufen brachten ihn in das Kellergeschoss der Bank, das aus mehreren Gängen bestand. Über jedem Gang hing ein kleines rotes Plastikschild, auf dem eine Nummer stand. Frederick entschied sich für Gang Nummer vier, der links von ihm lag. Auf jeder Seite des Ganges lagen etwa achtzig Schließfächer. Die Schließfächer waren nummeriert und mit zwei kleinen goldenen Schlössern versehen. Als er langsam auf das Ende des Ganges zuging, hörte er, wie eines der Bankschließfächer geöffnet wurde. Es klang so, als wäre es ganz in der Nähe. Frederick lehnte sich an den Rand des Ganges und versuchte, um die Ecke zu schauen. Er sah, wie der bärtige Mann eine Metallkassette aus einem Schließfach zog. Er schien seine Mühe zu haben, die Metallkassette zu öffnen. Nachdem er es endlich geschafft hatte, zog er einen kleinen Gegenstand aus der Seitentasche seines Sakkos und schob ihn in die Metallkassette. Genau wie beim Öffnen hatte er Probleme, die Metallkassette wieder zu verschließen, sodass er kurz vor sich hin fluchte. Dann schob er die Metallkassette zurück in das Schließfach. Er zog einen kleinen Schlüssel aus der Hosentasche, mit dem er das Schließfach wieder verschloss. Frederick wartete, bis der Mann den Gang verlassen hatte. Dann trat er an das Schließfach heran. Es trug die Nummer 473, die auf dem Metall eingraviert war. Es dauerte nicht lange, bis Frederick wieder im oberen Stockwerk des Gebäudes war. Es herrschte immer noch Hochbetrieb. Der Mann war verschwunden. Er ging an den Bankschaltern vorbei und schaute nach draußen. Der bärtige Obdachlose war gerade dabei, dem Mann im Sakko eine Predigt zu halten. Der Mann schien nicht wirklich begeistert darüber zu sein, aber Klebebart benutzte alle Mittel der Kunst, um den Mann aufzuhalten. Als Frederick auf die Straße hinaustrat, trafen sich wieder ihre Blicke. Klebebart fing an zu reden. »Wie ich's versprochen habe. Jetzt können Sie weitermachen.« Der Obdachlose setzte sich wieder auf seinen ausgebreiteten Pappkarton, der unmittelbar neben einem Gitter am Boden lag. Der Mann im Sakko schien erstaunt über Fredericks plötzliches Erscheinen zu sein.

»Wer sind Sie?«, brach es schließlich aus ihm heraus.

»Ich denke, wir sollten uns unterhalten«, sagte Frederick.

»Ich lasse mir das nicht gefallen. Was wollen Sie von mir?«, erwiderte der Mann. »Als Sie vorhin in der Bibliothek waren, schienen Sie genau zu wissen, was Sie wollen.«

»Wovon sprechen Sie?«

»Wer sind Sie?«, fragte Frederick, der plötzlich ganz ruhig geworden war.

»Das müsste ich Sie fragen!«, antwortete der Mann, der sichtlich verärgert war. Langsam kam Frederick der Gedanke, dass er sich das alles vielleicht nur eingebildet hatte. Ein Zufall. Jeden Tag geschahen Dinge, die man als zufällig einstufen musste. Ob es eine beiläufige Bemerkung einer fremden Person war, die man plötzlich auf sich bezog, oder ein kurzer Blick, der Hunderte von Assoziationen in einem auslösen konnte. Vielleicht hatte er sich getäuscht.

»Was wollten Sie in der Bibliothek?«, versuchte es Frederick noch einmal.

»Was geht Sie das an? Wer sind Sie überhaupt, dass Sie mir solche Fragen stellen?« Frederick dachte einen Moment nach. Ein vorbeifahrendes Auto hielt direkt neben ihnen. Frederick sah seine Reflexion für einen kurzen Moment in

der getönten Seitenscheibe des Fahrzeugs. *Was machte er hier überhaupt?*
»Es kann sein, dass ich mich geirrt habe.«
»Darf ich jetzt gehen?«, fragte der Mann mit spöttischem Unterton.
»Bitte entschuldigen Sie.«
Der Mann im Sakko drehte sich herum, um zu gehen. »Welches seiner Gedichte mögen Sie am liebsten?«, fragte Frederick.
Der Mann blieb stehen. Dann drehte er sich langsam um. Frederick fixierte seine Augen. »William Wordsworth. Das Buch, das Sie ausgeliehen haben.« Frederick musterte jede kleinste Regung des Mannes. Sein Gesichtsausdruck wirkte angespannt. Dann durchbrach der Mann sein Schweigen. »Am liebsten mag ich seine lyrischen Balladen von 1798. Besonders *The Tables Turned* und *The Thorn.*«
Frederick fiel ein Stein vom Herzen. Mit diesen Worten besiegelte der Mann seine Unschuld. Seine Einbildung hatte ihm einen gehörigen Streich gespielt. Er hatte mit dem Schlimmsten gerechnet und befürchtet, seine Tarnung sei aufgeflogen. Er schenkte dem Mann ein kurzes Lächeln und verschwand.
Er stand an der Kasse und wartete, bis er endlich an die Reihe kam. Drei Gutscheine später stand er schließlich vor der Kassiererin und zählte das Kleingeld ab. Er kaufte sich ein Paar klobige Stiefel, um seine Füße gegen den hereinbrechenden Winter zu schützen. Dann kam die Weihnachtszeit. Frederick saß alleine in einem großen chinesischen Restaurant in der Grandview Shopping Mall, die

etwa eine Meile von seinem Motel entfernt lag, und aß von seinem voll beladenen Teller, den er sich kurz zuvor am Buffet mit allen Köstlichkeiten belegt hatte. An den anderen Tischen saßen Familien zusammen, die vergnügt über ihre Teller gebeugt waren und sich gegenseitig Geschichten erzählten. Er beobachtete ein kleines Mädchen, das gerade unruhig auf seinem Stuhl hin und her wippte. Das kleine Mädchen bemerkte Fredericks Aufmerksamkeit und fing noch mehr an zu wippen. Dann stand es plötzlich auf und sprang durch den Raum. Es kam in seine Richtung gelaufen und rannte grinsend an ihm vorbei. In dem Moment spürte er, wie alleine er war.

ZWANZIG

Seine Augen zuckten. Er fuhr sofort herum und starrte in die Dunkelheit. Der kleine Wecker auf dem Nachttisch zeigte 03:16 Uhr an. Draußen war es still. Sein linkes Bein hatte sich verkrampft und ihn aus dem Schlaf gerissen.
Es war an der Zeit, etwas zu unternehmen. Er schaltete das Licht auf dem kleinen Nachttisch an und stöpselte den Router in die Steckdose. Es dauerte nicht lange, da tauchten die kleinen blauen Ordner auf dem Bildschirm auf. Er tippte drei Worte in das Google-Suchfeld: *Chase Modern Bank* brachte achtundsiebzig Treffer. Er überflog ein paar Seiten über ethische Bestimmungen innerhalb der Bank, die in Anbetracht der Tatsache, dass Linda und Kyle über einen langen Zeitraum Gelder veruntreut hatten, geradezu lächerlich wirkten. Dann fand er eine Rubrik, unter der man auf etwa vierzig Seiten die unterschiedlichsten Partnerprojekte der Bank einsehen konnte. Es gab Zusammenarbeiten mit anderen Finanzinstituten, Regierungsverwaltungen, Sportverbänden und Unternehmensberatern. Er klickte auf das Symbol einer Beratungsfirma und wurde auf eine andere Webseite umgeleitet. Ein führendes Unternehmen, das als Beratungsfirma mit ökologischem Schwerpunkt Hand in Hand mit der Chase Modern Bank zusammenarbeitete, und so einige große Ölkonzerne aus der Schlinge gezogen hatte. Als er zurück auf die Haupt-

seite der Bank klickte, sah er ein Archiv am unteren Rand der Webseite. Als er auf das Feld mit den Jahren 1983 bis 1985 klickte, wurde automatisch ein Dokument in seinen Download-Ordner geladen. Der Finanzbericht beinhaltete über fünfzig Seiten. Es gab Gewinn- und Verlustrechnungen, Diagramme für Ausgaben, Einnahme- und Überweisungsbelege.

Er hatte es mit einer großen Bank zu tun. Er wusste nicht, inwieweit die Politik auch ihre Finger mit im Spiel hatte. Ob das unterschlagene Geld am Ende sogar Politikern gehörte. Das war ihm egal. Er wusste nur, dass sich all die Jahre eine große Kraft gegen ihn gestellt hatte. Er wusste etwas, nach dem er nie gefragt hatte. Als Mitwisser hatte er die starke Macht gespürt, die sich wie eine Schlinge um seinen Hals geschnürt, und ihn fast erstickt hatte.

Er wusste, dass man nicht wirklich in die Vergangenheit zurückgehen konnte. Aber es gab bestimmt einen Weg, sich mit der Vergangenheit wieder zu verbinden. Manchmal musste man erst zurückschauen, um nach vorne gehen zu können. Es war, als würde er eine schwarze Kiste öffnen und damit einen Zugang zu einer Zeit schaffen, die er am liebsten vergessen hätte. Er musste nur am richtigen Ort suchen.

Paul war ein zierlicher Mann mit wachen Augen. Sein Name stand auf einem kleinen, gut sichtbaren Plastikschild, das auf seinem Schreibtisch aufgestellt war. Er hatte Frederick nur kurz gemustert und sich dann sofort wieder auf den Computermonitor konzentriert. Er saß in einem kleinen, spartanisch eingerichteten Büro. An der Wand hingen einzelne Blätter, die lose im Raum verteilt waren. Das kleine Speditionsunternehmen war ein Ableger einer Mutterfirma aus Ohio, die in fast jedem Bundesstaat vertreten war. »Das kann ich Ihnen bestätigen«, sagte Paul, während er schnell einen Blick auf seine Armbanduhr warf und den Telefonhörer kurz an seinem Hals einklemmte. Er machte eine winkende Handbewegung und deutete auf einen alten Stuhl. Frederick setzte sich. »Viertel nach acht können wir schaffen. Gut, bis morgen früh. Ihnen auch.« Paul legte den Hörer auf und starrte zurück auf den Monitor. Mit ein paar schnellen Mausklicks und kurzen Tastaturbefehlen brachte er den Drucker hinter sich zum Laufen. »Wie kann ich Ihnen helfen?« Frederick versuchte, seine Nervosität im Zaum zu halten. »Eine sehr gute Freundin von mir hat mir Ihre Firma empfohlen. Ich plane einen großen Umzug. An die Westküste. Da dachte ich mir, ich schaue Mal vorbei.« Der Grundstein war gelegt. Jetzt musste der Fisch nur noch anbeißen. Pauls Augen schienen sich zu weiten. »Westküste. Klingt gut. Freut mich, dass Sie der Empfehlung Ihrer Freundin gefolgt sind. Wann genau soll der Umzug stattfinden?« Frederick überlegte kurz. »Noch vor Thanksgiving.« Paul nickte bestätigend. »Bevor meine Frau und ich uns nächste Woche wieder an die Ostküste aufmachen, um noch ein paar Dinge zu regeln, wollten wir unserer Freundin noch einen Besuch abstatten. Es gibt da nur ein kleines Problem. Wir wissen nicht, wo sie gerade wohnt. Wir haben uns in den letzten Jahren aus den Augen verloren und ich würde sie gerne überraschen.« Paul hatte aufmerksam zugehört.

»Haben Sie die letzte Adresse Ihrer Freundin?«, fragte Paul.
Frederick war überrascht, dass er so schnell darauf eingegangen war.
»Ja, natürlich. Ihre Firma hat damals den ganzen Umzug dorthin geregelt. Ist schon eine ganze Weile her. Gardner St 437. Amherst, Massachusetts. War in den frühen 80ern.«
Paul lachte. »Das können Sie vergessen. Wir haben keine Umzüge von damals in unserem System.«
»Aber irgendwo müssen die doch gelistet sein«, sagte Frederick vorsichtig.
»Wir können Folgendes machen. Sie füllen jetzt ein Antragsformular für Ihren Umzug an die Westküste aus, und ich werde versuchen, die Adresse Ihrer Freundin herauszubekommen. Wie ist der Name ihrer Freundin?«
»Linda Hagel«, sagte Frederick.
»Ich habe den Namen und die Adresse notiert. Haben Sie eine Nummer, unter der ich Sie erreichen kann?«
Frederick war es plötzlich unerträglich heiß geworden.
»Wir haben wegen des ganzen Umzugschaos alle Telefone bereits abgemeldet. Ich melde mich bei Ihnen.« Paul schien etwas überrascht, wirkte aber so, als würde er die Antwort akzeptieren.
»Gut. Geben Sie mir 2 oder 3 Tage.«
Frederick schob das ausgefüllte Antragsformular über den Tisch. Auf das Formular hatte er die Adresse eines Waschsalons in Pennsylvania geschrieben, der telefonisch garantiert nicht zu erreichen war. Frederick saß spät am Abend in einem kleinen Restaurant, das auf Seafood spezialisiert

war und wartete auf sein bestelltes Essen. Eine junge Frau kam mit einer Plastiktüte angelaufen. Er bezahlte und verließ das Restaurant.
Draußen regnete es. Frederick zog sich die Kapuze über den Kopf und überquerte eilig die Straße. Er streifte die nasse Jacke ab und verschloss die Tür seines Appartements. Dann verschlang er das Krebsfleisch mit Maiskolben und Brot.
Es dauerte exakt zwei Tage, bis Frederick wieder in der Tür der Umzugsfirma stand. Paul saß am Computer und hatte keine Sekunde vom Monitor weggeschaut, als Frederick den Raum betreten hatte. »Hallo«, sagte Frederick. Ohne den Monitor aus den Augen zu lassen, erwiderte Paul die Begrüßung. »Haben Sie schon was rausbekommen?«, fragte Frederick.
Paul schaute zu ihm.
»Ach, Sie sind es. Warten Sie eine Sekunde.«
Paul stand auf und ging in den hinteren Bereich des Büros. Er kam mit einem Zettel in der Hand zurück, den er Frederick überreichte.
»Wir haben sie gefunden. Also ihre letzte Adresse.«
Frederick starrte auf das Papier. Er las seine alte Adresse in Massachusetts. Es war ein Durchschlag einer alten Auftragsbestätigung für den Umzug, die er damals selbst unterzeichnet hatte.
»Und mehr haben Sie nicht?«, fragte er.
Paul schüttelte den Kopf.
»Hat unseren Mitarbeiter einige Telefonate gekostet. Das haben wir von unseren Freunden aus Massachusetts heute

Morgen per E-Mail bekommen. Wenn Ihre Freundin dort nicht mehr ihren Wohnsitz angemeldet hat, dann ist sie wahrscheinlich mit einer anderen Firma umgezogen. Das ist auf jeden Fall alles, was wir finden konnten.«

Frederick drehte sich zur Tür um. Während er den Laden verließ, murmelte Paul ein paar Worte vor sich hin.

»Was ist mit Ihrem Umzug an die Westküste?«

Frederick saß spät am Abend in seiner Wohnung auf der Couch und durchforstete alte Archive der Bank, für die Linda so viele Jahre gearbeitet hatte. Vielleicht hatte er irgendetwas übersehen. Sie konnte sich nicht einfach so in Luft aufgelöst haben. Er musste einen Weg finden, um einen Hinweis auf ihren Aufenthaltsort zu bekommen, ohne dass Linda mitbekam, dass er nach ihr suchte.

Wie gerne hätte er einfach einen Abstecher zurück nach Amherst gemacht, an die Tür von Lindas Bruder geklopft und ihn nach der neuen Adresse seiner Schwester gefragt. Doch genau das war nicht mehr möglich. Amherst war tabu. Massachusetts war tabu. Eigentlich war die ganze Ostküste für ihn nicht mehr zu betreten, was die Sache umso schwieriger machte. Genau in diesem Moment der Erkenntnis kam ihm die Idee. Wenn er bei all den Leuten, die möglicherweise mit Linda in Verbindung standen, nicht selbst anrufen konnte, dann musste es eben jemand anderes tun. Es musste seriös wirken. Es musste von offizieller Seite kommen. Am besten von einer Regierungsbehörde. Er musste nur herausfinden, welche der vier Juliannes die Richtige war und dann den Köder auslegen. *Beweg dich diagonal, schlage Haken*, dachte er sich.

EINUNDZWANZIG

Das Department of Motor Vehicles lag an einem kleinen Hang. Frederick lief auf den Eingang des Steingebäudes zu, vor dem vereinzelt ein paar Leute standen und Zigaretten rauchten. Der Rauch stieg ihm sofort in die Nase, als er gegen die Glastür drückte und im Gebäude verschwand. Hinter einer Empfangstheke saß eine rundliche kleine Frau. Auf einer Tafel waren die Voraussetzungen für die Erneuerung eines Führerscheins aufgelistet, während auf einer zweiten Tafel die Regularien für Strafzettel und andere Verkehrsverstöße gelistet waren. Eine Klimaanlage versorgte den gesamten Innenraum mit einer künstlichen Kälte, die ihm sofort ein unangenehmes Kratzen in den Hals jagte. Als er auf den Boden schaute, sah er einen abgerissenen kleinen Zettel mit einer Nummer darauf. »Ich würde gerne eine Namenssuche beantragen.«

Die Frau starrte ihn an. »Und nach wem suchen Sie?«

»Nach meiner Ex-Frau.« In dem Moment fing die kleine rundliche Frau plötzlich zu toben an.

»Ach, und da dachten Sie, Sie könnten einfach so mir nichts dir nichts hier hereinspazieren und wir würden Ihnen sofort alle Daten aushändigen?« Frederick verstand nicht, was mit der Frau los war. »Wir geben hier keine vertraulichen Informationen an Fremde heraus.«

»Hören Sie, eine Freundin meiner Ex-Frau hat unseren

Wagen abgekauft und wir müssen dringend mit ihr sprechen. Leider haben wir ihre Adresse nicht mehr.«

»Und das soll ich Ihnen glauben?« Die kleine Frau bekam glänzende Augen und einen Satz rote Ohren. »Hören Sie Freundchen, ich weiß nicht was Sie vorhaben, aber von mir bekommen Sie hier und heute keine Adresse.« Frederick war verblüfft. Das Schicksal lachte ihm in Form einer kleinen rundlichen Frau direkt ins Gesicht. Sie hatte ihn sofort durchschaut und ihm die Sprache verschlagen. Gerade als er wieder gehen wollte, sah er, wie eine jüngere Frau von ihrer Rauchpause zurückkam und sich wieder an ihren Schreibtisch setzte. Der Schreibtisch lag unmittelbar in der Nähe des Eingangs hinter einer kleinen Nische. Über jedem Tisch im Raum hing eine Leuchttafel, auf der eine Nummer erschien, sobald der Platz für einen neuen Kunden frei war. Frederick beugte sich nach unten und hob den kleinen Zettel mit der Nummer auf. Dann ging er zielgerichtet auf den Schreibtisch zu, an dem sich die junge Frau gerade die Jacke auszog. Da sowieso kein großer Andrang herrschte, musste er nur hoffen, dass niemand mit einer aufgerufenen Nummer an diesem Platz erscheinen würde, während er noch dort war. Die junge Frau würde seine Nummer sowieso nicht kontrollieren. Er hielt den kleinen abgelaufenen Zettel in ihre Richtung, um sich als wartenden Kunden auszugeben. »Nehmen Sie Platz. Was kann ich für Sie tun?«

»Eine gute Freundin hat mich darum gebeten, ihren Eintrag im Verkehrsregister überprüfen zu lassen, weil sie umgezogen ist und nicht mehr in Kansas lebt. Wäre das

möglich?«
»Wie heißt denn Ihre Freundin?« Frederick überlegte kurz. Eigentlich hatte er ursprünglich alle vier Einträge von Julianne Daniels – Lindas damaliger bester Freundin – überprüfen wollen. Aber die junge Angestellte schien ihm gegenüber positiv gestimmt, also versuchte er, diese einmalige Chance zu nutzen.
»Linda Hagel«, antwortete Frederick mit ruhiger Stimme. Die junge Frau drehte sich in die Richtung eines Computermonitors. Gerade als sie anfangen wollte, in die Tasten zu hauen, schaute sie noch einmal zu Frederick herüber. »Haben Sie auch eine Adresse für mich?«
Frederick schüttelte den Kopf. »Sie hat noch keine neue Anschrift. Ist gerade erst aus Wichita weggezogen und möchte sich eine neue Existenz aufbauen. Vielleicht die Biscayne Bay oder die Florida Keys.« Das klang überzeugend.
Die junge Frau wandte sich dem Computermonitor zu und haute in die Tasten. Frederick schielte zu der kleinen rundlichen Frau hinter der Empfangstheke, die man von der Nische aus kaum sehen konnte. Sie hatte ihren dicken kleinen Kopf gerade in ein Magazin für Maniküre gesteckt. »Das ist seltsam«, unterbrach die junge Frau Fredericks Gedanken. »Es gibt keinen Eintrag für eine Linda Hagel aus Kansas. Nur zwei Einträge mit Führerschein aus Idaho und einem aus Massachusetts.« Frederick schnürte es die Luft ab. Sein Herz fing an, schneller zu schlagen. Der erste wirkliche Schritt in Lindas Richtung konnte sich durch die nichtsahnende junge Mitarbeiterin des Department of Mo-

tor Vehicles innerhalb weniger Sekunden offenbaren. Er musste diese Information bekommen. Er war so nah dran, wie nie zuvor. »Bedeutet das, dass die Personen jeweils in Idaho und Massachusetts ihren Wohnsitz haben?«, fragte Frederick absichtlich. Er wusste, dass die einzige andere Linda Hagel eine alte Künstlerin aus Maine war, die er selbst zuvor bei einer seiner Internetrecherchen schon gefunden hatte. Das musste die Person mit Führerschein aus Idaho sein. Deshalb wusste er, dass ihr Wohnsitz nicht in dem selben Bundesstaat lag, wie er in ihrem Führerschein eingetragen war. Die junge Frau drehte ihren Kopf wieder in Richtung des Monitors. »Der Führerschein aus Idaho ist auf eine Linda Hagel mit Wohnsitz in Maine ausgestellt.«

Treffer, dachte Frederick. Gespannt wartete er, bis die junge Mitarbeiterin weitersprach.

»Der Führerschein aus Massachusetts ist auf eine Linda Hagel mit Wohnsitz in New Mexico ausgestellt.« *Volltreffer*. Er konnte es nicht fassen. Er war gerade in diesem Moment mit seiner Schachfigur einen unbeschreiblich weiten und wichtigen Zug gegangen. Am liebsten hätte er die junge Frau sofort geküsst und umarmt. Linda Hagel lebte also zehneinhalb Stunden von ihm entfernt in New Mexico. Er stand auf, bedankte sich mit einem überschwänglichen Händedruck und verließ das Büro des Department of Motor Vehicles. Seine intensive Suche hatte neue Züge angenommen und Früchte getragen. Am gleichen Abend fing er an, seine Sachen zu packen.

Gegen einundzwanzig Uhr dreißig klopfte er gegen die

Wohnungstür von Mr. Wendell. Er bekam seine Kaution zurück und der alte Mann klopfte ihm bei der Verabschiedung freundschaftlich auf die Schulter. Frederick fiel es schwer, diesen Ort zu verlassen. Er wusste nicht, was ihn erwarten würde und hätte am liebsten seinen Plan verworfen und sich ein einfaches und bodenständiges Leben eingerichtet. Aber etwas in ihm zwang ihn dazu, weiter zu machen. Er ging zu einer Autovermietung und mietete einen einfachen Mittelklassewagen. Der Stress machte sich bemerkbar. Während er die Papiere für den Wagen unterschrieb, musterte ihn die Frau am Mietwagenschalter. Er packte seine Sachen in den Kofferraum, legte den Laptop und den Router auf den Rücksitz und startete den Motor.

ZWEIUNDZWANZIG

Nach zwölf Stunden auf der Straße rollte der Wagen spät am Abend auf den Parkplatz des Old Santa Fe Motels in New Mexico. Frederick war fertig von der langen Fahrt und beschloss, direkt auf sein Zimmer zu gehen. Er war jetzt weit genug von Amherst entfernt und hatte acht Bundesstaaten durchquert.

Am nächsten Morgen wachte er schon früh auf, sprang unter die Dusche und saß alleine in einem fast leeren kleinen Diner, um sein Frühstück zu essen. Nachdem er eine große Portion Rührei mit Speck und Toast gegessen hatte, stand er auf und bezahlte.

Er musste zum Wolf im Schafspelz werden. Eine bürgerliche Fassade, die nach außen ein normales Leben vorspielte, würde ihm dabei helfen, seinen Plan in die Tat umzusetzen. Das Schnellste auf Erden war der Übergang vom Guten zum Bösen. Das hatte er am eigenen Leib gespürt. Er hatte für seine Überzeugung eine ungerechte Strafe verbüßt. Es war an der Zeit, sich dafür zu revanchieren. New Mexico gefiel ihm sofort. Es erinnerte ihn an die zahlreichen Western, die er als Kind mit seinem Vater gesehen hatte. Das Klima war in diesem Spätsommer drückend, aber er empfand es als befreiend zugleich. Um einen klaren Kopf zu bekommen, beschloss er, eine kleine Wanderung zu machen. Santa Fe erstreckte sich im Tal des Santa Fe

River, einem Nebenfluss des Rio Grande. Er kaufte sich in einem kleinen Laden zwei große Flaschen Mineralwasser, ein eingepacktes Sandwich und einen Apfel. Dann fuhr er mit seinem Mietwagen gegen Nachmittag an den äußeren Rand der Stadt und fing an zu laufen. Die Felsenketten, die sich rechts von ihm erstreckten, leuchteten gelblich braun in der heißen Nachmittagssonne. Auf dem Besucherparkplatz waren ein paar wenige Autos abgestellt. Ein zusammengenageltes Holzschild zeigte in mehrere Richtungen. Er entschied sich für den Atalaya Mountain Trail, der ihn in den Santa Fe National Forest führte. Nachdem er zwei Stunden durch die Gegend gewandert war, machte er eine Pause auf einem Stein. Gerade als er das Sandwich aus der Verpackung nehmen wollte, hörte er Stimmen. Eine Frau tauchte einen kurzen Moment später unmittelbar neben ihm aus einem Gebüsch auf. Sie sah leicht verwirrt aus. Als sie ihn bemerkte, bemühte sie sich, die Fassung zu bewahren. »Haben Sie meinen Mann gesehen?« Frederick schaute zu der Frau. »Tut mir leid.«

»Ich habe mich nur ein oder zwei Sekunden in eine andere Richtung gedreht und er war von einer Sekunde auf die andere verschwunden. Das kann doch gar nicht sein.« Die Frau atmete so schnell, dass es fast so wirkte, als könnte sie jeden Moment rot anlaufen und ersticken. Frederick schaute sie einen Moment lang an und widmete sich dann wieder seinem Sandwich. Die Frau blieb noch eine Weile an der gleichen Stelle stehen und ging dann einfach weiter. Nachdem Frederick ein Drittel seiner Wasserflasche getrunken hatte, stand er auf und setzte seine Strecke fort.

Es war fast dunkel, als er zurück zum Parkplatz kam. Nur ein anderes Auto stand noch auf dem Besucherparkplatz. Frederick überlegte, ob es das Fahrzeug der Frau war, die ein paar Stunden zuvor ihren Mann gesucht hatte. Er überlegte, ob sie wohl immer noch irgendwo da draußen unterwegs war und nach ihrem Mann suchte. Gerade als er einsteigen wollte, sah er einen älteren Herrn, der auf ihn zugelaufen kam. Der Mann keuchte und wirkte leicht verwirrt. »Entschuldigung. Ich suche meine Frau. Haben Sie sie vielleicht gesehen? Sie ist etwa ein Meter siebzig groß.« Der Mann hielt seine linke Hand in die Luft, um ihre Größe anzudeuten.

»Ich habe Ihre Frau vor ein paar Stunden getroffen. Sie war auf der Suche nach Ihnen.«

»Mist«, sagte der Mann. »Dann müssen wir uns verpasst haben.«

»Die Wege sind markiert. Ihre Frau wird sicher wieder zurückkommen.« Der Mann stützte seine Hände auf seinen Knien ab, während er sich zum Boden herunterbeugte. Innerhalb des Bruchteils einer Sekunde fiel der Mann zu Boden. Frederick sah sich hastig um. Er lehnte sich zu dem Mann herunter, der regungslos am Boden lag. Er rüttelte vorsichtig an seinen Schultern. Der Mann rührte sich nicht. Frederick zog ihn zu sich und drehte ihn so, dass er schließlich auf dem Rücken lag. Dann fing er an, seine Hände auf die Brust des Mannes zu pressen. Er wiederholte das dreißig Mal. Dann weitere dreißig Mal. Nichts. Fredericks Stirn war schweißnass. Er versuchte es ein weiteres Mal. Ohne Erfolg. »Was machen Sie da?«, schrie eine entsetzt klingende Frauenstimme. Frederick fuhr sofort herum. Es war dieselbe Frau, die er ein paar Stunden zuvor auf dem Wanderweg getroffen hatte. »Er ist einfach so umgefallen. Ihr Mann hat Sie überall gesucht. Das hat ihn in Panik versetzt.« Während Frederick noch immer am Boden über dem Mann kniete, kam dessen Frau sofort auf ihn zugerannt. Sie fuchtelte wie wild mit ihren Armen herum und drückte Frederick zur Seite. Das grelle Licht von zwei Autoscheinwerfern blendete Fredericks Gesicht. Der Wagen bog gerade auf den Besucherparkplatz ein. Frederick versuchte, sich an die Worte des Mannes zu erinnern. *Hatte er etwas von einem Anruf erwähnt?* An so etwas hätte er sich sofort erinnert. Es war Zeit zu verschwinden. Während das Auto auf dem Parkplatz zum Stehen kam, drehte sich Frederick herum und lief in die Richtung seines Mietwagens. »Wo wollen Sie hin?«, plärrte die Frau, die noch immer völlig fassungslos über ihrem Mann kniete. »Hey, bleiben Sie hier!« Frederick wurde schneller. Er drückte auf die Fernbedienung des Autoschlüssels in seiner Hosentasche und sofort leuchteten die Rücklichter seines Mietwagens auf. Er beschleunigte seine Schritte noch mehr, bis er endlich an der Fahrertür ankam und hastig einstieg. Als er sich zur Seite umdrehte, sah er, wie zwei Streifenpolizisten gerade in Richtung der Frau gelaufen kamen, die noch immer über ihrem Mann kniete. Sie zeigte sofort in Fredericks Richtung. Frederick trat so fest aufs Gaspedal, dass sich der Wagen ruckartig in Bewegung setzte. Er schlug rückwärts ein, drückte den Schalthebel mit voller Wucht in den ersten Gang und raste vom

Parkplatz. Wäre er an Ort und Stelle geblieben, um die Fragen der Officer zu beantworten, hätten sie mit absoluter Gewissheit seine Personalien gründlich überprüft und ihn höchst wahrscheinlich mit auf die Wache genommen. Sie hätten lästige Fragen gestellt und ihn genau unter die Lupe genommen. Die hysterische Ehefrau hätte ihn zudem vermutlich noch beschuldigt, ihren Ehemann vorsätzlich bewusstlos geschlagen zu haben, um ihn auszurauben. Was auch immer geschehen wäre, hätte Edward Humes Identität aufs Spiel gesetzt und damit Frederick Hagel in Gefahr gebracht. Er fuhr, so schnell er konnte, zurück zur Mietwagenzentrale. Auf dem Parkplatz parkte er neben einer Reihe identisch aussehender Mietwagen. Dann ging er zur Eingangstür und warf den Schlüssel in einen dafür vorgesehenen Briefkasten. Das war alles, was ihn noch mit dem Mietwagen in Verbindung bringen konnte. Die Frau hatte ihn sicherlich bei der Polizei beschrieben. Wenn ihr Mann wieder aufwachte, würde sich alles von selbst erklären. Falls er nicht mehr aufwachte, würde die Obduktion ein Fremdverschulden ebenfalls ausschließen, weswegen er sich sicher sein konnte, dass eigentlich niemand nach ihm suchen würde. Es sei denn, die Behörden würden darauf spekulieren, dass der Mann aufgrund der Schockreaktion des vermeintlichen Überfalls einen Herzinfarkt erlitten hatte. Er hoffte, dass der Mann schnell wieder zu sich kommen würde.

Zu Fuß ging er durch ein paar Seitenstraßen, um auf die breite lange Hauptstraße zu kommen. Auf der Cerrillos Road lagen unzählige Motels aller Preisklassen. Er entschied sich für ein Motel 6 und bezahlte für zwei Nächte im Voraus. Die Zeit, die er mindestens brauchen würde, um sich ein wenig in der Gegend nach Linda zu erkundigen. Santa Fe hatte knapp siebzigtausend Einwohner. Irgendjemand musste ihm weiterhelfen können, falls sie in diesem Teil von New Mexico lebte. Und falls sie tatsächlich ihren richtigen Namen verwendete. Langsam wurde ihm bewusst, dass die Information über Linda Hagels hinterlegte Adresse bei der Führerscheinstelle, vielleicht nur ein Ablenkungsmanöver gewesen war, um lästige Menschen auf eine falsche Fährte zu bringen. Vor allem wusste er nicht, wie viele Jahre dieser Eintrag schon bei der Führerscheinstelle hinterlegt war. Es konnte durchaus sein, dass sie vor fünfzehn Jahren nach New Mexico gekommen war und ein oder zwei Jahre geblieben war, bis es sie in einen anderen Staat verschlagen hatte, in dem sie unbehelligt unter einem neuen Namen lebte. Wer wusste das schon.

DREIUNDZWANZIG

Am nächsten Morgen kaufte Frederick ein Frühstück in einem nahe gelegenen Diner. Eine Kellnerin um die zwanzig hatte gerade etwas Kaffee an einem der Tische verschüttet und war damit beschäftigt, die heiße dunkelbraune Flüssigkeit aus der Hose eines älteren Mannes zu bekommen, der mit rotem Kopf wütend vor sich hin fluchte. Frederick setzte sich auf eine der Sitzbänke, die weit weg von der Eingangstür lagen. Als die Kellnerin nach etwa zehn Minuten zu ihm kam, konnte er die Anspannung in ihrem Gesicht erkennen. Frederick deutete in die Richtung des Tisches, an dem der wütende Mann zuvor gesessen hatte.

»Und, haben Sie's geschafft?«, fragte er.

Sie sah ihn mit fragendem Blick an.

»Haben Sie es geschafft, den Mann loszuwerden?«

Sie nickte kurz und er meinte, ein winziges Lächeln auf ihren Lippen sehen zu können.

»Was darf's denn sein? Frühstück oder Mittagskarte?«, fragte die Kellnerin, die sich anscheinend wieder etwas beruhigt hatte.

»Ich nehme das Rührei mit Toast. Kaffee schwarz. Und viel Marmelade, bitte.« Als sie das Frühstück brachte, dachte Frederick für einen Moment zurück an die vergangenen Monate, in denen er einiges hinter sich gelassen hatte. Nachdem er fertig war, signalisierte er der Kellnerin, dass er bezahlen wollte. Sie kam angelaufen und wollte gerade alles zusammenrechnen.

»Ich bin nicht von hier. Ich wollte eine alte Freundin besuchen, aber im Internet konnte ich sie nicht finden. Gibt es hier vielleicht so etwas wie ein Gemeindehaus oder ein Bürgerverzeichnis, wo man sich nach jemandem erkundigen kann?«

»Wie heißt denn Ihre Freundin?«

Frederick zögerte einen Moment lang.

»Linda Hagel«

Die Kellnerin schüttelte den Kopf.

»Nein. Nie gehört. Probieren Sie es doch bei der Polizei. Die kann Ihnen bestimmt weiterhelfen.«

»Hab' mir schon gedacht, dass Sie sie nicht kennen«, fügte er hinzu.

»Das macht dann sieben Dollar und achtundzwanzig Cents, Sir.«

Frederick zog einen Fünfzig-Dollar-Schein aus der Tasche und gab ihn der Kellnerin.

»Den muss ich kurz wechseln, bin gleich zurück.«

»Machen Sie einfach zehn.«

Sie nickte bestätigend, während sie in Richtung Theke lief. Frederick starrte aus dem Fenster hinaus. Für einen Moment schien sich seine ganze Anspannung zu lösen. Er musste sie finden. Er war so weit gekommen und musste nur an der richtigen Stelle suchen. Es kam, wie es kommen musste. Gerade als er seinen Kaffee ausgetrunken hatte und bereit zum Gehen war, sah er, wie die junge Kellnerin zuerst in seine Richtung lief, dann stehen blieb und auf einen grauhaarigen Mann in brauner Jacke zuging, der gerade zur Tür hereingelaufen kam. Sie wechselten ein paar Worte miteinander. Frederick schaute durch den ganzen Raum. Dann wieder zu der Kellnerin und dem grauhaarigen Mann. Plötzlich zeigte sie in seine Richtung. Sie kam zusammen mit dem grauhaarigen Mann an seinen Tisch gelaufen.

»Ich dachte mir, das würde die ganze Sache vereinfachen«, sagte sie, mit einem Hauch von Stolz in ihrer Stimme. *Tja, da hast du dich aber völlig geirrt*, dachte Frederick. Er musste auf das eingenähte Wappen auf der braunen Jacke starren. »Das ist Sheriff Bell. Er kann Ihnen vielleicht weiterhelfen. Hier ist Ihr Wechselgeld. Noch einen schönen Tag, Sir.« Mit diesen Worten verabschiedete sich die junge Kellnerin und ließ die beiden allein. Frederick versuchte sich so gut es ging zusammenzureißen. »Sie suchen eine alte Freundin?« Frederick dachte kurz über die Worte nach, als wären sie Teil einer unlösbaren Rechenaufgabe. Dann nickte er. *Angriff war die beste Verteidigung*, dachte er. »Die letzte Adresse, die ich von ihr habe, ist noch aus alten College-Zeiten. Wir waren damals unzertrennlich. Dann hat sie geheiratet, ist weggezogen und das Leben hat seinen Lauf genommen.«

»Kommt mir bekannt vor. Wie heißt denn Ihre Freundin?«

Es war nicht abzusehen, was passieren würde, wenn der alte Sheriff aus einer Laune heraus etwas mehr über Linda Hagel herausfinden würde. Zwangsläufig würde er auf die spektakuläre Flucht ihres Ex-Mannes stoßen. Er würde sich Fotos anschauen. Alles oder Nichts. Er musste etwas riskieren, sonst würde er immer weiter im Dunkeln tappen. Er nahm all seinen Mut zusammen und sprach ihren Namen aus. Der grauhaarige Mann kratzte sich kurz am Hals, während er überlegte. »Wie wäre es, wenn Sie mich aufs Revier begleiten würden? Dort kann ich in Ruhe nach Ihrer Freundin suchen, während Sie mir mehr über sie erzählen.« Er musste so schnell wie möglich aus dieser Situation heraus. Wie eine Maus, die gierig nach dem Käse geschnappt hatte, war Frederick der größte Fehler unterlaufen, den er machen konnte. Eigentlich hatte er damit gerechnet, dass ihm der Polizist mit einem klaren *Nein* antworten würde. Wenn er jetzt einfach aufstehen und gehen würde, würde er sich sofort verdächtig machen. Frederick lief zusammen mit Sheriff Bell die breite Hauptstraße hinunter.

VIERUNDZWANZIG

Das Restaurant war an diesem Abend komplett ausgebucht. Das Besteck klimperte und die Unterhaltungen der Gäste erinnerten an einen Schwarm Vögel, die wild durcheinander kreischten. Kaffee wurde serviert. Ein Sommersturm weit draußen auf dem Pazifik hatte in den vergangenen zwei Wochen die Küste in Beschlag genommen. Zwei Männer standen auf und halfen ihren Frauen in die Mäntel.

»Patrick, holst du den Wagen?« Mit einer schnellen Handbewegung fing er den Autoschlüssel auf. Während Patricks Frau sich bei ihm einhakte und die beiden zur Tür hinaus gingen, standen Kyle und Linda am Rand des Restaurants und schauten durch das große Fenster in die Dunkelheit hinaus. Für Mitte fünfzig hatte sie sich mehr oder weniger gut gehalten. Ihre Augen waren von kleinen schwarzen Rändern umgeben, die sie noch älter erscheinen ließen. Kyle hatte sich nicht verändert. Ein paar wenige Falten offenbarten die Tatsache, dass er zwar in die Jahre gekommen war, aber trotzdem immer noch über seinen typischen oberflächlichen Charme und seine beträchtliche Selbstsicherheit verfügte, die ihm etwas Unnahbares verliehen. Kyle warf einen Blick auf seine Armbanduhr. »Lass uns gehen.« Die beiden verließen das Restaurant und mussten nicht lange warten, bis eine schwarze Limousine unmittelbar vor dem Restaurant zum Stehen kam. Auf den Straßen war an diesem Freitagabend einiges los. Patrick bog auf eine Nebenstraße ein, um die vielen Ampeln zu umfahren. Nach gut zwanzig Minuten Fahrt, fuhr der Wagen in eine weite Straße ein, die etwas am Hang lag. Hinter hochgewachsenen Bäumen und unzähligen Pflanzenarten ließen sich die Umrisse eines Hauses erahnen. Ein großes dunkelbraunes Eingangstor öffnete sich wie von Geisterhand. Im Innenhof hielt der Wagen an. Die Außenbeleuchtung des Hauses war automatisch angegangen, als der Wagen in die Einfahrt gefahren war. Alle vier stiegen aus und liefen auf die Eingangstür zu. In der Eingangshalle nahm Linda den Mantel ihrer Freundin und verschwand in einem Nebenraum. »Fühlt euch wie zu Hause«, sagte Kyle, während er zur Küche lief.

Psychopathie war laut den Experten angeboren und unheilbar. Was andere Menschen verängstigte, gab Psychopathen den entscheidenden Kick. Mitgefühl, Reue, Selbstzweifel, Ängste und Liebe waren Emotionen, die bei einem Psychopathen einfach nicht vorhanden waren. Durch ein fehlendes schlechtes Gewissen waren sie oft in der Finanzwelt zu finden. In vielen Situationen waren sie gesunden Menschen deutlich überlegen. Sie liebten den schnellen Wandel und was gab es Passenderes, als ein sich ständig verändernder Finanzmarkt. Die Maske der Normalität ließ die Meisten von ihnen in der breiten Masse verschwinden. Kyle Fenworth hatte es mit seinen Methoden bis an die Spitze des Ablegers eines großen Fi-

nanzkonzerns aus dem Mittleren Westen geschafft. Mit schmutzigen Bilanztricksereien hatte er sich in nur wenigen Jahren ein ordentliches Vermögen angeeignet. Seine Risikobereitschaft wurde von vielen Mitgliedern des Aufsichtsrats sehr geschätzt. Er war selbstsüchtig, oberflächlich charmant, manipulativ und äußerst erfolgreich.
Die Körpersprache war eine der wenigen Merkmale, die einen Psychopathen verraten konnte. Gesten waren mehr als eine harmlose Untermalung unserer Sprache. Sie halfen unserem Gehirn dabei, die richtigen Worte zu finden. In einer Fremdsprache gestikulierte man aus diesem Grund schneller und lebendiger. Wenn Psychopathen über Dinge sprachen, die eigentlich mit Gefühlen verknüpft waren, wurde ihre Körpersprache so hektisch, als würden sie in einer für sie fremden, mühsam erlernten Sprache kommunizieren. Der einzige Ratschlag, den man in Bezug auf Psychopathen geben konnte, war, sich von ihnen fernzuhalten. Doch genau das Gegenteil musste Frederick tun, um endlich Ruhe finden zu können.

Linda kam ins Wohnzimmer gelaufen. Patrick und seine Frau Leann hatten es sich bereits auf einer großen Stoffcouch bequem gemacht. Linda setzte sich schräg gegenüber der Beiden auf einen einzelnen Sessel. »Habt Ihr es Euch überlegt?« Leann schaute zu ihr herüber. Auf ihren Mundwinkeln bildete sich ein zögerndes Lächeln. »Noch nicht. Aber wir arbeiten daran.« Sie sah zu ihrem Mann Patrick, der etwas desinteressiert und müde nach dem üppigen Abendessen zu sein schien. »Ich bin gleich wieder bei Euch.« Linda stand auf und ging in die Küche. Kyle war gerade dabei, ein paar Drinks vorzubereiten. »Haben sie schon was gesagt?«, fragte er. Linda stellte sich sehr nah neben ihn. »Sie fängt langsam an, mich zu nerven«, sagte Linda, die ebenfalls etwas müde wirkte.

»Du musst weiter freundlich bleiben. Das ist wichtig. Wenn wir die beiden mit ins Boot holen, dann fressen mir die anderen Investoren aus der Hand.« Kyle rührte mit einem Plastikstäbchen in einem Glas herum, in das er gerade eine Limettenscheibe hineingelegt hatte. »Reiß dich einfach zusammen. Wir haben sie fast soweit.«

Kyle und Linda kamen ins Wohnzimmer gelaufen.

»Ihr seid bestimmt durstig.« Kyle stellte die Gläser vor den beiden auf einem Glastisch ab. Dann rückte er mit einem Sessel etwas in ihre Richtung und nahm eines der Gläser. »Auf Euch! Und auf eine gute Zusammenarbeit.« Patrick und Leann hoben ihre Gläser, während Linda ebenfalls langsam ihr Glas erhob. Dann klirrten die Gläser beim Anstoßen.

Etwa fünfundvierzig Minuten später musste sich Leann übergeben. Sie kotzte sich die Seele aus dem Leib, während Linda neben ihr im großen Badezimmer stand, um ihr Gesellschaft zu leisten. »Das wird schon wieder.« Sie klopfte ihr zweimal auf den Rücken, was sofort wieder einen Würgereiz bei ihr auslöste. Als die beiden zurück ins Wohnzimmer gingen, sang Steve Jones die Zeilen seines 80er-Jahre-Songs *Mercy* vor sich hin. Kyle und Patrick standen beide vor einem Regal, das voll von CDs und LPs war. Patrick und Leann kamen beide aus Texas. Er hatte schon mit Anfang zwanzig die Ölfirma seines Vaters übernommen und stand als Unternehmer weit oben auf der Forbes-Liste. Er hatte sie bei einem Schönheitswettbewerb kennengelernt und seitdem wich sie ihm nicht mehr von der Seite. Während Frederick seine Zeit in der geschlossenen forensischen Psychiatrie verbringen musste, hatte Linda die 80er Jahre in vollen Zügen genossen. Ihr dekadenter Lebensstil beinhaltete alles, was man sich vorstellen konnte. Durch ihre Transaktionen hatte Linda einer beachtlichen Reihe von Anlegern Unsummen an Steuern eingespart. Sie hatte immer sehr penibel darauf geachtet, sich einen ordentlichen Bonus für ihre Dienste auszahlen zu lassen. In der Führungsebene der Chase Modern Bank wusste man ihre finanziellen Geschicke zu würdigen. Als die Sache irgendwann Anfang der 90er Jahre zu heiß geworden war und die Finanzdienstaufsichtsbehörden ein ganzes Arsenal an Steuerfahndern engagierte, wurde ihre Zusammenarbeit mit der Bank für unbestimmte Zeit auf Eis gelegt. Sie bekam eine üppige Abfindung und investierte in mehrere Trust Fonds, die ihr wiederum astronomische Erträge einbrachten. Sie lebte auf der Sonnenseite des Lebens, während Frederick in der Hölle schmorte. Die Beziehung zu Kyle war Mitte der 80er immer intensiver geworden und die beiden zogen etwa ein halbes Jahr nach Fredericks dauerhafter Unterbringung in eine gemeinsam ausgewählte Art Deco Villa am Rande von Miami. Im Stadtviertel Coconut Grove hatten in den 80er Jahren viele neureiche Millionäre ihren amerikanischen Traum in die Realität umgesetzt. Dazu gehörten Linda Hagel und Kyle

Fenworth, die schnell Anschluss zur lokalen High Society fanden und mit offenen Armen empfangen wurden. Sie tanzte total zugedröhnt auf riesigen Yachten, mondänen Landsitzen und prunkvollen Villen der einflussreichsten und scheußlichsten Menschen zugleich. Die Zeit der unzähligen, nächtelangen Partys, hatte bei beiden Spuren hinterlassen. Linda hatte 1996 ihre erste Faltenstraffung machen lassen und sich durch den Eingriff um mindestens zehn Jahre jünger gemacht. Sie war so begeistert, dass sie anfing, immer wieder solche kleinen Korrekturen machen zu lassen, bis sie eine Karikatur ihrer selbst wurde. Kyle war früh dem Alkohol und dem Kokain verfallen, sodass er sich ständig in einem Rausch befand, der sich nur durch die Einnahme von Barbituraten irgendwie in den Griff bekommen ließ. Die Kombination an Medikamenten sorgte dafür, dass er gleich zweimal in kürzester Zeit mit auffälligen Herzfrequenzen in ein nahe gelegenes Krankenhaus eingeliefert wurde. Während Linda ihre meiste Zeit damit verbrachte, mit anderen verwöhnten und völlig weltfremden Millionärsgattinnen in Yacht Clubs und Cocktail Bars herumzuhängen, hatte sie ihre Leidenschaft für jüngere, gut aussehende Frauen entdeckt. Nicht selten kam es vor, dass sie mit einer ihrer neuen Bekanntschaften im Gästehaus ihrer Coconut Grove Villa für einige Nächte verschwand. Kyle war mittlerweile aufgedunsen von den vielen Medikamenten. Er verließ nur noch selten das Büro. Er hatte eine Affäre mit einer vietnamesischen Haushälterin, an der Linda anfangs auch Interesse gezeigt hatte. Als die Jahrtausendwende kam, hatten sich beide irgendwie wieder gefangen und führten einen weniger auffälligen Lebensstil. Auch Lindas Äußeres entsprach nach mehrmaligen Versuchen der Rekonstruktion wieder mehr ihrem natürlichen Erscheinungsbild. Sie hatten ihre opulente Villa verkauft und sich in der Nähe von Phoenix ein überschaubares kleines Anwesen gekauft, das etwa zwei Autostunden von jeglicher Zivilisation entfernt lag. Das neue Leben in Arizona war anfangs eine große Umstellung für die beiden. Vorbei waren die Zeiten der Exzesse. Sie waren beide alt geworden. Durch eine Aktionärsversammlung hatten sie den Kontakt zu Patrick und Leann hergestellt. Was wie ein Zufall auf das texanische Ölmillionärspaar wirkte, war in Wahrheit in wochenlanger Planung eingefädelt worden. Linda war die Aktionärslisten mehrfach durchgegangen, sodass sie einen genauen Überblick darüber hatte, wer sich dort die Klinke in die Hand gab.

Leann war völlig fertig. Ihr Gesicht war kreidebleich und ihre Augen waren vom Mascara verschmiert. Anscheinend vertrug sie keinen Alkohol. Zumindest nicht die überstarken Mischungen, die Kyle nicht ganz unabsichtlich für sie zubereitet hatte. Er wusste, dass Leann starken Einfluss auf Patrick und seine Entscheidungen ausübte. Plötzlich gingen die Lichter im Wohnzimmer aus. »Lassssuns fahrn«, stammelte Leann. »Ich kann nich meerh.« Sie kämpfte mit sich. Sie war auf der großen Couch völlig eingesunken, sodass sie wie ein hilfloses Kind aussah. Patrick stand noch immer neben dem CD-Regal und begutachtete Kyles Musiksammlung. Er schien den Alkohol besser zu

vertragen als seine Gattin, die sich bereits in einem komatösen Tiefschlaf befand. Sie hatte kurz bevor sie völlig weggetreten war, noch auf ihre teure Hermès-Bluse aus Seide und Kaschmir erbrochen. »Das Album ist das wahre Erbe der 80er Jahre. Keine Frage.« Kyle schob die LP zurück ins Regal. »Wir müssen Nägel mit Köpfen machen. Wenn du mit dabei bist, kann ich alle großen Investoren mit ins Boot holen. Das wird dein Kapital verdoppeln.« Kyle rührte mit dem kleinen Plastikstab in seinem Glas herum. Dann biss er in die Limettenscheibe. »Was sagst du?«, fragte Kyle. Patrick drehte sich zu seiner schlafenden Frau um. »Ich habe alles vorbereitet. Wenn wir das durchziehen, schießt du auf der Forbes-Liste um mindestens fünf Plätze nach vorne. Das ist unbezahlbar.«
Er führte Patrick in sein Arbeitszimmer. Mit einer flinken Handbewegung nahm er einen vierseitigen Vertrag von seinem Schreibtisch, den er Patrick unter die Nase hielt. Dazu reichte er ihm einen kleinen blauen Kugelschreiber. Gerade als Patrick den Vertrag gelesen hatte und mit dem Kugelschreiber bereits seinen Vornamen aufs Papier geschrieben hatte, ertönte ein schriller Schrei aus dem Wohnzimmer. Als Kyle und Patrick ins Wohnzimmer stürzten, stand Linda über der weggetretenen Leann gebeugt und versuchte mit aller Kraft ihren Mund von Erbrochenem zu befreien.

»Sie hat keine Luft mehr bekommen.« Kyle warf einen kritischen Blick in Lindas Richtung.

»Ich glaube, wir sollten einen Krankenwagen rufen«, sagte Patrick, der mit der Situation völlig überfordert war. Leann war immer noch nicht bei Bewusstsein. Linda starrte in Kyles Richtung.

»Was sollen wir machen?«

Patrick rüttelte wie ein Wilder an Leanns Armen. Kyle zog sein Handy aus der Tasche und wählte. Dann schaute Linda zu ihm. »Warte!« Sie sprang auf und rannte zur Küche. Innerhalb weniger Sekunden kam sie mit einem vollen Eimer Wasser zurück ins Wohnzimmer gerannt, den sie sofort über Leanns Kopf ausschüttete. Leann riss ihre Augen auf. Sie schnappte nach Luft und fing heftig an zu keuchen.

»Du hast uns allen eine verdammte Angst eingejagt«, sagte Patrick in vorwurfsvollem Ton, als wäre Leann absichtlich fast an ihrem Erbrochenem erstickt.

Leann schüttelte sich.

»So eine Scheiße! Was hast du da reingemacht?«, blaffte sie Kyle an.

»Beruhig dich«, sagte Patrick und legte seine Hand auf ihren Arm. »War wohl einfach eine Nummer zu stark«, fügte er hinzu.

»Ich will hier raus! Sofort!«, zischte Leann.

Patrick wischte etwas Bräunliches von ihrer Handtasche ab und hing sie über ihre Schulter.

»Komm wir gehen.«

Er half seiner Frau beim Aufstehen. Kyle nahm Patrick kurz zur Seite.

»Ich zähle auf dich. Der Vertrag wird unterzeichnet. Du wirst es nicht bereuen«, sagte Kyle.

»Lass uns morgen telefonieren. Ich melde mich bei dir.«

Die Haustür fiel mit voller Wucht zu.
»Das ist ja gerade noch mal gut gegangen«, sagte Linda.
»Das war echt knapp. Hätte keinen guten Eindruck gemacht, wenn hier eine Cocktailleiche an ihrer eigenen Kotze erstickt wäre. Das hätte viele Fragen gegeben. Und viel Aufmerksamkeit auf uns gelenkt. Hat er wenigstens unterschrieben?«, fragte Linda.
Kyle nickte.
»Er hat es nur bis zum Vornamen geschafft, weil du so geschrien hast.«
»Und jetzt?«
»Er wird sich morgen melden.«
»Hoffentlich. Sonst war der ganze Aufwand umsonst. Ich konnte die beiden von Anfang an nicht ausstehen.«

FÜNFUNDZWANZIG

Frederick hatte Angst. Unvorstellbare Angst. Er lief den ganzen Weg neben Sheriff Bell her, ohne ein Wort zu sprechen. Ihm kam es so vor, als würde in großen leuchtenden Buchstaben FLÜCHTLING auf seiner Stirn geschrieben stehen. Jeder Passant, der vorbeilief, schien ihn merkwürdig zu mustern. Zumindest kam es ihm so vor. Nachdem sie ein paar Häuserblocks hinter sich gelegt hatten, wurde der Sheriff etwas langsamer. »Ist gleich da drüben.« Er zeigte auf ein rotes Backsteingebäude auf der gegenüberliegenden Straßenseite. Die Sonne stand tief und die Hitze des Tages war mittlerweile etwas abgeklungen. Frederick blickte in den wolkenlosen Himmel. *Was passierte hier gerade?* Er musste sich schleunigst davon machen. Das stand fest. Er war so weit gekommen. Viel zu weit, um sich vom alten Sheriff Bell einen Strich durch die Rechnung machen zu lassen.

Sie überquerten die Hauptstraße und liefen auf das Gebäude zu. Zwei Polizisten kamen gerade aus dem Revier gelaufen. Als sie an ihnen vorbeikamen, nickten sie im Vorübergehen freundlich zu. Dann betrat Frederick zusammen mit Sheriff Bell das Santa Fe Police Department.

Als er sich auf einen der Stühle setzte, merkte er, dass er völlig außer Atem war. Auch Sheriff Bell schien es zu bemerken. Die Aufregung hatte ihn fest im Griff. Das Geräusch der Klimaanlage surrte durch den ganzen Raum. Draußen waren immer noch hohe Temperaturen, wobei es für diese Jahreszeit in New Mexico bereits etwas milder war.

»Kaffee?«, fragte der Sheriff.

Er warf Frederick einen flüchtigen Blick zu, bevor er sich wieder seinen Unterlagen widmete.

»Nein, danke.«

»Sie mögen keinen Kaffee?«

»Ich vertrag ihn nicht so besonders gut. Bekomme immer Herzrasen davon.«

»Na dann wollen wir Ihr Herz mal nicht unnötig überstrapazieren.«

Der Sheriff stand auf und verschwand in einem Nebenzimmer. Er kam mit einer Tasse Kaffee in der Hand zurück.

»Wie war noch mal ihr Name?«

»Linda Hagel«, antwortete Frederick so ruhig wie möglich.

Der Sheriff nippte an seinem Kaffee.

»Da muss ich Sie leider enttäuschen. Unter dem Namen lebt hier niemand.« Eigentlich war das nicht die Antwort, die Frederick hören wollte. Aber in diesem speziellen Fall war er irgendwie erleichtert, dass er sie nicht gefunden hatte. Das würde alle weiteren Nachforschungen der Polizei erübrigen. Gerade als sich Frederick wieder etwas gefangen hatte, kam ein jüngerer Officer in das Büro gelaufen. Er reichte dem Sheriff eine ausgedruckte Papierseite und verschwand sofort wieder. Langsam warf Sheriff Bell einen Blick auf das Papier und legte es dann vor sich auf den Schreibtisch. *Verhalte dich ruhig. Egal was passiert.* Dann durchbrach der Sheriff die Stille. »Wie war noch mal Ihr Name?«

Frederick lief es kalt den Rücken herunter. Ohne lange zu zögern, sprach er los. »Edward Hume, Sir.«

»Mr. Hume, Ihre Freundin scheint nicht mehr hier zu leben. Vielleicht sollten Sie an einem anderen Ort suchen. Ich kann Ihnen leider nicht weiterhelfen. Wenn Sie wollen, dann kann ich den Namen Ihrer Freundin noch in eine landesweite Datenbank eingeben. Das kann aber eine Weile dauern. Dabei werden bestimmt mehrere Einträge herauskommen. Wenn Sie die Zeit haben?«

»Ich bin Ihnen schon sehr dankbar für das, was Sie getan haben. Ich möchte Ihre Zeit nicht weiter beanspruchen. Ich wollte sie nur überraschen, weil ich gerade hier in der Nähe bin. Ich werde noch mal mit ein paar alten Freunden vom College telefonieren, vielleicht wissen die ja was.«

»Ja, tun Sie das.«

»Dann wünsche ich Ihnen noch einen schönen Tag, Sir.« Fredericks Hals war ganz trocken.

»Den wünsch ich Ihnen auch, Mr. Hume.«

Irgendetwas in den Worten des Sheriffs klang sonderbar. Vielleicht bildete er sich das auch nur ein. Es war höchste Zeit die Station und dann so schnell wie möglich die Stadt zu verlassen. Am besten den Staat. Seit seiner Flucht hatte er die Polizei stets meiden können. So nah wie in diesem Moment würde er der Staatsgewalt nicht mehr kommen. Das schwor er sich. Seine Gefühle innerhalb der letzten anderthalb Stunden musste er erst verarbeiten. Sein Adrenalinpegel war bis zum Anschlag angestiegen. Plötzlich blitzte ein Licht im Fenster auf, das sich hinter dem Sheriff befand. Frederick holte tief Luft. Wahrscheinlich war es nur ein Tourist, der gerade einen Schnappschuss von seiner Verlobten machte. Trotzdem hatte es ihn erschreckt. »Alles in Ordnung, Mr. Hume?«

»Ja, alles bestens.«

Frederick stand auf und seine Füße fühlten sich an wie schweres Blei. Er setzte einen Fuß vor den anderen, und ging in Richtung Ausgang. Draußen hörte er die Straßengeräusche. Als er durch die Tür hinaus trat, wirbelte die abendliche Hitze um ihn herum. Er lief zügig die Straße hinunter. Er blieb erst stehen, als er gut vier Häuserblocks von der Polizeistation entfernt war. Dann vergewisserte er sich, dass ihn niemand beobachtete und ging durch eine kleine Nebenstraße.

Als er am Motel 6 ankam, war es bereits dunkel. Er packte seine Sachen, so schnell er konnte, und verließ das Motel. Bei Alamo mietete er einen Mietwagen und verließ Santa Fe noch am gleichen Abend.

Etwa zwei Stunden nachdem Frederick seine Sachen gepackt und das Motel verlassen hatte, klopfte es an die Tür von Zimmer 62. Als nach mehrmaligem Klopfen niemand öffnete, zog der Mann eine kleine Plastikkarte aus seiner Jackentasche und steckte sie in das Kartenschloss der Zimmertür. Das Licht sprang auf Grün um und er hörte, wie das Schloss aufsprang. Dann drückte er gegen die Tür und betrat das Zimmer. Er zog die Tür sofort zu. Er wusste, dass er zu spät kam. Aber das machte ihm nichts aus. Er war Frederick schon eine ganze Weile gefolgt.

SECHSUNDZWANZIG

Frederick fuhr die Nacht durch, ohne anzuhalten. Es war in den frühen Morgenstunden, als er seinen Wagen auf einen Rastplatz lenkte. Die Dunkelheit hatte die Nacht noch fest im Griff, bevor sie in wenigen Stunden dem hereinbrechenden Tageslicht weichen musste. Als er ausstieg, spürte er wie seine Knochen schmerzten. Die vergangenen Monate waren nicht spurlos an ihm vorübergegangen. Weit und breit war kein anderer Wagen zu sehen. Er wusste nicht, wo er sich genau befand. Gerade als er wieder einsteigen wollte, sah er zwei Lichtkegel, die sich in seine Richtung bewegten. Er lehnte sich so dicht wie möglich an den Mietwagen. Ein alter Chevrolet fuhr an ihm vorbei. Er musste etwas Schlaf finden. Er fuhr noch etwa dreizehn Meilen, bis er hinter einer Hügelkette eine Ansammlung weniger Häuser sah. Das Gebirge in dieser Gegend war sehr weitläufig. Um drei Uhr dreiundzwanzig erreichte er Carefree, Arizona. Er parkte den Mietwagen hinter einer Felsformation und machte die Lichter aus. Um diese Uhrzeit gab es wahrscheinlich kein Motel in der Nähe, in das er hätte einchecken können. Also verbrachte er den Rest der Nacht in der weiten Wüste Arizonas.

Sein Nacken schmerzte, als er aufwachte. Er hatte starken Durst und trank einen großen Schluck aus seiner Wasserflasche. Weit und breit nur Felsen und Wüste. Und Kak-

teen. Dann sah er einen Golfplatz. Es war einer dieser kleinen noblen Wüstenorte, die als Rückzugsgebiet für reiche Rentner und Geschäftsleute dienten. Außerdem lag Carefree nur vierzig Minuten von Phoenix entfernt, wie er auf seiner Straßenkarte sehen konnte. Momentan war sein einziger Gedanke, unauffälliger denn je zu bleiben. Deshalb beschloss er, das teure Carefree nach einem kleinen Frühstück sofort wieder zu verlassen. Er tankte den Wagen voll und bemerkte, dass seine Ersparnisse langsam zur Neige gingen. Unter den gegebenen Umständen war es sicherer, sich noch weiter von New Mexico zu entfernen. Einen Moment lang dachte er sogar darüber nach, auf dem schnellstmöglichen Weg zum Flughafen nach Phoenix zu fahren, und eine Maschine nach Kanada oder Mexiko zu nehmen, und seinen Plan ein für alle Mal zu verwerfen. Doch das war nicht möglich. Er hatte sich während seiner Tortur in der geschlossenen Psychiatrie geschworen, wenn er jemals die Möglichkeit auf Entlassung bekommen würde, Rache für das zu nehmen, was ihm angetan wurde. Er dachte an sein altes Leben in der Hölle zurück. Damals hatte er zwar noch geatmet, war aber ansonsten fast gar nicht mehr da.
Er bog vom Carefree Highway auf die Arizona State Route 74, die im Norden von Phoenix bis Morristown führte. Dort fuhr er auf den Highway, der ihn in Richtung Nevada brachte. Nach viereinhalb Stunden Fahrt überquerte er den Hoover Dam, der ihn über den Colorado River nach Nevada brachte. In Henderson stoppte er den Wagen. Es musste einen Weg geben, um an Linda heranzukommen.

Vielleicht hatte Sheriff Bell unmittelbar nach seinem Verschwinden die Fahndung eingeleitet, nachdem er sich etwas genauer mit Linda Hagel beschäftigt hatte. Vielleicht aber auch nicht. Diese Ungewissheit ließ Frederick mit einem mulmigen Gefühl zurück. Er musste so schnell wie möglich herausfinden, wo sich Linda aufhielt. Bevor es zu spät war und er für alle Ewigkeit zurück hinter den dicken Mauern einer geschlossenen Psychiatrie verschwand. Er checkte in ein Super 8 Motel am Stadtrand ein und zog sofort die Vorhänge zu, als er das Zimmer betrat. Er machte seinen Laptop an und wählte sich ins kostenlose WiFi-Netz ein. Er tippte einen Login-Namen und ein Passwort, die auf einer dunkelgrünen Pappkarte in jedem Zimmer auf einem kleinen Nachttisch standen, in die entsprechenden Felder, die auf einer Webseite auftauchten. Dann begann er damit, Julianne Daniels Adressen und Telefonnummern aus einem Namensverzeichnis herauszusuchen. In dem Moment fiel ihm die Liste ein, die er vor einiger Zeit geschrieben hatte. Er zog sie aus einer Mappe heraus und sah die vier Einträge neben ihrem Namen. Bei seiner jetzigen Suche hatte er noch einen weiteren Eintrag entdeckt. Er schrieb die Adresse zusammen mit der Telefonnummer auf die Liste. *Wie konnte er Julianne dazu bringen, ihm Lindas Adresse zu geben?* Das war keine gute Idee. Wenn er überhaupt die richtige Julianne finden würde, dann würde sie bestimmt sofort auflegen. Und falls nicht, würde sie ihm nach ein paar vorwurfsvollen Äußerungen garantiert nichts über Lindas neuen Wohnsitz erzählen. Und wenn sie noch Kontakt zu ihr hatte, dann war das der größte Fehler, den er hätte machen können. Er dachte zurück an die junge Frau im Department of Motor Vehicles. Es gab keine Zweifel. Linda musste sich irgendwo in New Mexico aufhalten. *Nur wo?* Bisher hatte er es nur in Santa Fe versucht. Sheriff Bell hatte mit Lindas Namen nichts anfangen können. Wenn er die Wahrheit gesagt hatte. *Aber aus welchem Grund sollte er das nicht getan haben?* Frederick beschloss, am nächsten Morgen noch einmal zum Department of Motor Vehicles zu fahren. Nur dieses Mal in Nevada. Vielleicht konnte er jemanden dazu bringen, ihm die Stadt zu verraten, in der Linda lebte. Einen Versuch war es wert. Und es schien so, als würde ihm die Zeit davonrennen.

Das Büro der Zulassungsstelle war voll. Frederick stellte sich in eine Ecke und lehnte sich an eine Wand. Er beobachtete jeden einzelnen Tisch, an dem die Mitarbeiter der Behörde ihre Kunden empfingen. Anhand der äußeren Erscheinung versuchte er einzuordnen, wer von den Mitarbeitern möglicherweise am hilfsbereitesten sein konnte. Eine ältere Frau mit langen dunklen Haaren versuchte einer asiatisch aussehenden jungen Frau lautstark die Sachlage einer Nummernschild-Registrierung zu erläutern, sodass der halbe Raum mithören konnte. An einem anderen Tisch saß ein gelangweilt wirkender Rothaariger, der wie ein Roboter den standardisierten Ablauf herunterleierte, um ja nicht zu viel Aufwand zu haben. Neben Frederick tuschelten zwei Teenager. Er schnappte Wortfetzen ihrer Unterhaltung auf, die sich anscheinend um einen geplanten Ausflug drehte.

Er schaute weiter in den Raum hinein und versuchte sich zu konzentrieren. Bisher schien keiner der Mitarbeiter gewillt zu sein, ihm einfach so eine Auskunft zu geben. *Wie viele gewalttätige Ex-Ehemänner hatten wohl schon dasselbe versucht wie er?* Einfach so in eine Zulassungsbehörde zu marschieren, um dann von einer nichts ahnenden jungen Mitarbeiterin die vollständige Adresse der Ex-Frau zu erfahren, um ihr ein paar Stunden später aufzulauern und sie in einen Strudel der Gewalt zurückzuziehen, aus dem sie geflohen war. Nein. So einfach wie zuvor würde er es bestimmt nicht haben.
Ein leicht übergewichtiger Mann mit Glatze ging zu einem Kopierer, der in einer Ecke des Büros stand. Dann kam er zu seinem Tisch zurück und reichte einem älteren Latino einige Papiere, die sorgfältig zusammengeheftet waren. Der Latino hatte sonnengegerbte Haut. Frederick stand zwar etwas weiter weg, konnte aber das Gespräch so mithören, dass er den groben Inhalt verstehen konnte.
»Nein, meine Frau ist nicht hier. Sie mit Kindern«, sagte der ältere Latino.
»Wir brauchen die Papiere Ihrer Frau und Ihrer Kinder, um Sie ummelden zu können. Am besten Sie nehmen die Formulare mit nach Hause, füllen alles aus und kommen mit Ihrer Familie an einem anderen Tag wieder.«
Als er aufstand, um den Raum zu verlassen, beschloss Frederick, ihm nach draußen zu folgen. Es war ein milder Tag und Frederick lief zwischen ein paar trockenen Sträuchern entlang zum Parkplatz.
»Entschuldigen Sie.«

Der Latino fuhr sofort herum.

»Ich habe eben Ihre Unterhaltung mitgehört. Dürfte ich Sie um einen Gefallen bitten?«

Frederick beobachtete den Mann, während er langsam auf einen alten Nissan zuging.

»Was wollen Sie?«

Der ältere Mann kniff die Augen zusammen. Er musterte Frederick mit einem raschen Blick.

»Ich könnte Ihre Hilfe wirklich gebrauchen. Ich habe gerade gehört, dass Sie einen neuen Wohnsitz anmelden wollten. Ich bin auf der Suche nach meiner Ex-Frau. Leider habe ich keine Möglichkeit, an sie heranzukommen, weil ich Ihre neue Adresse nicht kenne. Ich bin ein Heimkehrer. Ein ehemaliger Soldat. Ich habe drei Touren in Afghanistan hinter mir. Das Einzige was ich will, ist, meine Ex-Frau wiedersehen.«

Der Mann sah ihn skeptisch an. Frederick wusste nicht, ob seine kleine Geschichte funktioniert hatte.

»Und was wollen Sie von mir, Sir?«, fragte der Latino.

»Ich biete Ihnen fünfhundert Dollar, wenn Sie mir einen großen Gefallen tun.«

Der Latino blieb wie angewurzelt stehen.

»Hören Sie. Ich bin zwar Mexikaner, aber auch US-Bürger. Ich bin kein Krimineller. Keine Ahnung was Sie vorhaben, aber ich kann Ihnen nicht helfen. Ich habe Frau und Kinder, und kann kein Risiko eingehen.«

»Ich will Sie nicht in Schwierigkeiten bringen, das müssen Sie mir glauben. Ich weiß nicht mehr weiter. Wenn Sie mir nicht helfen, dann kann mir niemand mehr helfen.«

»Wie sollte ich Ihnen helfen?«

Der Mexikaner schloss die Fahrertür des Nissan auf.

»Es ist nur eine Kleinigkeit. Ich gebe Ihnen den Führerschein meiner Ex-Frau, und Sie tun so, als wäre es die Schwester Ihrer Frau. Sie sagen einfach, dass sie zusammen mit Ihnen umgemeldet werden soll. Wenn der Mann in der Behörde fragt, wo sie ist, sagen Sie einfach, dass Sie dachten, eine Ummeldung wäre auch ohne ihr Erscheinen möglich. Sie versichern ihm, dass Sie sie sofort anrufen werden und dann kommt der alles entscheidende Punkt: Sie sagen, dass Sie gleich von der Zulassungsstelle aus anrufen wollen, um alles schnell zu regeln. Sie sagen dem Mann, dass Sie die Vorwahl gerade vergessen haben, und ob er Ihnen schnell die Vorwahl ihres Wohnortes nennen kann. Das war's.«

»Für eine Vorwahl wollen Sie fünfhundert Dollar bezahlen?«

Frederick nickte.

»Es gibt kein Risiko für Sie. Vertrauen Sie mir. Das Einzige, was passieren könnte, wäre, dass der Mann Ihnen die Vorwahl nicht gibt. Ansonsten wird für Sie kein Nachteil entstehen.«

Der Mexikaner dachte über Fredericks Worte nach.

»Sie sind meine einzige Chance. Bitte.«

»Fünfhundert Dollar?«, fragte der Mexikaner.

»Fünfhundert Dollar«, antwortete Frederick.

»Wann brauchen Sie das?«

»Wann wollen Sie mit Ihrer Frau und Ihren Kindern wiederkommen?«, fragte Frederick.

»Morgen früh.«

»Gut.« Frederick nickte.

»Sagen wir 09:00 Uhr?«

Der Mexikaner nickte und ließ sich auf den Sitz des Nissan fallen. Dann schloss er die Tür.

SIEBENUNDZWANZIG

Frederick holte sich bei einem Taco Bell ein Mittagessen und betrat die große Welt von Fairmount Electronix. Er kaufte einen kleinen Drucker mit Scanner, eine Digitalkamera, einen Heißlaminierer, ein Papiermesser, ein Lineal, Laminierfolien und dickes Papier. Zurück im Motelzimmer, drehte er die kleine Tischlampe so, dass sie sein Gesicht halbwegs gut von der Seite beleuchtete und knipste ein paar Fotos von sich. Da er alle nötigen Utensilien bei sich hatte, war es an der Zeit, eine neue Identität anzunehmen, falls Sheriff Bell allzu sehr bemüht war, Edward Humes Leben auf den Kopf zu stellen. Er wählte das neutralste Foto aus und steckte die kleine Speicherkarte in die Seite seines Laptops. Mittlerweile hatte er einen Weg gefunden, um kostenlos an einige der professionellsten Bildbearbeitungsprogramme heranzukommen. Er öffnete eine auf einen Chinesen registrierte Version von Photoshop und öffnete sein Foto. Mit ein paar Klicks hatte er sein Foto in eine Originalvorlage eines Führerscheins aus Nevada eingefügt. Das Papier ratterte langsam aus dem kleinen Drucker. Er steckte den gefälschten Führerschein in den Heißlaminierer und unter hohen Temperaturen wurden die Laminierfolien zusammengepresst. Und so wurde aus Frederick Hagel Robert Hare aus Mesquite, Nevada.

Als Nächstes lieferte die Bildersuche zwei ältere Fotos

von Linda Hagel. Er entschied sich für das Foto, das er vor Jahren selbst von ihr gemacht hatte, und setzte es in Photoshop mit einer Führerscheinvorlage aus Massachusetts zusammen. Er fügte alle notwendigen Daten hinzu und jagte das Papier durch den Heißlaminierer.

Um acht Uhr achtundvierzig stand Frederick auf dem Parkplatz des Department of Motor Vehicles. Nur ein anderer Wagen stand bisher auf dem Parkplatz. Er war etwas nervös und drehte sich mehrmals um, weil er nicht hundertprozentig sicher war, ob der Mexikaner mit unwillkommener Begleitung erscheinen würde. Eigentlich schätzte er den Mann so ein, dass er die fünfhundert Dollar wirklich gut gebrauchen konnte und sich nicht unnötig mit der Polizei in Verbindung setzen würde. Aber man konnte nie vorsichtig genug sein. Exakt zehn Minuten nachdem Frederick über einen schmalen schattigen Seitenweg zu dem Gebäude gelaufen war, kam der alte Nissan auf den Parkplatz gefahren. Der Mexikaner stieg zusammen mit seiner Frau und den beiden Kindern aus. Er ging mit einem beachtlichen Tempo auf Frederick zu und wirkte sehr gehetzt. »Geben Sie mir das Geld.« Seine Stimme klang leicht fordernd, aber doch vertrauenswürdig. Frederick wusste, dass der Mann sich und seine Familie nicht in Schwierigkeiten bringen wollte, er aber keine andere Wahl hatte, da die fünfhundert Dollar in seiner momentanen Lage wahre Wunder bewirken konnten. »Ich weiß es wirklich zu schätzen, was Sie da für mich machen«, sagte Frederick. »Sie helfen damit einem Menschen, der es wirklich nötig hat.« Frederick zog ein Bündel mit Geldscheinen aus der Hosentasche und gab es dem Mexikaner. »Hier ist der Führerschein meiner Ex-Frau.« Der Mexikaner steckte alles zusammen in eine Tasche und ging die Stufen zum Gebäude hinauf. »Viel Glück«, rief ihm Frederick hinterher.

Der gleiche Mann mit Glatze, der sich schon am Tag zuvor um den Mexikaner gekümmert hatte, begrüßte ihn zusammen mit der Frau und den Kindern, und signalisierte ihnen, sich zu setzen. Der Mexikaner legte die ausgefüllten Papiere auf den Tisch und beobachtete den Mann mit der Glatze, der einen kurzen Blick auf die Frau und die Kinder warf. »Sie sind auch berufstätig?«, fragte er die Frau. Sie nickte. »Haben Sie eine Arbeitsgenehmigung dabei? Die brauchen Sie, um bei der Ummeldung keine Probleme zu bekommen.« Die Frau schaute zu ihrem Mann. »Los documentos deben estar presentes allí«, sagte sie mit ruhiger Stimme. Der Mann deutete auf die Papiere, die er dem Mann mit der Glatze gegeben hatte. »Da ist alles drin, was Sie brauchen.«
»Gut.«
Der Mann tippte kurz auf seiner Tastatur herum.
»Ich habe noch eine Bitte«, sagte der Mexikaner. Dann zog er den Führerschein aus der Tasche und legte ihn vor dem Mann auf den Tisch.
»Das ist die Schwester meiner Frau. Sie soll auch umgemeldet werden. Sie zieht mit uns zusammen in dasselbe Haus. Bis sie etwas Neues gefunden hat.«
»Und wo ist sie jetzt?«

»Ich dachte, das geht auch so. Deshalb hat sie mir ihren Führerschein extra mitgegeben.«

»Verstehe.«

Der Mann mit der Glatze nahm den Führerschein aus Massachusetts, den Frederick am Abend zuvor mithilfe des Heißlaminierers gefälscht hatte. Er schaute einen Moment lang auf den Führerschein, während sich kleine Schweißperlen auf der Stirn des Mexikaners sammelten.

»Ich kann sie sofort anrufen«, sagte der Mexikaner.

»Gut, rufen Sie an. Sie muss persönlich erscheinen, wenn sie im Staat Nevada einen Wohnsitz beantragen möchte.«

»Wie ist noch mal die Vorwahl? Ich habe die Vorwahl ihres Ortes vergessen.«

Nach ein paar kurzen Befehlen auf der Tastatur tauchte eine ganze Liste an Daten auf, für die Frederick alles gegeben hätte.

»505«, sagte der Mann.

»Und 257 für die Ortsvorwahl. Den Rest der Nummer kennen Sie ja wohl.«

Frederick wartete in einer schattigen Ecke neben dem Gebäude. Die Sonne war auch um diese frühe Uhrzeit schon so heiß, dass es ohne Schatten fast unerträglich war. Dann sah er die beiden Kinder aus dem Eingang des Gebäudes hüpfen. Die Frau folgte ihnen zum Parkplatz.

»Haben Sie sie?«, fragte Frederick, dessen Stimme leicht zu zittern begann.

Der Mexikaner nickte.

»505. Und 257 für die Ortsvorwahl.«

Frederick klopfte ihm auf die Schulter.
»Machen Sie's gut. Ich hoffe, dass Ihnen das weiterhilft.«
»Das hoffe ich auch.«
Der Mexikaner verschwand hinter dem Gebäude und lief zum Parkplatz hinunter. Frederick beobachtete, wie alle in den Wagen einstiegen, und der Nissan vom Parkplatz fuhr.
Als Erstes schaltete Frederick seinen Laptop an und tippte etwas in das Google-Suchfeld. Auf *www.area-codes.com* tippte er *505* in das Suchfeld.
Der Staat New Mexico leuchtete auf. Auf einer Überschrift darunter war vermerkt, dass der Area Code *505* als Vorwahl für dreizehn Counties und zweiundfünfzig Städte in New Mexico galt. Es gab achthundert Exchange-Codes für die verschiedenen Anschlüsse unter dieser Vorwahl. Er ging die Liste nach unten durch, bis er die Zahl *257* fand. Dann klickte er auf die Zahl. Ein neues Fenster öffnete sich. Jetzt wusste er, wo er suchen musste.

ACHTUNDZWANZIG

Los Alamos lag einundvierzig Minuten von Santa Fe entfernt. Kein Wunder, warum Sheriff Bell keine Informationen über Linda Hagel gefunden hatte. Während er seine Sachen packte, überlegte er, wie er weitermachen würde. Dann kam ihm ein Gedanke, der ihm Angst machte. Bevor er in Los Alamos völlig auf sich gestellt herumirrte, um nach Linda zu suchen, gab es eine weitaus erfolgsversprechendere Möglichkeit, sehr viel schneller an ihre exakte Adresse zu gelangen. Er versuchte sich gegen den Gedanken zu wehren, aber er ließ ihn nicht mehr los. Das Risiko war gar nicht in Worte zu fassen. Eigentlich ein absolutes Unding. Er sollte einfach seine Sachen packen und verschwinden. Er schloss die Tür seines Motelzimmers. Draußen war es bereits stockdunkel. Sein Mietwagen rollte langsam aus der Kieseinfahrt heraus. Es war nur eine sehr kurze Fahrt. Keine Menschenseele war zu sehen. Der Parkplatz war leer. Alle Lichter im Gebäude waren schon seit ein oder zwei Stunden erloschen. Frederick parkte den Wagen vor einer Reihe Müllcontainer, sodass er ihn vom Eingang aus sehen konnte. Dann stieg er aus. Er ging langsam an der Hauswand entlang, um im Dunklen zu bleiben. Als er um das halbe Gebäude herumgelaufen war, blieb er stehen. Es gab einen Haupteingang und eine Seitentür, die die Mitarbeiter für ihre Raucherpausen benutzten, oder um den Müll wegzubringen. Er lehnte sich an jedes Fenster, um in das Gebäude hineinsehen zu können. Nirgendwo fand er Anzeichen für eine Alarmanlage. Es war fast elf Uhr. Das Gebäude lag so abgelegen, dass niemand in der Gegend etwas hören würde. Er war sich aber nicht zu hundert Prozent sicher, ob es nicht doch einen versteckten Alarm gab. Er musste eine Entscheidung treffen. Dann nahm er den kleinen Mini-Akkuschrauber aus der Tasche, den er zwei Stunden vorher in einer Home-Depot-Filiale gekauft hatte. Der Metallbohrer fraß sich mit einem kurzen heulenden Geräusch in das Metall des Türschlosses. Schon nach kurzer Zeit fiel das Schloss mit einem Schlag nach innen auf den Boden. Schnell verschwand er im Department of Motor Vehicles. Er kam durch ein Hinterzimmer der Mitarbeiter in den Besucherraum und erkannte sofort alles wieder. Er ging zum Schreibtisch des Glatzkopfes und setzte sich auf den Stuhl. Dann drückte er auf den Knopf des Computers. Nichts passierte. Darüber hatte er auch schon nachgedacht. Die Computer waren zusammen an das gesamte Stromnetz angeschlossen, das nach Ladenschluss abgeschaltet wurde. Es musste einen Weg geben, um es wieder in Gang zu bringen. Er knipste die kleine Taschenlampe an und folgte dem Lichtkegel. Der Verteilerkasten lag im ersten Stockwerk. Hinter einer Stahltür, die so gesichert war, dass er mit seinem Akkuschrauber nicht weit kam. *Ironie des Schicksals*, dachte er. Der Verteilerkasten war weitaus mehr abgesichert, als das gesamte Gebäude. Dann musste er die rabiate Variante wählen. Mit einem kräftigen Ruck riss er den Computer aus der Verankerung. Jetzt musste er nur hoffen, dass die Daten auf dem System zwischengespeichert waren, da der Glatzkopf am selben Morgen Lindas Adresse über diesen Computer mit dem gesamten System abgeglichen hatte. Dann zog er zu guter Letzt den Monitor aus der Steckdose und klemmte sich beides unter den Arm. Er hatte gerade seinen Status von einem entflohenen, angeblich psychisch kranken Straftäter, zu einem Einbrecher geändert. Er vergewisserte sich, dass es draußen ruhig war, und trat dann in die Dunkelheit hinaus. Als er die Tür zu seinem Mietwagen zuzog, atmete er tief durch. Es war Zeit zu verschwinden. Er fuhr auf die Interstate und verließ Nevada.

Nach zweihundertvierunddreißig Meilen erreichte er Flagstaff, Arizona. Todmüde checkte er in ein Best Western Hotel ein. Er zog die Vorhänge zu und schloss den Computer an die Steckdose an. Den Monitor stellte er auf einen kleinen Tisch, verkabelte ihn mit dem Tower und schaltete den Computer ein. Der Ventilator wurde angeworfen und die drei Buchstaben DMV leuchteten auf. Er konnte es nicht fassen. Wenn er jetzt noch die richtigen Daten finden würde, wäre dieser kleine Kasten von unschätzbarem Wert. Seine größte Angst war ihm genommen, weil er nicht aufgefordert wurde, ein Passwort einzugeben. Dann klickte er sich durch ein paar Listen. Das System war nicht wie ein herkömmlicher Computer aufgebaut. Es dauerte eine Weile, bis er sich einigermaßen darin zurechtfand. Er versuchte eine Log-Datei zu öffnen, die das Datum und die morgendliche Uhrzeit des Vortages anzeigte, an dem der Mexikaner den Glatzkopf nach Linda Hagel befragt hatte. Die Datei zeigte keine Spur von Linda Hagel. Er war zu müde und musste etwas Schlaf finden. Er beschloss, am nächsten Morgen weiterzusuchen. Während er sich im Bett hin- und herwälzte, wurde ihm bewusst, dass er die fünfhundert Dollar an den Mexikaner wahrscheinlich umsonst ausgegeben hatte, da er die Daten vielleicht auch so bekommen würde, wenn er eine brauchbare Datei im Computer finden würde. Dann schlief er ein.

NEUNUNDZWANZIG

Das Geräusch ließ ihn aufwachen. Eine Frau aus dem benachbarten Zimmer war gerade dabei ihre Kinder zu ermahnen, während sie auf dem Flur wild durcheinander quasselten. Frederick richtete sich auf und starrte auf den gestohlenen Computermonitor des Department of Motor Vehicles. Nachdem er sich die Zähne geputzt hatte und kurz unter die Dusche gesprungen war, machte er sich erneut an das Arbeitsgerät der Zulassungsstelle. Er ging alle Dateien durch, die er finden konnte. Sein Versuch schien im Sande zu verlaufen. Das System war als unabhängiges Gerät anscheinend nicht zu gebrauchen, weil die Dateien mit den Adressinformationen sehr wahrscheinlich nicht zwischengespeichert wurden. Es funktionierte anscheinend nur im Netzwerk mit den anderen Computern. Er öffnete seinen Laptop und wählte sich ins WiFi-Netz ein. Er suchte eine Weile und fand eine neue Seite, die er noch nicht kannte. Peoplesmart.com war eine Webseite, über die er siebenundzwanzig Treffer für den Namen Linda Hagel bekam. Sogar das ungefähre Alter und der jeweilige Bundesstaat waren neben den Namen aufgelistet. Bei einigen der Namen waren mehrere Staaten aufgelistet. Das waren die Staaten, in denen die jeweilige Person anscheinend zuvor gelebt haben musste.

Manche der Ergebnisse trugen Mittelnamen. Da er

wusste, dass Linda keinen Mittelnamen hatte, konnte er fünfzehn Treffer ausschließen. Weitere sechs Ergebnisse konnte er wegen der ungefähren Altersangaben ebenfalls ausschließen. Blieben noch sechs übrig. Nur bei zwei von ihnen war der Staat Massachusetts in der Spalte neben ihrem Namen gelistet. Damit fielen die anderen vier raus. Bei der ersten Linda Hagel, die infrage kam, waren North Dakota, Wyoming, Philadelphia, New Mexico und Massachusetts gelistet. Bei der zweiten Illinois, Florida, Arizona, Washington, Oregon, New Mexico und Massachusetts. Er klickte auf das Symbol neben dem ersten Namen, das den passenden Schriftzug *That's it* trug. Dieses Symbol befand sich in der äußeren Spalte neben jedem Namen. Ein neues Fenster tauchte auf. Er musste nur seinen Namen und seine E-Mail-Adresse eintragen und schon bekam er Zugriff auf die gewünschten Informationen. Er konnte es nicht fassen. Auf einmal schien die Lösung so einfach zu sein. Nachdem er seine Daten eingetragen hatte, bekam er eine vollständige Anschrift, mit Telefonnummer und E-Mail-Adresse der ersten Linda Hagel. Schnell speicherte er die Daten in einer Textdatei ab. Dann klickte er auf das grün hinterlegte Symbol neben der zweiten Linda. Als das neue Fenster wieder auftauchte und er seine Daten erneut eingab, wartete er gespannt auf die E-Mail, die gleich in seinem Postfach sein würde. Nach wenigen Sekunden sah er die neu eingetroffene E-Mail und öffnete sie. Alle Felder waren leer. Ein kalter Schauer durchzuckte ihn. Offenbar hatte Linda-Zwei kein Interesse daran, dass jemand nach ihr suchte. Frederick packte alles zusammen

und fuhr auf dem schnellsten Weg auf die I-40 in Richtung New Mexico. Wenigstens wusste er, in welcher Stadt er suchen musste. Demnach war das Geld für den Mexikaner doch nicht umsonst ausgegeben. Die Fahrt dauerte etwas mehr als sechs Stunden, bis er in Los Alamos ankam.
Er stellte den Mietwagen auf dem Parkplatz eines großen Supermarktes ab und ging zu Fuß in Richtung Stadt. Im Bürgerbüro war nicht wirklich viel los. Frederick setzte sich auf einen abgewetzten alten Ledersessel und beobachtete den gelangweilt aussehenden Mitarbeiter des Bürgerbüros, der gerade dabei war, mehrere Notizzettel in eine Ablage zu legen. »Ich mach 'ne Pause John.« Aus einem Hinterzimmer ertönte ein knappes »Ja«. Dann machte sich der Mann auf nach draußen, um seine zehnminütige Pause zu genießen. Frederick saß noch immer an der gleichen Stelle und stand langsam auf. Er ging auf die Theke zu, auf der sich eine Sammlung an Prospekten häufte. Dann schaute er geradewegs auf den eingeschalteten Monitor eines Computers. Frederick wusste nicht, wie lange der Mann draußen bleiben würde und das Risiko war zu groß, sich einfach an den Computer zu setzen und von dem Mann aus dem Hinterzimmer dabei überrascht zu werden, wie er sich an der Datenbank bediente. Frederick lief nach draußen. Der Mann zog gerade an einer selbstgedrehten Zigarette und war durchaus überrascht, als er Frederick sah. »Ich habe Sie gar nicht bemerkt da drin.« Das musste wohl daran liegen, dass der Mann hinter der Theke durch eine andere Tür nach draußen gegangen war. »Ich will Sie nicht in Ihrer Pause stören«, sagte Frederick.

»Ach was, das geht schon in Ordnung. Bin froh über jede kleine Unterhaltung, die sich einem bietet. Sie wollen sich bestimmt über eine der Touren informieren, hab' ich recht?« Der Mann nahm wieder einen kräftigen Zug von seiner Zigarette. »Ehrlich gesagt, nein. Ich bin auf der Suche nach meiner Ex-Frau.«

Frederick war verwundert über sich selbst, dass er mittlerweile so offen zu Fremden war. »Sie sind aber nicht so'n gewalttätiger Schläger, der noch 'ne Rechnung offen hat, oder?« *Eigentlich war die Beschreibung sehr gut*, dachte Frederick. Dann schüttelte er den Kopf. »Ach was. Nein. Unsere gemeinsame Tochter ist gerade in Europa und ich dachte einfach, ich melde mich mal bei meiner Ex-Frau. Nur leider ist sie anscheinend umgezogen, ohne mir etwas davon zu erzählen. Vielleicht könnten Sie mir Ihre Adresse geben?« Der Mann nahm noch einen Zug von seiner Zigarette und ließ sie dann auf den Boden fallen. »Kommen Sie mit. Ich schaue, was ich machen kann.«

Frederick folgte dem Mann zurück ins Bürgerbüro. Der Mann setzte sich vor den Computer und machte ein paar schnelle Klicks mit der Maus. Dann drehte er seinen Kopf in Fredericks Richtung. »Der Name?«

Frederick zögerte. *Was soll's*, dachte er. »Linda Hagel.«

In dem Moment kam ein Mann aus dem Hinterzimmer des Bürgerbüros gelaufen. Er nickte Frederick kurz zu. Dann widmete er sich einem überfüllten Bücherregal. »Ich glaube, ich habe da was für Sie«, sagte der Mann am Computer. Er drehte den Computermonitor so in Fredericks Richtung, dass er den Bildschirm sehen konnte. Frederick

stockte der Atem. Ihm wurde schwindelig. Das konnte nicht sein. Auf dem Bildschirm stand ein fett gedrucktes Wort neben ihrem Namen: VERSTORBEN.
Frederick wusste nicht, wie er reagieren sollte. Er wusste überhaupt nichts mehr. Der andere Mann drehte sich um und lief von dem überfüllten Bücherregal in die Richtung seines Kollegen. Als er bei seinem Kollegen ankam, schaute er auf den Monitor. Frederick musste raus. Er taumelte aus der Tür und versuchte nach Luft zu schnappen. Seine Lungen füllten sich mit frischem Sauerstoff, während er versuchte, die neuen Informationen zu verarbeiten. Er entfernte sich, so weit er konnte, von dem Bürgerbüro und lief in Richtung Parkplatz zurück. Es mussten mindestens anderthalb Stunden gewesen sein, die er einfach so in seinem Mietwagen saß und vor sich hinstarrte. Die Dunkelheit brach über Los Alamos herein und Frederick Hagel war sich nicht mehr sicher, was er glauben sollte. Er beschloss, einen Platz für die Nacht zu suchen, und fand ein kleines Motel am Stadtrand. Er ging unter die Dusche und legte sich danach sofort ins Bett.

Nach einem kleinen Frühstück beschloss er, noch einmal zum Bürgerbüro zu gehen. Er hatte eine unruhige Nacht hinter sich und konnte nicht glauben, was er am Tag zuvor erfahren hatte. Als er am Bürgerbüro ankam, hing ein Schild an der Tür: VORÜBERGEHEND GESCHLOSSEN. Gerade als er wieder in seinen Mietwagen einsteigen wollte, sah er den Mann vom Vortag hinter dem Bürgerbüro. Er lief in die Richtung des Mannes. »Hey, können

Sie sich an mich erinnern? Ich war gestern schon mal hier?« Der Mann nickte ihm kurz zu. »Wieso haben Sie geschlossen?«, fragte Frederick.

»Ich bin heute alleine hier. Mein Kollege ist plötzlich krank geworden. Ich wollte gerade Mittagspause machen. In einer Stunde stehe ich zur Verfügung.«

»Haben Sie was dagegen, wenn ich Sie begleite?« Der Mitarbeiter des Bürgerbüros schien etwas überrascht über die Frage zu sein. Er war es anscheinend nicht gewohnt, plötzlich solch nahen Kundenkontakt zu pflegen. Für Frederick war der Mitarbeiter der einzige Weg, um Lindas Adresse vielleicht doch noch zu erfahren.

»Also gut. Kommen Sie«, sagte der Mann. Plötzlich schien sich seine Stimmung etwas aufzuhellen. »Worauf haben Sie Lust?«

»Sie kennen sich hier besser aus«, antwortete Frederick.

Etwa fünfzehn Minuten später standen sie vor El Rigoberto's Taco Shop. Frederick bestellte eine Enchilada, während sich der Mann vom Bürgerbüro für einen Burrito entschied. Sie setzten sich auf eine kleine Holzbank, die direkt vor dem Laden in der prallen Sonne stand.

»Sie waren gestern plötzlich weg. Habe Sie gar nicht mehr gesehen. Die Nachricht war bestimmt ein Schock für Sie.« Frederick nickte.

»Ich hatte Ihnen ja erzählt, dass ich meine Ex-Frau überraschen wollte. Es wäre nett, wenn Sie mir ihre Adresse geben könnten, damit ich ihr wenigstens die letzte Ehre erweisen kann.« Der Mann verschlang den Burrito und warf das Stück Alufolie in einen Mülleimer. »Ich denke, das lässt sich einrichten«, sprach er mit vollem Mund. Der Mann stand auf. »Warten Sie kurz. Ich bin gleich wieder da.« Dann verschwand er in dem kleinen Taco Shop. Die Sonne verwandelte den Tag in einen fast unerträglichen Brutkasten. Frederick beobachtete, wie ein paar junge Leute auf der Straße flanierten. Direkt gegenüber gab es eine Ansammlung kleiner Läden. Wie durch einen Blitz, der ihn mit voller Wucht traf, und ihn paralysierte, starrte Frederick auf die andere Straßenseite.

DREIßIG

Er hatte ihn erkannt.

Ein Mensch konnte sich über Jahrzehnte stark verändern. Ein einst sehr vertrautes Gesicht ließ sich oft nach langer Zeit nicht wiedererkennen. Unzählige kleinste Veränderungen konnten zu einer völlig neuen Erscheinung führen. Die vielen Falten im Gesicht ließen sein ungefähres Alter erahnen. Er musste mittlerweile weit über fünfzig sein. Die Kleidung hatte sich komplett verändert. Er trug ein dunkelgraues Hemd aus Leinen und eine dunkelbraune Chinohose. Sein Bauch war deutlich nach außen gewölbt und er strahlte immer noch die gleiche Arroganz wie früher aus.

Er hatte ihn nicht an diesen Äußerlichkeiten erkannt.

Menschen waren in der Lage, sich neue Verhaltensweisen anzueignen. Die natürlichen Gesten, die jeden Menschen ausmachten, ließen sich aber nicht auf Dauer ablegen.

Wer sich nach so vielen Jahren des Versteckens unbeobachtet fühlte und in Sicherheit glaubte, der ging zu alten Verhaltensmustern über und machte Fehler.

Frederick biss in das letzte Stück der Enchilada und ließ ihn nicht aus den Augen. Der Mann vom Bürgerbüro kam gerade aus dem Taco Shop zurück.

»Hab' Ihnen doch gesagt, dass es Ihnen schmecken wird. Die sind gut, oder?« Frederick nickte hastig.

»Ich muss noch schnell was erledigen. Ich komme später bei Ihnen vorbei. Ist das okay?«

»Na klar. Ich bin bis Sieben im Büro. Kommen Sie, wann immer Sie wollen.«

Frederick stand auf und entfernte sich langsam von dem kleinen Taco-Laden. Der Mann auf der anderen Straßenseite war an einem Zeitungsstand stehen geblieben. Frederick beobachtete, wie er in allen möglichen Tageszeitungen herumblätterte.

Mit derselben Geste, mit der er sich zuvor verraten hatte, ging sich der Mann dreimal hintereinander durch die langen grauen Haare. Frederick stand im Schatten einer Baumreihe und sah sich unsicher um. Egal was passierte, er durfte nicht erkannt werden. Kyle Fenworth hatte mittlerweile mehrere Tageszeitungen aus den Zeitungsständern genommen. Er zog eine dunkle Sonnenbrille auf und ging die Straße hinunter. Frederick setzte sich in Bewegung. Vor einem Geschäft für Sportartikel blieb er stehen. Frederick folgte Kyle noch eine ganze Weile, bis er auf einen großen Parkplatz lief. Es war früher Nachmittag und die Geschäfte waren jetzt voll. Auf dem großen Parkplatz sorgte Frederick dafür, dass er ausreichend Abstand hielt. Dann sah er, wie Kyle an einem dunkelblauen Mercedes stehenblieb. Frederick kniete sich auf den Boden, sodass er das Nummernschild genau im Auge hatte. Er prägte sich die sechs Zeichen genau ein: *KYL999*. Dann hörte er, wie der Motor ansprang und sah, wie Kyle den Mercedes vom Parkplatz lenkte.

In seinem Motelzimmer schaltete er den Laptop ein. Die

WiFi-Verbindung war schwach, aber sie funktionierte. Er nahm einen kräftigen Schluck aus einer eiskalten Coladose. Auf einer zunächst kostenlosen Webseite tippte er die sechsstellige Kombination aus Zahlen und Buchstaben in ein Suchfeld ein. Im nächsten Schritt wurden seine Daten an einen Server übermittelt, und innerhalb von achtundvierzig Stunden würde er die vollständige Anschrift zu dem gesuchten Kennzeichen erfahren. Der Spaß kostete ihn neunzehn Dollar, die er bereitwillig dafür zahlte.

Plötzlich hörte er ein dumpfes Geräusch, das vom Zimmer direkt nebenan kam. Dann hörte er Stimmen, die immer lauter wurden. Wieder ein dumpfes Geräusch. Eine Tür wurde geöffnet und der lautstarke Streit wurde nach draußen getragen.

Er zog den Vorhang etwas zur Seite und sah, wie sich das Ehepaar vom Nachbarzimmer wild gestikulierend versuchte zu übertrumpfen. Frederick schaltete den Fernseher ein. Dann fiel ihm der Mann vom Bürgerbüro ein. Es war schon nach Sieben. *Zu spät für ein Treffen*, dachte er.

Der dunkelblaue Mercedes parkte unterhalb des Hauses.

Patrick und Leann waren einer weiteren Einladung gefolgt, obwohl sich Leann geschworen hatte, nie wieder einen Fuß in das Haus zu setzen. Doch nach mehrmaligem Drängen hatte Patrick sie doch noch umstimmen können.

Die Lichter, die weit oben unter der Wohnzimmerdecke hingen, waren heruntergedimmt, sodass der Raum zum größten Teil im Dunklen lag. Sie saßen zusammen auf der üppigen Couch und betranken den Vertragsabschluss mit einem 1966er Dom Perignon. Leann kicherte ununterbrochen vor sich hin, während sie ständig an ihrem Glas nippte. Anscheinend hatte sie das vergangene Erlebnis zu den Akten gelegt, da sie einen regelrechten Durst auf Alkohol zu verspüren schien. Als die fünfte Flasche geköpft wurde, schäumte nicht nur der Champagner in Leanns Glas. Wie bei einer unschönen Bekanntschaft, hatte sich der teure Tropfen in Leanns Magen, mit der Gemüselasagne vom Mittagessen, zu einer seltenen Verbindung zusammengebraut, die nichts Gutes im Schilde führte. Es ging Schlag auf Schlag. Der Biss in ein winziges Lachsbrötchen hatte der exotischen Verbindung den entscheidenden Rest gegeben. Manche Menschen lernten nie aus ihren Fehlern. Etwa eine halbe Stunde später stürmte Leann ins Badezimmer. Während sie versuchte, ihren Kopf krampfhaft über der Toilette zu halten, stützte sie sich mit beiden Händen auf dem kalten Marmorboden ab. Wenigstens hatte sie es dieses Mal bis ins Badezimmer geschafft. Der weitere Abend verlief ohne Komplikationen. Patrick hatte einen langen Vortrag über die Erweiterung seines Ölunternehmens gehalten. Kyle und Linda nutzten jede Gelegenheit, um zusammen für ein paar Minuten in der Küche zu verschwinden. »Ich ertrage ihn nicht mehr. Du hast, was du wolltest. Warum schmeißen wir die beiden nicht einfach raus?«

Kyle musste kurz grinsen. »Das wäre ein schlechtes Omen«, antwortete er.

»Erzähl mir nicht, dass du abergläubisch geworden bist.«

Kyle warf einen Blick auf seine Uhr.

»Zeit für einen Schlummertrunk.«

EINUNDDREIßIG

Nach genau zwei Tagen bekam Frederick die E-Mail mit der vollständigen Adresse. Dieser kurze Text war für ihn von so unvorstellbarem Wert, dass er fast zehn Minuten auf den Bildschirm starrte, und immer wieder den Text las. Er hatte jeden Stein umgedreht, den man umdrehen konnte, und war seinem Ziel deutlich nähergekommen. Er kannte Kyles Adresse. Dadurch wusste er sehr wahrscheinlich auch endlich, wo Linda lebte. Falls sie noch lebte. Er war zwar von der unerwarteten Todesmeldung im System des Bürgerbüros sehr überrascht worden, hielt es nach Lindas Werdegang aber für durchaus möglich, dass diese Maßnahme nur Teil eines großen Lügenkonstrukts war, das Kyle und Linda sorgfältig aufgebaut hatten, um ungebetene Gäste von sich fernzuhalten. Bei ihren Finanztransaktionen hatten sie sich im Laufe der Jahre bestimmt nicht nur Freunde gemacht.

Nachdem er ein paar Stunden damit verbracht hatte, über seine weiteren Schritte nachzudenken, gab er die Adresse bei Google Maps ein, um sich einen groben Überblick über die Gegend zu verschaffen. Dann stieg er in seinen Mietwagen und fuhr ans andere Ende der Stadt. Vor einem Secondhandshop parkte er den Wagen. Er wurde schnell fündig. Er hatte zwei ähnlich aussehende dunkelbraune Hemden gefunden, die er zusammen mit einer schwarzen

Wolljacke und einer braunen Arbeiterhose auf die Theke legte. Ein Paar Wanderschuhe in seiner Größe und eine schwarze Wollmütze wanderten ebenfalls in seine Einkaufstasche. Bei einem Optiker kaufte er eine Brille mit Messinggestell, die sein neues Erscheinungsbild abrundete.

Etwas außerhalb von Los Alamos betrat er einen Kostümladen. Dort kaufte er einen falschen Bart, dessen Grautöne gut zu seiner eigenen Haarfarbe passten.

Er musste ein Niemand sein. Einer, an dem man auf der Straße vorbeiging und den man sofort wieder vergaß.

In einem Baumarkt kaufte er eine große Spanplatte, die er sich zurechtsägen ließ.

Zurück im Motel machte er sich daran, seine Verwandlung für den Abend vorzubereiten.

Als er sich im Spiegel betrachtete, musste er vor Stolz grinsen. Er war nicht wiederzuerkennen. Genau was er wollte.

Als er zur Tür hinaustrat, wehte ein leichter Wind. Die Wollmütze, der falsche Bart und die Brille sorgten dafür, dass er einen zweiten Blick riskierte, als er sein Spiegelbild in der Fensterscheibe eines geparkten Autos sah. Er legte die Spanplatte auf den Rücksitz seines Mietwagens und stieg ein. Nach knapp einer Stunde Fahrt erreichte er ein dichtes Waldstück, das westlich von Los Alamos lag. Er parkte den Mietwagen an einer Stelle, an der der Wagen von der Straße aus nicht mehr zu sehen war, nahm die Spanplatte heraus und lief in den Wald hinein. Nachdem er gut zwei Meilen zu Fuß bergauf gelaufen war, knipste er seine Taschenlampe aus. Der letzte Teil seiner bei Google

Maps erstellten Strecke führte ihn durch unwegsames Gelände. Er warf die Spanplatte über ein hohes Gebüsch auf einen Felsvorsprung. Dann zog er sich mit aller Kraft nach oben. Er befand sich oberhalb eines riesigen Grundstücks. Er konnte direkt auf das große Dach des Haupthauses blicken, und sah die Einfahrt weiter unterhalb. Er überprüfte die Stelle, an der er vorhatte, nach unten zu klettern. Jetzt war es soweit. Der Moment, auf den er all die vielen Jahre gewartet hatte, schien nun zu beginnen. Dann stieg er langsam nach unten. Er griff mit seinen Händen in die kleinen Spalten, die er im Felsen finden konnte. Die Spanplatte hatte er sich auf den Rücken geschnürt, und er spürte eine ungewohnte Euphorie in sich aufkeimen, als er Schritt für Schritt nach unten stieg. Er war eng an die Felswand gelehnt und nur wenige Stufen vom Boden entfernt, als er ein Geräusch hörte. Er presste seinen Körper an die Felswand und bohrte seine Finger in die Felsspalten. Die Haustür wurde geöffnet und er hörte Schritte. Es war weit nach Mitternacht. Von seiner Position aus konnte er nichts sehen, weil sein Kopf zur Felswand gerichtet war. Plötzlich verstummten die klackernden Schritte auf dem Steinboden. Dann hörte er das mechanische Geräusch eines Tores, das sich langsam öffnete. Und schließlich das eindeutige Geräusch eines fahrenden Autos. Frederick versuchte seinen Kopf zu drehen, um wenigstens etwas sehen zu können. Keine Chance. Er musste es riskieren. Dann setzte er seinen linken Fuß eine Stufe tiefer in die Felsspalte und ging weiter nach unten. Das Motorengeräusch des hereinfahrenden Autos würde jegliches Geräusch übertönen, falls er beim Herunterklettern zu laut war. Als er am Boden angekommen war, drehte er sich sofort um. Ein schwarzes Auto parkte gerade direkt vor der Eingangstür. Das Motorengeräusch verstummte und es herrschte von einem auf den anderen Moment Totenstille. Die Fahrertür wurde geöffnet.

Dann sah er sie. Für eine Tote sah sie ziemlich lebendig aus. Er konnte seinen Augen nicht trauen. Es war achtzehn Jahre her, als er dieses Gesicht zum letzten Mal gesehen hatte. Achtzehn endlos lange Jahre, die sie ihm genommen hatte. Frederick musste sich zusammenreißen. Sie war in die Jahre gekommen. Diese vierundfünfzigjährige Frau, die ihm einmal so vertraut gewesen war, hatte damals noch tiefschwarzes Haar gehabt, das sich jetzt in ein helles blond verwandelt hatte.

Dann beobachtete er aus seiner dunklen Ecke heraus, wie Linda aus dem schwarzen Auto ausstieg und auf die Haustür zuging. Frederick wartete noch etwa zwei Stunden zusammengekauert in der stockdunklen Ecke, bis er sich ganz langsam aus dem Schatten heraus traute, und anfing, seinen Plan in die Tat umzusetzen.

ZWEIUNDDREIßIG

Es war sehr früh am Morgen. Um sechs Uhr zwölf öffnete Linda Hagel die Tür ihres schwarzen Cadillacs. Sie legte ihre Fendi-Handtasche auf den Beifahrersitz und zog die Fahrertür zu. Bevor sie den Schlüssel in das Zündschloss steckte, griff sie mit ihrer linken Hand zum Rückspiegel. Es war nur ein routinemäßiger Griff. Während sich ihr Blick für den Bruchteil einer Sekunde in den Rückspiegel bohrte, sah sie es. Sie zuckte zusammen. Ihre Atmung blieb aus. Dann kurze, stoßartige Schübe. Auf dem Rücksitz saß eine lebensgroße, ausgestanzte Figur, die genau wie Linda aussah. Ein vergrößertes Schwarzweißfoto von ihrem Gesicht und ihrem Oberkörper war auf einer ausgesägten Spanplatte angebracht, sodass sie täuschend echt aussah. Die Angst überkam sie wie eine unvorhergesehene Lawine. Ein Gefühl, das ihrem Naturell nicht entsprach. Dann drehte sie sich um und starrte ihrer Kopie direkt in die Augen. Linda zitterte am ganzen Körper. Auf dem Foto war Linda noch viel jünger. Sie griff nach der Figur und zog sie zur Seite. Darunter, direkt auf dem Rücksitz, lag eine braune Kiste. Linda stieg ganz langsam aus dem Wagen aus. Dann ging sie um das Fahrzeug herum und öffnete die rechte hintere Tür. *Wie konnte das in ihr Auto gelangt sein?* Der Gedanke fraß sich in ihr Bewusstsein. Langsam griff sie nach der braunen Kiste. Wie in Zeitlupe schob sie den Deckel von der Pappkiste herunter. Sie sah Fotos. Fotos von sich. Alte Fotos. Dazwischen einen Zettel. Sie nahm den Zettel und faltete ihn langsam auf.

Wer suchet, der findet.
Ich bin marschiert durch die Hölle,
Du hast gelebt in Prunk und Völle.
Du kannst dein Schicksal nicht vermeiden,
Ich werd dich jagen und vertreiben.
Deine Tage sind gezählt,
Du hast es damals so gewählt.

Lindas Hand zitterte. Sie schob langsam den Deckel zurück auf die Pappkiste und zog den Schlüssel aus dem Zündschloss. Spät abends saß Linda im Wohnzimmer ihres Hauses, inmitten des Valles Caldera Nationalparks, mit einer Dose Wespenspray in der Hand, zerfressen von der Angst, dass jeden Moment ein Fremder zur Tür hereinstürmen konnte. Was wir nicht hören, nicht sehen und nicht fühlen konnten, das nahmen wir auch nicht wahr und es kam in unserer Welt nicht vor. Der Brief hatte ihr eine gehörige Portion Angst eingejagt. Genau das, was Frederick beabsichtigt hatte.

Es war schon sehr spät am Abend, als das Telefon im Arbeitszimmer von Joseph Vale klingelte. Nach einem kurzen Austausch legte er auf und verließ das Büro. In der Tiefgarage war es eiskalt. Er stieg in einen anthrazitfarbenen BMW und fuhr sechsundfünfzig Meilen in Richtung

Norden von Santa Fe, bis er an einem dichten Waldstück ankam. Er stellte den Motor ab und lief den Rest zu Fuß. Es war kein normaler Weg. Der Weg verlief quer durch den Wald und führte ihn zu einem weitläufigen, abgelegenen Gelände. Er lief so lange, bis er an einen großen Zaun kam, der mit bloßem Auge in der Dunkelheit fast nicht zu sehen war. Er ging etwa eine halbe Meile an dem Zaun entlang, bis er an eine Stelle kam, an der der Boden etwas weicher war. Er beugte sich nach unten und zog einen kleinen Metallkasten unter einem Stapel Zweigen hervor. Er holte einen Schlüssel aus dem Metallkasten und steckte ihn in das Vorhängeschloss, das sich direkt vor ihm am Zaun befand. Als er das Schloss geöffnet hatte, legte er den Schlüssel in den Metallkasten zurück und schob ihn behutsam unter die Zweige. Dann trat er durch die Öffnung im Zaun und lief eine weitere Meile tief in den Wald hinein.

Er stand mitten in einer Gänseherde. Die Gänse fingen laut an zu schnattern, als er sich langsam seinen Weg durch die Herde bahnte. Gänse waren schon immer die besseren Wachhunde. Gänse hatten ein hoch entwickeltes räumliches Sehvermögen. Sobald sich eine ihnen unbekannte Person näherte, reagierten sie mit lautem Geschnatter, und schlugen mit ihren Flügeln auf. Sie waren sehr scharfe Beobachter, weshalb sie schon bei den Römern als Wachtiere eingesetzt wurden. Die lebendigen Alarmanlagen waren mehr wert als jede technische Raffinesse. Das Haus war in einen See gebaut. Es verfügte über eine eigene Strom- und Wasserversorgung. Ein privates Gelände, das von der Außenwelt abgeschirmt war.

Linda nahm einen kräftigen Zug von ihrer Zigarette und hauchte den Rauch in die kühle Nachtluft hinaus. Als sie Schritte hörte, nahm sie noch einen Zug und drückte die Zigarette am Türrahmen aus.

»Sie haben es gleich geschafft«, sagte sie zur Begrüßung.

»Da haben Sie sich ein schönes abgelegenes Plätzchen ausgesucht.«

Linda machte ihm Platz, damit er zur Tür hineingehen konnte. Das große Wohnzimmer war bis auf eine kleine Tischlampe völlig duster. Die Wände und die Decke waren mit dunkelbraunem Holz verkleidet. Durch eine lange Fensterreihe konnte man in den dunklen Wald hineinblicken. Joseph Vale setzte sich auf eine dunkelbraune Couch aus Büffelleder. Er war schon in den frühen 80er Jahren mit Linda Hagels Finanzverwaltung betraut worden. Sein Mitwissen in ihren Finanzangelegenheiten hatte dazu geführt, dass er seit 1985 eine beachtliche monatliche Summe auf sein Konto überwiesen bekam, die ihn zum Schweigen verpflichten sollte. Bisher hatte er sich an alle Abmachungen gehalten und war einer der wenigen Menschen, denen Linda über viele Jahre vertraut hatte.

Sie ging in den hinteren Teil des Wohnzimmers. Von einer kleinen Theke griff sie eine grünlich schimmernde Flasche Tangueray No. 10 und bereitete eine ordentliche Mischung aus Gin und Apricot Brandy vor. Während sie die beiden Drinks zubereitete, starrte Joseph Vale in die Dunkelheit hinaus. Sie stellte die beiden Gläser auf einen antiken Holztisch, der zwischen ihnen stand. Joseph Vale schaute kurz auf, als er ein Geräusch hörte. Kyle kam gerade ins

Wohnzimmer gelaufen. »Sie können sich bestimmt noch an Kyle erinnern.« Die beiden schüttelten sich die Hände. Unkalkulierbarkeit war ihr größter Feind. Deshalb musste etwas geschehen. Wenn Frederick in der Lage war, aus einer psychiatrischen Klinik zu fliehen, dann war er vielleicht noch zu sehr viel mehr bereit. Linda wollte sich gar nicht ausmalen was passieren würde, wenn Frederick einen Weg finden würde, ihre dubiosen Finanztransaktionen in irgendeiner Form zu beweisen, und der Welt da draußen zu verkünden, dass sie noch am Leben war. Joseph Vale war außer Linda und Kyle der Einzige, der von Anfang an Bescheid wusste. Das stellte ein großes Risiko für Linda und Kyle dar. Und besonders für Joseph Vale.
»Unser Leben ist von seinem Tod abhängig«, sagte Linda. Die Worte hallten durch den Raum, als wären sie allein in der Lage, Unheil anzurichten.
»Ich nehme an, der befürchtete Fall ist nun eingetreten, sonst hätten Sie mich nicht um diese Uhrzeit hier herausfahren lassen? Haben Sie den Anderen schon Bescheid gesagt?«, fragte Mr. Vale.
»Noch nicht. Aber das wird vielleicht auch nicht nötig sein.«
»Wie soll ich das verstehen?«
»Es gibt da jemanden, der uns behilflich sein wird.«
»Und wer soll das sein?«
»Nennen wir ihn einfach Mr. X.« Ihre Stimme klang gelassen und selbstsicher.
»Ist Ihnen das Ausmaß bewusst, was passieren würde, wenn Ihr entflohener Ex-Mann seine Anschuldigungen in

irgendeiner Form beweisen kann?«
»So weit wird es nicht kommen.«

DREIUNDDREIßIG

Frederick war mit seiner Aktion ein gewaltiger Schritt gelungen. Nach der langen Suche wusste er nun endlich, wo sich Linda aufhielt. Außerdem hatte er dafür gesorgt, dass sie den nächsten Schritt machen musste. Die Gewissheit, dass ihr entflohener Ex-Mann ihr so dicht auf den Fersen war, würde sie nicht mehr ruhen lassen. Er ging eigentlich davon aus, dass Linda und Kyle die Polizei über seine Aktion informieren würden, wobei sie damit ebenfalls ein untragbares Risiko eingingen. Sie riskierten damit nach all den vielen Jahren im Fokus der Behörden zu stehen, was zwangsläufig zu unangenehmen Fragen führen würde. Falls sie die Polizei schon verständigt hatten, würde das an seiner eigentlichen Situation nicht viel verändern, da er sich seit über neun Monaten auf der Flucht befand. Der einzige Unterschied wäre der, dass sie nicht mehr den Heuhaufen suchen würden, sondern die Nadel darin. Los Alamos war mit zwölftausendneunzehn Einwohnern kein guter Ort, um sich für lange Zeit zu verstecken.

Laut *Diagnostischen und Statistischen Handbuch Psychischer Störungen* war er psychotisch und wahnhaft. Das verschaffte ihm genügend Respekt, um ernst genommen zu werden. Niemand wollte sich mit einem psychisch Kranken anlegen.

An diesem Morgen stand Frederick schon sehr früh auf. Er kaufte in einem kleinen Supermarkt in der Nähe eine Packung Toast, Eier, Speck, Butter und Kakao. Zurück im Motel stellte er die gekauften Sachen auf die kleine Ablagefläche, die zu der kleinen, aber doch praktischen Kochnische gehörte. Etwas stimmte nicht. Er fuhr sofort herum und starrte konzentriert in jede Ecke des Raumes. *So schnell konnten sie ihn nicht aufgespürt haben*, dachte er. Dann klopfte es an der Zimmertür. Das hämmernde Geräusch hallte durch seine Ohren wie ein betäubendes Geschoss. Er musste sich schnell etwas einfallen lassen. Es klopfte wieder. Das Motelzimmer lag im oberen Stockwerk. Er schaute hektisch auf das winzige Küchenfenster, das aus zwei Metallrahmen bestand, die man bis zur Mitte zusammenschieben konnte. Es klopfte ein drittes Mal. Frederick griff nach dem großen Küchenmesser, mit dem er kurz zuvor sein Frühstücks-Sandwich beschmieren wollte, und ging langsam auf die Tür zu. Seine rechte Hand drückte den Griff des Messers fest zusammen.
»Wer ist da?«
Stille. Keine Antwort.
»Hallo?«
Wieder nichts. Frederick griff nach dem Türknauf und drehte ihn ganz langsam herum. Die Metallkette oberhalb der Tür war noch eingehängt, sodass er durch den Türspalt nach draußen sehen konnte. Es war niemand mehr da. Frederick löste die Kette aus der Vorrichtung und öffnete behutsam die Zimmertür. Dann trat er einen Schritt nach draußen und wurde vom grellen Sonnen-

licht geblendet. Er starrte den Gang hinunter. *Nichts*. Er schloss die Tür. Sein Blick wanderte durch den ganzen Raum. Irgendetwas stimmte hier nicht. Er ging langsam zu seinem Bett. Die Bettdecke und das Kissen lagen noch genauso, wie er es verlassen hatte. Auf dem kleinen Tisch lagen ein Papierblock und ein paar Stifte. Auch dort hatte sich nichts verändert. Unter dem Tisch war eine kleine Minibar. Dann wanderte sein Blick weiter über den Teppichboden. Dann sah er es. An einer Stelle war der Teppich mit dunklen Erdspuren verschmutzt. Die Stelle befand sich unmittelbar vor dem Bett am Fußende. Seine Wanderschuhe hatte er nach der nächtlichen Kletteraktion in seinem Mietwagen gelassen. *Wer um alles in der Welt war hier in seinem Zimmer gewesen?* Frederick hatte sein Zimmer – bis auf den kurzen Abstecher zum Supermarkt – nicht mehr verlassen. *Was hatte jemanden dazu veranlasst, in sein Motelzimmer einzubrechen, während er im Supermarkt war?* Langsam ging er auf die Stelle am Boden zu. Er kniete sich auf den Boden herunter und starrte auf die dreckige Stelle am Teppich. Die Erdspuren hatten sich zu einer trockenen, klumpigen Masse mit dem gewobenen Stoff des Teppichs verbunden. Es war Zeit zu verschwinden. Frederick packte alles zusammen, und gerade als er das Zimmer verlassen wollte, merkte er, dass er noch etwas übersehen hatte. Er hatte es beim ersten Hinschauen nicht bemerkt. Unter der kleinen metallenen Minibar sah er etwas, das vom Licht reflektiert wurde. Er griff unter die Minibar und zog einen kleinen schwarzen Plastikgegenstand heraus, der mit zwei silbernen Metallknöpfen versehen war, die das Licht reflektiert hatten. Als er den kleinen Gegenstand genauer betrachtete, wurde ihm klar, was er da in seiner Hand hielt. Ein winziges rotes Kabel führte an der Rückseite entlang. Ein schwarzes Kabel war mehrfach um das rote Kabel gewickelt, während sich am anderen Ende ein kleines schwarzes Plastikplättchen befand. Das Plastikplättchen diente als Halterung für eine kleine runde Lithiumbatterie. *Eine Wanze.*

Er legte seine Sachen auf den Beifahrersitz des Mietwagens, legte den Gang ein, und verließ Los Alamos in den frühen Abendstunden. Wer auch immer in seinem Motelzimmer gewesen war, hätte auch einen Schritt weiter gehen können. Die üble Gewissheit, dass ihm jemand so dicht gefolgt war, machte ihm zu schaffen. Es war nicht nur an der Zeit, die Stadt schleunigst zu verlassen. Er brauchte neue Kennzeichen. Oder besser gleich einen neuen Wagen. Der Los Alamos County Airport war ein kleiner Flughafen, der überwiegend von Privatflugzeugen und Transportflugzeugen angeflogen wurde und Charterflüge nach Albuquerque anbot. Der Flughafen lag östlich der Jemez Mountains. Frederick parkte seinen Mietwagen auf einem Parkplatz, der zu einer Ansammlung von Mietwagenfirmen gehörte. Er tauschte den Wagen bei Alamo gegen ein kleineres Modell eines Mittelklassewagens aus einer niedrigeren Kategorie ein und bezahlte in bar. Nach einem Blick auf die Straßenkarte fuhr Frederick auf die Interstate 25 in südliche Richtung auf. Während der Fahrt dachte er an die Fußabdrücke auf dem Teppichboden. Er sah immer wieder in den Rückspiegel. Er prägte sich die Kennzeichen der Wagen ein, die ihm auffallend lange zu folgen schienen. Nach sechsundneunzig Meilen sah er die glitzernden Lichter einer Stadt unterhalb einer großen roten Felsformation. Er checkte in ein Comfort Inn ein und verschloss sofort die Zimmertür. Das Hotel lag direkt an der Interstate. Er hatte eine ganze Menge Staub aufgewirbelt. Der Feind war übermächtig. Er hatte sich mit sehr einflussreichen und sehr mächtigen Menschen angelegt, die Verbindungen in alle Sektoren hatten und über politische sowie finanzielle Macht in dieser Welt verfügten. Er hatte einen Kampf zwischen David und Goliath wiederbelebt. Manche Schlachten sollten gar nicht erst begonnen werden. Nur diese Schlacht musste er zu Ende bringen. Er musste Feuer mit Feuer bekämpfen.

Er schaltete den Fernseher ein, um sich etwas zu beruhigen. Der aktuelle Wetterbericht sagte milde Temperaturen für die kommenden Tage voraus. Frederick stand in dem kleinen Bad und putzte seine Zähne, während man von draußen das Rumpeln der Lastwagen auf der Interstate hören konnte. Er fiel in einen tiefen Schlaf.

VIERUNDDREIßIG

Sonny Hicks, Louis Klein und Brentley Bergman waren seit ihrer Zeit in Harvard ein unzertrennliches Team. Schon auf den etlichen Veranstaltungen der Verbindungshäuser hatten sie sich gegenseitig die Posten zugeschanzt.

»Wollen Sie mir etwa weismachen, dass rein zufällig einer der einflussreichsten Teilhaber von Bernstein, Fitz & Vale einfach so vom Erdboden verschluckt wurde? Das war kein Zufall.«

»Wann haben Sie Ihren Mann das letzte Mal gesehen?«

Die Frau verzog keine Miene. Sie war ziemlich durch den Wind. Obwohl sie krampfhaft versuchte, die Haltung zu wahren, konnte man ihr die Fassungslosigkeit ansehen, die sie mit voller Wucht getroffen hatte. Sie hatte sich in der Eile ihre Lippen stark überschminkt, sodass das grelle Rot fast an einen Clown erinnerte. »Ich habe ihn gestern Abend vor dem Schlafengehen noch gesehen. Joseph arbeitet immer bis in die Nacht hinein. Daran war nichts Ungewöhnliches.«

»Ist Ihnen vielleicht sonst irgendetwas aufgefallen. Auch eine Kleinigkeit könnte uns weiterhelfen. Vielleicht ein kleines Detail, das Sie übersehen haben?«

Die Frau schüttelte den Kopf.

»Wir verabschieden uns meistens so gegen 22:00 Uhr. Ich gehe dann schon zu Bett, weil ich abends früher müde werde. Mein Mann ist da genau das Gegenteil. Er ist ein Nachtmensch. Bleibt oft bis 02:00 Uhr morgens in seinem Arbeitszimmer. Er liebt die Nacht. Mehr als den Tag. In der Nacht kann er in Ruhe arbeiten. Keine ständigen Ablenkungen. So ist es ihm immer am liebsten gewesen.«

»Und haben Sie mitbekommen, dass Ihr Mann das Haus verlassen hat?«, fragte Brentley Bergman, der zusammen mit seinen beiden Partnern aufmerksam zuhörte.

»Nein. Ich muss eingeschlafen sein. Ich war todmüde. Außerdem liegt unser Schlafzimmer in einem anderen Teil des Hauses, sodass man nicht hören kann, wenn jemand zur Haustür hinausgeht.«

»Oder hineinkommt«, fügte Brentley Bergman in nüchternem Ton hinzu.

»Was wollen Sie damit sagen?«, fragte Mrs. Vale.

»War Ihre Alarmanlage eingeschaltet?«, fragte Mr. Bergman.

»Nein. Aber wenn jemand ins Haus hereingekommen wäre, dann hätte ich das bestimmt mitbekommen. Mein Mann hätte bestimmt ein paar Worte gewechselt, sodass ich die Stimmen gehört hätte.«

»Vorausgesetzt es wäre gesprochen worden«, antwortete Mr. Bergman.

»Aber wie soll denn jemand einfach so ins Haus hineinkommen? Es bricht doch niemand ein, um dann meinen Mann mitzunehmen.«

»Sie wissen wahrscheinlich auch nicht, wo Ihr Mann um diese späte Uhrzeit noch hingefahren sein könnte?«

»Nein.«

»Wäre es Ihnen möglich, in das Arbeitszimmer Ihres Mannes zu gehen und nachzusehen, woran er zuletzt gearbeitet hat?«

»Ich denke schon.«

Mr. Bergman reichte Mrs. Vale seine Visitenkarte.

»Melden Sie sich bitte bei mir. Egal was es ist. Sie können uns jederzeit erreichen.«

Mrs. Vale verließ das Gebäude.

FÜNFUNDDREIẞIG

Als Frederick aufwachte, musste er sofort an die Fußspuren auf dem Teppichboden denken. Frederick lief über eine Seitenstraße zu einem kleinen Supermarkt, um sich etwas zu Essen zu kaufen. Er musste jetzt noch aufmerksamer sein, als er es in den vergangenen Monaten sowieso schon gewesen war. Nachdem er ein paar Sachen eingekauft hatte, ging er ohne Umwege zu seinem Hotel zurück. Er hatte seit der neuen Erkenntnis, dass ihm jemand so nahe gekommen war, keine große Lust, sich länger als irgendwie nötig im Freien aufzuhalten. Er hängte die Metallkette in die Tür und wartete, bis es dunkel wurde. Er hatte schlafende Hunde geweckt und musste mit einer harten Reaktion rechnen. Linda hatte vielleicht für einen kurzen Moment unter Schock gestanden, sich aber bestimmt schnell wieder gefangen und zu einem Gegenschlag ausgeholt. So wie es aussah, hatte dieser Gegenschlag längst begonnen. Noch in der gleichen Nacht verließ Frederick das Hotelzimmer und schlich sich zu seinem Mietwagen, den er auf dem Parkplatz eines Wendy's Restaurants geparkt hatte, das etwa anderthalb Blocks entfernt vom Hotel lag. Schnell schob er den kleinen Plastikhebel an der Decke zur Seite, um die Innenbeleuchtung auszuschalten. Er hatte den Wagen am Abend zuvor vollgetankt, um so weit wie möglich von Albuquerque weg zu kommen. Nördlich von Albuquerque bog er bei Bernalillo auf die State Route 550. Ein Lastwagen rauschte an ihm vorbei, während er den Mietwagen auf eine der beiden mittleren Spuren lenkte. Frederick war müde, aber er hielt es für das Sicherste, New Mexico zu verlassen. Er verlangsamte seine Geschwindigkeit, um durch eine Nachtbaustelle zu fahren, bei der vier Spuren auf eine Spur zusammengeführt wurden. Gegen vier Uhr morgens erreichte er das View Hotel im Monument Valley. Er parkte den Mietwagen neben einem alten Ford Explorer. Die Distanz zu Linda sollte ausreichen, um sich nach den neuen Erkenntnissen erst einmal neu zu orientieren. Frederick drehte seinen Sitz nach hinten und beschloss die restlichen drei Stunden der Nacht in seinem Wagen zu schlafen.

Er mischte sich unter die Touristen, die in Heerscharen das Monument Valley besuchten. Nachdem er eine Weile durch die karge Wüstenlandschaft gewandert war, beschloss er umzukehren. Es war noch früh am Morgen, als Frederick die Stufen zum Hotel hinauflief. Er ließ sich unter dem Namen Robert Hare ein Zimmer für zwei Nächte geben und bezahlte sofort in bar. Vom Balkon seines Zimmers hatte er eine atemberaubende Aussicht. Das Monument Valley befand sich an der Grenze zwischen Arizona und Utah. Die spitzkuppigen Felssäulen ragten inmitten der kargen Landschaft hervor und wurden von den gewaltigen Tafelbergen umgeben. Frederick hatte sich eigentlich einen Plan zurechtgelegt und hatte gewusst, was er als Nächstes tun würde. Die Tatsache, dass jemand in seinem Motelzimmer gewesen war, hatte ihn zur vorläufigen Flucht aus New Mexico getrieben. Er durfte keine Zeit verlieren und musste mit allem rechnen. Linda wusste, dass er hinter ihr her war, und er konnte nicht riskieren, sie noch einmal aus den Augen zu verlieren. Wer auch immer in seinem Motelzimmer gewesen war, hatte seine Macht deutlich demonstriert. Er beschloss, seinen Mietwagen gleich noch einmal zu wechseln. Er fuhr fünfundzwanzig Meilen, bis er zum Kayenta Airport gelangte. Dort übergab er seinen Mietwagen einem genervt aussehenden Mitarbeiter einer Alamo Mietwagenzentrale. Er ging auf die Herrentoilette und schloss sich in einer der Kabinen ein. Dort wartete er über eine halbe Stunde. Als er wieder aus der Herrentoilette heraustrat, war der Mann am Alamo Mietwagenschalter verschwunden. Frederick schaute sich in der Halle des Flughafens um. Es war früher Nachmittag und außer ihm war so gut wie niemand dort. Falls ihm jemand den langen Weg von New Mexico bis zu diesem Provinzflughafen in Arizona gefolgt war, dann müsste dieser Jemand irgendwo sein, um Frederick zu beobachten. Aber dort war niemand. Die Abflughalle war gerade einmal so groß wie eine zu klein geratene Turnhalle. Frederick wartete noch eine gute halbe Stunde, bis er sich sicher war, dass ihn in der Abflughalle niemand beobachtete. Dann ging er auf den Schalter der Hertz Mietwagengesellschaft zu. Nach einer weiteren halben Stunde fuhr Frederick in seinem neuen Mietwagen auf den Highway zurück. Die weiteren beiden Nächte verbrachte er damit, bei Google Maps die Umgebung von

Lindas Wohnsitz genauer zu studieren. Linda sollte für die gestohlene Lebenszeit bezahlen. Und das im wahrsten Sinne des Wortes. Wenn er jedes Jahr, das er in Gefangenschaft verbracht hatte, mit 300 000 Dollar bezifferte, dann kam am Ende eine beachtliche Summe heraus. 5,4 Millionen Dollar. Das war die Summe, die er von Linda verlangte. Er formulierte eine weitere Nachricht, die er ihr so schnell wie möglich zukommen lassen wollte.

SECHSUNDDREIßIG

Linda und Kyle hatten seit Fredericks erster Botschaft Vorkehrungen getroffen. Es galt nun die Zahl der potenziellen Mitwisser, so niedrig wie möglich zu halten. Etwa zwei Wochen nachdem sich Joseph Vale zum letzten Mal in seinen anthrazitfarbenen BMW gesetzt hatte, trieb sein Körper in einem kleinen Abwasserkanal, der mehr als siebzig Meilen von seinem Wohnort entfernt lag. Jeder Zahn in seinem Mund fehlte und sein Gesicht war bis zur Unkenntlichkeit entstellt. Die örtliche Polizei hielt es zunächst für einen Betriebsunfall, da sich unmittelbar in der Nähe ein großes Sägewerk befand. Nach weiteren Untersuchungen kamen mehr Details zum Vorschein, sodass schnell klar wurde, dass der Mann nicht kopfüber in eine der großen Maschinen gefallen sein konnte. Linda hatte, nachdem sie Fredericks Nachricht erhalten hatte, das Haus nicht mehr alleine verlassen. Ihre Stimmung hatte sich über die letzten Tage verfinstert, sodass Kyle für ständigen Nachschub der grünlich schimmernden Tangueray No. 10 Flaschen sorgen musste. Sie hatte mehrmals am Tag heftige Wutausbrüche, bei denen das eine oder andere Glas Wodka dran glauben musste. In diesem Zustand war sie selbst für Kyle nur sehr schwer bis gar nicht zu ertragen. Sie hatten gemeinsam in den Achtzigerjahren so viel erlebt, dass ihm keiner ihrer Zustände fremd war.

Doch auch für ihn gab es Grenzen. Etwas musste passieren.

Frederick schrieb mit krakeliger Schrift Lindas Adresse auf den Briefumschlag. Dann legte er den Umschlag auf den Beifahrersitz und fuhr los. Nach einhundertneunundvierzig Meilen erreichte er Farmington und befand sich somit wieder in New Mexico. Der Höhle des Löwen. Oder besser gesagt der Höhle der Löwin. Auch wenn Lindas Haus mehr als drei Autostunden entfernt lag, so musste er weiter auf der Hut sein. Er checkte in ein Economy Inn Motel ein und wartete, bis es dunkel wurde. Das Motel war sehr schäbig, und obwohl er ein Nichtraucherzimmer verlangt hatte, roch es so stark nach Tabak, als hätte gerade erst jemand die letzte Camel ausgedrückt. Als es dunkel wurde, machte er sich bereit zum Weiterfahren. Nach etwa anderthalb Stunden Fahrt, die er mit einer unterhaltsamen Talkrunde im Radio verbracht hatte, kam er in das kleine Nest La Jara. La Jara gehörte zum Sandoval County und lag unmittelbar in der Nähe des Los Alamos County, etwa eine Stunde von Los Alamos entfernt. Mit zweihundertneun Einwohnern wunderte sich Frederick, dass er es überhaupt auf der Karte hatte finden können. An einer Straßenkreuzung lenkte er den Mietwagen auf einen staubigen Parkplatz. Er stieg aus und steckte den Umschlag in einen blauen Briefkasten. Falls sich jemand anhand des Stempels auf dem Briefumschlag nach ihm umsehen wollte, würde er in La Jara nichts finden. Frederick fuhr sofort wieder in Richtung

Farmington zurück, und freute sich auf die Nacht im Economy Inn Motel.

Gib nun acht auf meine Worte,
Und mache alles so, wie ich es fordere.
18 Jahre hast du mir genommen,
Drum ist es an der Zeit, die Schulden zu bekommen.
Deine offene Rechnung musst du begleichen,
Drum wirst du für jedes Jahr $300,000 reichen.

Als Beweis für deinen guten Willen,
Zahle in 4 Tagen $30,000,
um meinen Hass auf dich zu stillen.

Edward Hume und Robert Hare
machst du zu Millionären,
Damit sie dich verschonen,
und dir neue Lebenszeit gewähren.

Edward Hume: 437098764 SunTrust Bank
Robert Hare: 193370049 Bank of America

Hals- und Beinbruch!

Eine Hälfte sollte auf das Konto von Edward Hume gehen, während die andere Hälfte auf das Konto von Robert Hare eingezahlt werden sollte. Linda drehte sich der Magen um, als sie die Worte zum vierten Mal las. Die beiden Namen sagten ihr natürlich nichts, und vielleicht dachte sie sogar, dass es sich bei den beiden Namen um Bekanntschaften von Fredericks Aufenthalt in der geschlossenen forensischen Psychiatrie handelte. Damit war Frederick ein weiterer Schachzug gelungen. Die ganze Zeit über war sie davon ausgegangen, dass sie es nur mit ihm zu tun hatte, was eigentlich auch stimmte, nur konnte Linda das nicht wissen. Linda musste einen kühlen Kopf bewahren. Zu allererst ging sie in ihr Arbeitszimmer, das sich im oberen Stockwerk befand. In der Hektik wäre sie beinahe über die Treppe gestürzt. Sie startete ihren Computer und wartete, bis der Bildschirm endlich anging. Als ihr das Licht des Bildschirms entgegenleuchtete, setzte sie sich. Sie tippte ein paar Zahlen und Buchstaben in ein kleines Fenster, und der Desktop-Hintergrund erschien. In das Google-Suchfeld tippte sie als Erstes *Edward Hume* ein. Die Ergebnisse waren ernüchternd. Ein Filmautor, ein Missionsarzt in China und ein Entwicklungshelfer waren die ersten Treffer. Etwas weiter unten gab es einen Link zu einem LinkedIn-Profil. Als sie auf die zweite Seite klickte, fand sie einen Eintrag über einen Schwerverbrecher, der zusammen mit seinem Bruder für eine Reihe von brutalen Einbrüchen verantwortlich gemacht worden war, und eine lange Haftstrafe abgesessen hatte. Das dazugehörige Foto war nicht besonders vertrauenserweckend. Der Mann auf dem Foto hatte einen kahlgeschorenen Schädel und trug ein türkisfarbenes Polo-Hemd. Sein Blick wirkte leicht überdreht, sodass es sich ebenso gut um einen Junkie handeln konnte. Vielleicht hatte Frederick Kontakt zu diesem Edward Hume gehabt. Als Nächstes gab sie *Robert Hare* in das Suchfeld ein. Sie fand Einträge zu einem Lehrer in Iowa, einem jungen Firmengründer in Pittsburgh, einem Politiker und einem Gewerkschaftsführer. Nichts über einen Verbrecher oder einen kriminellen Hintergrund. Dann tippte sie langsam die folgenden Worte in das Suchfeld: *Longwood Forensic Psychiatric Hospital.* Sie suchte nach einem Namensverzeichnis der Mitarbeiter und konnte es auch schnell finden. Hinter den vier genannten Ärzten standen jeweils eine Telefonnummer und eine E-Mail-Adresse. Linda griff zum Telefonhörer und wählte eine der Nummern. Sie schaute auf die Holzuhr, die an der Wand hing.

Eine Frauenstimme meldete sich am anderen Ende der Leitung.

»Forensische Psychiatrie, wie kann ich behilflich sein?«

»Guten Tag. Mein Name ist Taylor. Ich würde mich gerne über einen ehemaligen Patienten von Ihnen erkundigen.«

»Tut mir leid, Mrs. Taylor. Wir sind nicht befugt, Daten über unsere Patienten herauszugeben.«

»Auch nicht, wenn es sich bei dem Patienten um Frederick Hagel handelt?«

Die Leitung blieb für einen Moment lang still.

»Bleiben Sie einen Moment am Apparat.«

Linda wartete. Eine nervige Melodie ertönte, während Linda in eine Warteschleife gelegt wurde. Nach etwa zwei Minuten verstummte die Melodie, und eine ältere Männerstimme nuschelte eine kurze Begrüßung in den Hörer.

»Was kann ich für Sie tun, Mrs. Taylor?«

»Ich habe Informationen über Frederick Hagel.«

»Normalerweise müsste ich Sie an Detective Jennings von der örtlichen Polizeibehörde verweisen. Wir wurden angewiesen, keine Presseanfragen mehr zu beantworten.«
»Ich bin nicht von der Presse.«
»Sind Sie eine Angehörige?«
»Nicht direkt«, sagte Linda.
»Und in welcher Beziehung stehen Sie zu Mr. Hagel?«
»Ich kannte ihn früher. Bevor das alles passiert ist.«
»Um welche Informationen handelt es sich denn, Mrs. Taylor?«
»Ich weiß, wo er sich aufhält.«
»Hören Sie, wir sind für solche Scherze nicht besonders gut aufgelegt. Was glauben Sie, wie viele Menschen in den letzten 9 Monaten hier angerufen haben?«
»Das ist aber kein Scherz. Ich weiß, wo er gerade ist. Ich biete Ihnen einen Tausch an.«
»Was denn für einen Tausch? Wovon reden Sie eigentlich?«
»Ich möchte wissen, ob Mr. Hagel während seines Aufenthalts in Ihrer Psychiatrie mit zwei Mitgefangenen in Kontakt getreten ist.«
»Mrs. Taylor, solche Informationen sind streng vertraulich. Ich glaube, es wäre besser, wenn Sie mit Detective Jennings von der Polizei sprechen.«
»Na gut, wenn Sie meinen. Ich dachte, es würde Sie vielleicht freuen, als Erster den Hinweis auf eine wirkliche Spur in dem Fall zu bekommen, und die Suche nach Frederick Hagel in eine erfolgreiche Richtung zu lenken. Was glauben Sie, wie sich das in den Medien auf Sie auswirken

würde?«

»Wie sind die Namen der beiden Patienten?«

»Edward Hume und Robert Hare.«

»Tut mir leid, Mrs. Taylor. Diese Namen sagen mir überhaupt nichts.«

»Sind Sie sicher?«

»Absolut. Versuchen Sie es bei Detective Jennings.« Dann hörte sie, wie der Hörer am anderen Ende aufgelegt wurde. Falls Frederick wirklich mit zwei ehemaligen Patienten der forensischen Psychiatrie zusammenarbeitete, wäre das eine ernst zu nehmende Bedrohung auf Augenhöhe gewesen. Sie war intelligent genug, um zu wissen, was zu tun war. Sie nahm einen Stift und schrieb. Als sie fertig war, nahm sie den Telefonhörer wieder in die Hand und wählte die Nummer von Detective Jennings vom Amherst Police Department.

SIEBENUNDDREIßIG

Jede unbedachte Entscheidung konnte ihn in Gefahr bringen. Frederick kaute auf einem Stück seines Club-Sandwichs und blätterte durch eine Tageszeitung. Er dachte darüber nach, was sie wohl gespürt hatte, als sie seine zweite Botschaft erhalten hatte. Farmington war eine Mischung aus 50er-Jahre-Überbleibseln und neumodischen Geschäften. Eine ganze Reihe Fastfood-Ketten war ebenfalls vertreten. Er wechselte zur Sicherheit jede zweite Nacht zwischen dem Economy Inn Motel und dem Encore Motel, einer ähnlichen Absteige. Da seine finanziellen Mittel nun wirklich zur Neige gingen, musste Linda so schnell wie möglich bezahlen. Er wusste nicht, inwieweit ihr die Drohung Angst eingejagt hatte. Die Andeutung, dass er nicht alleine handelte, war sein einziges Druckmittel.

Es kam alles anders, als er es erwartet hatte. Nach genau vier Tagen betrat Frederick eine Filiale der SunTrust Bank. Er schob einer jungen Bankangestellten unter der schweren Glasscheibe des Bankschalters den Führerschein von Edward Hume entgegen. Dann nannte er die Kontonummer und wartete. Die Frau verschwand kurz. Als sie wiederkam, schüttelte sie den Kopf.

»Tut mir leid, Sir. Wir konnten keine Einzahlung feststellen.« Frederick nahm den Führerschein und verließ die Bankfiliale. Er hatte nie mit hundertprozentiger Sicherheit damit rechnen können, dass Linda einfach so bezahlen würde. Geschweige denn eine solch enorme Summe. Frederick lenkte seinen Mietwagen über die East Main Street und bog auf den Parkplatz einer Filiale der Bank of America. Es war Mittagszeit und der Parkplatz war vollgeparkt. Frederick steuerte den Mietwagen in eine Parklücke, die etwas weiter weg vom Gebäude lag. Die Filiale war überfüllt. Am liebsten wäre er auf dem Absatz wieder umgedreht und zurück zu seinem Wagen gelaufen. Aber er musste hierbleiben. Vor ihm warteten eine ganze Reihe von Menschen. Die Schlange reichte fast bis zur Eingangstür. Während er wartend in der Schlange stand, musste er ununterbrochen an Linda denken, und allmählich fing er an, seinen Hass nicht mehr unter Kontrolle zu bekommen. Als er schließlich an die Reihe kam, waren gut fünfundvierzig Minuten vergangen. Ein Bankangestellter grinste ihn mit grell gebleichten Zähnen an.

»Guten Tag, Sir. Wie kann ich Ihnen helfen?«

»Ich möchte gerne mein Konto überprüfen. Ich erwarte eine Einzahlung.«

»Wie ist der Name?«

»Robert Hare.«

»Einen Augenblick.«

Der Mann tippte den Namen in einen Computer ein.

»Können Sie sich ausweisen?«

Frederick zog den gefälschten Führerschein von Robert Hare aus der Tasche und schob ihn dem Bankangestellten entgegen.

»Wie lautet Ihre Kontonummer, Mr. Hare?«

»193370049«

Der Mann tippte wieder auf seiner Tastatur herum.

»Bitte warten Sie einen Moment.«

Der Mann ging durch eine Tür in den hinteren Teil der Bankfiliale.

Frederick beobachtete die anderen Menschen in der Bank. Es war immer noch sehr voll in der Filiale. Dann schaute er kurz nach oben und sah die kleine weiße Überwachungskamera, die genau auf ihn gerichtet war. Frederick schaute auf die dunkelbraune Holztür, durch die der Mann vor etwa einer Minute gelaufen war. Als der Mann nach drei Minuten immer noch nicht zurück war, wurde er langsam ungeduldig. Die Minuten vergingen. Frederick sah wieder zur Überwachungskamera. Dann wieder zu der dunkelbraunen Holztür. Ein dicker Mann in einem hellblauen Hawaii-Hemd unterhielt sich lautstark mit einer kleinen Asiatin, die beide in der Schlange am Schalter nebenan standen. Die Zeit schien langsamer abzulaufen. Es kam ihm vor wie eine Ewigkeit. Er beobachtete den Angestellten am Schalter neben ihm, der gerade damit beschäftigt war, einen älteren Mann über die groben Abläufe seiner Altersvorsorge zu informieren. Er schaute wieder zurück zu der dunkelbraunen Holztür. Als eine weitere Minute verging, drehte sich Frederick um, und ging langsam auf die Glastür zu, durch die er etwa eine Stunde zuvor die Filiale betreten hatte. Er steuerte geradewegs auf die Tür zu. Er drückte gegen die Tür und trat ins Freie hinaus. Der Mann war ungewöhnlich lange weggeblieben. Irgendetwas stimmte nicht. Zielgerichtet lief Frederick über den überfüllten Parkplatz auf seinen geparkten Mietwagen zu. Seine Schritte wurden kontinuierlich schneller. Ein lachendes Pärchen stieg gerade aus einem großen schwarzen Pick-up, der zwei Parklücken entfernt von seinem Wagen geparkt war. Frederick öffnete die Fahrertür seines Mietwagens und stieg ohne zu zögern ein. Als er den Schlüssel in die Zündung steckte, ertönte sofort das sich ständig wiederholende Warnsignal, das ihm signalisierte, dass er sich anschnallen sollte. Er legte den Rückwärtsgang ein und fuhr aus der Parklücke. Während er den Mietwagen quer über den Parkplatz bis zur Ausfahrt steuerte, versuchte er irgendetwas Auffälliges zu erkennen. Da war nichts. Er fädelte sich in den Verkehr auf der East Main Street ein und fuhr in Richtung Norden. In dem Moment fiel ihm ein, dass er gerade einen gewaltigen Fehler gemacht hatte. Robert Hares gefälschter Führerschein befand sich immer noch in der Filiale der Bank of America. *Warum war der Bankangestellte so lange weggeblieben?* Die Frage kreiste immer wieder in seinem Kopf herum. *War ihm der gefälschte Führerschein aufgefallen? Oder gab es einen anderen Grund?* Bisher hatte der Führerschein überall seinen Zweck erfüllt, und war von einem echten Führerschein überhaupt nicht zu unterscheiden. Die Überwachungskamera hatte ihn definitiv aufgenommen. So wie sie jeden Kunden der Bank aufgenommen hatte, der am Schalter bedient wurde. *Vielleicht hatte der Bankangestellte einfach nur sehr lange gebraucht*, dachte Frederick, obwohl er diese Variante für eher unwahrscheinlich hielt. Er fuhr zurück zum Economy Inn Motel und parkte den Mietwagen absichtlich etwas weiter weg von seiner Zimmertür. Als er das Zimmer betrat, zog er die Vorhänge zu, die wie ein ausgeleerter Aschenbecher rochen. Er setzte sich aufs Bett und zog seine Tasche unter dem Bett hervor. Er packte den Heißlaminierer aus und legte eine Folie hinein. Dann zog er eines der zuvor geschossenen Passfotos aus einer kleinen Mappe und legte es unter die Folie. Innerhalb von fünf Minuten hatte er einen neuen Führerschein ausgestellt auf Robert Hare in Mesquite, Nevada.

Ihm war nach diesem Erlebnis nicht besonders wohl dabei, die Nacht im Economy Inn Motel zu verbringen. Das Motel lag nur acht Minuten von der Bankfiliale entfernt. Also beschloss Frederick, die Nacht im Encore Motel zu verbringen. Weil er in beiden Motels schon übernachtet hatte, und für beide einige Nächte im Voraus bezahlt hatte, besaß er beide Zimmerschlüssel. Er wartete bis nach Mitternacht und zog langsam einen der Vorhänge zur Seite. Der Parkplatz war so gut wie leer. Alles schien ruhig zu sein. Frederick nahm seine Tasche und knipste das Licht im Zimmer aus. Dann öffnete er die Zimmertür. Er lief nah an der Hauswand entlang und steuerte auf seinen Mietwagen zu. Er sah sich kurz um, konnte aber nichts Auffälliges erkennen. Dann fuhr er los. Bis zum Encore Motel waren es nur etwa zwei Meilen. Er parkte den Wagen und betrat das Motelzimmer. Ein modriger Geruch stieg ihm in die Nase. Er hängte die Sicherheitskette oberhalb der Tür ein und zog seine Schuhe aus.

ACHTUNDDREIßIG

In den frühen Morgenstunden verließ Frederick das Zimmer im Encore Motel. Er hatte nicht wirklich viel Schlaf gefunden und beschloss ein anderes Motel in der Gegend aufzusuchen. Nicht weit entfernt lag das Journey Inn Motel. Er bezahlte für eine Nacht im Voraus und ging sofort aufs Zimmer. Dann legte er sich aufs Bett, um noch ein paar Stunden weiterzuschlafen.

Sein Nacken schmerzte, als er aufwachte. Er ging ins Bad und warf die Dusche an.

Etwa fünfunddreißig Minuten später stand er auf dem Parkplatz der Bank of America. Frederick war aufgeregt, weil er nicht wusste, ob es eine gute Idee gewesen war, noch mal dort aufzukreuzen. Er musste unbedingt wissen, ob Linda das geforderte Geld überwiesen hatte. Deshalb gab es nur eine Möglichkeit.

Die Filiale war genauso überfüllt wie am Tag zuvor. Die Geldautomaten waren immer noch außer Betrieb, weshalb er sich in die lange Schlange einreihte. Er versuchte zu erkennen, ob der Mitarbeiter vom Vortag in dieser Schicht eingeteilt war. Bisher konnte er nur zwei hübsche jüngere Damen erkennen, und einen schwarzen Mann, der auch am Vortag dort gestanden hatte. Je näher er sich auf den Bankschalter zubewegte, desto nervöser wurde er. Als es schließlich soweit war, blickte er einer der bei-

den jungen Bankangestellten in die Augen.
»Ich war gestern schon mal hier und habe meinen Führerschein in der Hektik vergessen.«
»Wie ist der Name?«
»Robert Hare.«
»Einen Moment.«
Die Frau ging durch die dunkelbraune Holztür. Frederick ermahnte sich, nicht zu der Überwachungskamera über ihm zu schauen. Die junge Frau kam schneller zurück, als er es erwartet hatte.
»Hier, bitte sehr, Mr. Hare.«
Sie schob den Führerschein über den Tresen. Frederick war etwas verwundert. Er hatte damit gerechnet, dass er schnell wieder verschwinden musste, aber es schien alles in Ordnung zu sein.
»Ich erwarte eine Einzahlung. Könnten Sie nachsehen, ob etwas eingegangen ist?«
»Wie ist die Kontonummer?«
»193370049«
Die Frau tippte mit ihren violett lackierten Fingernägeln auf der Tastatur herum.
»Es wurde etwas für Sie hinterlegt, Mr. Hare.«
Frederick musterte die junge Bankangestellte.
»Ich bin gleich wieder zurück.«
Sie verschwand wieder hinter der dunkelbraunen Holztür. Als sie wiederkam, hatte sie ein gefaltetes Stück Papier in der Hand, das sie über den Tresen schob.
»Sie haben gestern Mittag eine Einzahlung auf Ihrem Konto erhalten.«

Fredericks Forderung war also ernst genommen worden. Er faltete das Papier auseinander, überflog es und klappte es wieder zu.

»Die Einzahlung kam zusammen mit dieser Notiz.«

Die junge Frau deutete auf das Stück Papier, das sie Frederick gegeben hatte.

»Ich würde dann gerne dreihundert Dollar abheben.«

»Dreihundert Dollar. Sehr gerne.«

Die Frau machte ein paar schnelle Bewegungen auf der Tastatur und kam kurz darauf mit ein paar Geldscheinen wieder, die sie Frederick überreichte.

»Kann ich sonst noch etwas für Sie tun, Mr. Hare?«

»Nein, danke.«

Frederick drehte sich um und ging aus der Bankfiliale heraus.

Als er in seinem Mietwagen saß, faltete er das Stück Papier noch einmal auseinander. Unterhalb seines Namens stand der eingegangene Betrag. Frederick hatte mit der vollen Summe von 30 000 Dollar gerechnet. Der tatsächlich eingegangene Betrag waren 666 Dollar. Darunter stand ein Text, den er aufmerksam las.

Wer suchet der findet,
Wer zu nah kommt verschwindet.
Du bist ein gebranntes Kind, vergiss das nicht.
In Zukunft solltest du die Flammen meiden,
Sonst wirst du Höllenqualen leiden.
Du denkst, deine Zeit ist endlich gekommen,
Doch schon bald wird sie dir wieder genommen.

Alles drehte sich. Er las die Zeilen sechsmal hintereinander. Sie hatte sich nicht von den beiden Namen einschüchtern lassen, die er auf seine Forderung geschrieben hatte. Die Verweigerung der Anzahlung von 30 000 Dollar war ein klares Zeichen. Sie würde sich nicht einfach sagen lassen, was sie zu tun hatte. Das stand fest. Sie hatte schnell festgestellt, dass Frederick während seines Aufenthalts in der forensischen Psychiatrie niemanden mit dem Namen Edward Hume oder Robert Hare kennengelernt hatte. Vielleicht war er ihnen auf seiner Flucht begegnet. Vielleicht waren die Namen aber auch reine Erfindung und aus seiner Phantasie entsprungen. Obwohl sie das nicht mit absoluter Gewissheit sagen konnte, war sie das Risiko eingegangen und hatte auf ihre Art geantwortet.

NEUNUNDDREIßIG

Fredericks Gesicht flimmerte in Schwarz-Weiß über einen großen Computermonitor. Die Sequenz wurde immer wieder abgespielt und dann wieder angehalten, wodurch das Standbild etwas verzerrt wirkte. Er starrte geradeaus und kurz darauf wieder nach oben, sodass sein Gesicht mehr oder weniger gut zu erkennen war. Detective Jennings hatte sich die Überwachungsbänder zwölf Stunden vorher aus der Bankfiliale der Bank of America in Farmington zukommen lassen. Linda hatte ihn über die beiden Namen informiert und von ihrer geplanten Einzahlung auf das Konto von einem gewissen Robert Hare gesprochen. Sie hatte Detective Jennings mit deutlichen Worten versichert, dass sich hinter diesem vermeintlichen Pseudonym der vor mehr als neun Monaten entflohene Insasse der forensischen Psychiatrie in Amherst verbarg, der besser bekannt war unter seinem richtigen Namen Frederick Hagel.

Detective Jennings brauchte nur darauf zu warten, in welcher der etwa fünftausendzweihundert landesweiten Filialen der Bank of America dieser Robert Hare auf sein Konto zugreifen würde. Frederick hatte nicht damit gerechnet, dass sie zur Polizei gehen würde. Auch wenn er es kurz in seine Überlegungen einbezogen hatte, war der Gedanke von ihm schnell wieder verworfen worden. Linda hatte

viel zu viel zu verlieren, als dass sie einfach so in ein Polizeirevier marschieren konnte und ihre Lebensgeschichte offenbarte.
Die vergangenen Stunden hatten eine starke Wendung in der spektakulären Fluchtgeschichte geschaffen. Detective Jennings hatte den Fall von Anfang an zu seiner Priorität gemacht, war jedoch schnell zu der bitteren Erkenntnis gekommen, dass Frederick Hagel es tatsächlich geschafft hatte, über eine sehr viel längere Zeit auf freiem Fuß zu bleiben, als es normalerweise zu erwarten war. Fast ein ganzes Jahr war seit seiner Flucht vergangen. Das ließ auf einen starken Überlebenswillen und einen enormen Drang nach Freiheit schließen. Detective Jennings hatte Frederick nie zuvor persönlich getroffen, und kannte ihn nur durch die unzähligen Befragungen des Klinikpersonals und aus den Akten, die über ihn im Laufe der Jahre angelegt worden waren. Als Fredericks Gesicht über den Computermonitor flimmerte, wollte Detective Jennings es zunächst nicht wirklich glauben. Detective Matthew Jennings war seit viereinhalb Jahren beim Amherst Police Department. Er hatte stets zielstrebig auf eine Karriere als Detective hingearbeitet, und sich nichts zuschulden kommen lassen. Er hatte die klassische Laufbahn in den Rängen der Polizei durchlaufen, war gerade achtundvierzig Jahre alt geworden, und lebte mit seinen beiden kleinen Töchtern Mia und Céleste, und seiner Frau Amy in einer ruhigen Gegend von Amherst. Auf das Haus liefen zwei Hypotheken, die noch einige Jahre abbezahlt werden mussten. Mit seinem Gehalt als Detective konnte er sei-

ner Familie ein gutbürgerliches Leben ermöglichen. Seine Frau Amy arbeitete für eine Wohltätigkeitsorganisation, die in Zusammenarbeit mit verschiedenen Einrichtungen, Entwicklungshilfe leistete und nationale, sowie internationale Hilfsprojekte unterstützte. Er ging jeden Sonntag in die Messe und liebte es, seinen Töchtern beim Softball zuzuschauen. Während Detective Jennings auf den Computermonitor starrte, kam ein junger Officer in sein Büro gelaufen.

»Wir haben gerade die Kontoauszüge ausgewertet. Er hat bis gestern nicht einen Cent von diesem Konto abgehoben.«

»Ach ja?«, sagte Detective Jennings.

»Wollen Sie auch wissen warum?«, fragte der junge Officer.

»Warum?«

»Weil nichts drauf war. Null. Nada.«

»Also hat er das Konto nur als Tarnung angelegt. Wie sieht es mit dem anderen Namen aus. Wie war der noch mal. Jume oder Hume.«

»Edward Hume, Sir.«

»Habt Ihr was gefunden?«

»Wir warten noch auf den Rückruf von der Kundenzentrale. Kann aber etwas dauern.«

»Gut. Sagen Sie sofort Bescheid, sobald Sie was Neues haben.«

Detective Jennings widmete sich wieder der Überwachungsaufnahme. Womöglich würde er Frederick Hagel bald persönlich kennenlernen.

Frederick würde dieser Fehler zum Verhängnis werden. Das stand für Detective Jennings fest. Die simple Tatsache, dass er einfach so in eine Bank marschiert war und Geld abgehoben hatte, würde ihn nun seine Freiheit kosten.

VIERZIG

Es roch nach abgestandenem Zigarettenrauch, der sich über die Jahre in die Polster der Sitzmöbel, in die Vorhänge, in die Wände, in die Insektenschutzgitter der Fenster, in den Teppichboden und in den Rest des Motelzimmers gezogen hatte. Frederick hatte von Linda nicht das bekommen, was er verlangt hatte.

Er musste den Druck auf sie erhöhen und ein deutlicheres Zeichen setzen. Deshalb beschloss er, das Zimmer im Journey Inn Motel noch am selben Abend zu verlassen.

Er klappte seinen Laptop auf und setzte sich auf das alte Holzbett. Bei Google Maps gab er die Adresse des Hauses ein, in dem Linda zusammen mit Kyle lebte. Er hatte die Gegend mittlerweile gründlich begutachtet, sodass er sich sicher war, was er zu tun hatte. Er stieg in seinen Mietwagen und machte sich auf den Weg nach Los Alamos.

Es war ein Uhr sechsunddreißig in der Nacht, als Frederick seinen Mietwagen hinter ein Gebüsch lenkte, und die Scheinwerfer abstellte. Er knipste eine Mini-Taschenlampe an und zog die Wanderschuhe an, die er auch beim letzten Mal getragen hatte. Dann schloss er die Tür ab und machte sich auf in den dunklen Wald.

Der dichte Wald war ein guter Schutz in der Dunkelheit. Frederick ging denselben Weg entlang, den er etwa eine Woche zuvor auch gegangen war. Als er an der Felswand ankam, schaute er in den dunklen Hof hinunter. Der Hof war leer. Keine geparkten Autos. Alles war ruhig. Frederick setzte einen Fuß nach dem anderen in die Felswand und kletterte langsam nach unten. Wie beim letzten Mal blieb er zunächst in der dunklen Ecke des Hofes und wartete. Er durfte kein Risiko eingehen. Nachdem gut eine Stunde vergangen war, richtete er sich langsam auf. Mittlerweile war es kurz nach drei Uhr. Frederick presste seinen Körper gegen die Hauswand und machte winzige Schritte nach vorne. Er schaute nach oben und sah das grelle Licht des Mondes. Noch kein Vollmond, aber fast. Über ihm befand sich ein größeres Fenster, das von einem dunkelbraunen Rahmen aus Holz umgeben war. Er versuchte so gut es ging in den unteren Teil des Fensters hineinzuschauen, obwohl es knapp einen Meter über ihm lag. Es war stockdunkel. Er ging langsam weiter. Wenn er wie beim letzten Mal nah genug an der Hauswand blieb, dann würden die Bewegungssensoren für die Außenbeleuchtung nicht reagieren. Er bahnte sich weiter seinen Weg an der Hauswand entlang. Er war gerade an der großen, dunklen Eingangstür angekommen, als er etwas hörte. Es kam nicht aus dem Haus. Frederick kauerte sich sofort auf den Boden. Er wartete einige Minuten und fing dann an, weiterzugehen. Die Hauswand machte kurz nach der Eingangstür einen Bogen, sodass er hinter einer Kurve verschwand. Er ging ganz langsam weiter. Als er hinter einer zweiten Kurve verschwand, kam er an den Carport des Anwesens. Keine Spur vom schwarzen Cadillac und von Kyles dunkelblauen Mercedes. Frederick

drehte sich abrupt um, weil er glaubte, unmittelbar hinter sich ein Geräusch zu hören.
Nichts. Es war so still wie vorher. Er hörte nur einen leichten Windzug, der durch die hohen Bäume wehte. Wenn die Autos nicht im Hof standen, war es sehr unwahrscheinlich, dass sich jemand im Haus befand. Frederick war verunsichert. *Was sollte das bedeuten? Hatte sich Linda etwa aus dem Staub gemacht?* Er trat den Rückweg an, als er plötzlich ein lautes Geräusch hörte. Um genau zu sein, waren es mehrere Geräusche. Er versuchte, sich einen Reim darauf zu machen. Wieder hielt er inne und kauerte sich langsam auf den Steinboden. Da war es wieder. Die Geräusche kamen von weiter her. Aus dem Wald. Es hörte sich fast so an wie ein schreiendes Baby. Das konnte nicht sein. Er konzentrierte sich auf die Geräusche. Geschnatter. Vögel. Das war es. Er ging weiter an der Hauswand entlang, um an die Felswand zurückzukommen. Er stellte seinen linken Fuß in eine Spalte in der Felswand und zog sich mit dem rechten Arm nach oben. Das Geschnatter aus dem Wald war noch immer deutlich zu hören. Er riskierte einen weiteren Blick in die stockdunklen Fenster des Hauses. Er wartete und hoffte, dass er irgendetwas erkennen würde. Zwei Minuten vergingen. Das laute Geschnatter aus dem Wald drängte sich in sein Bewusstsein, und er ermahnte sich, dass er weitergehen sollte. Er setzte seinen Fuß in eine Felsspalte und kletterte weiter nach oben. Er schnappte nach Luft, als er wieder oberhalb der Felswand ankam. Der Rückweg durch den Wald schien kürzer zu sein als zuvor. Als er an seinem

Mietwagen ankam, war er etwas außer Atem. Er öffnete die Fahrertür und stieg ein. Dann tauschte er die verdreckten Wanderschuhe gegen seine Turnschuhe und stopfte die Wanderschuhe in eine dunkelgrüne Plastiktüte, die er auf den Rücksitz legte. Er steckte den Schlüssel in die Zündung und startete den Motor. Die Anzeige auf dem Radiodisplay zeigte 04:46 Uhr an. Frederick bog auf die Landstraße ein. Er fuhr etwa eine Viertelmeile, bis er zu einem Motel 6 kam, in dem er schon einige Wochen zuvor gewohnt hatte. Er wartete noch eine gute Stunde in seinem Wagen, bevor er ausstieg und das Motel betrat. Pünktlich zum Frühstück trat er in den Frühstücksraum ein, und bemerkte, dass er wohl der Erste war. Er schenkte sich einen großen Schluck Orangensaft ein und nahm sich zwei Scheiben Toast mit Marmelade an seinen Platz. Nachdem er gegessen hatte, verschwand er sofort in seinem Zimmer. Das Zimmer lag in der Mitte eines langen Ganges. Wieder zog er die Vorhänge unmittelbar nach dem Betreten des Zimmers zu. Frederick wusste nicht, was er glauben sollte. Natürlich bestand die Möglichkeit, dass Linda zusammen mit Kyle das Weite gesucht hatte. *Vielleicht war ihr die Sache zu heiß geworden.* Das würde er nur herausfinden, wenn er noch einmal zu dem Haus zurückging. Von den 666 Dollar, die ihm Linda überwiesen hatte, befanden sich noch 366 Dollar auf seinem Konto. Die anderen dreihundert Dollar hatte er in seinem Portemonnaie. Er konnte sich keine großen Sprünge mehr erlauben. Er musste einen Weg finden, um an mehr Geld heranzukommen.

EINUNDVIERZIG

Die rotgelben Lichter des East-West-Casinos strahlten in den dunklen Nachthimmel hinaus. Frederick trug den falschen Bart und die Brille. Er lief geradewegs auf einen Blackjack-Tisch zu und schaute einer etwa siebzigjährigen Dame einen Moment lang beim Spielen zu. Ihre linke Hand klammerte an einem Plastikbecher, der mit Münzen gefüllt war. *Wahrscheinlich machte sie nur einen kurzen Zwischenstopp am Blackjack-Tisch, um sich von ihren Automatenspielen zu erholen. Es musste zermürbend sein, wenn man stundenlang Münzen in einen Kasten warf, und auf drehende Trauben und Melonen starrte, und hoffte, dass sie alle gleichzeitig in einer Reihe auftauchten.* Er hatte nie zuvor gewettet und Glücksspiel schon immer gehasst. Er wusste, dass er sich in einer misslichen Lage befand, und den Druck auf Linda erhöhen musste. Dafür brauchte er Geld. Er musste irgendwie über die Runden kommen und konnte in seiner jetzigen Situation keinen Nebenjob annehmen. Die Zeiten waren vorbei. Er hatte sogar schon daran gedacht, jemandem abends aufzulauern und auszurauben. Aber soweit durfte er nicht gehen. Das Risiko, erwischt zu werden, oder von dem Opfer selbst attackiert und in die Flucht geschlagen zu werden, war viel zu groß. Die Münzen in dem Plastikbecher klimperten, als sich die ältere Dame mit der gleichen Hand, in der sie den Becher hielt, auf dem Blackjack-Tisch abstützte und versuchte, aufzustehen.

»Das war ein gutes Spiel. Ich komme später wieder.«

Die Frau stand auf und lief auf eine Reihe von blinkenden einarmigen Banditen zu, die ihr die letzten Münzen aus dem Becher klauen wollten. Auf einer Leuchttafel, die über den unzähligen Automatenreihen aufgehängt war, leuchtete ununterbrochen eine stattliche Summe von 487 968 Dollar auf. Die Leuchttafel brachte die vielen armen Seelen dazu, immer stärker an ihr Glück zu glauben, und ihre letzten Ersparnisse in die Automaten zu werfen. Natürlich gab es auch gut betuchte Spieler, die aus Langeweile ihr Vermögen verprassten, oder eine geerbte Summe vermehren wollten. Immer mal wieder saßen stark geschminkte reifere Damen an den Automaten, die womöglich die monatlichen Unterhaltszahlungen, zu denen sie ihre Ex-Männer per Gerichtsbeschluss gezwungen hatten, verprassten. Frederick setzte sich auf den Stuhl, auf dem die ältere Dame zuvor gesessen hatte, und legte einen Fünfzig-Dollar-Schein auf den Tisch.

»Willkommen, Sir.«

Der Dealer zog zwei Karten aus dem Deck und ließ eine Karte verdeckt bei sich liegen, während er die andere Karte auf ein markiertes Feld schob, das sich auf Fredericks Seite befand. Dann drehte er Fredericks Karte um. Eine Neun.

»Noch eine Karte?«

Frederick nickte. Wieder zog der Dealer zwei Karten aus dem Deck, legte eine verdeckt bei sich ab und schob die andere Karte zu Frederick rüber. Eine Dame.

»Das wäre eine Neunzehn.«

»Keine Karte mehr«, sagte Frederick. Der Dealer deckte nun seine erste Karte auf. Ein König. Dann die zweite Karte. Eine Sechs. Er zog eine dritte Karte aus dem Deck und deckte sie auf. Eine Acht. »Sie gewinnen.«

Frederick hatte seinen Einsatz verdoppelt. Er blieb noch eine Weile an dem Tisch, bis er etwa fünfhundert Dollar gewonnen hatte. Für die kurze Zeit war die Summe nicht schlecht. Er stand auf und ging auf die Bar zu. Er bestellte ein Ginger-Ale und schaute sich nach der älteren Dame um, die noch immer an einem der blinkenden Automaten saß und wie gebannt in den Kasten starrte. Er griff sich eine Handvoll Erdnüsse und steuerte auf einen Crabs-Tisch zu. Er verbrachte noch ein paar Stunden in dem Casino, bis es spät wurde. Der Gang ins Casino hatte sich gelohnt. Er hatte seine mitgebrachten dreihundert Dollar in 946 Dollar verwandelt, die er gleich in seinem Motelzimmer verstaute. Auf dem Rückweg vom Casino machte er einen kurzen Zwischenstopp bei einer Wendy's Filiale, um sich ordentlich satt zu essen. Er beschloss, am nächsten Abend noch einmal zu Lindas Haus zu fahren.

ZWEIUNDVIERZIG

Lindas Augen wurden von einer dunklen getönten Sonnenbrille verdeckt. Sie sagte keinen Ton während der ganzen Fahrt. Kyle kaute wie ein Kind auf seinen Fingernägeln herum, um seine Nervosität nicht völlig aus dem Ruder laufen zu lassen.

»Können Sie nicht etwas schneller fahren!«, sagte Kyle in einem forschen Tonfall.

Der Fahrer blickte kurz in den Rückspiegel und musterte Kyle für einen Augenblick. Dann sah er wieder auf die Straße zurück.

Der Wagen beschleunigte. Nach etwa einer halben Stunde parkte der Wagen. Der Fahrer stieg aus und öffnete den Kofferraum. Er hob die schweren Koffer heraus und stellte sie auf einen Gepäckwagen. Linda würdigte ihn keines Blickes und schob den Gepäckwagen in Richtung der gläsernen Eingangstür. Gerade als sie das Gebäude betreten wollte, klingelte etwas in ihrer Manteltasche. Sie griff mit ihrer linken Hand in die Manteltasche und zog ein Blackberry heraus, das vibrierte.

»Ja?«

»Mrs. Taylor, ich hätte noch ein paar Fragen an Sie, wenn Sie die Zeit haben?«, sagte Detective Jennings.

»Das geht jetzt nicht. Ich bin auf dem Weg zu einem wichtigen Geschäftstermin.«

»Gut, dann melden Sie sich, wenn Sie zurück sind.«
Dann legte sie auf.

Frederick kaute auf einem Stück Sandwich herum und wartete, bis es dunkel wurde.
Als es zu dämmern anfing, bog er auf den Freeway. Er fuhr das kurze Stück, bis er wieder an dem Wald ankam, der ihm mittlerweile schon sehr vertraut war. Nachdem er seinen Wagen, so gut es ging, von der Straße abgeschottet hatte, machte er sich auf in den Wald. Wie in der Nacht zuvor, wartete er über eine Stunde, um sicherzugehen, dass er keine schlafenden Hunde weckte. Er ging abermals um das große Anwesen herum und sah hinter den dunklen Fenstern nur pechschwarze Leere. Eine weitere Stunde verging, sodass Frederick den Entschluss fasste, sich von Lindas tiefem Schlaf oder ihrer Abwesenheit überzeugen zu wollen. Er nahm einen Stein und wickelte ihn in seine Jacke ein. Dann holte er kurz Luft, holte aus und die schwere Jacke krachte in das Küchenfenster. Kein Alarmgeräusch ertönte. Und wenn, dann war es ein stiller Alarm. Dann würde Frederick nicht mehr viel Zeit bleiben. Gerade als er sich am Fenstersims hinaufgezogen hatte, hörte er aus dem Inneren des Hauses ein dröhnendes Bellen. Es hörte sich schrecklich an. Es klang nach einem rasselnden, keuchenden alten Dobermann oder Rottweiler, der seit Tagen nicht mehr gefüttert worden war. Frederick sprang sofort vom Fenstersims und schlich sich in Windeseile ins Dickicht zurück. Das Hundegebell hörte nicht mehr auf. Frederick hatte damit gerechnet, dass ihm innerhalb

weniger Sekunden ein zähnefletschender Rottweiler mit üblem Mundgeruch die scharfen Zähne in die Beine rammen würde. Aber weit und breit war kein Hund zu sehen. Das Hundegebell blieb konstant. *Vielleicht war der Hund eingesperrt. Oder an einer langen Kette befestigt. Aber was für einen Sinn würde das machen, um sich vor Einbrechern zu schützen?* Je länger Frederick im Schatten des Gebüschs wartete, desto aufgeregter wurde er. Er musste einen zweiten Blick riskieren. Langsam fasste er seinen ganzen Mut zusammen und lief aus dem dunklen Dickicht auf das Küchenfenster zu. Mit einem Ruck zog er sich nach oben und kletterte vorsichtig durch die zerbrochene Fensterscheibe. Das Bellen wurde immer lauter. Aber irgendetwas stimmte nicht. Er hatte mindestens zehn oder zwölf Minuten draußen gewartet und dem lauten Bellen seine vollste Aufmerksamkeit gewidmet. Nach dieser langen Zeit hätte längst Licht im Haus angehen müssen. Er näherte sich behutsam dem lauten Geräusch an. Er hörte keine Kette rasseln und auch keine schlagenden Geräusche, die sich nach einem Versuch anhörten, aus einem Käfig oder einem verschlossenen Zimmer ausbrechen zu wollen. Da war nur dieses konstante Bellen. Frederick versuchte, sich zu orientieren. Er ging langsam an der riesigen frei stehenden Arbeitsplatte vorbei und gelangte in einen großen Flur. Das Bellen war jetzt ganz in der Nähe. Fast so, als könne er den fauligen Atem des Rottweilers riechen. Er drehte den Türknauf einer schmalen Tür, die zu einer Wäschekammer führte. Seine Blicke schossen durch den Raum. Dann sah er es. Ein CD-Player war in einen Wandschrank eingebaut. Das Display war hell erleuchtet und der Verstärker leitete den astreinen, authentischen Klang an die riesigen Boxen weiter. Frederick drückte auf einen Knopf und mit einem Mal verstummte der Rottweiler. Linda und Kyle hatten offenbar die pflegeleichtere Variante der Hausbewachung vorgezogen. Frederick hatte das ungute Gefühl, dass die Hausbesitzer ausgeflogen waren. Nachdem er im oberen Stockwerk das Schlafzimmer, den begehbaren Kleiderschrank und die Bäder durchgesucht hatte, war ihm klar, dass Linda so schnell nicht wieder auftauchen würde. Genau das war die schreckliche Ahnung, die sich nun bewahrheitet hatte. Er musste schleunigst verschwinden.

DREIUNDVIERZIG

Die Flughafenhalle war fast leer, als Linda den Gepäckwagen über den glänzenden Steinboden schob, der durch das viele Putzmittel stark reflektierte. Auf der anderen Seite der Halle fuhr ein Reinigungsfahrzeug, auf dem ein Mitarbeiter des Flughafens seine Runden drehte. Linda schaute auf eine große schwarze Tafel, auf der unendlich viele Flüge gelistet waren. Es dauerte einen Moment, bis sie ihren Flug gefunden hatte. Dann schob sie den Gepäckwagen nach vorne und ging auf die Zollkontrolle zu.

Frederick stolperte in das Motelzimmer und packte sofort alle Sachen zusammen. Er hatte durch seine Forderung und seine Drohung Linda und Kyle aufgescheucht und anscheinend in die Flucht geschlagen. Eigentlich nicht das, was er erwartet hatte. Die Zeit lief ihm davon. Er musste etwas unternehmen, damit er die beiden nicht völlig aus den Augen verlor.

Der Regen prasselte an dem kleinen Küchenfenster herunter. Als er das Motel verließ und auf den Parkplatz hinaustrat, peitschte ihm der Wind um die Ohren.

Zum ersten Mal nach langer Zeit wusste er nicht, wo er hinfahren sollte. Er hatte nichts in dem Haus gefunden, das ihm einen Anhaltspunkt zu Lindas erneutem Verschwinden hätte geben können. Die beiden konnten überall sein. Seine lange und präzise Planung durfte nicht einfach so zerstört werden. Seine Gedanken rasten durch seinen Kopf, während er den Mietwagen vom Parkplatz lenkte.

Der Regen wurde immer stärker, als er auf die Interstate 25 fuhr. Eine Erinnerung drängte sich in sein Bewusstsein. Es war ein Nachmittag im Jahr 1984, während er zusammen mit Linda im Auto unterwegs war. Sie hatte diese langen Autofahrten immer gehasst. Er mochte die langen Autofahrten dafür umso mehr. Er konnte sich noch genau daran erinnern, wie sich Linda ununterbrochen beschwert hatte. In dem Moment rauschte ein dunkelgrünes Schild an der Seite der Interstate vorbei, das die Richtung zum Los Alamos Airport anzeigte. Die Scheibenwischer waren mittlerweile auf die höchste Stufe gestellt und versuchten mit aller Kraft die Wassermassen von der Windschutzscheibe zu vertreiben. Frederick nahm die nächste Ausfahrt und folgte der Beschilderung in Richtung Flughafen. Wenn sich Linda aus dem Staub gemacht hatte, dann nur in einem Flugzeug. Da war er sich mehr als sicher. Seine Chancen waren gering, aber er musste es versuchen. Der Los Alamos Airport war ein sehr kleiner Flughafen. Einige Transportwagen standen in der Nähe eines Hangars, der sich unmittelbar hinter dem Rollfeld befand. Die Außenbeleuchtung strahlte in die dunkle Nacht hinaus und in der kleinen Halle brannte ebenfalls Licht, also ging er davon aus, dass der Flughafen noch geöffnet war. Frederick betrat die Halle und sah sich kurz um. Entgegen seinen Erwartungen, wirkte der kleine Flughafen sehr modern. Er sah die Leuchtreklame einer Mietwagenfirma. Der Schalter war aber nicht besetzt. Frederick lief etwas weiter in die Halle hinein und hörte plötzlich Stimmen. Eine Frau in roter Bluse und dazu passendem Rock unterhielt sich gerade mit einem älteren Herrn, der angestrengt versuchte, den schnellen Worten der Frau zu folgen. Dann sah der Mann in Fredericks Richtung und die Frau hörte sofort auf, zu sprechen. Der Mann verabschiedete sich und ging einen schmalen Gang hinunter, während die Frau langsam auf Frederick zugelaufen kam.

»Hi, wie kann ich Ihnen helfen?«

»Gibt es heute noch eine Maschine?«, fragte Frederick.

Die Frau zog den Ärmel ihrer roten Bluse nach hinten und warf einen kurzen Blick auf ihre Armbanduhr. Dann schob sie den Ärmel wieder zurück.

»In 35 Minuten fliegt die letzte Maschine für heute.«

»Und wohin?«

Die Frau grinste.

»Wohin möchten Sie denn?«

»Eigentlich wollte ich mich nur informieren. Und Sie um Hilfe bitten.«

»Hilfe?«

Die Frau war überrascht über Fredericks Worte.

»Ich kann Ihnen nicht ganz folgen«, sagte die Frau.

»Ich war zu Besuch bei einer guten Freundin von mir. Ich habe ein paar Wochen hier verbracht und plötzlich ist ihr Ex-Mann wie aus dem Nichts aufgetaucht und hat sie bedroht. Deshalb habe ich ihr geraten, so schnell wie möglich von hier zu verschwinden. Ich habe ihr versprochen, dass ich mich darum kümmern würde, dass ihr Ex-Mann mit dem nächsten Flieger zurückgeschickt wird. Deshalb wollte ich sichergehen, ob er seinen Flieger bekommen hat.«

»Und warum haben Sie nicht die Polizei gerufen?«

»Das war nicht notwendig. Ihr Ex-Mann hat seine Fehler eingesehen und hat sich in ein Taxi gesetzt, und ist hier vor ein paar Stunden weggeflogen. Ich wollte nur sichergehen, dass er auch wirklich in der Maschine gesessen hat.«

»Wie ist der Name?«

»Kyle Fenworth.«

Die Frau ging hinter einen kleinen Schalter und schaltete einen Computermonitor ein, der leicht summte, während das Bild über den Monitor flackerte. Dann tippte sie los.

»Sie wissen, dass wir solche Informationen normalerweise nicht weitergeben dürfen. Der Mann meiner Schwester ist von der gleichen Sorte. Ein totales Schwein. Deshalb mache ich in Ihrem Fall eine Ausnahme.«

Die Frau drehte den Monitor in Fredericks Richtung.

»Kyle Fenworth. Flug 2876 um 16:39 Uhr planmäßig gestartet.«

»Darf ich fragen wohin?«

Die Frau grinste.

»Hier gibt es nur eine Flugroute.«

»Und wohin?«

»Albuquerque International Airport.«

VIERUNDVIERZIG

Die Scheibenwischer wirbelten das Wasser von der Windschutzscheibe. Frederick beobachtete den Eingang des Flughafens. Er hatte knapp zwei Stunden bis nach Albuquerque gebraucht.

Frederick stapfte durch den Regen und betrat das Flughafengebäude. Es war genau einundzwanzig Uhr achtundfünfzig, als er auf den Informationsschalter zuging, an dem eine füllige Frau mit akkurat gebürsteten Haaren saß, die hinten zu einem Zopf zusammengebunden waren. Ihr Name war Shona und sie machte irgendwie einen vertrauten Eindruck auf Frederick, was ihm ein wenig seiner Anspannung nahm.

»Guten Abend.«

Er tat so, als würde er in seiner Jackentasche nach etwas suchen.

»Ich habe eine eher ungewöhnliche Bitte an Sie.«

Die Frau zog die Augenbrauen nach oben und schaute neugierig auf Fredericks Jackentasche.

»Es wäre wirklich sehr nett von Ihnen, wenn Sie meinen Freund finden würden, der eigentlich mit mir zusammen in der Maschine nach Portland sitzen sollte. Anscheinend hat die Airline ein völlig überbuchtes Flugzeug, und deshalb muss ich jetzt alleine weiterfliegen.«

»Sie suchen einen Freund von Ihnen, der mit Ihnen zu-

sammen verreisen wollte?«
»Ja.«
»Aber Sie müssen doch wissen, wo Ihr Freund jetzt ist.«
»Weil wir nicht zusammen hierhergekommen sind, weiß ich nicht, welches Flugzeug er genommen hat. Ich bin gerade aus Los Alamos mit dem Auto angekommen und Kyle sagte am Telefon, er würde den nächstmöglichen Flug nach Portland nehmen. Deshalb würde ich gerne wissen, welchen Flug er genommen hat, damit ich ihm hinterherfliegen kann.«
»Verstehe.«
Die Frau schien etwas mit der Situation überfordert zu sein. Sie warf ständig einen Blick in die Richtung eines weiteren Informationsschalters, der auf der anderen Seite lag. Frederick war sich nicht ganz sicher, ob sie ihm die Geschichte abnahm, die er ihr gerade aufgetischt hatte.
»Sein Name ist Kyle Fenworth.«
»Das hier ist ein Informationsschalter und keine Datenbank für Passagiere.«
»Welche Airlines fliegen denn in Richtung Portland?«
»Southwest Airlines.«
»Das war's? Nur diese Airline fliegt von hier nach Portland?«
»Ja«, sagte die Frau.
»Der Schalter von Southwest ist dort hinten den Gang hinunter und dann links. Fragen Sie dort nach.«
Sie wandte sich wieder der kleinen Broschüre zu, in der sie zuvor gelesen hatte.
Der Southwest-Airlines-Schalter war nicht besetzt. *Wahr-*

scheinlich lag es an der späten Uhrzeit, dachte Frederick. Er schaute sich um und sah einen älteren Mann, der gerade dabei war, einen großen dunkelgrauen Rollkoffer auf ein Laufband zu heben. Er ging auf den älteren Mann zu, der jetzt den Griff des Rollkoffers mit einem Papieretikett umwickelte. Ein anderer Mann mit grauen Locken stand vor dem United-Schalter und beobachtete, wie seine Koffer über das Laufband verschwanden. Frederick wartete, bis der Mann mit den Locken verschwunden war. Dann ging er auf den Schalter zu.

»Wissen Sie, ob der Southwest-Schalter heute noch besetzt wird? Ich bräuchte eine kurze Auskunft.«

Der ältere Mann schaute zu dem leeren Schalter rüber.

»Ach, das müsste Denise sein. Die ist heute eingeteilt. War bis vor fünf oder zehn Minuten noch hier. Sie müssen sie gerade verpasst haben.«

»Haben Sie vielleicht eine Möglichkeit, jemanden an den Schalter zu rufen?«

»Nein. Sie können aber in den Raucherbereich da rübergehen und nach einer jungen, hübschen, schwarzen Gazelle Ausschau halten, die sich mit diesem Gift vollpumpt. Sie macht nur kurz Pause. Um diese Uhrzeit ist nie viel los hier.«

Denise war wirklich hübsch. Der ältere Mann hatte nicht übertrieben. Sie hatte ihr blondgefärbtes Haar nach oben gebunden und hatte eine besondere Ausstrahlung, die bestimmt sehr anziehend auf viele Menschen wirkte. Frederick beobachtete sie, wie sie zwei kräftige Züge von ihrer Zigarette nahm und dann auf die Glastür zulief. Sie schaute Frederick direkt in die Augen, als sie den kleinen stickigen Raucherraum verließ. Frederick musste lächeln und sie lächelte zurück.

Er folgte ihr zum Schalter.

»Ein Freund von mir sitzt in einem Ihrer Flugzeuge. Eigentlich sollten wir zusammen fliegen, aber mein Flugzeug war überbucht, deshalb musste er alleine vorfliegen. Wären Sie so nett und würden mir sagen, mit welcher Maschine er unterwegs ist.«

»So etwas dürfen wir unter keinen Umständen herausgeben. Ist so 'ne Sicherheitsbestimmung.«

Sie zögerte.

»Wo sollte es denn hingehen?«

»Portland, Oregon«, antwortete Frederick.

Denise musterte Frederick eine ganze Weile.

»Sie sehen nicht aus wie ein Verrückter. Wie heißt Ihr Freund?«

»Kyle Fenworth.«

Denise tippte den Namen blitzschnell in den Computer ein.

»Tut mir leid. Niemand ist mit diesem Namen mit unserer Airline nach Portland geflogen.«

»Sind Sie sicher?«

»Absolut, Sir.«

»Dann muss er eine andere Route genommen haben.«

»Wir sind die Einzigen, die einen Direktflug anbieten. Es gibt noch andere Airlines, die Anschlussflüge über andere Routen anbieten.«

»Welche denn?«

»Warten Sie kurz.«
Denise tippte wieder blitzschnell auf der Tastatur herum. Etwa eine halbe Minute verging, bis das Rattern eines Druckers zu hören war. Sie riss die Papierseite ab und gab sie Frederick. Auf der Liste standen drei andere Airlines. Delta, American und United. Frederick bedankte sich und lief zu dem United-Schalter zurück. Er wusste, dass es der Suche einer Nadel im Heuhaufen glich, da Linda und Kyle überall sein konnten. Er war sich nicht einmal sicher, ob sie überhaupt einen Inlandsflug genommen hatten. Aber irgendwo musste er ja mit der Suche beginnen. Er nannte auch dem älteren Mann am United-Schalter das gleiche Flugziel.
»Tut mir leid, Sir. Unsere datenschutzrechtlichen Bestimmungen verbieten uns eine Auskunft über die Passagierlisten.«
»Können Sie nicht eine Ausnahme machen?«
»Nein, Sir.«
So würde es ihm auch bei den anderen Airlines ergehen. Denise war seine einzige Chance, falls Kyle unter seinem richtigen Namen in einem Flugzeug New Mexico verlassen hatte. Vielleicht hatten auch beide zwei verschiedene Flugzeuge genommen. Alles Möglichkeiten, die Frederick in Betracht ziehen musste. Er sah, wie Denise ihren Zeigefinger in ein dichtes Bündel aus Haarsträhnen geschoben hatte, und wie ein kleines Mädchen darin herumdrehte.
»Nichts gefunden?«
Frederick schüttelte den Kopf.
»Sie müssen mir helfen. Sie sind meine einzige Chance.«

Als er den Satz zu Ende gesprochen hatte, erinnerte er sich an den Mexikaner von der Zulassungsbehörde. Das Gleiche hatte er ihm damals auch gesagt. Er war wirklich auf ihre Hilfe angewiesen. Das Schicksal stand in Form einer jungen, sehr hübschen Mitarbeiterin von Southwest Airlines direkt vor ihm. Wenn Denise wüsste, welch wichtige Funktion sie in Fredericks Odyssee einnahm, würde sie bestimmt Augen machen.

»Hören Sie. Ich habe eine lange Reise hinter mir und brauche Ihre Hilfe. Bitte, helfen Sie mir.«

Denise starrte ihn an, als hätte er gerade versucht, sie zu begrapschen.

»Ich weiß nicht, was Sie da reden. Wie soll ich Ihnen denn helfen?«

»Ich muss wissen, mit welchem Flugzeug er hier weggeflogen ist. Und was noch viel wichtiger ist. Wohin er geflogen ist.«

»Ich dachte, das Reiseziel ist Portland?«

»Ja, das dachte ich auch. Es kann aber sehr gut sein, dass er plötzlich seine Pläne geändert hat und in eine andere Richtung geflogen ist.«

»Meinen Sie wirklich, er würde so etwas tun? Ich dachte, Sie beide wollten ursprünglich zusammen im gleichen Flieger sitzen. Dann muss er doch auch nach Portland unterwegs sein.«

»Das ist eine lange Geschichte.«

»Meine Schicht ist gleich zu Ende. Ich habe in fünfzehn Minuten Feierabend. Wenn Sie so lange warten, können Sie mich auf einen Kaffee einladen.«

Fredericks Gedanken überschlugen sich. Bisher hatte er sich niemandem anvertraut. Und auch nicht vorgehabt, etwas daran zu ändern. Er kannte Denise erst seit zehn Minuten. Aber was hatte er schon zu befürchten. Sie war seine einzige Möglichkeit.

Etwa eine Stunde nachdem Frederick den Flughafen betreten hatte, rührte er mit einem kleinen Holzstäbchen in einem Kaffeebecher herum und schaute in die strahlend grünen Augen von Denise Garland.

Ein mulmiges Gefühl braute sich in ihm zusammen, während er der Unterhaltung folgte.

»Ich komme eigentlich aus Cleveland. Weiß auch nicht, warum meine Mom und meine Schwester hierhergezogen sind. Ich bin dann kurze Zeit später nachgekommen. Was sollte ich auch alleine in Cleveland. Aber genug von mir. Erzählen Sie mir was von sich?«

Denise schien wirklich interessiert zu sein. Ihre Augen leuchteten, während sie erzählte und sie machte einen guten Eindruck auf Frederick. Es war sehr lange her, dass er sich jemandem anvertrauen konnte. Und gleichzeitig warnte ihn sein Instinkt. Vorsichtig wählte er die Worte, um Denise einen groben Überblick seiner Situation zu verschaffen. Die Zeit verging wie im Flug. Als er fertig erzählt hatte, schaute er auf eine digitale Uhr, die durch die große Fensterscheibe des Cafés zu sehen war.

»Wow. Was soll ich dazu sagen?«

»Helfen Sie mir, Denise.«

»Meine nächste Schicht beginnt morgen früh um acht. Dann kann ich den Namen Ihrer Ex-Frau mit den Passagierlisten abgleichen. Normalerweise dürfen wir die Passagierlisten nur an Behörden weitergeben, wenn es zu einem Zwischenfall gekommen ist. Wenn Sie Glück haben, dann finde ich Ihre Ex-Frau.«

»Dann hoffen wir mal, dass ich Glück habe.«

Denise sah ihn kurz an und schaute dann zur Seite.

»Ein bisschen Schlaf würde mir gut tun, glaube ich.«

Sie nickte.

»Ja, das glaube ich auch.«

Etwa eine halbe Stunde später checkte Frederick in ein Motel 6 ein, das drei Meilen vom Flughafen entfernt lag. Völlig übermüdet ließ sich Frederick auf das Bett sacken und fiel in einen tiefen Schlaf.

FÜNFUNDVIERZIG

Frederick wurde vom grellen Licht der morgendlichen Sonne geblendet. Er war übermüdet ins Bett gefallen und hatte vergessen, die Vorhänge vor die Fenster zu ziehen. Nachdem er sich ein schnelles Frühstück gegönnt hatte, das aus zwei stark geschwärzten Scheiben Toast mit etwas Butter und Schinken, sowie einer Tasse sehr heißem Kaffee bestanden hatte, stieg er in den Mietwagen und fuhr in Richtung Flughafen. Es war noch sehr früh, deshalb würde er vor Denises Schichtbeginn dort sein. Das Terminal des Albuquerque International Airport war so gut wie leer. Bis auf das Personal und ein paar Reisende, die zusammengekauert auf den Sitzbänken zu schlafen versuchten, waren nur wenig Menschen unterwegs. Frederick ging an einer Sitzreihe vorbei, auf der sich zwei Frauen mit ihren großen Rucksäcken in ihre Regenjacken gerollt hatten, um wenigstens für ein paar Stunden etwas Schlaf finden zu können. Der Southwest-Airlines-Schalter war, wie erwartet, noch nicht besetzt. Aus einem Lautsprecher ertönte eine leise Melodie, die den beiden Frauen wahrscheinlich bei ihrem Schlaf geholfen hatte. Frederick sah sich um und bemerkte einen dunkelbraunen Lieferwagen, der gerade vor dem Terminal zum Stehen kam. Er hörte jemanden flüstern. Als er sich umdrehte, sah er wie eine der beiden Frauen aufgewacht war und sich die Augen rieb. Sie blinzelte kurz zu ihm hoch und drehte sich dann wieder zu ihrem Rucksack, den sie als Kissen umfunktioniert hatte. Frederick sah auf die digitale Uhr, die am oberen Rand eines Geländers hing. Es war kurz nach Sieben. Er sah, wie ein Mann aus dem Lieferwagen stieg und das Terminal betrat. Er hatte einen großen Stapel Zeitungen unter dem Arm und ging auf ein Geschäft zu, in dem er kurz darauf verschwand.

Dann tippte ihm plötzlich jemand auf die Schulter.

»Meine Schwester hat 'ne ganze Stunde im Bad verbracht. Hab' sie gar nicht mehr rausbekommen.«

Denise sah genauso hübsch aus wie am Abend zuvor. Sie hatte ihre blondgefärbten Haare zu einem Pferdeschwanz zusammengebunden und machte einen fröhlichen Eindruck, während sie sich hinter den Schalter setzte und den Computer hochfuhr. »Ich gehe jetzt zuerst alle Passagierlisten durch und kann dann hoffentlich ziemlich schnell etwas finden. Wie heißt Ihre Ex-Frau?«

Frederick überlegte einen kurzen Moment. Er sah Denise an und dachte einen Moment lang, ob es nicht besser gewesen wäre, wenn er ihr niemals davon erzählt hätte. Er konnte niemandem vertrauen. Immerhin war sie gekommen. Und sie hatte offenbar nicht die Polizei gerufen. Also, was hatte er schon zu verlieren. Er musste weitersuchen.

»Linda Hagel.«

Denise tippte los. Es dauerte nicht lange.

»American Airlines. Abgeflogen um 10:43 Uhr.«

Frederick konnte es nicht glauben. Das war zu schön, um

wahr zu sein.
»Und welches Ziel?«, fragte er mit einem leichten Zittern in der Stimme.
»Hartford, Connecticut.«
Frederick versuchte, sich einen Reim darauf zu machen.
»Und was ist mit ihrer Begleitung?«
»Wie war der Name?«
»Kyle Fenworth.«
»American Airlines. 10 …«
»10:43 Uhr. Hartford, Connecticut«, ergänzte Frederick. Ihm hatte es fast die Sprache verschlagen.
»Denise, Sie sind ein Engel! Sie können sich gar nicht vorstellen, was Sie gerade für mich getan haben.«
Er drehte sich kurz um und machte einen Schritt nach vorne. Dann packte er sie am Arm und küsste sie auf die Wange. Ihre Augen strahlten wieder.
»Das habe ich gerne gemacht.«
Was wollte sie in Connecticut?, dachte Frederick.
»Soll ich Ihnen ein Ticket buchen?«
Er schüttelte den Kopf.
»Das geht leider nicht.«
»Das hatte ich fast vergessen«, sagte Denise.
»Bleiben Sie, wie Sie sind.«
Denise lächelte.
»Sie auch. Gute Reise!«
Er drehte sich um und ging.
»Und viel Glück!«, rief sie hinterher.
Als Frederick in Richtung Ausgang lief, kam er an dem Geschäft vorbei, an dem der Mann zuvor den Stapel Zei-

tungen angeliefert hatte. Er warf einen kurzen Blick auf den Zeitungsständer und erstarrte.
Er hatte sich auf dem Foto wiedererkannt.
Auf nahezu einem Viertel der Titelseite einer *Boston Globe*-Ausgabe prangte ein Foto von ihm. Darüber stand ein Wort, das sich in Fredericks Bewusstsein mit Gewalt einen Platz in der ersten Reihe verschaffte:
FLÜCHTLING.
Alles drehte sich. Er wurde wie von einer Lawine in den Abgrund gerissen. Er drehte sich um und sah, dass Denise verschwunden war. Sie hatte ganz bestimmt nichts damit zu tun. Aber sicher war er sich nicht.
Frederick lief zielgerichtet auf den Ausgang zu. Er senkte seinen Kopf, als er durch die Tür trat. Ein grauhaariger Mann zog seinen Reisekoffer hinter sich her und schaute in Fredericks Richtung, als er den Eingang des Terminals betrat.
Frederick hatte sein Aussehen längst geändert. Auf dem alten Foto hatte er noch einen dichten Vollbart, der mittlerweile lange verschwunden war. *So leicht würde man ihn auf den ersten Blick nicht erkennen*, dachte er. In einem kleinen Laden kaufte er sicherheitshalber eine Sonnenbrille, die seine Erscheinung zusätzlich veränderte.
Das Wetter schlug um. Im Radio wurde eine kalte Wetterfront angekündigt, die sich in den kommenden Tagen noch verschlechtern sollte. Es war allerhöchste Zeit, endgültig zu verschwinden.

SECHSUNDVIERZIG

Er war seit zwei Tagen unterwegs. Sechs Bundesstaaten hatte er durchquert und spät am Abend lenkte er den Mietwagen auf den Parkplatz des Rodeway Inn Motels in Scranton, Pennsylvania. Das Motel gehörte zu der schäbigeren Sorte, was ihn aber nicht weiter kümmerte, da es in unmittelbarer Nähe zur Interstate lag und er sowieso nur vorhatte, für eine Nacht zu bleiben. Nachdem er sich aus einem Automaten eine Flasche Cola und eine Tüte Kartoffelchips gekauft hatte, ging er auf sein Zimmer. Es roch modrig und die Matratze war in eine dicke Plastikfolie eingehüllt, sodass es quietschte, als er sich aufs Bett setzte. Die dunkelroten Vorhänge waren bereits zugezogen und die Heizung surrte. Frederick breitete eine Straßenkarte auf dem Bett aus und machte seinen Laptop an. Als er auf die Straßenkarte schaute, merkte er sofort, warum Linda nach Connecticut geflogen war. Hartford lag genau eine Autostunde von Amherst entfernt. Sie würde jemanden treffen wollen, da war er sich sicher. Er durfte keine Zeit mehr verlieren. Linda und Kyle hatten bereits zwei Tage Vorsprung. Nach der Nacht im Rodeway Inn würden es schon drei Tage sein. Er schaltete das Licht aus und fiel in einen tiefen Schlaf.

Von Scranton waren es zweihundertzweiundvierzig Meilen bis nach Amherst. Auf dem Weg dorthin machte

Frederick einen Zwischenstopp in Hartford. Von Albuquerque gab es keinen Direktflug nach Amherst, deshalb waren sie nach Hartford geflogen. Diese Erkenntnis brachte Frederick dazu, Hartford sofort wieder zu verlassen. Nach über einem Jahr auf der Flucht würde er wieder an den Ort zurückkehren, an dem alles begonnen hatte. Wenn es einen Ort in Nordamerika gab, den er besser meiden sollte, dann war es dieser.

In Deerfield, etwa fünfundzwanzig Minuten von Amherst entfernt, fuhr er den Mietwagen auf einen Parkplatz. Es war früher Nachmittag und er musste, so schnell er konnte, eine Spur von Linda aufnehmen. *Nur wo sollte er mit der Suche anfangen? Wen würde Linda treffen wollen?* Die Frage kreiste eine ganze Weile durch seinen Kopf. Er beschloss, zuerst die einhundertvierzehn Meilen bis nach Providence zu fahren, um bei Lindas Bruder sein Glück zu versuchen. Seine Miene verfinsterte sich und ein seltsames Gefühl in der Magengegend machte sich bemerkbar. An einem Hot-Dog-Stand hielt er kurz an, um eine Kleinigkeit zu essen. Er parkte den Wagen am anderen Ende der Griffith Lane, mit direktem Blick auf die Eingangstür des Hauses, in dem Lindas Bruder noch immer zu wohnen schien. *Was machte er hier? Er sollte auf der Stelle von hier verschwinden.* Während diese Gedanken immer tiefer in sein Bewusstsein drängten, hatte er bereits eine halbe Stunde auf die Eingangstür gestarrt. Nichts. Nachdem er zwei Stunden gewartet hatte und niemand das Haus verlassen oder betreten hatte, wurde er unruhig.

Es war früher Abend und es wurde langsam dunkel. Frederick ahnte, dass Linda nicht so leichtsinnig sein würde und einfach so bei ihrem Bruder auftauchen würde. Sie musste etwas Anderes vorhaben. Dann fiel ihm die Liste ein, die er vor fast einem Jahr – bei seiner ersten Recherche in Freiheit –, angefertigt hatte. Er kramte die Liste aus seiner Tasche und sah die vier Einträge neben Julianne Daniels' Namen. Vier Telefonnummern. Sie lebte nicht mehr in Massachusetts und alle vier Telefonnummern gehörten zu unterschiedlichen Bundesstaaten. *Vielleicht war Linda gar nicht nach Amherst gekommen? Was musste schmerzhafter sein, als eine alte Freundin zurücklassen zu müssen?* Julianne. Sie würde Julianne treffen wollen. Da war er sich fast sicher.

Die Nacht verbrachte er in einem Days Inn Motel. Weit nach dreiundzwanzig Uhr schaltete Frederick seinen Laptop an und tippte die erste Telefonnummer neben Juliannes Namen in das Google-Suchfeld. Die erste Telefonnummer hatte eine New Yorker Vorwahl. Die zweite Telefonnummer gehörte zu einem Vorort von Baltimore. Die dritte Telefonnummer stammte aus Little Rock, Arkansas. Und für die vierte Telefonnummer brachte Google das Suchergebnis Conyers, Georgia.

Frederick war sich sicher, dass er Juliannes Stimme trotz der sehr langen Zeit wiedererkennen würde. Er musste seine nur gut genug verstellen, damit sie ihn nicht erkennen würde. Mit einem etwas mulmigen Gefühl tippte er die erste Telefonnummer in das Münztelefon einer 7-Eleven-Tankstelle. Das Freizeichen war zu hören. Mit jedem

weiteren Ton stieg Fredericks Anspannung.
»Hallo?«
Es war eine Männerstimme.
»Was wollen Sie? Haben Sie keine Uhr zu Hause?«
»Entschuldigen Sie die sehr späte Störung. Kann ich bitte mit Mrs. Daniels sprechen. Es ist wichtig.«
»Wichtig? Ich sag dir, was wichtig ist. Ruf hier nicht mehr an. Meine Frau ist seit vier Jahren tot, also scher dich zum Teufel!«
Dann wurde aufgelegt.
Frederick zog einen großen Strich durch die erste Telefonnummer. Dann tippte er die zweite Telefonnummer ein und warf zwei weitere Viertel-Dollar-Münzen in das Münztelefon.
»Sie haben die Familie Daniels erreicht. Leider sind wir gerade nicht zu Hause. Bitte hinterlassen Sie eine Nachricht und wir melden uns schnellstmöglich zurück.«
Ein kurzer Pfeifton ertönte. Frederick legte den Hörer auf. Das war nicht Juliannes Stimme. Sie klang viel kratziger und jünger als Julianne. Sie musste mittlerweile über fünfzig sein. Er nahm den Stift und zog einen Strich durch die zweite Telefonnummer. Dann wählte er die dritte Nummer. Diesmal war es eine Frauenstimme. Frederick verstellte so gut es ging seine Stimme.
»Entschuldigung für den späten Anruf. Ich wohne in Ihrer Straße und wollte Ihnen nur sagen, dass seit etwa einer Stunde ein Mann in einem Auto vor Ihrem Haus parkt und wartet.«
»Das soll wohl ein Witz sein. Harry? Bist du das? Ich

weiß, dass du das bist. Hör auf mit der Scheiße. Mach, dass du nach Hause kommst.«

Wieder wurde aufgelegt. Diesmal war sich Frederick nicht so sicher wie bei der zweiten Telefonnummer. Die Stimmlage und der Klang der Stimme passten zu Juliannes ungefährem Alter. Aber die Art und Weise, wie sie gesprochen hatte, passte ganz sicher nicht zu ihr. *Zu plump*, dachte Frederick.

Er kramte in seiner Hosentasche nach weiteren Viertel-Dollar-Münzen, fand aber keine. Er schaute auf den Eingang der Tankstelle. Er brauchte Münzen. Hinter der Glasscheibe kassierte gerade ein junger Angestellter. Frederick betrat die Tankstelle, griff nach einem Schokoriegel und bezahlte. Nachdem er den Riegel gegessen hatte, warf er zwei Viertel-Dollar-Münzen in das Münztelefon. Wenn er jetzt kein Glück hatte, dann war Julianne entweder tot, lebte unter falschem Namen, oder hatte kein Telefon. Nach etwa zwei Minuten legte Frederick den Hörer auf. *Vielleicht schlief sie schon.* Er würde es morgen noch einmal versuchen.

Etwas mehr als neun Stunden später hielt Frederick den Telefonhörer des Münztelefons der 7-Eleven-Tankstelle am Ohr und wartete, bis jemand den Hörer abhob. Mit jedem Freizeichen, das er hörte, stieg seine Anspannung. Er wusste nicht, was er sich eigentlich von dem Anruf versprach. Wenn es tatsächlich die Nummer von Lindas Freundin Julianne war, dann hatte er wenigstens einen kleinen Anhaltspunkt. Conyers, Georgia lag fünfzehn Autostunden entfernt. Er konnte sich nicht vorstellen, dass Linda und Kyle den weiten Weg nach Massachusetts auf sich genommen hatten, um dann einen Flug zurück nach Georgia zu nehmen. Es waren genau doppelt so viele Flugstunden von Albuquerque bis nach Hartford in Connecticut. In dreieinhalb Stunden, der Hälfte der Zeit, wären sie in Atlanta, Georgia gelandet. Das ergab keinen Sinn. Während er in seinen Gedanken die Wahrscheinlichkeit eines vermeintlichen Ablenkungsversuches in Betracht zog, hörte er plötzlich eine Frauenstimme.

Zuerst war er sich nicht sicher. Er wusste nicht, wie er darauf reagieren sollte.

»Hallo«, sagte er schließlich.

»Wer ist da?«, sagte die Frauenstimme am anderen Ende der Leitung.

Die Stimme hatte er sehr lange nicht mehr gehört. Und eigentlich auch nicht damit gerechnet, sie noch einmal wieder zu hören.

»Wie geht's dir Julianne?«

Am Ende der Leitung wurde es sofort still.

»Sag Ihr einfach, dass ich sie finden werde. Ich habe sie schon einmal gefunden, und ich werde sie wiederfinden.«

Dann legte er auf.

Julianne hatte bestimmt einen ordentlichen Schrecken bekommen. Wenn Linda wirklich bei ihr war, dann würde sie wahrscheinlich gerade wieder die Koffer packen. Es gab unzählige Orte, an denen sie sein konnte. Frederick checkte aus dem Days Inn Motel aus und fuhr mit seinem Mietwagen auf die Interstate auf. Die Tankanzeige leuchtete auf. Nachdem er etwas Benzin an einer Mobil-Tankstelle getankt hatte, wollte er noch einmal bei Lindas Bruder vorbeischauen. Er bog wieder in die Straße ein und parkte den Wagen in Blickrichtung auf die Haustür. Es waren gerade erst fünfzehn Minuten vergangen, als sich plötzlich die Haustür öffnete. Zuerst hatte er gedacht, es sei eine optische Täuschung, weil der ungünstige Winkel aus dem er die Tür sehen konnte, ihm nur einen seitlichen Blick auf die Tür ermöglichte, sodass er sich zunächst nicht sicher war. Doch dann sah er deutlich ein Bein, das sich zwischen die Tür schob und wenige Sekunden später eine Hand, die unter dem Ärmel einer dunkelblauen Sportjacke hervortrat. Frederick wurde unruhig und versuchte, sich so gut es ging, auf dem Fahrersitz zu ducken. Dann trat die Person, zu der das Bein und die Hand gehörte, nach draußen. Es war Lindas Bruder. John hatte sich nicht sonderlich verändert. Ein paar Pfunde mehr, aber keinerlei grundlegende Veränderungen. Er stieg in einen anthrazitfarbenen Buick LaCrosse und fuhr langsam aus der Einfahrt heraus. Frederick richtete sich auf dem Sitz auf und startete den Mietwagen. Nachdem er Lindas Bruder etwa zwanzig Minuten auf kleineren Nebenstraßen gefolgt war, bog der Buick auf den Parkplatz eines Schnellrestaurants. Frederick schaute in den Rückspiegel. Alles war frei. Er blieb einfach auf der Hauptstraße stehen und wartete absichtlich, bis die Ampel auf Rot umsprang. Lindas Bruder war bereits an der Eingangstür des Schnellrestaurants angekommen. Plötzlich tat es einen heftigen Schlag und der Mietwagen wurde ordentlich durchgeschüttelt. Ein lautes Hupen heulte hinter dem Mietwagen auf. Frederick schaute in den Rückspiegel. Ein dunkelbrauner Lieferwagen stand direkt hinter ihm. Der Lieferwagen war mit voller Wucht in das Heck des Mietwagens gekracht. Frederick schaute wieder zu der Ampel, die immer noch auf Rot stand. *Was zur Hölle wollte der Typ?* Das laute Hupgeräusch dröhnte wieder los. Frederick öffnete langsam die Fahrertür und stieg aus. Er schaute noch zum Eingang des Schnellrestaurants rüber, in dem Lindas Bruder gerade in der Tür verschwand. Und dann wurde es stockdunkel. Ein unerträglicher Schmerz fuhr ihm durch die rechte Kopfseite, während er vergebens versuchte, sich auf den Beinen zu halten. Frederick sackte zur Seite weg und schlug mit seinem Hals auf dem Asphalt auf. Ein heftiger Schmerz fuhr durch seinen Kehlkopf, während er von beiden Seiten an den Armen gepackt wurde und in den dunkelbraunen Lieferwagen gezogen wurde. Die Seitentür rauschte mit einem lauten Krachen ins Schloss. Er hörte noch, wie der Wagen losfuhr.

SIEBENUNDVIERZIG

Das Erste was er hörte, war eine tiefe Stimme.

Die Stimme schien aus dem vorderen Teil des Lieferwagens zu kommen, was nicht sonderlich weit von ihm entfernt war. Um ihn herum war es immer noch stockdunkel. Frederick versuchte seine volle Konzentration auf seine Umgebung zu richten, was aufgrund des starken Schmerzes nicht wirklich leichtfiel. Seine Atmung war unkontrolliert. Er spürte, wie sein Herz in ungleichmäßigem Tempo davongaloppierte. Er bewegte sich langsam bis ans Ende des Lieferwagens und trat sachte mit seinem linken Bein in alle Richtungen. Er schien allein im Laderaum zu sein. Seine Füße konnte er frei bewegen. Und seine Hände auch. Das hatte ihn sofort überrascht. Er hatte erwartet, dass sich ein enger Kabelbinder in seine Handgelenke schneiden würde. Wahrscheinlich war der nicht vorhandene Kabelbinder der Situation geschuldet, dass er auf offener Straße am helllichten Tag in einen Lieferwagen gepackt worden war. Seine Gedanken schossen wie verrückt gewordene, orientierungslose Glühwürmchen durch seinen Kopf. Wahrscheinlich blieb ihm nicht mehr viel Zeit, bevor der Lieferwagen an seinem Ziel ankam. Das Risiko, auf offener Straße mit einem entführten Menschen im Laderaum eines schäbig aussehenden Lieferwagens unterwegs zu sein, war viel zu groß. Er ging davon aus, dass ihn seine Entführer schon sehr bald in ein Versteck bringen würden, oder das Fahrzeug tauschen würden. Er sah immer wieder Lindas Bruder vor sich. Wie er über den Parkplatz des Schnellrestaurants gelaufen war. *Hatte er ihn vor seinem Haus bemerkt?*

Und dann diese üblen Typen angeheuert? Er würde es bald erfahren.

Der Lieferwagen holperte über die asphaltierte Straße und bog in eine Einfahrt ein. Dann kam der Wagen zum Stehen. Frederick tastete sich an einer Schweißnaht entlang, die an der Seitenwand des Lieferwagens bis zum vorderen Teil des Laderaums verlief. Er presste sein linkes Ohr gegen die Wand und hörte, wie beide Türen zugeworfen wurden. Das Adrenalin schoss wieder durch seine Adern. Noch ein paar Sekunden, dann würde er sich wieder in den Händen seiner Entführer befinden. In dem Laderaum gab es keine Möglichkeit sich zu verstecken. Am liebsten wäre er auf die Größe einer Maus geschrumpft und hätte sich in der entlegensten Ecke verkrochen, bis man nicht mehr nach ihm suchen würde. Dann wurde die Seitentür mit einem heftigen Ruck zur Seite geschoben. Draußen war es bereits fast komplett dunkel. Zu seiner Überraschung sprang niemand in den Laderaum. Die Seitentür blieb einfach nur geöffnet. Frederick regte sich nicht. Sein Herz hämmerte. Er blickte hinaus in die Dunkelheit.

»Kommen Sie.«

Die Worte rasten durch seinen Gehörgang und hallten durch seinen Kopf. Frederick griff an seine Schläfe und fühlte den pochenden Puls. Er richtete sich langsam auf und stieg durch die geöffnete Seitentür hinaus in die Dunkelheit. Eine kräftige Hand packte ihn am rechten Arm und führte ihn über einen kleinen Weg auf eine Scheune zu. Der Boden bestand aus einzelnen Steinfließen, von denen manche zu wackeln begannen, sobald ihre Füße sie betraten. Frederick sah sich um und schaute zurück zu dem dunkelbraunen Lieferwagen, der oberhalb des Wegs geparkt war. Das grelle Rot der Rückleuchten strahlte in die Dunkelheit. Der Motor lief und eine Gestalt tauchte auf. Sie ging um das Auto herum und stieg auf der Beifahrerseite ein.

Als sie die Scheune erreicht hatten, sah er ein Licht im Inneren brennen. Das Licht war gerade so stark, dass es durch die Schlitze der morschen Holzlatten nach draußen schien. Der Mann blieb neben ihm stehen und zog einen Schlüssel aus seiner Jackentasche. Dann steckte er den Schlüssel ins Schloss und öffnete die Holztür.

»Nach Ihnen.«

Frederick betrat die Scheune. Auf der linken Seite hing eine einzelne Glühbirne, die über einem alten Schrank baumelte. Ein Traktor stand auf der gegenüberliegenden Seite der Scheune. Daneben stand ein anderes Fahrzeug, das von einer staubigen, grauen Plane bedeckt wurde. Einer der Reifen war völlig platt.

Der Mann folgte Frederick in die Scheune und deutete mit seiner Hand in Richtung des Schranks.

»Gehen Sie dort rüber.«

Frederick ging langsam auf den Schrank zu. Er hörte, wie hinter ihm die Scheunentür verschlossen wurde. Dann drehte er sich um.

»Setzen Sie sich.«

Neben dem Schrank stand ein Stuhl, an dem sich eine graue, abgewetzte Lehne aus Leder befand. Frederick setzte sich und rieb sich die schmerzende Stelle an der Schläfe.

»Was wollen Sie?«, fragte Frederick, der erstaunt darüber war, wie sicher seine Stimme noch klang.

»Das mit dem Schlag tut mir leid. Aber es musste sein. Es musste schnell gehen.«

»Wer sind Sie?«

»Ob Sie es glauben oder nicht, aber wir haben das gleiche Ziel.«

Er verstand überhaupt nichts mehr. *Was war hier los?*

»Ihre Frau. Sie hat uns betrogen. Sie schuldet uns Geld. Eine Menge Geld.«

Jetzt war Frederick wirklich überrascht. Er hatte mit allem gerechnet. Einem angeheuerten Söldnertrupp seiner Ex-Frau, der ihn ein für alle Mal aus dem Leben befördern sollte. Aber irgendetwas passte hier nicht zusammen. Die Art und Weise wie der Mann sprach, schien ihn nicht als brutalen Psychopathen zu outen. Die Ausdrucksweise schien hingegen sehr bedacht, höflich und gewählt.

»Mein Name ist Brentley Bergman.«

Er zog eine kleine Visitenkarte aus seiner Brusttasche und reichte sie Frederick.

HICKS, KLEIN & BERGMAN
– FINANCIAL SOLUTIONS –

Die Worte standen in schwarzen, dezent geschwungenen Lettern auf dem feinen, weißen Pappkarton.
»Ihr Freund hat einen sehr harten Schlag.«
»Das tut mir wirklich leid, Mr. Hagel. Aber es ging leider nicht anders. Sie wären bestimmt nicht freiwillig mitgekommen.«
»Da könnten Sie recht haben. Wie haben Sie mich überhaupt gefunden?«
»Wir sind Ihnen schon eine ganze Weile gefolgt. Wir mussten zunächst sichergehen, dass Sie es wirklich sind. Und das war nicht gerade einfach. Wir haben sogar eine Videoaufnahme von Ihnen gemacht, um wirklich sicher zu sein.«
Plötzlich wurde ihm kalt. Das Gesicht, das er hinter Mr. Bergman sah, hatte er schon einmal gesehen. Der Mann hatte einen dichten schwarzen Bart und trug eine Brille. Die Blicke der beiden Männer trafen sich. Dann trat der Mann mit dem Bart langsam hinter Mr. Bergman hervor.
»Meinen Partner Mr. Klein haben Sie ja bereits kennengelernt. Nur waren wir uns damals noch nicht sicher, ob Sie es wirklich sind.«
»William Wordsworth«, sagte Frederick. »Die Bücherei in Wichita. Ich hab's gewusst. Sie haben einen Moment zu lange in meine Richtung geschaut. So lange sind Sie mir schon gefolgt?«
Der Mann mit dem Bart nickte.
»Und was wollen Sie von mir?«
»Ihre Frau.«
Frederick musste zum ersten Mal nach sehr langer Zeit

lachen.
»Und wie haben Sie sich das genau vorgestellt?«
»Wir helfen Ihnen, Ihre Frau zu finden. Dann sorgen Sie dafür, dass sie jeden Cent an uns zurückzahlt und dann machen Sie mit ihr, was Sie wollen.«
»Und wofür brauchen Sie mich, wenn Sie so gut darin sind, Menschen aufzuspüren?«
»Als Lockvogel. Wir haben erst als wir Ihnen gefolgt sind herausgefunden, dass Ihre Frau noch am Leben ist. Als Sie aus der Psychiatrie geflohen sind, hat uns das stutzig gemacht. Wir haben zuerst gedacht, dass Sie mit Ihrer Frau unter einer Decke stecken.«
Frederick rutschte auf dem Stuhl hin und her.
»Ex-Frau«, sagte er.
»Ja, Ex-Frau.«
»Offiziell bin ich Witwer.«
»Wir haben ein bisschen recherchiert, aber viel konnten wir nicht finden. Die örtliche Polizei hat den Fall damals schnell zu den Akten gelegt.«
»Was soll das heißen?«
»Als die Beamten damals im Haus von Mrs. Daniels eintrafen, haben sie sich entschieden, der Angelegenheit nicht weiter nachzugehen, weil Dr. Friedman ein bekannter Herzspezialist ist, der in der Vergangenheit schon das eine oder andere Mal zur polizeilichen Beratung bei Gewaltverbrechen hinzugezogen wurde.«
Frederick wurde plötzlich eiskalt.
Irgendetwas in der hintersten Ecke seines Gehirns schien ihm ein Signal senden zu wollen. Nur konnte er diese In-

formation nicht entziffern. Etwas machte ihn stutzig. Nur wusste er bis jetzt nicht, was es war.
Frederick war todmüde. Langsam fuhren die Alarmsysteme seines Körpers zurück und offenbarten seine eigentliche Erschöpfung.
»Angenommen ich würde sie finden, wie soll ich sie dazu bringen, Ihnen Ihr Geld zurückzugeben?«
»Das lassen Sie mal unsere Sorge sein. Sie haben ja schon mitbekommen, wie hart Mr. Hicks zuschlagen kann. Das Einzige was Ihre Frau fürchtet, sind Sie. Und wenn Ihre Frau Sie auf dem Präsentierteller serviert bekommt, wird sie nicht lange zögern. Und dann kommen wir ins Spiel. Was Sie danach machen, ist Ihre Sache. Wir wollen nur unser Geld.«
»Also gut«, sagte Frederick.
»Und jetzt bringen wir Sie erst einmal in ein warmes Zimmer und Sie gönnen sich eine heiße Dusche. Aber kommen Sie nicht auf falsche Gedanken.«
Frederick duschte und legte sich danach sofort ins Bett. Das Anwesen von Mr. Bergman war beeindruckend.
Im frühen Morgengrauen wurde er geweckt.
»Wir müssen los Mr. Hagel. Wir glauben, dass Ihre Frau nicht mehr lange in den Vereinigten Staaten bleiben wird.«
»Wissen Sie, wo sie jetzt ist?«
»Nein.«
»Sie war bei ihrem Bruder. Ganz bestimmt«, antwortete Frederick.
»Dann werden wir ihrem Bruder einen kleinen Besuch abstatten. Kommen Sie.«

Frederick hämmerte mit seiner Faust gegen die Eingangstür. Links unterhalb von ihm, direkt neben der Treppe, die zur Eingangstür führte, stand Sonny Hicks, der sich dicht gegen die Hauswand gelehnt hatte. Frederick hämmerte weiter gegen die Tür, bis sie schließlich geöffnet wurde.

John Aylmer, Lindas Bruder, stand da, als hätte er den Teufel gesehen.

»Was zur …«

Mehr konnte er nicht sagen, weil Sonny Hicks schon seinen rechten Fuß gepackt hatte, und ihn mit voller Wucht über das Treppengeländer gezogen hatte. John schlug mit einem schmerzverzerrten Gesichtsausdruck auf dem kalten Steinboden auf. Tränen schossen in sein Gesicht.

»Waaawwas wollen Sie von miiir?«

Einen Augenblick später standen die drei Männer in Johns Wohnzimmer und er bekam es mit der Angst zu tun. Frederick stand schweigend vor ihm.

»Wo ist sie?«

»Ich weiß es nicht. Ich weiß es wirklich nicht.«

»Mr. Aylmer, wir haben nicht viel Zeit. Ihre Schwester schuldet uns eine Menge Geld. Wirklich unfassbar viel. Wir werden es wiederbekommen. So oder so. Also sorgen Sie dafür, dass wir hier nicht allzu viele schmerzliche Erinnerungen hinterlassen müssen.«

John schluckte. Er wirkte wie ein kleines Kind, das eine ordentliche Tracht Prügel bezogen hatte und nicht mehr wusste, wo vorne und hinten war.

»Bitte lassen Sie mich.«

Dann schaute er zu Frederick.

»Was soll das? Warum?«

»Das sollte ich Dich fragen. Sie hat mein Leben zerstört. Und du hast ihr dabei geholfen.«

»Mr. Aylmer, meine Geduld ist am Ende. Im Moment ist noch nicht viel passiert. Sie haben ein paar Prellungen und Schmerzen, die aber vorübergehen. Wenn ich jetzt weitermache, dann wissen Sie nicht einmal mehr, was es bedeutet, selbst essen und trinken zu können. Zuerst schlage ich Ihnen alle Zähne aus. Dann breche ich Ihnen beide Arme und schlage zwei lange Nägel in jede Kniescheibe. Wollen Sie das wirklich?«

John schüttelte heftig mit dem Kopf.

»Sie war vorgestern hier. Nur kurz. Für ein oder zwei Stunden vielleicht. Sie hat ein paar Unterlagen geholt. Vollmachten. Von mir unterschrieben. Wir haben ein Gemeinschaftskonto, das auch auf meinen Namen läuft.«

»Bei welcher Bank?«

»JPMorgan Chase & Co.«

»Geben Sie mir die Kontonummer und Ihr Kennwort.«

John starrte Mr. Hicks mit großen Augen an.

»Jetzt!«

John stand auf und öffnete mit zittriger Hand die Schublade einer braunen Kirschholzkommode. Dann nahm er einen Zettel heraus und kritzelte ein paar Zahlen darauf.

»Wo ist Ihre Schwester jetzt?«

John musste wieder schlucken. Dann schüttelte er leicht mit dem Kopf, als hätte er diese Reaktion selbst nicht gewollt.

»Sie dürfen ihr nichts tun.«
»Sie sind nicht in der Position, mit mir zu verhandeln. Wo ist sie?«
John brachte kein Wort heraus.
»Wir wollen nur unser Geld.«
John starrte Frederick an.
»Was hast du vor?«
»Wo ist Linda?«, fragte Frederick langsam.
»Julianne.«

ACHTUNDVIERZIG

Ein dunstiger Regenschleier hatte sich über Conyers, Georgia gelegt. Die nasse Straße war von Piniennadeln und braunen Blättern übersät. Ihr Haus lag inmitten einer Wohnsiedlung, die von dichten Bäumen umgeben war. Hohe Laubbäume und Pinien ragten von den Grundstücken empor. Eine lange Straße schlängelte sich unterhalb des Hauses vorbei, zu dem eine Auffahrt führte. Das braune Holz der Außenfassade war durch den vielen Regen völlig durchnässt. Unmittelbar hinter dem Haus lag ein dichtes Waldstück. Der Dampf stieg aus dem heißen Topf, den Julianne gerade auf den Herd gestellt hatte. Als sie in die Küche lief und eine Tasse aus dem Regal nahm, klingelte es an der Tür. Sie tat das, was sie immer getan hatte. Eine kleine Tür in der Wäschekammer führte hinter das Haus. Sie lief nach draußen und ging dicht an der Seite des Hauses entlang, um auf die Einfahrt schauen zu können. Ein Taxi stand in der Einfahrt. Julianne lief schnell ins Haus zurück. Es klingelte ein weiteres Mal und Julianne öffnete die Tür.

»Komm rein«, sagte sie.

Die Rückleuchten des wartenden Taxis leuchteten auf und das Taxi fuhr gerade die Auffahrt hinunter, als Linda das Haus betrat. Sie gab Julianne ihre durchnässte Jacke und setzte sich auf eine lange Stoffcouch im Wohnzimmer.

»Ich habe gerade Wasser aufgesetzt. Kamille oder Pfefferminz?«

»Hast du die Tickets?«, fragte Linda.

»Natürlich.«

»Pfefferminz«, fügte Linda hinzu.

Julianne verschwand in der Küche. Eine Minute später kam sie mit einem Tablett in der Hand wieder ins Wohnzimmer zurück.

»Wo ist Kyle?«

»Er wartet im Hotel.«

Julianne ließ das heiße Teewasser in die Tassen laufen.

»Wir fahren noch heute Nacht.«

»Ihr hättet Euch kein Zimmer nehmen müssen. Ich habe extra das Gästezimmer zurechtgemacht.«

»Danke. Wir müssen aber los.«

»Und was ist, wenn Frederick hier auftaucht?«

Linda nahm gerade einen Schluck von ihrem heißen Pfefferminztee.

»Dann musst du versuchen, ihn so lange wie möglich bei Laune zu halten, bis wir vorbeikommen, um ihn zu holen.«

»Denkst du wirklich, dass er herkommt?«

»Viele Möglichkeiten wird er nicht mehr haben.«

»Du musst vorsichtig sein. Er klang sehr verstört am Telefon. In seinem Zustand würde ich ihm alles zutrauen.«

»Er muss für alle Zeit zum Schweigen gebracht werden.«

Etwa eine halbe Stunde nachdem Frederick zusammen mit Sonny Hicks und den Anderen Lindas Bruder verlassen hatte, stand ein Streifenwagen in der Einfahrt. Ein junger Polizist hielt einen aufgeklappten Notizblock in der Hand und notierte, während John Aylmer wie ein Wasserfall sprach.

Die Fahndung übertraf sämtliche Erwartungen. Fredericks Foto wurde an alle Polizeireviere, Mautstationen, Flughäfen, Bahnhöfe, Greyhoundbus-Stationen, Bootshäfen und Küstenwachen im Umkreis von zweihundert Meilen geschickt.

NEUNUNDVIERZIG

Die Fahrt war nicht besonders bequem. Frederick hatte fünfzehn Stunden im hinteren Teil des dunkelbraunen Lieferwagens verbracht, während ihm Louis Klein schnarchend Gesellschaft geleistet hatte. Frederick kannte diese Leute nicht und durfte niemandem vertrauen. Deshalb musste er einen günstigen Augenblick abpassen und verschwinden. Diese Typen waren intelligente Harvard-Absolventen, die für ihre Ziele über Leichen gegangen waren und es wieder tun würden. Die Tatsache, dass sie ihn als Köder benutzen wollten, um an ihr verlorenes Geld zu kommen, garantierte ihm lediglich eine *gute* Behandlung, bis sie Linda gefunden hatten. Was danach mit ihm geschah, konnte er sich nicht ausmalen. Nach mehr als eintausend Meilen bahnte sich der Lieferwagen schließlich seinen Weg durch den dicht bewaldeten Stanton Woods Drive in Conyers, Georgia. Ein silberfarbener alter Lincoln fuhr gerade aus einer Einfahrt heraus, bog auf die Straße ab und fädelte sich unmittelbar vor ihnen ein, sodass Sonny Hicks gezwungen war, die Geschwindigkeit zu drosseln. Er stieß ein kurzes, fluchendes Gemurmel aus. Der silberne Lincoln fuhr nicht besonders schnell, was nicht dazu beitrug, dass sich Sonny Hicks' Laune verbesserte. Die beiden Fahrzeuge schlängelten sich durch die bewaldete Wohnsiedlung. An einer Straßenkreuzung bog der Lincoln schließlich nach links ab, während der Lieferwagen weiter geradeaus fuhr und seinen Weg fortsetzte.

»Mieser alter Penner«, fluchte Sonny Hicks.

Der Lieferwagen fuhr noch etwa eine Viertelmeile, bis er an einem hohen Nadelbaum zum Stehen kam. Der Motor lief noch. Dann öffnete Louis Klein die Seitentür und fuchtelte mit seiner Hand herum.

»Los, raus!«

Frederick schaute ihn nicht an. Er richtete sich langsam auf und stieg aus dem Lieferwagen. Die Beifahrertür wurde geöffnet. Brentley Bergman stieg aus und stieg durch die Seitentür in den hinteren Teil des Lieferwagens ein. Sonny Hicks signalisierte Frederick, dass er einsteigen sollte.

»Schließen Sie die Tür!«

Frederick zog die Beifahrertür zu.

»Welche Hausnummer?«

»2871«, antwortete Frederick.

Sonny Hicks schaute aus dem Seitenfenster des Lieferwagens.

»Das muss das braune Holzhaus da oben sein.«

Sonny Hicks wischte sich über die Stirn.

»Sie steigen jetzt aus und gehen zur Haustür rauf. Mr. Klein und ich werden zur Hinterseite des Hauses gehen. Wenn die Tür geöffnet wird, dann gehen Sie sofort hinein. Wir machen den Rest.«

»Und was ist, wenn die Tür nicht geöffnet wird?«

»Dann öffnen wir sie.«

Frederick nickte leicht vor sich hin.

»Alles klar?«

»Ja.«

»Na dann gehen Sie los. Und kommen Sie nicht auf die Idee, abzuhauen. Wir werden Sie schnell wiederfinden. Und dann sind wir nicht mehr so freundlich zu Ihnen.«

Frederick öffnete die Beifahrertür des Lieferwagens. Er stieg aus und lief langsam die Auffahrt zu dem braunen Holzhaus hinauf. Er hörte, wie hinter ihm die Seitentür des Lieferwagens geöffnet und schnell wieder geschlossen wurde. Er drehte sich kurz um und sah, wie sich Brentley Bergman auf den Fahrersitz setzte, während Sonny Hicks und Louis Klein über den Rasen an der Seite der Auffahrt hinaufliefen. Die Haustür kam immer näher. Ein winziges Glasfenster befand sich im oberen Teil der Haustür. Frederick schaute nach oben, auf ein Fenster mit dunkelgrauen Fensterläden, das sich links oberhalb der Haustür befand. Ihm fiel sofort auf, dass kein Licht im Haus brannte. Ein Gedanke kam ihm sofort in den Sinn. *Lindas Bruder musste sie gewarnt haben.* Ein sehr naheliegender Gedanke. Aber vielleicht gehörte das zur Taktik von Sonny Hicks und seiner Gefolgschaft. Wer wusste das schon. Als er an der Haustür angekommen war, spürte er, wie sein Herz schneller schlug. Er versuchte, ruhiger zu atmen. Dann drückte er auf die Klingel. Nichts geschah. Es wurde kein Licht eingeschaltet und er hörte auch keine Geräusche. Er drückte noch einmal auf die Klingel. Plötzlich tat es einen lauten Schlag. Das Geräusch kam von der Hinterseite des Hauses. Dann hörte er das wilde Kreischen einer Frau. Als Frederick zur Seite trat, um zum hinteren Teil des Hauses sehen zu können, sah er, wie Julianne über den Rasen auf ein kleines Waldstück zurannte. Sonny Hicks und Louis Klein rannten ihr mit zwei langen Küchenmessern hinterher. Frederick wusste nicht, ob dieses aufsehenerregende Szenario lange von den Nachbarn unbemerkt bleiben würde. Er war sich sicher, dass die lauten Schreie durch die ganze Nachbarschaft gehallt waren. Die Notrufzentrale würde bestimmt jeden Moment einen Anruf einer besorgten Nachbarin bekommen, und dann einen Streifenwagen hinausschicken. Die Polizei würde bestimmt nicht lange brauchen. *Jetzt oder nie*, dachte er. Dann rannte Frederick los. Er rannte, so schnell er konnte. Er rannte in die entgegengesetzte Richtung. Tiefer in die Wohnsiedlung hinein. Mit pochendem Puls und keuchender Atmung schoss Frederick durch die Wohnsiedlung. Er rannte über die gemähten Rasen der frei stehenden Häuser. Er hatte sich nicht umgedreht. Wahrscheinlich hatte Brentley Bergman den dunkelbraunen Lieferwagen sofort gestartet, als er losgerannt war. Dieser Gedanke ließ ihn noch eine Spur schneller rennen. Er rannte vorbei an den großen Nadelbäumen, die in einer Einfahrt standen, in der ein silberner Lincoln vor einer Garage geparkt war, vor dem gerade ein Mann kniete und die Reifen begutachtete. Frederick drehte sich herum, um sich zu orientieren. Dann sah er ein kleines Waldstück hinter einem Haus auf der gegenüberliegenden Seite und rannte los. Seine Lunge rasselte, während er sich den Weg durch die Siedlung bahnte. Als er das Waldstück erreicht hatte, konnte er Motorengeräusche hören. Nicht weit von ihm. Schnell verschwand er hinter ein Paar Pinienbäumen. Er rannte etwa eine Viertelmeile weiter, bis er einige alte Wohnwagen sehen konnte. Völlig erschöpft lehnte er sich an die Seitenwand eines Wohnwagens. Er schaute sich um, konnte aber niemand sehen. Sein Herz hämmerte wie ein Presslufthammer, der sich in den Asphalt schlagen wollte. Er drehte sich noch einmal um und ging dann auf einen der Wohnwagen zu. Frederick zog am Türgriff, der sich zu seiner Überraschung ohne Probleme herunterdrücken ließ. Er öffnete die Tür und ein Duft aus abgestandenem Nikotin und WC-Reiniger stieg ihm in die Nase. Er zog sofort die Tür hinter sich zu und verschaffte sich einen schnellen Überblick. Der Wohnwagen war weder von außen noch von innen besonders einladend. Die Inneneinrichtung bestand aus einer Sitzecke unterhalb eines Fensters, die mit einem Blumenmuster aus Stoff überzogen war. In der Mitte stand ein Klapptisch, auf dem ein leerer Aschenbecher stand. Frederick wollte gerade den vorderen Teil des Wohnwagens nach einem geeigneten Versteck absuchen, als er ein Geräusch hörte. Er beugte sich nach unten, um durch ein kleines Fenster nach draußen sehen zu können. Dann hörte er Motorengeräusche, die aber nicht aus der Nähe kamen. Das Ganze wurde ihm zu unsicher und er öffnete die Tür des Wohnwagens, um nach einem passenderen Unterschlupf zu suchen. Als er langsam zwischen den Wohnwagen hindurchlief, kam ihm der Gedanke. *Vielleicht war es gar keine gute Idee zu fliehen*, dachte er. Seit Tagen gab es keine Spur mehr von Linda.

Bis auf die erzwungene Auskunft von Lindas Bruder hatte er keinerlei Anhaltspunkte mehr, um nach ihr zu suchen. Wenn Julianne die einzige Person war, die wusste, wo sich Linda gerade aufhielt, dann musste er ihr unbedingt folgen. Das war seine einzige Chance. Sonst würde er sie womöglich für alle Zeit aus den Augen verlieren. Sein Herz begann wieder zu hämmern, als er sich umdrehte, und zurück zur Wohnsiedlung rannte. Es waren vielleicht vier oder fünf Minuten vergangen, weshalb er hoffte, dass Juliannes Verfolger ihre Beute noch nicht gefangen hatten. Julianne war zum jetzigen Zeitpunkt von größerer Bedeutung für Sonny Hicks und seine Gefolgschaft, weshalb sich Frederick ein wenig zu beruhigen versuchte, als er an den hohen Nadelbäumen vorbeirannte. Er hörte keine Polizeisirenen, was ebenfalls ein gutes Zeichen war. Als er aus dem Waldstück herauslief, konnte er Schreie hören. Er rannte weiter und kam an einer Straßenecke an, von der er volle Sicht auf Juliannes Haus hatte. Dann erschrak er. Er konnte gerade noch sehen, wie Julianne mit ihren Beinen hin und her zappelte, während ihr Louis Klein seine Hand auf den Mund drückte und sie in den dunkelbraunen Lieferwagen zerrte. Er musste sofort etwas unternehmen. Er hatte vielleicht noch eine knappe Minute, bis sich die einzige Spur zu Linda für immer verabschieden würde. Er drehte sich um und sah, wie ein Mann auf der gegenüberliegenden Seite einen Gartenschlauch in der Hand hielt, und die Felgen seines silbernen Lincoln abspritzte. Er schaute in die andere Richtung zum Lieferwagen und sah, wie Louis Klein ein schmerzverzerrtes Gesicht machte.

Dann wickelte er etwas um seine linke Hand, holte aus, und schlug in die Öffnung an der Seite des Lieferwagens. Frederick musste nicht mehr sehen, um zu begreifen, was gerade geschehen war. Die Seitentür des Lieferwagens wurde ruckartig zugezogen und er hörte, wie der Motor gestartet wurde. Frederick rannte auf den Mann mit dem Gartenschlauch zu.

»Schnell, ich brauche Ihre Hilfe! Ich bin Epileptiker. Ich muss ins Krankenhaus! Schnell!«

Frederick zuckte zusammen, während er kurz die Augen schloss und auf dem Boden zusammensackte. Seine Hände verkrampften und sein Oberkörper wölbte sich nach oben.

Der Mann warf sofort den Gartenschlauch aus der Hand und öffnete die hintere Seitentür des Lincoln. Frederick zuckte immer wieder. Dann zog der Mann mit aller Kraft an Fredericks Schultern, um ihn in den Wagen zu ziehen. Frederick öffnete die Augen und sah, dass der Schlüssel im Zündschloss steckte. Mit einer ruckartigen Bewegung löste er sich aus dem Griff des Mannes und stürmte zur Fahrertür, sprang auf den Sitz und startete den Wagen. Mit Vollgas und durchdrehenden Reifen lenkte er den Lincoln aus der Einfahrt. Der dunkelbraune Lieferwagen fuhr gerade die Straße hinunter und bog um eine Kurve. Frederick drückte aufs Gas und schaute auf die Tankanzeige. Ein rotes Zapfsäulensymbol leuchtete auf.

Frederick starrte auf das leuchtende Zapfsäulensymbol. Seine Fahrt konnte jederzeit ein unerwartetes Ende finden. Er hielt ausreichenden Abstand zu dem dunkelbraunen Lieferwagen, der einige Autolängen entfernt von ihm fuhr. Die beiden Wagen schlängelten sich durch das dicht bewaldete Wohngebiet. An einer Straßenkreuzung fädelte sich der Lieferwagen in den laufenden Verkehr ein. Frederick folgte dem Lieferwagen, nachdem er vier andere Autos absichtlich durchgelassen hatte.

Im Inneren des Lieferwagens hatte sich Julianne mit ihrem Schicksal abgefunden. Sie lag zusammengerollt in einer Ecke, während ihr Körper bei jeder Bodenwelle nach vorne zuckte. Ihre Arme hingen wie die einer Marionette herunter.

»Wir wissen, dass sie bei Ihnen war!«, sagte Louis Klein.

Julianne rührte sich nicht.

Mit einem donnernden Schlag krachte die große Hand von Louis Klein gegen die Innenwand des Lieferwagens. Julianne versuchte ihren rasenden Puls zu regulieren, indem sie sich auf ihre Atmung konzentrierte.

»Wo ist sie?«

Louis Klein hatte seine Hand nach ihr ausgestreckt, und wenige Sekunden später ihren Kiefer so fest im Griff, dass ihr schmerzverzerrtes Gesicht rot anlief. Seine Hand drückte ihren Kiefer zusammen, wie ein Schraubstock, in den ein Stück Holz gespannt war. Er drückte seine Finger immer fester in ihre rot angelaufenen Wangen.

»Ich würde Ihnen wirklich raten, uns eine Antwort auf unsere Frage zu geben«, sagte Sonny Hicks, der sich das Ganze aus dem hinteren Teil des Lieferwagens angesehen hatte. Wieder fuhr der Lieferwagen über eine Bodenwelle, sodass Julianne im eisernen Griff von Louis Klein für einen kurzen Moment in seine Richtung rutschte und sich mit beiden Händen abstützen musste.

»Sie werden sie nicht finden.«

»Wie können Sie sich da so sicher sein?«

»Ich weiß es einfach.«

»Hören Sie jetzt gut zu. Wir hatten nie die Absicht, Ihnen oder Ihrer Freundin wehzutun. Sie schuldet uns eine Menge Geld. Das wollen wir natürlich wiederhaben. Das verstehen Sie doch sicher, nicht wahr? Stellen Sie sich einfach vor, es wäre Ihr Geld. Sie würden doch bestimmt alles daransetzen, es zurückzubekommen. Ich frage Sie jetzt noch einmal. Wo ist Linda Hagel?«

»Sie ist weg.«

Sonny Hicks' Stirn bekam Falten. Louis Klein schaute zu ihm rüber. Dann holte er aus, und schlug mit voller Wucht in das noch unversehrte Gesicht von Julianne Daniels.

Frederick hatte seine Schwierigkeiten, den Lieferwagen im dichten Berufsverkehr nicht zu verlieren. Die Straßen waren mittlerweile ziemlich verstopft, sodass er nur mühsam vorwärtskam. Der Lieferwagen steuerte auf eine Ausfahrt zu. Es dauerte bestimmt zwei volle Minuten, bis Frederick den silbernen Lincoln an die gleiche Stelle bewegt hatte, die Ausfahrt nahm und die Hauptstraße verließ. Er war erleichtert, als er den dunkelbraunen Lieferwagen an einer roten Ampel stehen sah. Ein schwarzer Ford Explorer setzte den Blinker und zwängte sich vor Frederick in die wartende Autoschlange ein. Als die Ampel auf Grün umsprang, bog der Lieferwagen nach links ab. Frederick starrte wieder auf das leuchtende Zapfsäulensymbol im

Armaturenbrett. Er hoffte, dass sie bald ihr Ziel erreichen würden.

FÜNFZIG

Dann geschah, was er die ganze Zeit befürchtet hatte. Er war dem Lieferwagen noch etwa zwei Meilen durch ein heruntergekommenes Industriegebiet am Stadtrand gefolgt, als der silberne Lincoln plötzlich nicht mehr reagierte und ruckelnd zum Stehen kam. Der Tank war bis auf den letzten Tropfen leergefahren. Er starrte nach vorne und beobachtete, wie der dunkelbraune Lieferwagen hinter einer Häuserreihe verschwand. Schnell sah er sich um und öffnete die Fahrertür. Der Lincoln hatte ihm bis hierhin gute Dienste erwiesen. Die Polizei hatte den gestohlenen Wagen bestimmt längst in ihrem System. Es war nur eine Frage der Zeit, bis der nächste Streifenwagen seinen Weg kreuzte, und das Kennzeichen des gestohlenen Lincoln in die Datenbank eingegeben wurde.

Frederick rannte in dieselbe Richtung, in die der Lieferwagen gefahren war. Völlig außer Atem erreichte er eine kleine Straßenkreuzung. Die Gegend war völlig verlassen. Er sah ein altes Fabrikgebäude, bei dem die Fenster mit Holzbrettern zugenagelt waren. Überall war Graffiti an den Wänden. Weit und breit war niemand zu sehen. In dieser abgelegenen Gegend würden sich bei Einbruch der Dunkelheit bestimmt einige finstere Gestalten herumtreiben, was ihn weiter dazu antrieb, schnell von dort weg zu kommen. Er hatte sich das Nummernschild des Lieferwagens gemerkt, rechnete sich aber keine großen Chancen aus. Conyers war mit seinen fünfzehntausend Einwohnern mehr oder weniger überschaulich. Atlanta lag nur siebenundzwanzig Minuten entfernt. Wenn sie auf dem Weg dorthin waren, dann würde er sie bestimmt für alle Zeit verlieren. Er versuchte, sich in ihre Köpfe hineinzuversetzen. *Wohin waren sie unterwegs?* Er hörte, wie ein großer Lastwagen hinter ihm die Straße heruntergefahren kam. Frederick ging zur Seite und der Lastwagen kam an der Kreuzung zum Stehen. Am liebsten hätte Frederick den Fahrer angehalten und nach Benzin gefragt, aber er wusste, dass diese großen Lastwagen meist alle mit Diesel fuhren. Etwa eine Dreiviertelstunde war er durch das gesamte Industriegebiet gelaufen und hatte keine Menschenseele getroffen. Es war mittlerweile früher Abend und er musste langsam einen Platz für die Nacht finden. Nach all seinen Fortschritten war er wieder zurück in die beklemmende Unsicherheit geworfen worden. Er hatte nicht einen Cent in der Tasche, und sein Laptop und all seine anderen Sachen waren irgendwo in dem dunkelbraunen Lieferwagen verstaut. Das Einzige, was sie ihm wiedergegeben hatten, war die Angst, die ihn schon so lange begleitet hatte.

Als er weiter am Stadtrand entlanggelaufen war, sah er einen Hauseingang, über dem ein kleines Schild angebracht war.

RESTORATION HOMELESS SHELTER
– UNTERKUNFT FÜR OBDACHLOSE –

Das Haus hatte schon bessere Tage gesehen. Es war ein heruntergekommenes Backsteingebäude, an dem auf jeder Etage eine Feuertreppe angebracht war. Frederick sah einen überfüllten Müllcontainer in der Seitenstraße unmittelbar daneben. Unterkünfte für Obdachlose arbeiteten entweder mit den Behörden zusammen, oder waren privat finanzierte Projekte. Er hatte einmal vor sehr langer Zeit einen Bericht über solche Unterkünfte gesehen und er wusste, dass sie jeden aufnehmen mussten, der an ihre Tür klopfte. Viele der Bewohner hatten psychische Probleme, die meist über Jahre unbehandelt geblieben waren. Die Obdachlosenheime waren wegen Gewalt, Drogen und Diebstahl von vielen Bewohnern gefürchtet. Frederick öffnete die Tür und betrat das Obdachlosenheim.

Hinter einer braunen Holztheke saß eine ältere schwarze Frau, die gerade in eine Zeitung vertieft war. An einer Pinnwand hinter ihr waren viele Zettel aufgehängt. Frederick stellte sich direkt vor die Holztheke. Sein Blick fiel auf die krakeligen Worte, die neben unzähligen anderen Symbolen und Wörtern in das Holz eingeritzt waren.

Frederick räusperte sich, und die Frau schaute zum ersten Mal von ihrer Zeitung hoch.

»Ja?«

»Ich suche einen Platz zum Schlafen.«

Er wusste nicht, wie er das Gespräch führen sollte, weil er noch nie in einem Obdachlosenheim gewesen war.

»Warst du schon mal bei uns?«

»Nein.«

»Etwas spät für den Check-in.«

»Ich brauch nur etwas zum Essen und ein bisschen Schlaf. Bitte.«
»Dann musst du ein Formular ausfüllen.«
Die Frau kramte auf dem überfüllten Tisch herum und zog ein Papier aus einem Stapel heraus. Dann schob sie das Papier auf die vollgeritzte Holztheke und gab ihm einen Kugelschreiber. Frederick füllte das Formular aus und wollte gerade mit einem seiner beiden Pseudonyme unterschreiben, als er plötzlich zögerte. Wenn ihn dort jemand erkennen würde, könnte es sehr gefährlich für ihn werden, was es ohnehin schon war. Er musste unbedingt etwas schlafen, deshalb ging er das Risiko ein und unterschrieb das Formular mit Robert Hare.
»Hast du irgendwelche Sachen bei dir?«
Frederick schüttelte den Kopf.
»Also brauchst du auch keinen Spind. Du hast ein Zimmer auf der vierten Etage. 409. Ist ein Dreibettzimmer. Versuch dich ruhig zu verhalten.«
Frederick nickte.
»Kein Alkohol und keine Zigaretten. Und natürlich keine Drogen. Wenn wir dich erwischen, fliegst du sofort raus. Du kannst in der Küche noch eine Suppe bekommen.«
Frederick nickte wieder, obwohl ihm nicht zum Nicken zumute war.
»Gute Nacht. Passen Sie auf sich auf.«
Das erste Mal, dass sie ihn gesiezt hatte, dachte er.
Nachdem er einen Teller heiße Gemüsesuppe gegessen hatte, die gar nicht schlecht geschmeckt hatte, ging er die Treppenstufen nach oben.

Die Zimmer waren auf fünf Stockwerke verteilt. Auf der ersten Etage lagen ein paar Müllbeutel im Gang, die bis obenhin mit Kleidung gefüllt waren. Ein Mann mit einem langen Bart und einem schwarzen Kapuzenpullover stand vor einer Tür und wippte von einem Fuß auf den anderen. Er drehte sich kurz in seine Richtung und schaute sofort wieder weg. Als Frederick im vierten Stock angekommen war, überlegte er, einfach wieder nach unten zu gehen und sich irgendwo draußen einen Schlafplatz zu suchen. Aber wahrscheinlich war das noch gefährlicher in der Gegend. Dann betrat er das Zimmer mit der Nummer 409, das am Ende des Ganges lag. Ein süßlicher Geruch, gemischt mit einem penetranten Geruch nach verfaultem Essen, stieg ihm in die Nase. Er sah ein Doppelbett aus Metall. Und ein Bett direkt daneben, auf dem ein Schwarzer mit geschlossenen Augen in einem blauen Jogginganzug lag und Kopfhörer aufhatte. Als Frederick auf das Bett zuging, öffnete der Schwarze die Augen. Frederick begrüßte ihn mit einer kurzen Handbewegung, ohne eine Antwort zu bekommen. Frederick ging auf das untere Bett zu, das nicht besetzt war und frisch bezogen aussah. Dann zog er seine Schuhe und seine Sachen aus, zog die Bettdecke zurück, und legte sich ins Bett. *Wahrscheinlich würde er kein Auge zumachen*, dachte er. Dann fiel er in einen tiefen Schlaf.

EINUNDFÜNFZIG

Als er aufwachte, war er allein im Zimmer.

Er stand auf und zog seine Sachen an. Als er an der braunen Holztheke im Eingangsbereich vorbeiging, sah er dieselbe Frau vom Vorabend hinter dem Schreibtisch sitzen. Die Frau war wieder in eine Zeitschrift vertieft.

»Entschuldigen Sie«, sagte Frederick.

Die Frau schaute zu ihm hoch, ohne zu antworten.

»Gibt es hier eine Kleinigkeit zum Frühstück?«

»Na klar.«

Sie zeigte auf den Raum, der gegenüberlag.

»Vielen Dank.«

Gerade als er in Richtung Tür gehen wollte, fiel sein Blick auf eine Vermisstenmeldung, die neben ein paar Prospekten der Anonymen Alkoholiker und einer örtlichen Kirchengemeinde am Rand der braunen Holztheke hing. Es war ein kleines weißes Plakat, auf dem zwei Kinder abgebildet waren. Ein blondes neunjähriges Mädchen und ein dunkelhaariges siebenjähriges Mädchen.

In fettgedruckten roten Buchstaben stand:

AMBER ALERT – VERMISSTENMELDUNG

AMBER Alert war ein landesweites System, das bei Vermisstenfällen von Kindern zum Einsatz kam. Die Vermisstenmeldungen wurden über Radio-Stationen, Fernsehsender, das Internet, Reklametafeln und Stauwarntafeln auf Highways und Interstates verbreitet.

Nachdem er ein kleines Frühstück gegessen hatte, lief er zurück zu der Frau am Empfang.

»Gibt es hier ein Telefon in der Nähe?«

»Ja. Gehen Sie links die Straße runter. Am Ende der Straße gibt es ein Münztelefon.«

»Danke.«

Frederick verließ die Obdachlosenunterkunft.

Als er an dem Münztelefon ankam, wartete er einen Moment, bis er schließlich den Hörer abnahm. Er tippte die Zahlen 911 in das Ziffernfeld.

»911 Notrufzentrale.«

»Ich will einen Notfall melden.«

»Um was für einen Notfall handelt es sich?«

»Eine Entführung. Genauer gesagt eine Kindesentführung. Die Tochter meiner Schwester wurde entführt. Sie hat dunkelbraune, halblange Haare und trägt ein blaues Oberteil. Ich hab' den Kerl gesehen. Groß, schlank und dunkelblonde Haare. Um die Fünfzig schätze ich.«

»Wo ist das passiert?«

»2871 Stanton Woods Drive. Conyers.«

»Wie alt ist Ihre Nichte, Sir?«

»Neun«, log Frederick.

»Haben Sie eine Fahrzeugbeschreibung oder ein Kennzeichen?«

»Dunkelbrauner älterer Ford Club Wagon, mit Nevada-Nummernschildern. 326-XDV.«
»Wie ist der Name Ihrer Nichte?«
»Julianne.«
»Den vollständigen Namen, Sir.«
»Julianne Daniels.«
Es dauerte nicht lange, bis die Entführungsmeldung im Radio kam. Auf nahezu jeder digitalen Reklametafel flimmerte die Nachricht.

KINDESENTFÜHRUNG
BRAUNER FORD CLUB WAGON
NV LIC 326-XDV

Gerade als Brentley Bergman mit dem dunkelbraunen Lieferwagen auf den Highway auffuhr, leuchtete eine Warnmeldung auf der riesigen Stauwarntafel auf.

AMBER ALERT
BITTE SCHALTEN SIE DEN LOKALEN
RADIOSENDER EIN

Louis Klein rutschte im hinteren Teil des Lieferwagens hin und her, während Sonny Hicks auf dem Beifahrersitz das Radio anstellte. Nachdem Stevie Nicks ihren Song zu Ende gesungen hatte, unterbrach der Moderator das aktuelle Programm.
»Aufgepasst da draußen. Wir haben eine Kindesentführung. Gesucht wird ein neunjähriges Mädchen.

Dunkelbraune, halblange Haare. Sie trägt ein blaues Oberteil. Zuletzt wurde sie am Stanton Woods Drive in Conyers gesehen. Rockdale County. Ein unbekannter Mann, der mit der Entführung in Verbindung stehen soll, ist in seinen Fünfzigern. Blond und groß. Gesucht wird nach einem dunkelbraunen Ford Club Wagon mit Nevada-Nummernschildern. 326-XDV. Ich wiederhole. Nevada-Nummernschilder. 326-XDV.«

Sonny Hicks starrte wie vom Blitz getroffen auf den Highway, auf dem sich vor ihnen die Autos einfädelten. Er konnte nicht glauben, was er da gerade gehört hatte. Er versuchte seine Gedanken zu ordnen, als der Moderator weitersprach.

»Sie sind vielleicht ihre letzte Chance da draußen! Rufen Sie uns an. 555-226-4639. Die Kleine heißt Julianne. Julianne Daniels. Dunkelbrauner Ford Club Wagon. Nevada-Nummernsch ...«

Sonny Hicks drehte das Radio aus. Dann schlug er mit voller Wucht auf die Plastikablage, die sich vor ihm befand. Nach knapp neunzig Meilen scherte der dunkelbraune Lieferwagen aus und verließ den Larry McDonald Memorial Highway. Der Lieferwagen nahm die Ausfahrt nach Dalton. Er verringerte seine Geschwindigkeit und bog auf eine holprige Nebenstraße. Auf dem Parkplatz eines Motel 6 kam der Lieferwagen zum Stehen. Nachdem Sonny Hicks die Schlüssel für zwei Zimmer von der Rezeption geholt hatte, signalisierte er Brentley Bergman, der immer noch hinter dem Steuer des Lieferwagens saß, auszusteigen. Dann verschwanden sie in einem der Zim-

mer. Louis Klein wartete im Inneren des Lieferwagens, bis es draußen dunkel wurde.
Die Seitentür des Lieferwagens wurde langsam zur Seite geschoben. Louis Klein hatte seine linke Hand mit aller Kraft auf Juliannes Mund gepresst und stützte sich mit der anderen Hand am Rahmen des Lieferwagens ab, um auszusteigen. Julianne war kaum wiederzuerkennen. Die heftigen Schläge hatten ihr Gesicht entstellt. Langsam schob er die Seitentür zurück, bis sie einrastete. Dann griff er mit seiner freien Hand nach Juliannes Arm und zog ihn mit einem gewaltigen Ruck in seine Richtung. Sie gingen zielgerichtet auf die Zimmertür zu. Als sie etwa vier Schritte entfernt waren, wurde die Tür geöffnet und die beiden verschwanden im Zimmer.
Es vergingen nicht mehr als zwei Minuten, bis Sonny Hicks aus dem Zimmer herauskam. Er sah sich auf dem großen Parkplatz um. Das Motel 6 war zweistöckig, und bis auf den dunkelbraunen Lieferwagen sah er noch sechs andere Autos auf dem großen Parkplatz. Als sich Sonny Hicks vergewissert hatte, dass sich niemand auf dem Parkplatz aufhielt, ging er an die hintere Seite des Lieferwagens und fing an, das Nummernschild abzuschrauben. Es dauerte etwa vier Minuten, bis er das Nummernschild zusammen mit den Schrauben in der Hand hielt. Als Nächstes lief er zu einem hellbraunen Plymouth Acclaim, der vor einer der unteren Zimmertüren geparkt war. Er kniete sich hinter dem Wagen auf den Boden und fing an, das Nummernschild des Plymouth abzuschrauben. Der Plymouth war in Minnesota zugelassen. Nachdem er die

Schrauben entfernt hatte, zog er das Nummernschild ab und schraubte das Nevada-Kennzeichen des Lieferwagens an den Plymouth. Das gleiche machte er mit den vorderen Nummernschildern. Dann lief er sofort zum Lieferwagen und schraubte die Nummernschilder des Plymouth an. Als er fertig war, begutachtete er den dunkelbraunen Lieferwagen, der jetzt mit Kennzeichen aus Minnesota ausgestattet war. Dann verschwand er im Zimmer.

ZWEIUNDFÜNFZIG

In den frühen Morgenstunden verließen sie das Zimmer im Motel 6. Es war fünf Uhr achtunddreißig, als Sonny Hicks die beiden Zimmerschlüssel auf die Theke der Rezeption legte. Er hatte die beiden Zimmer im Voraus bezahlt und gerade, als er nach draußen treten wollte, sah er, wie ein grauhaariger älterer Mann vor seinem hellbraunen Plymouth stand und mit einem jungen Officer in schwarzer Uniform sprach. Seine Kehle wurde trocken. Er wusste, dass es ein Fehler gewesen war, die Nacht im gleichen Motel zu verbringen. Sie hätten gleich aufbrechen sollen. Das Risiko – den Lieferwagen an irgendeine andere Stelle zu bewegen –, war ihm am Abend zuvor viel zu groß erschienen, deshalb war er das ebenfalls hohe Risiko eingegangen, und hatte darauf spekuliert, dass der Besitzer des Plymouth ein Langschläfer war.

Frederick sah in dem kleinen alten Fernseher, der unterhalb der Decke im Speiseraum der Obdachlosenunterkunft angebracht war, wie ein Helikopter über einem Motel 6 kreiste, während darunter eine Gruppe von Menschen zu sehen war, die um einen geparkten Lieferwagen herumstand. Einige Streifenwagen standen auf dem Parkplatz des Motels verteilt und die hoch motiviert klingende Fernsehansagerin sprach von einer gelungenen Aktion gegen die Kindesentführer, die im Verlauf der kommenden

vierundzwanzig Stunden Gesprächsthema Nummer eins auf allen Lokalsendern werden würde.
Das Motel 6 lag in Dalton, einer kleinen Stadt mit etwa dreiunddreißigtausend Einwohnern, die sich etwas mehr als eine Autostunde nördlich von Atlanta befand. Zumindest wusste er jetzt, wo Julianne war. Ein kleiner Funken Hoffnung keimte in ihm auf, als er nach oben in das Zimmer im vierten Stock lief und sah, dass seine Zimmernachbarn ausgeflogen waren. Auf einem Stuhl neben dem Doppelbett lag eine schwarze Tasche. Er wusste, dass die Tasche dem Schwarzen mit den Kopfhörern gehörte. Er ging auf die Tasche zu und riskierte einen Blick hinein. Neben einem Discman, einem Paar schwarzen Socken, einer Schachtel Newport-Mentholzigaretten und den Kopfhörern, lag eine kleine goldene Metallklammer, in der ein paar Dollarscheine steckten. Frederick griff sofort nach der Metallklammer, löste die Scheine heraus und warf die Klammer zurück in die Tasche. Hastig lief er die Treppe bis nach unten, ging an der Theke vorbei, hinter der die schwarze Frau immer noch an ihrem Tisch saß, und trat auf die Straße hinaus.
Er ging, so schnell er konnte, die Straße in Richtung Münztelefon entlang und lief noch etwa zwei Meilen weiter, bis er an eine große Straßenkreuzung kam. Auf der gegenüberliegenden Seite sah er eine Chevron-Tankstelle. Er ging zu einem Fußgängerübergang und überquerte die Straße. Als er auf der anderen Straßenseite angekommen war, griff er in seine linke Hosentasche, und zog die Scheine heraus. Es waren einhundertzwanzig Dollar.

Frederick betrat die Tankstelle. Nachdem er den Kassierer nach einer Wegbeschreibung zum nächstgelegenen Elektronikfachmarkt gefragt hatte, ging er auf direktem Weg dorthin. Der Laden war von endlosen Sonderangebotsschildern übersät.

Als er an einem Regal vorbeikam, auf dem eine ganze Reihe mit Laptops aufgebaut war, warf er einen Blick auf die Preisschilder. Alle waren außerhalb seiner momentanen Möglichkeiten. Er ging weiter den Gang entlang. In einem Nebengang stand eine Fotokabine, vor der zwei Teenager mit bunten Miniröcken standen, die sich kichernd über ihre ausgedruckten Passbilder gebeugt hatten. Frederick blieb an einem Regal stehen und wartete, bis das Kichern der Teenies verstummte. Dann steckte er einen Fünf-Dollar-Schein in den Fotoautomaten und setzte sich in die Kabine. Es blitzte zweimal. Frederick wartete, bis der Fotobogen aus dem Automaten kam. In einem anderen Gang sah er einen jungen Mann in einem roten Poloshirt mit weißem Namensschild, der gerade einem älteren Herrn ein Programm auf einem Computermonitor vorführte. In der Nähe des jungen Verkäufers hing ein Schild über einem roten Tresen. TRY BEFORE YOU BUY stand auf dem Schild. Gegen eine geringe Bezahlung konnte man für eine halbe Stunde alle möglichen Programme ausprobieren.

Ein anderer Angestellter in rotem Poloshirt grinste Frederick zu, als er ihn entdeckte. Frederick schob ihm seinen ausgedruckten Fotobogen entgegen. Der Mitarbeiter legte den Fotobogen in einen Scanner, der mit dem Computernetzwerk verbunden war. Innerhalb von wenigen Sekunden tauchten Fredericks Fotos auf einem Monitor auf, der zwischen vielen anderen Monitoren stand. Dann ließ ihn der Mann allein. Frederick öffnete Photoshop. Dann öffnete er einen Browser und tippte *Führerscheinvorlage* in das Suchfeld.

Mit ein paar wenigen Klicks hatte er sein Foto in eine Originalvorlage eines Führerscheins aus Arizona eingefügt. Als die halbe Stunde um war, kam der Mitarbeiter wieder zum Tresen gelaufen. Gegen einen kleinen Aufpreis bekam Frederick seine bearbeiteten Fotos auf Polyesterpapier gedruckt. Polyesterpapier sah aus wie Papier, war aber in Wirklichkeit ein synthetisches Material, das die besten Eigenschaften von Papier und Kunststoff vereinte. Genau richtig für gefälschte Ausweise. Das Papier ratterte langsam aus dem großen Drucker, der hinter dem Mitarbeiter an der Wand stand.

»Sieht echt aus«, grinste der Mitarbeiter.

Frederick nahm das frisch bedruckte Fotopapier und ließ es in seiner Jackentasche verschwinden.

»Was schulde ich Ihnen?«

»Ist das alles?«

Frederick nickte und bezahlte.

Zwei Gänge weiter nahm er einen Heißlaminierer und Laminierfolien von einem der Regale, und ging auf die Kasse zu. An der Kasse nahm er noch eine Mini-Taschenlampe mit, die im Sonderangebot war. Nachdem er bezahlt hatte, ging er auf die Kundentoilette. Er schloss sich in einer Kabine ein und zog das Fotopapier aus seiner Jackentasche.

Er steckte den gefälschten Führerschein in den Heißlaminierer und unter hohen Temperaturen wurden die Laminierfolien zusammengepresst. Es war an der Zeit, die Welt mit den Augen von Richard Frisky aus Glendale, Arizona zu sehen.

DREIUNDFÜNFZIG

An der örtlichen Greyhound-Station kaufte er für sechsunddreißig Dollar ein One-Way-Ticket nach Dalton. Die Fahrt im Greyhoundbus dauerte drei Stunden und fünfundzwanzig Minuten. Als er aus dem Bus ausstieg, verschlechterte sich das Wetter. Das Motel 6 war nicht weit entfernt. Er hatte sich die Außenaufnahme des Motels, die der kreisende Helikopter aufgezeichnet hatte, gut eingeprägt. Frederick beschloss noch ein oder zwei Stunden zu warten, bevor er sich zu dem Motel aufmachen würde. Wahrscheinlich wimmelte es nur so von Polizisten, die dort gerade dabei waren, ihre Untersuchungen abzuschließen.

Die zuständigen Beamten hatten Brentley Bergman und Louis Klein bereits mehrere Stunden verhört. Die Untersuchung des dunkelbraunen Lieferwagens ergab – bis auf ein paar Abschürfungen an der Innenwand – keine spektakulären Erkenntnisse. Einen Beweis für eine Kindesentführung konnten die Ermittler auch nach mehrmaligem Durchsuchen der gesamten Motelzimmer und der geparkten Fahrzeuge nicht finden. Sie vermuteten, dass die gefassten, potenziellen Entführer, etwas vor ihnen verbergen wollten. Ein Techniker der Polizei hatte dem Besitzer des Plymouth seine Kennzeichen wieder angeschraubt, damit dieser seine Reise fortsetzen konnte. Als die Dunkelheit hereinbrach, bereiteten sich Brentley Bergman und Louis Klein auf ihre erste Nacht in der Zelle des Sheriff's Office vor.

Frederick beobachtete aus sicherer Entfernung, wie die letzten Streifenwagen das Gelände verließen. Dann trat er seinen Fußmarsch an. Er wusste nicht, was genau er sich dort erhoffte. Als er am Mittag das Motel in den Nachrichten gesehen hatte, gab es noch keine Details zu den Tätern. Was ihn aber am meisten gewundert hatte, war die Tatsache, dass niemand anstelle eines Kindes eine verletzte, misshandelte Fünfzigjährige erwähnt hatte, die aus ihrem Haus im Stanton Woods Drive entführt worden war. Irgendetwas konnte nicht stimmen. Wenn sie die Täter geschnappt hatten, dann musste Julianne zwangsläufig mit dabei sein. Und falls nicht, dann musste er sie so schnell wie möglich finden.
Der Himmel war schwarz geworden. Die Polizei hatte den dunkelbraunen Lieferwagen anscheinend beschlagnahmt, weil er nicht mehr auf dem Parkplatz stand, als Frederick auf den Eingang des Motels zuging. Er betrat das Motel 6. Sein Blick fiel auf ein dunkles Stoffsofa, das im Eingangsbereich stand. Dort hatten die Leute von der Spurensicherung ein paar Plastikhandschuhe liegen lassen. Ein junger Mann stand hinter dem getäfelten Tresen.
»Guten Abend. Ein Zimmer für eine Person?«
Frederick nickte.
»Was ist hier passiert?«, fragte Frederick.
»Die Polizei hat ein paar Männer mitgenommen. Ging

angeblich um eine Kindesentführung. Nur haben sie kein Kind gefunden.«

Soviel wusste er selbst schon.

»Ist Ihnen eine Frau um die Fünfzig aufgefallen, die mit der Polizei mitgegangen ist?«

»Nein.«

»Haben Sie gestern auch gearbeitet?«

»Ja.«

»Und als die Männer gestern eingecheckt haben, war da keine Frau dabei?«

»Nicht, dass ich wüsste.«

Der junge Mann schob den Zimmerschlüssel über den Tresen. Frederick bezahlte und ging zu seinem Zimmer. In einem Gang nahe der Rezeption stand ein Automat mit kleinen Snacks, an dem sich Frederick eine Tüte Kartoffelchips und eine Dose Root Beer zog. Dann ging er die Treppenstufen hinauf zum oberen Stockwerk des Motels. Nachdem er etwa eine Stunde auf dem Bett gesessen hatte, und die Lokalnachrichten im Fernsehen angesehen hatte, stand er auf und zog die Vorhänge zur Seite. Er schaute auf den dunklen Parkplatz hinunter. Auf der gegenüberliegenden Straßenseite war eine Tankstelle, deren Lichter in die Dunkelheit hinausstrahlten. Seine Augen wanderten zurück über den unbeleuchteten Parkplatz. Und plötzlich erstarrte er. Da draußen in der Dunkelheit stand jemand. Die Gestalt bewegte sich nicht. Sie schien genau in seine Richtung zu schauen. Sofort zog Frederick die Vorhänge zu. Er überlegte, was er tun sollte. Er ging zum Lichtschalter und schaltete die Lampen im Zimmer aus. Er spürte, wie sein Herz schneller wurde. Zwei volle Minuten wartete er. Dann hielt er die Luft an und zog den Vorhang ein wenig zur Seite, sodass er einen kleinen Spalt hatte, durch den er hindurchsehen konnte. Die Gestalt war verschwunden. Der Vorhang baumelte zurück, als er ihn losließ. Frederick blieb gut zehn Minuten wie angewurzelt im stockdunklen Motelzimmer sitzen, bis er schließlich aufstand und das Zimmer verließ. Er durfte keine Zeit mehr verschwenden. Wenn Julianne noch irgendwo da draußen war, dann musste er sie finden.

Er ging an einer Reihe geparkter Autos entlang, als er einen Schatten vorbeihuschen sah. Es ging alles viel zu schnell. Ein brennender Schmerz fuhr durch seine untere Bauchhälfte. Frederick bemühte sich, das Gleichgewicht zu halten, während er panisch versuchte, das Gesicht seines Angreifers zu erkennen. Sonny Hicks hatte auf ihn gewartet. Er war sich sicher gewesen, dass Frederick hierherkommen würde, um nach Julianne zu suchen. Als Sonny Hicks am frühen Morgen von der Rezeption aus beobachtet hatte, wie der Plymouth-Besitzer mit einem jungen Officer sprach, hatte er sich so schnell wie möglich von dem Motel entfernt. Seinen beiden Kollegen war es nicht so gut ergangen. Sonny Hicks war ein paar Meilen zu Fuß gegangen. In einem Dairy Queen Restaurant hatte er einige Stunden gewartet. Dann hatte er beschlossen, sich wieder im Motel 6 einzumieten, um auf Frederick zu warten, der ganz sicher vorbeikommen würde.

Sein Plan war aufgegangen. Frederick taumelte zurück und fiel auf den Boden. Etwas Nasses lief ihm kalt den

Bauch hinunter. Fredericks Kopf befand sich unmittelbar neben dem Vorderreifen eines geparkten Wagens. Mit einem Ruck griff er nach dem Autoreifen und zog sich daran mit aller Kraft nach oben. Sonny Hicks holte gerade wieder aus, und traf ihn mitten ins Gesicht. Frederick schlug mit der Faust gegen das Glas des Seitenspiegels eines alten Hyundai Sonata, das sofort Risse bekam. Er nahm ein Stück der zerbrochenen Glasscheibe heraus. Dann holte er aus, und zielte damit auf Sonny Hicks' Hals. Das Stück der zerbrochenen Glasscheibe blieb Sonny Hicks im Hals stecken. Er taumelte zur Seite und versuchte, Luft zu holen. Mit beiden Händen umfasste Sonny Hicks seinen Hals. Frederick nutzte die Gelegenheit. Er rannte, so schnell er konnte, auf die andere Seite des Motels. Er presste seine Hand fest auf die rechte Seite seines Bauchs und versuchte, die Wunde zuzuhalten. Der Gang des Motels schien endlos zu sein. Er musste bei Bewusstsein bleiben und sich zusammenreißen. Am liebsten wäre er zu dem jungen Mann an der Rezeption gerannt. Aber der hätte sofort einen Krankenwagen gerufen. Und dann wäre alles vorbei. Seine neu erstellte Identität besaß – bis auf einen Führerschein –, keinerlei Dokumente. Es gab keine Geburtsurkunde, keine Krankenversicherung, keine Sozialversicherungsnummer und keinen Lebenslauf. Also gab es auch keine Hilfe, ohne dass unangenehme Fragen gestellt würden. Er drehte sich nicht um und ging immer weiter. Er dachte, dass er jeden Moment zusammenbrechen würde. Dann hörte er Stimmen. Sie waren nah. Sehr nah. Sie kamen vom Stockwerk unter ihm. Er musste so schnell wie möglich verschwinden. Er gab sich höchstens vier oder fünf Minuten, bevor er umkippen würde. Die Stimmen kamen näher. Immer wieder fielen seine Augen zu. Er kämpfte mit sich. Dann drückte er gegen den Türgriff von Zimmer Nr. 224 und die Tür öffnete sich. Er spürte, wie er gerade noch in den Flur taumelte und die Tür hinter sich zu ziehen konnte. Seine Hand tastete nach der Metallkette am Türrahmen. Als er die Kette in seiner Hand spürte, zog er den Riegel heraus und steckte ihn in die Halterung in der Wand. Dann sackte er am Boden zusammen.

Sein Kopf dröhnte. Als er langsam seine Augen öffnete, fuhr ein entsetzlicher Schmerz durch seinen Körper. Der Schmerz war so unerträglich, dass er sofort wieder die Augen schloss. Beinahe wäre er ohnmächtig geworden. Dann öffneten sich seine Augen wieder. Sein Blick huschte durchs Zimmer. Draußen war es immer noch stockdunkel. Ein bitterer Geschmack stieg aus dem Rachen hinauf in seinen Mundraum. Er versuchte den Mund zu öffnen, um etwas zu sagen, aber es kam nur ein dumpfer Kratzton heraus. Er wollte seinen Kopf drehen, was ihm aber nicht gelang. Er strengte sich an, seinen Blick auf sich selbst zu richten. Er tastete mit seinem linken Arm hinunter und spürte plötzlich etwas, das sich wie Wasser anfühlte. Sein ganzer Bauch war voll davon. Der Schmerz kam unerwartet schnell zurück. Er kniff die Augen zusammen und hörte ein Geräusch von draußen. *Schließ keine Kompromisse. Du bist alles, was du hast*. Dann fielen ihm die Augen wieder zu.

VIERUNDFÜNFZIG

Es war, als hätte jemand das Licht wieder angeknipst. Ein Kipplaster rauschte in hohem Tempo an ihm vorbei. Frederick blinzelte und versuchte, sich auf den Beinen zu halten. Sein Orientierungssinn war schwer in Mitleidenschaft gezogen worden. Überhaupt schienen seine Sinne nicht hundertprozentig zu funktionieren. Die grellen Scheinwerfer der heranfahrenden Autos blendeten ihn. Er wusste nicht, wie er an diese stark befahrene Straße gekommen war. Wieder rauschte ein Fahrzeug unmittelbar an ihm vorbei, sodass der Windstoß den Ärmel seiner Jacke nach oben wirbelte. Um ein Haar hätte ihn der Wagen erwischt. Frederick musste zusehen, dass er so schnell wie möglich von der Landstraße herunterkam. Er warf einen Blick auf die andere Seite, die ihm endlos weit entfernt schien. Wieder fielen ihm die Augen zu. Er musste unbedingt hier weg. Er war noch immer bei Bewusstsein und ging langsam am Seitenstreifen entlang. Plötzlich musste er sich übergeben. Als er an seinem Bauch herunterschaute, sah er die offene Wunde, die schnell behandelt werden musste. Eins stand fest, Frederick lebte. Dann fiel ihm wieder ein, wie er das Motelzimmer – etwa fünfzehn Minuten nachdem er auf dem Boden zusammengesackt war –, verlassen hatte. Zuerst hatte er aus dem Wasserhahn warmes Wasser in den Zahnputzbecher laufen lassen, und damit die Wunde am Bauch gesäubert. Mit einem abgerissenen Stück Stoff vom Bettlaken hatte er die Wunde notdürftig umwickelt. Als er hinter dem Motel an der Stelle vorbeigekommen war, an der er um sein Leben gekämpft hatte, deutete nichts mehr auf einen Kampf hin. Sonny Hicks war verschwunden. Er wusste nicht, wie stark er ihn verletzt hatte. *Vielleicht tödlich. Vielleicht aber auch nicht.*

Ein blau leuchtendes Neonschild strahlte aus einem Fenster heraus.
Als Frederick das Licht der Taschenlampe auf die Tür richtete, sah er das zerkratzte Schloss, an dem sich wohl schon der eine oder andere Tablettensüchtige zu schaffen gemacht hatte. Frederick lief um das Gebäude herum und fand ein kleines Fenster. Es dauerte etwas, bis das Fenster zerbrach. Die herunterhängenden Jalousien baumelten hinter dem Fenster hin und her, sodass er sich darin leicht verhedderte. Er tappte im Dunkeln langsam Stufe für Stufe in den ersten Stock hinauf und verschaffte sich Zugang zu den Medikamenten. Alle Schränke waren nummeriert. Auf einem Tisch lag ein schwarzer Registerordner. Frederick blätterte durch den Ordner und fand den jeweiligen Inhalt der einzelnen Schränke. Er stand auf und ging zu einem der Regale. Er entschied sich für ein sehr starkes, verschreibungspflichtiges Schmerzmittel. Er riss die Packung auf und schluckte sofort zwei Tabletten. Das Morphium wirkte sofort. Als Nächstes musste er sich um seine Wunde am Bauch kümmern. Langsam wickelte er das abgerissene Bettlaken von der Bauchwunde. Er sah

eine blaue Flasche. Auf dem Aufkleber stand 70% ETHANOL. Er griff nach der Flasche und desinfizierte die Wunde so gut es ging. Dann fand er eine Flasche Antibiotika-Spray, das er auf die Wunde sprühte. Er zog ein paar Wundauflagen und Mullbinden aus einem Plastikfach heraus, riss die Verpackung auf und wickelte die Binden um die Wunde. Er setzte sich auf einen Stuhl und schlief für ein paar Sekunden ein. Es dauerte nicht lange, bis er wieder aufwachte. Er musste sich zwingen, nicht in einen Tiefschlaf zu fallen. Er stand auf und ging zu einem der Regale. Dann nahm er einige Schlaftabletten aus einem der Fächer und steckte sie in seine Jackentasche. Er nahm noch ein paar Packungen Mullbinden und Wundauflagen mit. Außerdem noch eine Flasche Chloroform, einen Lappen und einen Hammer, den er neben einem Regal liegen sah. Dann ging er die Treppenstufen nach unten. Mit einem kräftigen Schlag krachte der Hammer auf die Kasse. Die Kassenschublade sprang durch den heftigen Schlag etwas heraus. Frederick zwängte seine Hand in die enge Öffnung der Schublade und zog mehrere Geldscheine heraus, die er sofort in seine Tasche stopfte.
Es war Zeit zu gehen. Frederick schlüpfte durch das kleine Fenster zurück auf die Straße. Dann verschwand er.

Es dauerte etwa vierzig Minuten, bis Frederick zurück zum Motel 6 gefunden hatte. Nachdem er sich zusammengerissen hatte, und einen neuen Zimmerschlüssel an der Rezeption geholt hatte, verschwand er sofort auf seinem Zimmer. Er zog die Vorhänge vors Fenster, zog seine Schuhe aus und schlief gleich ein.

FÜNFUNDFÜNFZIG

Nachdem er sich zwei ganze Tage nicht mehr aus seinem Zimmer entfernt hatte, musste er zurück in die Außenwelt. Er hatte seine Bauchverletzung notdürftig versorgt und hoffte, dass sie sich nicht weiter entzünden würde. Das Morphium hatte ihn so benebelt, dass er von den Schmerzen nicht mehr viel mitbekam. Als es dunkel wurde, trat er aus seinem Zimmer heraus. Er spürte, wie die kalte Abendluft frischen Sauerstoff in seine Lungen pumpte.

Er hörte eine Männerstimme. Bis auf ein paar wenige Wortfetzen konnte er nichts verstehen. Frederick wollte gerade auf dem Absatz umkehren und zurück zum Zimmer gehen, als er sah, wie ein Mann in einem beigefarbenen Polohemd zusammen mit einer Frau die Treppenstufen nach oben gelaufen kam. Ohne in ihre Richtung zu schauen, ging Frederick an den beiden vorbei. Er ließ seine linke Hand auf der unteren linken Seite seines Pullovers liegen, als könnte er damit die Wunde an seinem Bauch vor weiteren Komplikationen schützen. Das kurze, neue Leben von Richard Frisky war fast zu Ende gewesen, bevor es überhaupt begonnen hatte. Frederick hatte enormes Glück, dass die Messerattacke von Sonny Hicks keine wichtigen inneren Organe verletzt hatte. Er ermahnte sich, langsam zu gehen, während er sich von

dem Motel entfernte.
Er lief über den Parkplatz vor der Dalton Public Library. Innen brannte noch Licht. Es war kurz vor sechs, also hatte die Bücherei noch eine gute Stunde geöffnet, wie er auf dem Schild erkennen konnte. Frederick betrat die Bücherei. Es war wenig los. Und sehr ruhig. Genau das, was er gehofft hatte. Neben einer Glaswand waren vier Tische in einer Reihe aufgestellt, an denen auf jeder Seite jeweils zwei Computermonitore nebeneinanderstanden. Er setzte sich auf einen blauen Metallstuhl an den letzten Tisch. Dann bewegte er die Computermaus und der Bildschirm wurde hell. Er öffnete den Internet Explorer. *Bauchwunde behandeln*, tippte er in das Suchfeld der Suchmaschine. Er las mehrere Seiten zu dem Thema und kam zu dem Schluss, dass er eine ordentliche Erstversorgung bereits geleistet hatte. Natürlich wurde auf jeder Seite dazu geraten, mit solch einer Wunde, sofort in ein Krankenhaus zu gehen. Eine Nachbehandlung und genaue Überwachung war bei einer Bauchverletzung die Voraussetzung für einen positiven Heilungsverlauf. Aber genau das konnte Frederick nicht tun. Er konnte nicht einfach in ein Krankenhaus spazieren, und sich für mehrere Tage behandeln lassen. Er musste das Risiko eingehen, und die Wunde selbst weiter behandeln. Er klickte die Medizinseiten weg und öffnete ein neues Fenster. Nach einer schnellen Suche fand er die Öffnungszeiten einer Hertz Autovermietung. Er hatte genügend Geld aus der Apothekenkasse genommen, sodass es an der Zeit war, aus Dalton zu verschwinden. Frederick tippte Juliannes Namen in die Suchmaschine ein und fand

– bis auf die üblichen Telefoneinträge –, keine Meldung zu ihrem Namen. In den Nachrichten hatten sie immer nur von den vermeintlichen Kindesentführern gesprochen. Er tippte *Dalton GA Vermisstenanzeige* in die Suchmaschine ein. Bei der Polizei anzurufen war auch keine Option. Er musste sich mit der Ungewissheit über Juliannes Verbleib wohl zufriedengeben. Vier Einträge weiter unten las er die Überschrift eines lokalen Nachrichtensenders.

SCHWERVERLETZTER IN KRANKENHAUS EINGELIEFERT.

Frederick klickte auf den Link.

ANGRIFF DURCH UNBEKANNTEN. GLASSCHERBE VERLETZT MANN SCHWER AM HALS. WEITERHIN KRITISCHER ZUSTAND.

Sonny hatte die Nacht also überlebt.

Einerseits hatte er eine Gefahrenquelle vorübergehend oder dauerhaft beseitigt. Andererseits hatte er durch diesen Schritt die Verbindung zu Julianne verloren. Ohne Julianne würde er Linda nicht finden können. Sie wusste jetzt, dass er alles dafür tun würde, um sie zu finden. Gerade als er alle Fenster geschlossen hatte und den Bildschirm ausschalten wollte, dachte er an seine Begegnung mit Brentley Bergman zurück. Er erinnerte sich an die Unterhaltung, die sie bei ihrer ersten Begegnung miteinander hatten.

Entweder war es sein Instinkt oder eine göttliche Eingebung, als Frederick den Namen *Dr. Friedman* in die Suchmaschine eintippte. Eine beachtliche Reihe an Fortbildungen und Vorträgen wurde aufgelistet, an denen

Dr. Harold Friedman teilgenommen hatte. Er war einer der ausgewählten Herzspezialisten, die auf ihrem Gebiet zahlreiche Veröffentlichungen in den einschlägigen Fachzeitschriften zu verbuchen hatten. Seine Arbeiten und klinischen Studien wurden unter anderem im *Circulation* – einer der bedeutendsten Fachzeitschriften auf dem Gebiet der Herz- und Gefäßkrankheiten – sowie dem *American Heart Journal* und dem *Journal of Vascular Surgery* veröffentlicht. Im kardiologischen Zentrum der Harvard Medical School hatte er eine qualifizierte und erstklassige Ausbildung genossen, und sich nach einigen Jahren im Ausland, sowie den Aufenthalten an den renommiertesten kardiologischen Zentren in Washington und Connecticut, schließlich in Amherst niedergelassen. Die Kardiovaskuläre Medizin, die das Herz und die Gefäße betraf, hatte sich seit dem Beginn seiner Tätigkeit in den frühen 80er Jahren enorm verändert. Beinahe jeder zweite Todesfall war auf Herz-Kreislauf-Erkrankungen zurückzuführen, weshalb die Technologie in diesem Feld zu immer komplexer werdenden Möglichkeiten führte. Auf dem Gebiet der Kardiovaskulären Wissenschaften promovierte er unter den bedeutendsten Professoren, die das Land zu bieten hatte. Seine Forschungen im Bereich des *Tissue Engineering* waren wegweisend.
Wenig später erhielt er Mitte der 90er Jahre von der *American Heart Association* und vom *National Institute of Health* – sowie verschiedenen privaten Stiftungen – die nötigen finanziellen Mittel, die es ihm ermöglichten, die Forschung auf dem Gebiet der Tissue-engineerten Herz-

klappen auszuweiten, und dadurch völlig neue Perspektiven zu schaffen. Auf diese Weise konnte er seine Abteilung zum renommierten Fachbereich für Herz- und Gefäßkrankheiten aufbauen.

Er besaß außerdem eine Professur für Kardiovaskuläre Medizin und besetzte eine Teilzeitstelle an der Cornell University in New York. Alles in allem schien Dr. Friedman ein versierter Vertreter seiner Zunft zu sein. Er hatte mit seinen Eingriffen Menschen schon häufig die Möglichkeit für einen Neuanfang gegeben.

Als Frederick sich durch die Webseite klickte, fand er das Adressfeld und sah, dass Dr. Friedmans Praxis nur wenige Straßen von seiner alten Schule entfernt lag. Frederick kritzelte die Telefonnummer auf ein Stück Papier und beschloss, am nächsten Morgen in der Praxis anzurufen, um mit Dr. Friedman über alte Erinnerungen zu sprechen.

Die Hertz Autovermietung war schon geschlossen, als Frederick die Bücherei verließ. Es hatte stark zu regnen begonnen. Frederick lief mit schnellen Schritten zum Motel 6 zurück. Er warf einen Blick durch das Seitenfenster der Rezeption und sah, wie der junge Angestellte gerade mit einer Frau sprach. Auf dem Weg zu seinem Zimmer kam Frederick wieder an dem Snackautomaten vorbei. Er schob einen Fünf-Dollar-Schein in den Schlitz und verschwand kurz darauf mit einem Schinken-Sandwich und einer kleinen Tüte Nachos. Den weiteren Abend verbrachte er vor dem Fernseher.

SECHSUNDFÜNFZIG

Unmittelbar nach dem Frühstück tippte Frederick die Telefonnummer in das Telefon ein. Eine ältere Stimme meldete sich.

»Praxis Dr. Friedman, Elsa am Apparat. Wie kann ich Ihnen helfen?«

»Guten Tag. Ich würde gerne mit Dr. Friedman sprechen.«

»Sind Sie Patient bei uns?«

»Nein.«

»Wie ist der Name?«

»Richard Frisky.«

»Leider ist der Terminkalender von Dr. Friedman sehr voll, deshalb gibt es momentan eine längere Wartezeit. Warten Sie einen Augenblick.«

Frederick hörte, wie der Telefonhörer zugehalten wurde. Dann hörte er ein leises Rascheln.

»Dann schauen wir mal. Der Doktor hätte am 18. August einen Termin. Passt Ihnen das?«

»Also eigentlich geht es um etwas Privates.«

»Ach, Sie kennen Dr. Friedman?«

»Nicht direkt.«

»Er hat jetzt gerade noch eine Patientin. Ich werde ihm danach eine Nachricht zukommen lassen. Unter welcher Nummer kann ich Sie erreichen?«

Frederick gab ihr die Telefonnummer seines Zimmers und

bedankte sich. Dann legte er auf.
Es dauerte nicht lange, bis das Telefon klingelte.
»Hören Sie?«
»Ja«, sagte Frederick.
»Dr. Friedman macht so etwas normalerweise nicht. Er konnte sich an Ihren Namen nicht erinnern und fragt sich, um was es bei der ganzen Sache geht. Er ist bereit, Sie morgen Nachmittag zu empfangen, da er die Praxis sowieso früher schließen wollte. Soll ich Sie für 16:00 Uhr eintragen?«
Frederick zögerte einen Moment.
»Gut. Machen Sie das.«
»Dann bis morgen Nachmittag, Mr. Frisky.« Elsa legte den Hörer auf.
Frederick blätterte durch die Broschüre der Autovermietung.
»Haben Sie schon was gefunden?«, fragte eine helle Stimme.
Frederick schaute von der Broschüre zu der Frau hinter dem Schalter.
Er entschied sich für einen Hyundai Sonata, dessen Seitenspiegel ihm schon einmal das Leben gerettet hatte. Nachdem er den Preis für eine Woche im Voraus bezahlt hatte, wurde er von der Frau nach draußen zu dem Wagen geführt.
Nach sechs Stunden und zweiunddreißig Minuten verließ Frederick die Interstate 81 und nahm die Ausfahrt nach Fairfield, Virginia. Er fand ein kleines Motel etwa fünfzehn Minuten von der Ausfahrt entfernt.

Noch vor Sonnenaufgang setzte Frederick seine Fahrt fort. Es war ein sehr merkwürdiges Gefühl, als er zum zweiten Mal in sehr kurzer Zeit das Ortsschild von Amherst sah. Er nahm wieder die Ausfahrt nach Deerfield und mietete sich in einem Days Inn Motel ein Zimmer. Nachdem er ein kleines Mittagessen zu sich genommen hatte, fuhr er den Mietwagen auf den Parkplatz der Arztpraxis von Dr. Harold Friedman.

Frederick saß im Wartezimmer. Es war wie jedes andere Wartezimmer mit den obligatorischen Möbeln eingerichtet. An der Wand hingen Fotos von Großstädten, die überwiegend bei Nacht abgelichtet worden waren. Auf einem Regal lag ein Stapel mit Kinderbüchern. Daneben stand ein Wasserspender, der mit etlichen Papierbechern ausgestattet war. In einer Ecke des Wartezimmers war eine Kinderspielecke. Bauklötze, Stofftiere und ein Filzteppich mit Straßenmotiv, waren quer über den Boden verteilt. Eine kleine Palme stand in einem schwarzen Kübel in der gegenüberliegenden Ecke. Frederick fragte sich, ob die Pflanze echt war. Außer ihm saß noch ein älterer Mann im Wartezimmer. Frederick starrte auf den Tisch mit den vielen Zeitschriften. Aus dem Augenwinkel konnte er sehen, dass ihn der Mann zu beobachten schien.

»Sind Sie das erste Mal hier?«, fragte der Mann plötzlich.

Frederick war etwas überrascht.

»Ja. Und Sie?«

»Ist mein zweites Zuhause.«

Der Mann deutete auf seine linke Brust.

»Läuft nicht mehr so, wie es sollte. Warum sind Sie hier?«

»Nicht aus medizinischen Gründen.«
»Das verstehe ich nicht. Sind Sie mit Dr. Friedman befreundet?«
»Nein.«
»Woher kommen Sie, wenn ich fragen darf?«
»Aus Amherst.«
»Sie hatten also schon mit Dr. Friedman zu tun?«
»Nein. Ich habe ein paar Fragen, die ich ihm stellen muss.«
»Meine Neugierde ist eine dumme Angewohnheit. Bitte entschuldigen Sie.«
Frederick machte eine winkende Handbewegung und gab ihm damit zu verstehen, dass es ihm nichts ausmachte.
»Also haben Sie gar keine Probleme mit Ihrem Herzen?«
»Nein.«
Der Mann rutschte auf seinem Stuhl hin und her.
»Darf ich fragen, warum Sie dann hier sind?«
»Dr. Friedman hat vor 18 Jahren den Tod meiner Frau festgestellt. Deshalb muss ich mit ihm sprechen.«
In dem Moment veränderte sich das Gesicht des Mannes. Er sah langsam in Fredericks Richtung. Dann musterte er ihn und kniff die Augen zusammen.
Der Mann stand plötzlich auf und ging auf die Tür zu. Dann verließ er das Wartezimmer. Frederick war etwas verwundert. *Vielleicht hatte der Mann plötzlich Schmerzen bekommen.* Nachdem etwa eine Viertelstunde vergangen war, und der Mann immer noch nicht zurückgekommen war, stand Frederick auf und ging auf die Anmeldung zu. Dort war niemand. Dann hörte er Schritte. Eine kleine Frau mit grauen, zusammengesteckten Haaren kam hinter

die Anmeldung gelaufen.

»Ja?«, fragte sie.

»Ich hatte eigentlich um 16:00 Uhr einen Termin bei Dr. Friedman. Ich warte jetzt schon eine ganze Weile.«

»Oh, das ist aber komisch. Ich dachte, Sie wären schon bei ihm gewesen. Er ist vor etwa zehn Minuten gegangen.«

Frederick wusste nicht, was hier los war. Er ging zurück in Richtung Wartezimmer, als er links von sich einen schmalen Gang sah.

»Geht es hier zu den Toiletten?«, fragte er.

Die kleine grauhaarige Frau nickte. Frederick ging den Gang hinunter. Plötzlich erstarrte er. An der Wand hingen mehrere gerahmte Fotos, auf denen immer wieder derselbe Mann zu sehen war. Bei einem Golfturnier, auf einer Segelregatta und braungebrannt nach einem Tennismatch. Es war derselbe Mann, mit dem sich Frederick die ganze Zeit im Wartezimmer unterhalten hatte. Dazu kam eine noch viel erschreckendere Erkenntnis. Auf einem der Fotos, das auf einem Sandplatz eines örtlichen Tennisclubs gemacht worden war, stand unmittelbar neben dem Mann jemand, den Frederick sofort erkannte. Er zuckte zusammen, als er das Gesicht näher betrachtete. Er hatte Irwin Shaw seit mehr als achtzehn Jahren nicht mehr gesehen.

SIEBENUNDFÜNFZIG

Die Zahnarztpraxis schien er immer noch zu betreiben. Zumindest sah die Webseite noch aktuell aus. Auch Irwin Shaws Privatadresse hatte sich nicht verändert. Frederick klickte sich durch die Seite und öffnete ein neues Fenster. Nach einer schnellen Google-Suche fand er die Privatadresse von Dr. Friedman. Er verließ die kleine Bücherei und fuhr bis Belchertown, das etwa zehn Meilen von Amherst entfernt lag. Er kam über eine schmale Straße, die durch ein Waldgebiet führte. Die gelben Markierungsstreifen auf dem Asphalt waren leicht verblasst, und er sah hin und wieder einen einsamen Briefkasten am Straßenrand. Zwischen ein paar Baumreihen konnte er ein großes Haus aus weißem Holz sehen. Frederick verlangsamte die Geschwindigkeit, bis er fast zum Stehen kam. Er sah in den Rückspiegel. Die Straße war leer. Dr. Friedmans Haus war beeindruckend. Viktorianischer Stil. Es stand mitten im Wald und war von einer riesigen Wiese umgeben. Die Auffahrt schlängelte sich hinter einem großen weißen Eingangstor zum Haus hinauf.

Er bog von der Straße ab und parkte den Wagen am Waldrand. Es musste einen guten Grund gegeben haben, warum Dr. Friedman keine Sekunde gezögert hatte und sofort verschwunden war. *Vielleicht war Linda noch in der Nähe*. Er starrte auf das weiße Einfahrtstor. Bis nach oben zum

Haus waren es bestimmt einhundertdreißig Yards. Oberhalb der Toreinfahrt war eine Überwachungskamera angebracht. Frederick konnte dort nicht einfach so hereinspazieren. Er saß gegenüber in seinem Mietwagen und schaute auf das geschlossene Tor. Er wollte gerade wieder fahren, als sich plötzlich das Tor öffnete. Er rechnete damit, dass jeden Moment jemand die Einfahrt herunterkommen würde. Doch es kam niemand. Vier Minuten vergingen. Das Tor blieb einfach offen. Dann sah er zu der Überwachungskamera und merkte, dass sie nicht mehr auf das Tor, sondern direkt auf ihn gerichtet war. Er musste unbedingt mit Dr. Friedman sprechen. Frederick legte den Gang ein und fuhr langsam die lange Einfahrt hinauf.

Sobald man viel Geld hatte, musste man immer auf der Hut sein, welche Menschen sich um einen herum versammelten.

Als die Anleger ihre angeblichen Weingüter besuchen wollten, in die sie beachtliche Summen investiert hatten, mussten sie mit Entsetzen feststellen, dass diese überhaupt nicht existierten. Linda hatte über einen Zeitraum von sechsundzwanzig Monaten, ein immenses Vermögen zur Seite geschafft. Als ihr die Sache dann zu heiß wurde, beschloss sie, zusammen mit Kyle ein neues Leben zu beginnen. Linda hatte durch ihre gewinnbringenden Transaktionen weitreichende Verbindungen in die Politik und zu vielen einflussreichen Investoren. Einige der Investoren hatten Verbindungen zu Gerichten und der Polizei. Geld spielte damals keine Rolle. Es gab einen Charakter-

zug, der alle miteinander verband. Gier traf auf Gier.
Als Frederick angefangen hatte, sich immer stärker in ihre Angelegenheiten einzumischen, wurden plötzlich unangenehme Fragen gestellt. Die Investoren waren sehr beunruhigt. Das war der Anfang vom Ende. Während sie dafür gesorgt hatte, dass Frederick für alle Ewigkeit ruhiggestellt wurde, hatte Irwin Shaws Kontakt zu Dr. Friedman – der wiederum Kontakte zur Gerichtsmedizin und einigen namhaften Richtern hatte – dafür gesorgt, dass Linda Hagel von der Bildfläche verschwinden konnte. Der zuständige Richter pflegte eine enge, jahrelange Zusammenarbeit mit Dr. Friedman. Die beiden vertrauten sich blind. Ohne ihren Körper je gesehen zu haben, hatte er sie für tot erklärt. Eine Maßnahme, die nicht das erste Mal vorgekommen war. Sie hatte absichtlich ihren Namen behalten, da ihr vermeintlicher Tod nur eine Karteileiche im örtlichen Register von Amherst darstellte. Sie hatte, dank ihrer einflussreichen Kontakte, nicht damit gerechnet, dass Frederick jemals wieder ins gesellschaftliche Leben zurückkehren würde.
Dr. Friedman stand in der hohen Eingangstür, als Frederick den Wagen in der großen Kieseinfahrt vor den Garagen parkte. Dann stieg er aus.
»Kommen Sie.«
Frederick folgte ihm in das große Haus. *Wenn das eine Falle war, dann war es bereits zu spät*, dachte er.
»Warum haben Sie nicht gesagt, dass Sie Dr. Friedman sind?«
»Sie wissen genau, warum.«

»Und warum lassen Sie mich dann jetzt einfach so in Ihr Haus? Das hätten wir doch alles auch in Ihrer Praxis besprechen können.«

»Ich war mir nicht sicher, wer Sie sind. Ich hatte schon eine Ahnung, dass Sie vielleicht irgendwann zu mir kommen würden. Als Sie dann Ihre Frau erwähnt haben, war ich mir fast sicher. Aber ich war mir nie ganz sicher. Als ich Ihr Gesicht danach im Internet gesehen habe, wusste ich, dass Sie wegen Mrs. Hagel zu mir gekommen sind.«

»Warum haben Sie ihr damals geholfen?«

»Wir sind eine gefährliche Erfindung, wir Menschen. Wir müssen alle aufpassen. In jedem schlummert eine dunkle Seite.«

»Wo ist sie?«

Dr. Friedman grinste.

»Das kann ich Ihnen nicht sagen.«

»Weil Sie es nicht wollen oder weil Sie es nicht wissen?«

»Weil ich es nicht sagen kann.«

»Was ist mit Irwin Shaw?«

Dr. Friedman schwieg.

»Der Zahnarzt. Ich weiß, dass Sie ihn kennen. Ich habe die Fotos in Ihrer Praxis gesehen.«

»Ich habe ihn schon seit vielen Jahren nicht mehr gesehen. Hören Sie, ich kann Sie verstehen. Das war nichts Persönliches. Ich habe das damals aus finanziellen Gründen gemacht. Es hat sich sehr für mich gelohnt.«

»Das sehe ich.«

»Was erwarten Sie jetzt von mir?«

»Sagen Sie mir, wo sie ist. Damit können Sie Ihr Gewissen

beruhigen.«
»Ich habe überhaupt kein schlechtes Gewissen.«
Dr. Friedman sah auf die Uhr an seinem Handgelenk.
»Ihre Zeit ist abgelaufen.«
»Wo ist Linda?«
»Geben Sie's auf.«
»Niemals.«
»Ist das so?«, fragte Dr. Friedman.
Frederick deutete auf seine linke Brust.
»Passen Sie auf Ihr Herz auf.«
Frederick stand auf und entfernte sich von dem Stuhl, auf dem er gesessen hatte. Er bewegte sich langsam auf die Eingangstür zu. Dann spürte er, wie sich ein kalter Schauer über seine Schultern legte, und sich langsam am Rücken herunter bewegte. Und dann hörte er ihre Stimme zum ersten Mal nach achtzehn Jahren.
»Halt!«
Frederick blieb sofort stehen. Jede Zelle in seinem Körper sträubte sich. Er konnte sich nicht bewegen. Er merkte, wie er innerlich verkrampfte. Nicht jetzt. Von allen Orten, hatte er sie hier am wenigsten erwartet. Das Tor war extra für ihn geöffnet worden. Und jetzt wusste er, warum. Er hatte sich diesen Moment in den vielen Jahren immer wieder ausgemalt. Aber nicht so. Er drehte sich langsam um und schaute ihr nach so langer Zeit das erste Mal in die Augen. Er konnte ihren Atem riechen. Am liebsten wäre er sofort aufgesprungen und hätte ihr Leben auf der Stelle beendet. Aber die erschütternde Tatsache, dass Kyle mit einer Waffe auf ihn zielte, ließ ihn schnell von dem

Gedanken loskommen.
»Wir machen dich fertig!«
Er wusste nicht, wie er reagieren sollte. Aber er wusste, dass die beiden bestimmt nicht mehr zu Scherzen aufgelegt waren. Er starrte Kyle an. Dann sah er wieder zu Linda. Bevor er etwas sagen konnte, hatte sich Kyle auf ihn zubewegt. Er versetzte ihm einen kräftigen Schlag, und Frederick taumelte nach hinten. Dann krachte er auf den Boden. Genau in dem Moment, als sich Kyle zu ihm herunterbeugte, nahm Frederick alle Kraft zusammen und trat, so fest er konnte, gegen Kyles Kopf. Vom sofortigen Schmerz getroffen, stolperte Kyle rückwärts, bis er sich nicht mehr auf den Beinen halten konnte. Er klappte einfach zusammen. Frederick nutzte die Gelegenheit, riss die Tür auf und sprintete nach draußen. Es fühlte sich irgendwie seltsam an, vor Linda wegzurennen. Er rannte, so schnell er konnte, zu seinem Mietwagen. Es kam ihm wie eine halbe Ewigkeit vor, während er in seiner Hosentasche nach dem Autoschlüssel suchte. Er sprang auf den Fahrersitz und startete den Motor. Er sah noch, wie Linda die Treppenstufen herunterrannte und sich in alle Richtungen umdrehte. Dann drückte er aufs Gaspedal. Der Wagen schoss die Auffahrt hinunter.
Nach etwa zwei Meilen stoppte er. Frederick hatte den Wagen in einen abschüssigen Waldweg gelenkt. Die Gedanken in seinem Kopf überschlugen sich. Es gab nur eine Möglichkeit, um sie nicht ein weiteres Mal zu verlieren. Er musste zurück. Er legte den Rückwärtsgang ein und wollte gerade auf die asphaltierte Straße zurücksetzen,

als er ein lautes Motorengeräusch hörte. Er stellte sofort die Scheinwerfer aus, schaltete zurück in den ersten Gang und fuhr tiefer in den Wald hinein. Wer auch immer dort oben auf der Straße entlanggefahren kam, konnte ihn von der Straße aus nicht sehen. Frederick wartete. Er rechnete mit allem. Aber es kam niemand. Nach etwa fünf Minuten machte er die Scheinwerfer wieder an. Der Mietwagen rollte langsam aus dem Waldweg heraus. Als er die zwei Meilen zurückgefahren war, parkte er den Wagen hinter einer Baumreihe, die sich in der Nähe von Dr. Friedmans Anwesen befand. Er lief den Rest zu Fuß. Ihm fiel sofort auf, dass das Einfahrtstor halb offenstand. Er konnte keine geparkten Autos sehen und alle Fenster waren dunkel. Er wusste, was das bedeutete. Frederick lief zurück zum Wagen.

ACHTUNDFÜNFZIG

Sunderland lag ebenfalls zehn Meilen von Amherst entfernt. Er bog in eine lange Straße ein. Es war früh am Abend, und viele Bewohner kamen gerade von ihrer Arbeit zurück. Vor einem Haus mit dunkelblauer Holzvertäfelung kam der Mietwagen zum Stehen. Frederick schaute auf die gegenüberliegende Straßenseite. Die Einfahrt war leer. Er hatte das Haus sofort wiedererkannt. Frederick schaltete das Radio ein und wartete. Nach etwa fünfundvierzig Minuten fuhr ein weißer Toyota Camry in die Einfahrt. Frederick stellte das Radio ab. Die hintere Tür des Toyota öffnete sich, und ein kleiner Junge sprang heraus. Der Junge lief vom Auto weg und rannte auf das Haus zu. Dann stieg ein Mann auf der Fahrerseite aus. Er rief zu dem Jungen rüber, der sofort wieder zu ihm zurückrannte. Der Mann hob den Jungen hoch und nahm ihn auf die Schulter. Für einen kurzen Moment drehte sich der Mann zur Seite, sodass Frederick sein Gesicht sehen konnte. Er erkannte ihn sofort. Frederick stieg aus. Während der Mann mit dem Jungen auf der Schulter auf die Eingangstür zuging, überquerte Frederick die Straße.

Kurz bevor sie die Treppenstufen erreichten, nahm der Mann den Jungen von seiner Schulter. Der kleine Junge ging zur Eingangstür und drehte am Türgriff. Gerade als ihm der Mann hinterherlaufen wollte, hörte er hinter sich

eine Stimme.
»Hallo, Irwin.«
Der Mann erstarrte, als er Fredericks Stimme hörte. Dann drehte er sich langsam um.
»Frederick.«
Irwin konnte ihm nicht in die Augen sehen.
»Du hast das alles gewusst«, sagte Frederick.
Irwin wurde sichtlich nervös. Er schaute über die große Straße.
»Was machst du hier?«
»Es waren 18 Jahre, Irwin. 18 Jahre, die Ihr mir weggenommen habt. Tu nicht so, als wüsstest du es nicht. Ich weiß, dass du da mit drinsteckst. Ich habe die Fotos in Dr. Friedmans Praxis gesehen. Du kanntest ihn.«
»Was willst du?«, sagte Irwin, während er krampfhaft versuchte, die Fassung zu bewahren.
»Sag mir, was du weißt. Das bist du mir schuldig!«
Irwin Shaw wusste, dass er aus der Sache nicht mehr herauskommen würde. Er schaute wieder zur Straße.
»Lass uns reingehen.«
Frederick folgte Irwin ins Haus.
Der kleine Junge stand vor der geöffneten Kühlschranktür und hielt ein knallbuntes Joghurt in der Hand.
»Du kannst den Fernseher anmachen, wenn du möchtest.« Der Junge nahm einen Löffel aus einer Schublade und verschwand im Wohnzimmer.
»Wo ist Linda?«
»Das weiß ich nicht.«
»Wieso wusste ich schon vorher, dass du so antworten

würdest?«
Irwin sagte nichts.
»Ich war vor zwei Stunden im Haus von Dr. Friedman.«
Irwin konnte seine Überraschung nicht verbergen.
»Linda und Kyle haben dort auf mich gewartet.«
Irwin schwieg. Frederick versuchte zu erahnen, was ihm wohl gerade alles durch den Kopf ging.
»Wann hast du das letzte Mal mit Dr. Friedman gesprochen?«
»Vor etwa zwei Wochen.«
Frederick schaute durch den Raum.
»Hast es dir gut gehen lassen in all den Jahren.«
»Ich hab' dich damals gewarnt. Erinnerst du dich? Warum hast du nicht einfach deinen Mund gehalten?«
»Weil ich nicht so bin wie du.«
»Keine Ahnung, wie ich dir helfen soll.«
»Hattest du die ganzen Jahre über Kontakt zu Linda?«
Irwin schüttelte den Kopf. Dann schaute er auf den Boden.
»Nein. Hab' sie zum ersten Mal vor einer Woche wiedergesehen.«
»Wo?«
»Hier. Bei mir.«
»Was wollte sie von dir?«
»Das Gleiche wie du. Wissen, wo du bist.«
»Und wieso ist sie deshalb zu dir?«
»Sie dachte anscheinend, dass du hier gewesen bist, um nach ihr zu fragen.«
»Und was hast du ihr erzählt?«

»Die Wahrheit. Dass du nicht hier gewesen bist.«

»Hat sie dir gesagt, wo sie wohnt, während sie in der Stadt ist?«

»Nein.«

»Und mit Dr. Friedman hast du danach nicht gesprochen?«

»Nein. Warum auch.«

»Ruf ihn an.«

»Was?«

»Du hast mich schon verstanden.«

»Und was soll ich ihm sagen?«

»Dass du weißt, wo ich bin.«

Irwin wollte sich gerade wegdrehen.

»Du sagst ihm, dass ich vor einer halben Stunde hier gewesen bin und nach ihm und Linda gefragt habe.«

»Und dann?«

»Dann sagst du ihm das Motel, in dem ich wohne.«

»Und wieso solltest du mir verraten, wo du wohnst? Das würde mir niemand glauben.«

»Ich habe dir nicht verraten, wo ich wohne.«

»Und woher soll ich dann wissen, in welchem Motel du bist?«

»Weil du mir hinterhergefahren bist. Damit du Dr. Friedman und Linda erzählen kannst, wo ich die Nacht verbringe.«

»Und woher willst du wissen, dass ich sie nicht warnen werde?«

»Weil du mitkommst.«

NEUNUNDFÜNFZIG

Frederick stand am Fenster seines Zimmers im Days Inn Motel. Er schaute auf den Parkplatz hinaus. Irwin saß auf dem Bett. Das penetrante Geräusch einer Klingel ertönte immer wieder. Im Fernseher lief eine Quizshow. Die Spielshow wurde von kurzen Werbeblöcken unterbrochen. Frederick zog den Vorhang vor das Fenster und setzte sich auf einen Stuhl. Dann sah er auf die Uhr. Es war kurz nach Sieben und draußen wurde es langsam dunkel.

»Hast du ein Handy?«

»Ja«, antwortete Irwin.

»Gib es her.«

»Warum?«

»Du weißt warum. Gib mir dein Handy!«

Irwin zog das Handy aus der Tasche und schob es über das Bett. Frederick nahm das Handy, öffnete das Akkufach, löste den Akku und zog die SIM-Karte heraus. Dann steckte er den Akku wieder hinein, klappte das Akkufach wieder zu und warf das Handy aufs Bett. Er stand auf und lief um das Bett herum. Auf einem kleinen braunen Nachttisch stand ein schwarzes Telefon. Frederick griff hinter das Telefon und zog das Telefonkabel heraus, das er sofort in seiner Tasche verschwinden ließ. Er schraubte die Birne aus der Nachttischlampe heraus und drehte sich zu einer Lampe an der Wand, aus der er ebenfalls die Glühbirnen entfernte.

»Ich wünsch dir eine angenehme Nacht, Irwin.«

»Wo gehst du hin?«

»Das ist nicht wichtig. Wichtig ist, dass du hierbleibst. Wenn du das Zimmer verlässt, werde ich es sofort sehen. Ich werde dir folgen.«

»Was hast du vor?«

»Bleib einfach nur in dem Zimmer.«

Frederick ging auf die Tür zu, öffnete sie und verließ das Motelzimmer. Er lief an dem Geländer im oberen Stockwerk entlang, bis er auf die gegenüberliegende Seite kam, auf der sich exakt die gleiche Anzahl an Zimmern befand. Er drehte sich um und schaute auf den dunklen, zugezogenen Vorhang von Zimmer 207, in dem sich Irwin befand. Dann steckte er den Schlüssel in die Zimmertür von Zimmer 228, das direkt gegenüberlag. Frederick verschwand sofort im Zimmer und zog die Tür hinter sich zu. Er schob den Vorhang einen Spalt zur Seite und schaute auf Zimmer 207. Dann zog er einen Stuhl in die Nähe des Fensters, schaltete den Fernseher ein und wartete. Als es weit nach dreiundzwanzig Uhr war, lief ein Mann durch das obere Stockwerk. Frederick kniff die Augen zusammen und versuchte zu erkennen, was gerade vor sich ging. Der Mann blieb zwischen zwei Zimmertüren plötzlich stehen, kramte in seiner Hosentasche herum und stützte sich mit einer Hand am Geländer ab. Nachdem er wohl gefunden hatte, was er gesucht hatte, ging er auf eine der Zimmertüren zu und schloss sie auf. Dann verschwand er im Zimmer. Frederick lauschte dem leisen Ton einer alten Fernsehserie. Ohne das gegenüberliegende Zimmer aus den Augen zu lassen, öffnete er die Minibar und nahm sich eine kalte Coladose heraus. Er setzte sich sofort zurück auf den Stuhl am Fenster. Nachdem er weitere zwei Stunden damit verbracht hatte, das gegenüberliegende Zimmer zu beobachten, fielen ihm langsam die Augen zu. Er rückte den Stuhl zur Seite und versuchte, sich wach zu halten. Um zwei Uhr achtundzwanzig schlief er ein.

Er hörte das Glas zerspringen und schreckte hoch, als er ein weiteres Geräusch hörte. Es klang so, als wäre ein schwerer Gegenstand auf den Boden gefallen. Frederick kämpfte mit seiner Müdigkeit. Er drehte sich zur Seite und seine Füße glitten langsam auf den Teppichboden. Er rieb sich den Schlaf aus den Augen, während sein Gehirn versuchte, die Situation richtig einzuordnen. Es schien langsam auf Touren zu kommen. Der plötzlich aufkommende Adrenalinschub ließ ihn hellwach werden. Dann sah er deutlich, wie zwei Gestalten vor dem gegenüberliegenden Zimmer standen. Frederick machte sich bereit. Langsam drehte er den Türgriff herum und öffnete seine Zimmertür. Er hatte die Tür nur so weit geöffnet, dass er das Zimmer auf der anderen Seite sehen konnte. Die zwei Gestalten zerrten Irwin Shaw aus dem Zimmer. Der Kopf und die Arme hingen schlaff herunter, sodass aus der Entfernung schwer zu erkennen war, ob er noch am Leben war. Er trug eine schwarze Kapuzenjacke, die er zuvor nicht getragen hatte. Die Kapuze war über seinen herunterhängenden Kopf ge-

stülpt worden. Er sah aus wie ein Totgeweihter, der gerade seinen letzten Marsch zur Hinrichtung antrat. Eine der beiden Gestalten stützte ihn am Arm. Sie gingen auf die große Treppe zu, die nach unten führte. Frederick kroch über den Boden an das Geländer heran. Langsam richtete er sich auf und folgte den Anderen nach unten. Als er sah, wie die beiden Gestalten Irwin Shaw auf den Rücksitz eines schwarzen Dodge Caravan legten, sprintete Frederick zu seinem Mietwagen. Er öffnete die Fahrertür und sprang hinein. Die Seitentür des Dodge wurde gerade zugezogen. Die beiden Gestalten stiegen ein und fuhren los. Frederick folgte dem schwarzen Dodge Caravan.
Frederick versuchte, den Abstand so weit wie möglich zu halten. Er wusste nicht, wohin die Reise führte. Anscheinend hatten die beiden Gestalten den Köder gefressen. Hätten sie bei ihrer nächtlichen Attacke das Licht im Motelzimmer eingeschaltet, hätten sie nicht den schlafenden Frederick Hagel gefunden, den sie nun unter der schwarzen Kapuze vermuteten. Der Dodge fuhr auf die Interstate auf. Nach einer Viertelmeile tauchte ein Straßenschild nach Boston auf. Der Dodge wechselte die Spur und fädelte sich in den langsamer werdenden Verkehr ein. Frederick hielt ausreichend Abstand, während er die Spur wechselte. Die Strecke nach Boston war von mehreren Nachtbaustellen unterbrochen, wodurch die Fahrt knapp drei Stunden dauerte. Im frühen Morgengrauen fuhr der schwarze Dodge Caravan auf den Parkplatz eines La Quinta Inn Hotels. Frederick lenkte seinen Mietwagen in eine Parklücke zwischen einem alten Ford Explorer und einem Wohnmobil,

das ihn vor ungewünschten Blicken abschirmte. Zehn Minuten vergingen, während nichts passierte. Dann öffnete sich die Beifahrertür und eine der beiden Gestalten stieg aus. Die Gestalt lief auf den Eingang des Hotels zu. Nach weiteren zehn Minuten kam die Gestalt zusammen mit einer rothaarigen Frau aus dem Hoteleingang. *Entweder gefärbt, oder eine Perücke*, dachte Frederick. Er wusste sofort, wer dort in den frühen Morgenstunden über den Parkplatz lief. Die hintere Tür des Dodge wurde geöffnet und Linda stieg ein. Die Gestalt setzte sich auf den Beifahrersitz und der Motor wurde angelassen. Der Dodge setzte sich in Bewegung. Nach nur knapp zwei Minuten kam der Dodge abrupt zum Stehen. Fredericks Gedanken überschlugen sich, während er seinen Mietwagen auf Distanz hielt. *Sie hatten es bemerkt*, dachte er.

Er wusste nicht, in welchem Zustand sich Irwin befand. Der Dodge bog nach rechts ab und fuhr auf eine Zubringerstraße auf. Nach elf Minuten erreichten sie den Logan International Airport. Der Dodge beschleunigte und fuhr in ein unterirdisches Parkhaus. Frederick wusste nicht, was er machen sollte. Wenn Irwin bei Bewusstsein war, dann würde er ihnen alles erzählen. Aber das bezweifelte er. Als sie ihn stützend aus dem Motel geleitet hatten, sah er nicht so aus, als wäre er noch Herr seiner Sinne. Auch wenn sich Linda denken konnte, dass er ihr gefolgt war, so wusste sie doch sicher, dass er keine Möglichkeit hatte, in ein Flugzeug zu steigen.

Die beiden Fahrzeuge schlängelten sich um jede Kurve des unterirdischen Flughafen-Parkdecks, bis sie schließlich ganz unten angekommen waren. Frederick lenkte seinen Wagen in eine der vorderen Parklücken und stellte den Motor ab. Er konnte gerade noch sehen, wie der Dodge durch eine geöffnete Schranke fuhr, die zu einer Reihe von Dauerparkplätzen führte. Frederick hatte den Mietwagen bereits verlassen und lief eng an der Wand entlang. Als er Stimmen hörte, blieb er sofort stehen. Die Stimmen hallten durch das leere Parkdeck. Er lehnte sich etwas nach vorne. Dann sah er, wie die beiden Gestalten den Kofferraum öffneten. Einer der beiden, *wahrscheinlich war es Kyle*, ging zu der geöffneten hinteren Seitentür und zerrte den leblos wirkenden Irwin Shaw heraus, dessen Kopf immer noch herunterhing, während die andere Gestalt zu der Seitentür gelaufen kam. Zusammen stützten sie den schlaffen Körper und hievten ihn in Richtung Kofferraum. Sie hoben den Körper mit aller Kraft auf die leere Ladefläche. Der Kofferraum wurde mit voller Wucht geschlossen, und Linda stieg mit ihren feuerroten Haaren aus dem Dodge aus. Dann entfernten sie sich von dem Wagen und liefen auf die Aufzüge zu. Am liebsten hätte Frederick den Kofferraum aufgebrochen, um nach Irwin zu sehen. Aber dazu fehlte ihm die Zeit. Er durfte Linda nicht noch ein weiteres Mal verlieren. Mit einem dumpfen Geräusch öffneten sich die Aufzugtüren. Nachdem alle im Aufzug verschwunden waren, rannte Frederick zum Aufzug. Die rot leuchtenden Zahlen veränderten sich auf dem Display oberhalb des Aufzugs.

Bei drei blieb der Aufzug stehen.

Frederick rannte die Treppen hinauf zur dritten Ebene.

Gerade als er das Treppenhaus verlassen hatte, sah er, wie sich die feuerroten Haare auf den Check-in-Schalter von American Airlines zubewegten. Sofort drehte er sich zur Seite weg, als er bemerkte, wie sich Kyle und Dr. Friedman immer wieder in alle Richtungen umdrehten. Frederick stellte sich in die Schlange vor einem jetBlue-Airways-Schalter, vor dem etwa zwanzig Leute warteten. Er sah, wie Dr. Friedman Kyle die Hand schüttelte und sich dann von ihm entfernte.

Eine Frau mit hochtoupierten Haaren in Jogginghose tippte Frederick auf die Schulter, um ihn darauf aufmerksam zu machen, dass sich die Schlange am jetBlue-Schalter weiterbewegt hatte. Nachdem er gesehen hatte, wie sich Kyle auf eine der Wartebänke gesetzt hatte, trat Frederick langsam aus der Schlange heraus. Er konnte genau sehen, wie sich die feuerroten Haare dem Schalter näherten. Nachdem Linda ihr Gepäck aufgegeben hatte, verschwand sie zusammen mit Kyle in der Menge des Terminals B.

Frederick ging zielgerichtet auf die Schlange am American-Airlines-Schalter zu, an dem Linda gerade noch gestanden hatte. Er tippte einem älteren Herrn in einem dunkelblauen Polohemd auf die Schulter, der wartend mit seinem Koffer in der Schlange stand.

»Wohin geht dieser Flug?«, fragte Frederick.

»Cayman Islands. Grand Cayman, um genau zu sein.«

»Danke sehr.«

Frederick konnte sich schon denken, warum sich Linda genau dieses Ziel ausgesucht hatte. Wenn es eine Inselgruppe in der Karibik gab, die besonders geschätzt wurde,

dann waren es die Cayman Islands.
Unzählige Firmen hatten sich am fünftgrößten Finanzplatz der Welt angesiedelt. Fast alle international tätigen Banken hatten ihre Filialen vor Ort. Steuerflucht war das Tagesgeschäft. Während früher Schildkröten und Muscheln zu den Hauptexportgütern gehörten, drehte sich nun alles ums Geld.
Die Cayman Islands wurden wegen der enormen steuerlichen Vorzüge von etlichen Steuersündern geliebt. *Ein sonniger Platz für düstere Leute*, dachte er.
Frederick versuchte, einen klaren Gedanken zu fassen. Er hatte keinen Reisepass und würde niemals ein Flugzeug betreten können.
Er schaute zu dem Informationsschalter, der sich in der Mitte des Terminals befand. Ein älteres Paar stand mit riesigen Koffern vor dem Schalter. Beide trugen die gleichen cremefarbenen Sportjacken und weiße Turnschuhe. Die Frau hinter dem Schalter hatte ihnen gerade den Rücken zugewendet. Frederick lief auf den Schalter zu. Er musterte das ältere Paar. Dann schaute er zu der digitalen Uhr, die oberhalb des Schalters hing, und sah zu der Schlange am American-Airlines-Schalter, die langsam kürzer wurde. Die Frau hinter dem Informationsschalter drehte sich um und starrte Frederick an, als wäre er ein ungebetener Gast auf einer Party.
Sie breitete eine Karte vor dem älteren Paar aus und deutete mit ihren grell lackierten Nägeln auf einen kleinen Punkt. Der Fingernagel glitt über die Karte und fuhr an einer geschlängelten Linie entlang. Für einen kurzen Mo-

ment dachte Frederick, dass der Nagel abbrechen würde. Er sah wieder zu der Schlange, die fast keine mehr war. Die letzten Passagiere wurden gerade abgefertigt. Dann wurde endlich die Karte zusammengefaltet und verschwand in der Brusttasche einer der beiden cremefarbenen Sportjacken.

Die Frau wollte sich gerade wieder abwenden.

»Ich brauche Ihre Hilfe.«

»Wie kann ich denn helfen?«

»Ich habe meinen Pass zu Hause vergessen und muss so schnell wie möglich auf die Cayman Islands.«

»Ohne einen gültigen Reisepass können Sie das leider nicht.«

»Gibt es keine andere Möglichkeit?«

»Mir fällt nur ein Weg ein.«

»Und der wäre?«

»Dafür sollten Sie aber ein paar Tage Zeit mitbringen.«

Frederick schaute die Frau erstaunt an.

»Wenn Abfahrts- und Ankunftshafen beide auf amerikanischem Boden liegen, dann können Sie als amerikanischer Staatsbürger ohne Reisepass mitfahren.«

Es gab nur diese eine Möglichkeit.

Frederick lenkte den Mietwagen aus dem Parkhaus und fuhr durch den Ted Williams Tunnel auf die Interstate 90 auf. Er nahm die erste Ausfahrt Richtung South Boston.

SECHZIG

Es war acht Uhr sechsundzwanzig, als Frederick die Einfahrt des Hafengeländes passierte.

Das riesige Schiff der Royal Caribbean Cruise Line lag wartend im Hafen. Ein Mitarbeiter der Hafenbehörde wies Frederick in eine der Parklücken ein. Auf der linken Seite lag ein weißes Gebäude. Frederick stieg aus und betrat das Cruise Terminal. Das Terminal war noch nicht sehr voll. Er sah eine Reihe aufgestellter Absperrpfosten, die mit schwarzen Gummibändern miteinander verbunden waren, und einen geschlängelten Weg zu einem der Schalter ebneten. Der Weg zum Schalter war komplett frei. Frederick lief zu dem Schalter, hinter dem ein Mitarbeiter des Cruise Terminal stand.

»Wie kann ich Ihnen helfen, Sir?«

»Ich muss auf dem schnellsten Weg auf die Cayman Islands.«

»Wir haben eine 14-tägige Kreuzfahrt mit der Norwegian Cruise Line im Angebot. Zielhafen ist New Orleans.«

»Und wie lange dauert es, bis das Schiff an den Cayman Islands hält?«

»Einen Moment.«

Der Mann warf einen Blick in seinen Computer.

»12 Tage, Sir.«

»12 Tage?«

Frederick war entsetzt.
»Gibt es keinen schnelleren Weg?«
»Natürlich. Aber nicht von Boston.«
»Von wo dann?«
»Wenn Sie von New Orleans direkt ablegen, dann sind Sie nach 5 Tagen auf Grand Cayman.«
»Gibt es noch etwas Schnelleres?«
»Tampa, Florida. 3 Tage bis Grand Cayman.«
»Wie weit ist es von hier bis nach Tampa?«
»1300 Meilen.«
»Danke sehr.«
Frederick entfernte sich von dem Schalter.
Es war das einzige Reisemittel, das Frederick verhelfen konnte, das Land zu verlassen. Ein gefälschter Führerschein würde völlig ausreichen. Passagiere eines Kreuzfahrtschiffs brauchten keinen Reisepass, um die Cayman Islands zu betreten.
Er wusste nicht, wie lange Linda und Kyle auf den Cayman Islands bleiben würden. Der Hass klopfte an seine Tür und versuchte mit Gewalt Zugang zu finden. Er musste eine Entscheidung treffen. Zwölf Tage waren definitiv zu lange. Die Zeit rannte ihm buchstäblich davon. Er musste sofort los.
Der Hyundai Sonata raste durch den Ted Williams Tunnel.
Nach neun Stunden und achtunddreißig Minuten nahm er die Ausfahrt nach Norfolk, Virginia. Der Mietwagen rollte auf den dunklen Parkplatz einer 7-Eleven-Tankstelle. Nachdem Frederick vollgetankt hatte, fuhr er weiter.

Hundemüde ließ er sich auf das Bett im Motel 6 fallen. Schon im frühen Morgengrauen saß er wieder hinter dem Steuer des Hyundai. Nach achthundertacht Meilen nahm er die Ausfahrt nach Tampa. Die grelle Sonne blendete für einen Moment so stark, dass er die Augen zusammenkneifen musste, während er die Sonnenblende herunterzog. Das Carnival Paradise Kreuzfahrtschiff lag schon im Hafen, als er den Mietwagen auf den Parkplatz lenkte. Am Ticketschalter kaufte er ein 5-Day Western Caribbean Ticket für zweihundertvierundachtzig Dollar. *Bei dem Preis konnte man sich nicht beschweren. Lindas Flug war bestimmt teurer gewesen*, dachte er. Frederick stieg zurück in den Mietwagen und fuhr zu einer nahe gelegenen Hertz-Filiale. Dort gab er den Wagen ab und nahm sich ein Taxi zurück zum Hafen.

Und dann betrat Richard Frisky das riesige Kreuzfahrtschiff.

Wenn du nicht zu dem Problem gehst, dann kommt das Problem zu dir.

Ihm fiel sofort der bunte Teppichboden auf. Eine riesige Treppe mit goldenem Geländer führte in die oberen Stockwerke des Schiffs. Alles glitzerte und spanische Musik ertönte aus den Lautsprechern. Ein Stewart kontrollierte Fredericks Ticket. Vor einem der Aufzüge gab es bereits großes Gedränge. Frederick entschied sich für die Treppe. Er gelangte nach unten zum Kabinendeck und lief durch einen schmalen langen Flur. Ein Staubsauger wurde gerade in eine geöffnete Zimmertür gezogen. Frederick lief bis fast ans Ende des langen Flurs. Sein Zimmer lag auf der

linken Seite. Außenkabine. Er öffnete die Tür mit einer Plastikkarte, die er in einen silbernen Kasten an der Tür steckte. Er zog die Tür hinter sich zu.
Er starrte auf ein kleines Fenster mit orangefarbenen Vorhängen. Darunter stand ein Bett. In der oberen rechten Ecke hing ein Fernseher. Bis auf den Fernseher erinnerte ihn die kleine Kabine an seine Zelle in der forensischen Psychiatrie.
Frederick setzte sich aufs Bett und nahm eine Broschüre von einem Nachttisch, in der der 24-Stunden-Room-Service beworben wurde. Er griff zum Telefon. Es dauerte nicht lange, bis es an seiner Tür klopfte. Frederick stand auf und schaute durch den Türspion. Dann drückte er den Türgriff nach unten.
»Guten Abend, Sir. Ihr Abendessen.«
Ein schwarz gekleideter Kellner stand mit einem silbernen Rollwagen vor ihm.
»Darf ich?«, fragte der Kellner, während er auf das Zimmer deutete.
Frederick ging zur Seite und ließ den Kellner ins Zimmer, der einen großen Teller auf den Nachttisch neben dem Bett abstellte. Dann verließ der Kellner das Zimmer.
»Ich wünsche guten Appetit.«
»Danke sehr.«
Frederick schloss die Tür.
Das Essen duftete köstlich. Als er fertig gegessen hatte, schaltete er den Fernseher ein und legte sich aufs Bett. Dann schlief er ein.
Es war noch dunkel, als er wieder aufwachte. Ein Werbe-

spot für eine Tomatensauce flimmerte über den Fernseher an der Wand. Frederick richtete sich auf und schaute zum Fenster hinaus. Draußen war es stockdunkel. Ein gleichmäßiges, anhaltendes dumpfes Geräusch drang in die kleine Kabine. Er drückte auf die Fernbedienung und der Fernseher ging aus. Jetzt konnte er die Wellen noch deutlicher hören. Nachdem er den Lichtschalter neben dem Bett gefunden hatte, wurde das Zimmer sofort dunkel. Frederick drückte seine Hände gegen die Fensterscheibe und lehnte seinen Kopf nach vorne. Er starrte in die endlose Dunkelheit. Er konnte nur erahnen, wie sich die hohen Wellen dort draußen überschlugen.
Er zog die Bettdecke nach oben und schlief wieder ein.
Den nächsten Tag verbrachte er in seiner Kabine.
Am Morgen des dritten Tages lief die Carnival Paradise pünktlich um sieben Uhr in den Hafen von George Town auf Grand Cayman ein.
Frederick packte seine Tasche und ging von Bord. Als Erstes suchte er eine Mietwagenfirma. Er fand eine Budget-Filiale und mietete sich einen Wagen, den er für eine Woche im Voraus bezahlte. *Der Name des Wagens war irgendwie passend*, dachte er, als er in den Ford Escape einstieg.
Als er vom Parkplatz fuhr, fiel sein Blick auf eine Reihe kleiner Reisebüros, die mit ihren Angebotsschildern Ferienwohnungen anboten. Vor dem letzten Büro hielt er an. Hinter dem Tresen stand eine junge Frau, die eigentlich zu jung wirkte, um dort zu arbeiten. Als sie ihn sah, setzte sie ein breites Grinsen auf und ihre weißen Zähne strahlten ihm entgegen. Sie hatte eine Menge Sommersprossen um

ihre Nase herum. Sie sah aus, als würde sie mehr Zeit in der Sonne und im Wasser verbringen, als sonst irgendwo.
»Hi«, sagte sie in einem sehr freundlichen Tonfall.
»Hallo. Ich suche eine Ferienwohnung?«
»Für wie viele Personen?«
»Für eine.«
»Und für wie lange?«
Frederick musste kurz überlegen.
»Sagen wir für 2 Wochen.«
»Warten Sie kurz.«
Die junge Frau verschwand hinter einer Tür. Dann kam sie mit zwei Prospekten und einigen Papieren zurück.
»Wir haben ein gutes Angebot am Seven Mile Beach. Mit Blick aufs Meer. Für 2300 Dollar die Woche. Oder etwas abgelegener. Ist weiter nördlich auf der Insel. Ein nettes kleines Häuschen. Kostet etwas weniger als die Hälfte pro Woche.«
Sie legte die beiden Prospekte auf den Tresen. Frederick griff sofort nach dem Prospekt mit dem kleinen Häuschen im Norden der Insel.
»Das nehme ich.«
»Gute Wahl. Die eine Hälfte müssen Sie jetzt bezahlen. Die andere Hälfte bei Ihrer Abreise.«
Er bezahlte, während ihm die junge Frau den Schlüssel und eine Wegbeschreibung gab.
»Ich wünsche Ihnen erholsame Tage.«

EINUNDSECHZIG

Frederick musste ein bisschen suchen, bevor er die schmale Kieseinfahrt zu dem Haus gefunden hatte. Es ging steil bergauf. Das Haus war nicht besonders groß und von der Lage absolut ideal. Abgelegen und schwer zu finden. Nachdem er das Haus ein wenig inspiziert und seine Sachen abgestellt hatte, entschied er sich noch einmal wegzufahren. Nach knapp vier Meilen sah er einen kleinen Supermarkt auf der gegenüberliegenden Straßenseite. Er hielt an, um die nötigsten Dinge zu besorgen. Er fand alles, was er für die ersten Tage brauchte. Er fuhr weiter in den Ortskern von Grand Cayman und lenkte den Ford Escape auf den kleinen Parkplatz hinter dem Touristen-Informations-Zentrum. Als er die Touristeninformation betrat, fiel sein Blick sofort auf ein Poster an der Wand.

– EXKLUSIVE SUITES UND RESORTS –
GRAND CAYMAN

Hinter dem Schalter stand ein hagerer Typ mit weißem Poloshirt. Er nickte nur, als er sah, wie Frederick auf den Schalter zugelaufen kam. Frederick zeigte auf das Poster.
»Ich interessiere mich für diese exklusiven Suiten.«
»An was genau haben Sie denn gedacht?«
»Wenn Sie richtig viel Geld hätten, wo würden Sie dann

auf der Insel absteigen?«

»Am Seven Mile Beach.«

Es gab nur ein Hotel auf der Insel, das zu Lindas extravagantem Lebensstil passte. Das Ritz-Carlton lag in einer langen Bucht am Seven Mile Beach und war das exklusivste Hotel in der Karibik. Wenn sie sich nicht in einer der teuren Suiten eingemietet hatte, dann gab es vielleicht noch zwei oder drei andere erstklassige Adressen. Es gab auch noch das Beachcomber, eine Ansammlung von Luxus-Appartements, die etwa 1500 Dollar am Tag kosteten und mit ihrem Meerblick die gut betuchten Gäste anlockten. Aber vielleicht hatte Linda genau diese leicht zu durchschauende Strategie geändert und sich in irgendeiner unscheinbaren, abgelegen Hütte eingemietet. Sie konnte überall sein. Frederick musste sich erst einmal ein Bild von der ganzen Insel machen. Er nahm eine Straßenkarte und einen Hotelführer mit. Dann machte er sich auf, Grand Cayman zu erkunden. Außerhalb der Stadt wurde die Küste etwas felsiger. Er fuhr über die kurvige Küstenstraße, bis er weit und breit nur noch Pflanzen sah. Am Rum Point stoppte er. Die Fahrt hatte bis hierher ungefähr eine Stunde gedauert. Er prägte sich die Entfernungen und die markantesten Stellen auf seinem Weg ein. Frederick entdeckte einen kleinen Parkplatz, der direkt zum Strand führte. Als er seinen Mietwagen parkte, lief gerade ein junges Paar aus einem Strandlokal. Er blieb im Wagen sitzen und schaute aufs Meer hinaus. Zwei schwarze Jetski schossen über das türkise Wasser. Er beschloss, noch am gleichen Abend mit seiner Suche zu beginnen.

Der Rum Point war eine geschützte Bucht mit einer Cocktailbar direkt am Strand. Frederick bemerkte ein handgeschriebenes Schild, auf dem in bunter Kreide die Preise für einen Tauchkurs angeboten wurden. Er schaute raus auf die vielen Boote. Kleine Segelboote und größere Motoryachten lagen ruhig im Wasser. Er sah ein kleines altes Fischerboot, das auf dem Wasser hin- und hertrieb und mit einer Leine an einem Pier festgebunden war.
Er fuhr weiter. Es dauerte etwa zwei Stunden, bis er die komplette Insel umfahren hatte. Zurück nahm er den längeren Weg. Den viel längeren Weg. Er kam an mehreren Bankfilialen und Kreditinstituten vorbei, für die diese Insel so bekannt war. Er prägte sich jede Filiale genau ein. Die Straßen waren wegen des dichten Feierabendverkehrs stark überfüllt. Frederick lenkte den Mietwagen zu der schmalen Kieseinfahrt und fuhr zurück zum Haus. Am Abend brutzelte er sich in einer kleinen Eisenpfanne sein Abendessen. Die erste Nacht auf Grand Cayman verging und Frederick war im frühen Morgengrauen schon wieder auf den Beinen.
Er musste anders an die Sache herangehen. Linda war bestimmt nicht aus Spaß auf die Cayman Islands geflogen. Zum Urlaub machen war ihr garantiert nicht zumute. Es gab für ihn nur einen Grund, warum sie ausgerechnet auf dieser Insel war. Sie wollte ihr Vermögen in Sicherheit bringen. Die Insel war nicht sonderlich groß, also musste er sie früher oder später irgendwo finden. *Besser früher als später*, dachte er.
Die folgenden beiden Tage verbrachte Frederick in sei-

nem Mietwagen. In ausreichender Distanz mit Blick auf die exklusivsten Adressen. Die sündhaft teure Unterkunft war eine der erstklassigen Adressen auf Grand Cayman, die sich alle am Seven Mile Beach aneinanderreihten. Frederick wartete geduldig auf ein Lebenszeichen. Keine Spur von Linda. Als hätte die Erde sie verschluckt. Er wusste, dass er nicht einfach dort hineinspazieren konnte. Er durfte sich keine Fehler mehr erlauben. Er musste weiter hartnäckig bleiben, wie eine Wunde, die immer wieder aufreißt. Nachdem er den Hoteleingang des Ritz-Carlton einen ganzen Tag und eine ganze Nacht beobachtet hatte, kam er zu der Erkenntnis, dass sie nicht dort abgestiegen war. Genauso erging es ihm mit den anderen Unterkünften. Irgendwann musste sie herauskommen. Er wartete vor jeder Privatbank, jeder Filiale der größeren Banken und jedem Kreditinstitut. Nachdem er zwei weitere Tage damit verbracht hatte, die Zweigstellen der wichtigsten Geldinstitute zu beobachten, wusste er nicht mehr weiter. Er beschloss, am nächsten Tag weiterzusuchen. Am selben Abend saß Frederick im Sand in der Nähe seiner Unterkunft und schaute aufs Meer hinaus. Ein Gedanke rückte näher in sein Bewusstsein, als er auf das dunkle Wasser starrte.

ZWEIUNDSECHZIG

Es war halb drei am frühen Nachmittag, als plötzlich eine vertraute Person den Eingang der CIBC Bank and Trust Company verließ und in die heiße Nachmittagssonne hinaustrat. Er hatte ihn sofort erkannt. Kyle drehte sich herum und lief auf ein wartendes schwarzes Taxi mit getönten Fensterscheiben zu.

Der Motor des Ford Escape sprang mit einem leichten Surren an.

Frederick beobachtete, wie Kyle im hinteren Teil des Taxis einstieg. Das Taxi fuhr los.

Die Fahrt dauerte nicht lange. Während sich Kyle durch die Gegend kutschieren ließ, kramte Frederick im Handschuhfach herum. An einem gläsernen Gebäude, das von hohen Palmen umgeben war, kam das Taxi zum Stehen. Frederick hielt an und parkte den Mietwagen direkt gegenüber hinter einem alten Mercedes. Er wartete.

Kyle stieg aus dem Taxi und lief auf den Eingang zu. Das Taxi fuhr davon. Frederick wartete eine gute halbe Stunde, bis er langsam unruhig wurde. Er drehte den Schlüssel und der Motor sprang an. Nachdem er ein vorbeifahrendes Auto durchgelassen hatte, überquerte er die Straße und fuhr so nah wie möglich an das gläserne Gebäude heran. Er schaute immer wieder zum Eingang. Er sah ein silbernes Metallschild, das in eine Mauer eingelassen war.

Auf dem Schild stand der Name der Bank.

VONTOBEL BANK & TRUST COMPANY

Frederick wendete und fuhr zurück auf die gegenüberliegende Straßenseite.
Etwa fünfzehn Minuten später kam Kyle aus dem Eingang gelaufen. Es dauerte weniger als zwei Minuten, da rollte schon das nächste Taxi an. Kyle stieg ein und Frederick folgte ihm durch die brütende Hitze. Nachdem das schwarze Taxi an zwei weiteren Bankfilialen gehalten hatte und er über zwei Stunden in den Gebäuden verschwunden war, ließ er sich am Rand von George Town absetzen. Es war mittlerweile Abend geworden und Frederick folgte ihm durch die unzähligen kleinen Gassen.
An einigen Häusern war die Fassade durch den Wind abgeblättert, der über viele Jahrzehnte das Meersalz durch die Luft gewirbelt hatte und so den Putz zersetzt hatte. Die anliegenden Häuser teilten dasselbe Schicksal, was für diese Region typisch war. Die Ziegeldächer leuchteten knallrot in der abendlichen Sonne.
Kyle ging die alten Steinstufen hinauf und überquerte eine Straße.
Die Nachsaison hatte vor mehr als einer Woche begonnen und es waren deutlich weniger Touristen unterwegs.
Überwiegend amerikanische Touristen, die auch in der Hauptsaison die Insel bewohnten.
Er ging durch einen Rundbogen die Treppenstufen hinunter. THE LIGHTHOUSE stand auf einem Schild, das über

dem Eingang hing.

Frederick wartete ein paar Minuten in der Nähe des Eingangs und lief zurück zu seinem Mietwagen. Der Ford Escape schoss über die Straße. Frederick parkte auf dem großen Parkplatz vor dem Restaurant und stieg aus. Dann folgte er Kyle in das Restaurant. Frederick setzte sich an einen kleinen einzelnen Tisch in die äußerste Ecke, sodass er ihn gut im Auge behalten konnte und nicht auffallen würde.

Das Restaurant war sehr gut besucht. Ein jüngeres Paar saß am Rand und teilte sich eine große Portion Muscheln. An einem längeren Tisch saß eine Gruppe älterer Leute, die sich laut unterhielten. Immer wieder erfüllte lautes Lachen den Raum.

Er beobachtete jede Bewegung, die Kyle machte.

Es hatte lange gedauert. Achtzehn lange Jahre. Die intensive Planung hatte ihn viel Kraft gekostet. Er war mit seinem Plan in die Jahre gekommen. Sein dunkelbraunes Haar hatte er nach hinten gekämmt und der dichte, angeklebte Bart verdeckte den größten Teil seines Gesichts. Er war sich sicher, dass er mit seiner Erscheinung nicht erkannt werden würde. Unzählige Male war er alles durchgegangen. Am liebsten würde er sofort aufspringen und seinen Plan in die Tat umsetzen. Der Gedanke daran, nach so vielen Jahren immer noch einen letzten Funken Geduld aufzubringen, war für ihn unerträglich.

In der großen offenen Küche waren die Küchenhilfen schwer beschäftigt. Gerade wurde ein großes Stück Schinken an einer Schneidemaschine abgeschnitten.

Als Kyle unmittelbar nach dem Bezahlen von seinem Platz am Rande des Restaurants aufstand und in seine Richtung ging, drehte sich Frederick schnell zur Wand, um kein Risiko einzugehen.

Frederick stand auf und ging zum Ausgang.

Die abendlichen Temperaturen hatten eine beruhigende Wirkung auf ihn.

Langsam stieg ihm das Adrenalin in die Adern, als er sich seinen Plan ins Gedächtnis rief. Dann sah er, wie Kyle vor dem Restaurant wartete und ein Taxi angefahren kam. Kyle stieg ein und das Taxi verschwand. Frederick rannte zu seinem Mietwagen.

Nachdem er dem Taxi ganze fünfundzwanzig Minuten durch alle Straßenwindungen gefolgt war, kam es an einer kleinen Anhöhe zum Stehen. Kyle bezahlte und stieg aus. Das Taxi wendete und verschwand in die Richtung, aus der es gekommen war. Frederick wartete. Dann lief Kyle los. Frederick klappte das Handschuhfach auf und nahm einen dunkelbraunen Stofflappen und eine kleine Plastikflasche heraus. Schnell schaute er nach oben, um Kyle nicht aus den Augen zu verlieren. Frederick stieg aus und überquerte langsam die Straße. Kyle ging drei Blocks zu Fuß, bis er vor einem unscheinbaren Appartementkomplex stehen blieb.

Das Haus lag weit außerhalb am Stadtrand und war von außen stark heruntergekommen. Die Außenwand war so stark beschädigt, dass das Hochhaus den Eindruck erweckte, völlig verlassen zu sein. Ein achtgeschossiger, hässlicher alter Kasten. Aus dem oberen Teil des Gebäudes ragten die Überreste einer Feuerleiter hervor, die aus der Verankerung herausgerissen war und nur aus wenigen Stufen bestand, die ins Leere führten. Ein paar abgerissene Stromkabel hingen unter dem abgeplatzten Putz. Ende der Sechziger oder Anfang der Siebziger Jahre hatte das Gebäude bestimmt seine Glanzzeit erlebt. Seitdem war es in die Jahre gekommen und gehörte zu den Adressen der Insel, die in keinem Reiseführer auftauchten. Es schien so, als wären Kyle und Linda mit der Zeit immer paranoider geworden. Wahrscheinlich hatten sie absichtlich diese Adresse ausgesucht. Frederick wartete ganz in der Nähe hinter einer großen Pinie. Kyle steckte den Schlüssel ins Türschloss. Er hatte unvorstellbar lange auf diesen Moment gewartet.

Wie ein Tier, das seine Beute im Blick hatte, wartete er im Schutz der Pinie. Es war an der Zeit, seinen Plan in die Tat umzusetzen. Dann verschwand Kyle hinter der alten Metalltür. Die Eingangstür schloss automatisch. Passend zu dem Alter der Unterkunft bewegte sie sich nur sehr langsam. Frederick huschte aus seinem Versteck hervor und betrat den alten Appartementkomplex. Er folgte ihm bis in den achten Stock. Der Flur war völlig verwahrlost und fügte sich in das heruntergekommene Gesamtbild. Am Ende des Flurs blieb Kyle vor einer Tür stehen. Er zog einen Schlüssel aus der Tasche, öffnete die Wohnungstür und verschwand.

Frederick holte tief Luft und ging auf die Wohnungstür zu.

Er klopfte fünf Mal. Und dann hörte er Schritte.

DREIUNDSECHZIG

Man zahlte für alles im Leben einen Preis.

Er packte ihn und zerrte ihn in die Wohnung. Er versuchte zu schreien, aber der durchtränkte Lappen erstickte jeden Versuch. Es gab kein Entkommen. Er konnte nichts mehr tun. Er hatte einen Moment zu lange gezögert. Bevor er begriffen hatte, was gerade geschehen war, setzte die volle Wirkung der beißenden Substanz ein, in die Frederick den Stofflappen zuvor getränkt hatte. Kyle spürte, wie seine Hand schlaff wurde und er langsam die Kontrolle verlor. Schnell sah sich Frederick in der Wohnung um. Keine Spur von ihr. Er musste dafür sorgen, dass er Linda fand, bevor sie wusste, was mit Kyle passiert war. Frederick wusste, dass sich Kyle nach einer oder zwei Minuten komplett verabschieden würde. Und dann war es soweit.

Frederick wuchtete ihn auf ein kleines Sofa. Zuerst durchsuchte er seine Taschen. Er fand mehrere Kreditkarten und Bankbelege. Und ein Handy. Sofort drückte er auf einen der Knöpfe. Das Display leuchtete auf. Er hatte Glück. Kyles Handy war nicht passwortgeschützt. Frederick klickte sich durch die Anruferliste. Es gab einen Anruf in Abwesenheit. Er drückte auf die Anrufdetails. Die Nummer war unterdrückt und nur die Uhrzeit wurde angezeigt. In der Ecke neben der Uhrzeit befand sich ein kleines Symbol, das eine neue Mailbox-Nachricht anzeig-

te. Er drückte auf die Nachricht und wurde an die Mailbox umgeleitet.
»Sie haben eine neue Nachricht. Heute. 18:47 Uhr.«
»Wie ist es gelaufen? Morgen früh bekomme ich die restlichen Papiere von George Denton. Ich melde mich.«
Die Nachricht war zu Ende. Frederick ging durch die Wohnung und fand einen Nebenraum, den man abschließen konnte. Er schleppte Kyle in den Nebenraum und verschloss die Tür.
Frederick packte das Handy in seine Jackentasche und verließ die Wohnung, die er mit Kyles Schlüssel abschloss. Er lief an den großen Pinien vorbei und verschwand in der Dunkelheit.

Kaum war er von dem Gelände gerauscht, klingelte plötzlich das Handy. Er fingerte das Handy aus seiner Jackentasche und schaute auf das leuchtende Display. Die Nummer war unterdrückt. Er hatte nicht viel Zeit zum Überlegen.
Dann drückte er auf das grüne Telefonsymbol und nahm das Handy ans Ohr. Und dann hörte er ihre Stimme.
»Ich bin morgen früh bis ca. 11:00 Uhr bei George Denton von Trident. Danach können wir was essen gehen.«
Frederick musste antworten. Er riss sich zusammen und räusperte sich.
»Ja«, antwortete er.
»Gut, dann hol mich einfach morgen ab. Oder besser, wir treffen uns gleich im Restaurant. Ich muss vorher noch schnell ein paar Sachen einkaufen. Wir sehen uns dann

morgen.«
Dann legte sie auf.
George Denton von Trident. Was war Trident?
Der Ford Escape parkte vor einem alten weißen Steingebäude. Es war angenehm kühl, als er die Bücherei betrat. Er suchte sich einen freien Platz und fing an zu suchen. Nachdem er *Trident Grand Cayman* in das Suchfeld eingegeben hatte, tauchten gleich mehrere Ergebnisse auf. Er klickte auf das erste Suchergebnis und wurde auf eine Webseite weitergeleitet. Ein großes Firmenlogo erschien in der oberen linken Ecke. Die TRIDENT TRUST COMPANY war eine Treuhandgesellschaft, die sich auf die Verwaltung von hohem Privatvermögen spezialisiert hatte. Außerdem bot sie größeren Firmen Buch- und Bilanzprüfungen und wirtschaftliche Beratung an. Sie verwalteten die Hälfte von Lindas Geld und waren ihre engsten Berater.
Jetzt wusste er, wo er Linda finden würde. Und er wusste, dass er sich beeilen musste.
Frederick wartete um Punkt elf Uhr in seinem Mietwagen vor dem Gebäude der Trident Trust Company. Die letzten beiden Tage hatte sie damit verbracht, so viel von ihren Finanzangelegenheiten der letzten Jahre zu verschleiern, wie es nur irgendwie ging. Sie musste zum ersten Mal in ihrem Leben einen Weg finden, um Kapital loszuwerden. Oder zumindest den Anschein erwecken, dass es nicht mehr in ihrem Besitz war. Wenn sie in Schwierigkeiten kommen sollte, dann sollte wenigstens ihr Vermögen in Sicherheit sein, bis sie es wieder an sich nehmen konnte. Wo nichts war, war auch nichts zu holen. Sie überschrieb

mehrere Trust Funds auf den Namen einer alten Schulfreundin, mit der sie zuvor in Kontakt getreten war. Die Überschreibung der Trust Funds würde innerhalb von achtundvierzig Stunden durchgeführt werden.

Um zwölf Uhr neunzehn trat Linda aus dem Gebäude der Trident Trust Company in die Mittagssonne hinaus. Sie trug eine schwarze Bluse und eine dunkle Sonnenbrille verdeckte ihre Augen. Dann sah Frederick, wie sich ein Taxi näherte. Sie stieg hinten ein und das Taxi fuhr los. Der Ford Escape rollte los.

Das Taxi blinkte und bog zu einem großen Einkaufscenter ab. Zwei Autos waren zwischen dem Taxi und Fredericks Mietwagen. Er bog ab und folgte dem Taxi zu dem Einkaufscenter.

Das Taxi blieb in der Nähe des Eingangs stehen und wartete, während Linda in der großen Tür des Einkaufscenters verschwand. Jetzt musste er sich beeilen. In Windeseile parkte er den Mietwagen. Wie aus dem Nichts kam Frederick plötzlich an das Taxi gelaufen. Der Taxifahrer winkte ab, als er ihn sah. Frederick klopfte gegen die Fensterscheibe. Der Taxifahrer starrte ihn einen Moment lang an und ließ dann die Scheibe herunter.

»Was ’n los?«

Frederick warf einen Blick auf das Taxameter.

»Ich zahl dir das Doppelte, wenn du sofort verschwindest.«

Der Taxifahrer sah ihn erstaunt an.

»Und was ist mit der Señora?«

»Das ist meine Frau. Soll ’ne Überraschung werden.«

Nachdem Frederick ihm ein paar Scheine zugeschoben hatte, ließ der Taxifahrer den Motor an. Dann verschwand das Taxi.

Zehn Minuten vergingen, und Linda kam aus dem Eingang des Einkaufscenters gelaufen. Sie zupfte ihre Bluse zurecht und starrte auf den Platz, an dem gerade noch das Taxi gestanden hatte. Frederick kam hinter einer Steinsäule hervor und packte sie am Arm.

»Geh weiter.«

Linda wusste nicht, wie ihr geschah.

»Dreh dich nicht um. Siehst du den grauen Ford Escape da drüben?«

Linda nickte.

Die beiden gingen über den riesigen Supermarktparkplatz auf den Ford Escape zu.

Als sie sich dem Wagen näherten, wurde sie langsamer. Frederick beobachtete sie genau. Plötzlich fing sie an zu sprechen.

»Ich bin schon seit einer sehr langen Zeit nicht mehr Linda Hagel gewesen.«

Frederick antwortete nicht.

»Wenn ich Du wäre, würde ich so weit wie möglich von hier weggehen«, sagte sie.

Wieder sagte er keinen Ton.

»Nur damit du es nicht vergisst, das ist dein Fehler gewesen. Wenn du damals nicht so viel Aufruhr verursacht hättest, wäre das alles nie passiert.«

»Einsteigen.«

Linda wollte gerade zur Beifahrertür laufen, als er sie am

Arm packte.
»Du steigst hier ein.«
Frederick deutete auf die Fahrerseite. Linda zwängte sich auf den Fahrersitz, während Frederick direkt hinter ihr einstieg.
»Eine dumme Aktion und du wirst in diesem Auto sterben.«
Lindas Hände begannen zu zittern. Sie war erstaunt und wütend zugleich. Krampfhaft versuchte sie, das Zittern irgendwie abzustellen. Es half nichts. Ihr rechtes Bein wurde schwer und fing ebenfalls an zu zittern.
»Fahr los.«
Die Worte erschreckten sie, während die Angst sie langsam überwältigte. Sie war zu schnell gekommen. Ohne Vorzeichen. Sie drehte das Lenkrad herum und startete den Motor. Der Mietwagen rollte über den großen Supermarktparkplatz.
Es war ein Dienstag und die Straßen waren ziemlich voll. Linda lenkte den Ford Escape auf die Hauptstraße. Sie versuchte, die Fassung zu bewahren. Sie musste ihr zitterndes Bein unter Kontrolle bringen und sich irgendwie beruhigen.
»Wohin fahren wir?«
»Bleib auf der Hauptstraße. Nach 4 Meilen nimmst du die Ausfahrt Richtung Linford Pierson Highway.«
Linda nickte.
Die Ausfahrt kam und Linda steuerte den Wagen auf den Linford Pierson Highway.
»Du fährst etwa 23 Meilen weiter. Dann sag ich dir, wie

es weitergeht.«

Die Fahrt dauerte weitere fünfundvierzig Minuten, bis der Mietwagen in eine ruhige Nebenstraße einbog.

»Du weißt, wo wir sind.«

Er beobachtete sie. Dann nickte sie.

»Wo ist Kyle?«

»Nicht im Restaurant, um mit dir Mittag zu essen.«

»Wo ist er?«

»In der Wohnung.«

»Und was jetzt?«

»Du parkst hier. Dann gehen wir nach oben.«

Linda parkte den Wagen und dann gingen sie auf den Eingang des Appartementkomplexes zu. Frederick schloss die Eingangstür auf und beide verschwanden in dem hässlichen alten Kasten.

Der alte vergilbte Teppichboden war an einigen Stellen von Flecken übersät, die sich durch die gesamte Wohnung verteilten. Der schmale Flur führte in ein dunkles Wohnzimmer. Eine alte zerschlissene Couch stand an einer Wand. Unmittelbar davor stand ein Holztisch, der sehr mitgenommen aussah. Zwei alte Metallstühle standen an dem Tisch. Ansonsten war das Wohnzimmer leer. Die Fensterfront ließ ein wenig Licht herein. In einer Ecke des Wohnzimmers befand sich eine winzige Kochnische.

Er knipste das Licht an.

»Setz dich.«

Sie setzte sich auf einen der Metallstühle, der neben dem kleinen Esstisch stand.

»Wo ist er?«, fragte sie.

»Nebenan.«
Frederick deutete auf den schmalen Flur.
»Was hast du vor?«, fragte Linda.
Frederick zog ein Stück Papier unter seiner Jacke heraus. Dann legte er das Papier auf den kleinen Esstisch und legte einen Kugelschreiber daneben.
»Unterschreib das.«
»Was ist das?«
»Lies es.«

VIERUNDSECHZIG

Linda hatte sechs Bankkonten. Ein Offshore-Konto für US-Dollar bei der Fidelity Bank auf Grand Cayman. Ein Geschäftskonto für Schweizer Franken bei der Credit Suisse in Genf. Ein weiteres Geschäftskonto in Euro bei der Deutschen Bank in Frankfurt, und ein drittes Geschäftskonto in Pfund Sterling bei der HSBC Holdings Bank in London. Ein Gemeinschaftskonto mit ihrem Bruder bei JPMorgan Chase & Co. in New York sowie ein Girokonto in US-Dollar bei der Bank of America in Santa Fe, New Mexico.

Sie hatte längst begriffen, was los war. Langsam griff sie nach dem Kugelschreiber. Dann unterzeichnete sie die Vollmacht.

Als um sechzehn Uhr siebzehn ihr Handy klingelte, wusste Linda genau, wer am anderen Ende der Leitung war. Catherine Samuels von der Fidelity Bank auf den Cayman Islands bestätigte ihr die Umschreibung ihres Kontos. Mit sofortiger Wirkung war Richard Frisky der neue Besitzer des Offshore-Kontos 78239 bei der Fidelity Bank auf Grand Cayman, mit einem Kapital von $5,4 Millionen US-Dollar.

Linda legte auf. Sie saß da, im halb dunklen Raum, und rührte sich nicht.

»Und was jetzt?«, fragte sie, während sie auf ihre rechte

Hand schaute, die wieder zu zittern begann.
Frederick sagte nichts. Er stand langsam auf und kam auf sie zugelaufen. Er zog einen Stofflappen aus seiner hinteren Hosentasche, sodass sie es nicht sehen konnte. Mit einer ruckartigen Bewegung drückte er ihr den getränkten Lappen auf den Mund, bis sie bewusstlos wurde.
Es war an der Zeit, ein paar Besorgungen zu machen. In einem kleinen überschaubaren Supermarkt kaufte er mehrere Dosen Thunfisch und Sardinen. Nachdem er den Supermarkt verlassen hatte, fuhr er noch zu zwei weiteren, größeren Supermärkten. Dort kaufte er ebenfalls einige Dosen Thunfisch und Sardinen. Mit vollgepackten Einkaufstüten verließ er den großen Supermarkt.
Am Ferienhaus musste er fünf Mal zum Wagen laufen, um die Einkäufe auszuladen. Nachdem er alles sorgfältig in einer Kiste verstaut hatte, fuhr er noch mal los.
Er schleppte zwei der Einkaufstüten bis zu der Wohnung im achten Stock des Appartementkomplexes. Die Tür war mit zwei Riegelschlössern versehen, die er mit zwei verschiedenen Schlüsseln aufschloss. Er hob die vollen Einkaufstüten vom Boden auf und zog sofort die Tür hinter sich zu.
Außer dem Wohnzimmer und einem kleinen Badezimmer gab es noch zwei weitere Räume in der Wohnung. Eine Tür führte in ein abgedunkeltes Schlafzimmer, in dem sich bis auf ein Bett und einen Schrank nichts weiter befand. In dem schmalen Flur gab es eine weitere Tür. Sie war mit einem großen Vorhängeschloss und einem Riegelschloss abgesperrt.

Er stellte die Einkaufstüten auf die kleine Arbeitsplatte und packte ein Brot und eine kleine Dose mit Wurst aus. Er nahm ein Messer aus der Spüle, öffnete die Wurstdose und schmierte zwei Brote. Vor der verschlossenen Tür im Flur blieb er stehen. Zuerst öffnete er das Vorhängeschloss und dann das Riegelschloss. Bis auf einen kleinen Lichtstrahl, der von einer Deckenleuchte herunter schien, war der Raum stockdunkel. Der Raum hatte keine Fenster. An einer Wand stand ein Bett. Sie bewegten sich nicht, als die Tür geöffnet wurde. Er stellte die beiden Brote auf den Boden und die Tür fiel wieder ins Schloss.

Aus der Ferne betrachtet, wirkte er wie ein Fremdkörper in einem gesunden Organismus. Er hatte bereits die Hälfte der Strecke zurückgelegt, als der Regen immer stärker wurde. Er hatte die Kapuze seines pechschwarzen Regencapes aufgesetzt, das heftig im starken Wind flatterte. Er ging an der Leitplanke entlang, während sich die Wellen unterhalb der Küstenstraße an den Felswänden überschlugen.

FÜNFUNDSECHZIG
3. Phase - Erschöpfungsphase

Das Salzwasser brachte ihn zum Spucken. Er musste würgen und mehrmals husten. Seine Kehle war so trocken, dass er kaum Luft bekam. Als er ganz langsam versuchte, seine Augen zu öffnen und nur ein bisschen blinzelte, musste er sie schnell wieder schließen, weil das grelle Sonnenlicht so stark blendete. Seine Augen schmerzten, während er versuchte, sich an das grelle Sonnenlicht zu gewöhnen. Er lag auf einem Holzboden. Erst jetzt spürte er die unbeschreiblichen Rückenschmerzen. Er fühlte sich buchstäblich wie gerädert. Ganz langsam versuchte er, seinen Kopf anzuheben, sodass er sich umsehen konnte. Die Panik kam so unerwartet in ihm auf, dass ihm fast schwarz vor Augen wurde. Ihm war speiübel. Er wusste nicht, wie lange er schon auf dem Holzboden gelegen hatte. Seine Gedanken waren ein wirres Durcheinander. Alles schien sich im Kreis zu drehen und das Gefühl in seiner Magengegend wurde immer schlimmer. Plötzlich versuchte er, nach Luft zu schnappen. Irgendetwas hatte die Panik noch verstärkt, sodass er sich schließlich übergeben musste. Er hob seinen linken Arm, um sich das Erbrochene aus dem Gesicht zu wischen und sah zum ersten Mal, was wirklich los war. Das kleine dunkelgraue Holzboot trieb über das pechschwarze Wasser. Die Angst und Panik lösten einen Adrenalinschub bei ihm aus, der ihn hellwach machte. Schnell sah er sich um. Er lag auf dem Holzboden eines kleinen Ruderbootes, das mitten auf dem offenen Meer herumtrieb. Weit und breit nichts als Wasser. Der Wellengang war beachtlich, sodass es nur eine Frage der Zeit sein musste, bis wieder Salzwasser in das kleine Boot gespült würde. Er versuchte, sich so abzustützen, dass er für einen längeren Moment nach vorne schauen konnte, merkte aber, dass ihn seine Kräfte wieder verließen. Die Angst legte sich wie ein nasses Gewand über ihn. Er musste plötzlich an seine Kindheit denken. An seine Mutter, die er – sobald es dunkel wurde –, immer sehr vermisst hatte. Er war damals extrem sensibel gewesen. Er versuchte sich noch mal abzustützen und rutschte immer näher an die gebogene Holzwand des kleinen Ruderbootes. Mit einem schnellen Ruck zog er sich nach oben, sodass er schließlich mit seinem schmerzenden Rücken an der Wand des Ruderbootes lehnte. Diese Position war notwendig, um sich einen Überblick verschaffen zu können. Außer einer schwarzen Bauplane befand sich nur noch ein roter, etwas größerer Holzkasten auf dem Ruderboot. Er rutschte noch etwas weiter nach vorne, um irgendwie näher an den Holzkasten heranzukommen. An der rechten Seite des Holzkastens war eine Klarsichtfolie angebracht. Die Folie war komplett mit Klebeband zugeklebt, sodass kein Wasser hineinkommen konnte. Er riss das Tape von allen Seiten ab und zog eine dunkelgraue Mappe aus der Folie. Langsam klappte er die Mappe auf. In der Mappe lagen zwei bedruckte Seiten. Dann las er Satz für Satz, jede Zeile der ersten Seite:

Du wirst dich bestimmt fragen, wie das alles passieren konnte und wie du dich nach deiner so durchdachten Planung jetzt auf diesem kleinen Holzboot wiederfinden konntest. Lass dir eins gesagt sein, ich hatte lange genug Zeit, um über meinen ganz eigenen Plan nachzudenken. Diese lange Zeit habt Ihr mir geschenkt. 18 Jahre sind wirklich eine lange Zeit, um über alles nachzudenken. So lange wirst du aber keine Zeit zum Nachdenken bekommen. Zu allererst möchte ich dich in meinen Plan einweihen. Als Verbündeter sozusagen. Die Kräfte der Natur sind nicht auf deiner Seite. Es gibt mehrere Faktoren, die du in Betracht ziehen musst. Damit du nicht ganz im Dunklen tappen musst und nicht wie andere Verschollene auf hoher See ins Ungewisse treibst, möchte ich dir ein paar Sachen anvertrauen. Das Boot, in dem du dich befindest, treibt ungefähr 2000 Meilen östlich der Cayman Islands im Karibischen Meer. Das ist eine weite Strecke, wirst du dir jetzt denken. Ja, das stimmt, aber nicht verzweifeln. Das Boot ist, wie du sicher schon bemerkt hast, nicht das Allerneueste. Zudem ist es nur aus Holz gefertigt und hat keinerlei moderne Technik an Bord. Es gibt keine Fangvorrichtung, keine Angeln und keine Ruder. Das bedeutet, dass die zwei Naturgewalten in Form des Wassers und der Sonne ab jetzt deine größten Feinde sind. Mache dich mit ihnen vertraut und sehe zu, was du dagegen tun kannst. Damit du jetzt nicht völlig durchdrehst und jetzt schon deine

Selbstmordgedanken aktiviert werden, habe ich dir ein paar Geschenke hinterlassen. Keine großen Geschenke, aber es wird dich trotzdem freuen. In der roten Kiste vor dir befinden sich Vorräte, die eine Person für einen Zeitraum von ungefähr sechs Monaten versorgen können. Proviant in Form von Konservendosen. Viel Thunfisch und Sardinen, damit du dich auf die natürlichen Nahrungsquellen einstellen kannst. Nach meinen Berechnungen wird dir eine wirklich spannende und abenteuerliche Zeit bevorstehen. Die Strömung, die Wellen, Blitze, Donner, Sturm und Starkregen werden dafür sorgen, dass dir niemals langweilig wird. Ich gehe davon aus, dass du bestimmt 8000 Meilen in deinem Boot zurücklegen wirst. Das wären ungefähr zehn Monate. Ich weiß, was du jetzt gerade denkst. Aber das ist ja der Witz an der ganzen Sache. Du kannst nur am Leben bleiben, wenn du eine strikte Diät einhältst. Für die fehlenden vier Monate bist du auf dich allein gestellt. Es könnten auch sechs Monate mehr werden, dann wird es noch schwieriger. Aber bleib optimistisch. In der proviantlosen Zeit musst du zu deinen Urinstinkten zurückkehren. Fische lassen sich gut fangen, indem du eine Weile deine Hand ins Wasser steckst und mit deinen Fingern wackelst. Das ist kein Witz. Du wirst es ausprobieren, da bin ich mir sicher. Auch Schildkröten werden deinen Weg kreuzen. Jetzt kommt ein unangenehmerer Teil des Ganzen. Zum Trinken bleiben nur Regenwasser und dein

Urin, da das Salzwasser nicht bekömmlich ist. Das wird dir aber sicher nicht reichen, weil es nicht immer regnen wird. Deshalb gebe ich dir noch einen letzten Tipp mit auf den Weg. Es gibt sehr viele kleine Seevögel da draußen. Die werden sich irgendwann auf dein Boot setzen, um Rast zu machen. Du musst leise an die Vögel herankriechen, und ihnen den Kopf abreißen, um ihr Blut aus dem Hals zu trinken. Ich weiß, das ist nicht die feine englische Art, aber es wird dich am Leben halten. Dasselbe gilt für Schildkröten. Eine andere Möglichkeit gibt es nicht, um Flüssigkeit aufzunehmen. Jetzt aber genug der vielen Worte und rein ins Abenteuer. Ich hoffe, du denkst ab und zu an mich und lässt dir eine gute Farbe ins Gesicht stehen.

Er blätterte auf die zweite Seite. Dann las er weiter, jede Zeile:

Es gibt natürlich noch einen Haken an der ganzen Sache. Dieser Haken befindet sich auch in der roten Holzkiste. Es ist ein sprichwörtlicher Haken. Ich habe dir ja schon erzählt, dass dein Proviant nur für eine Person ausreicht.

Triff eine Entscheidung über Leben und Tod, so wie du es bei mir getan hast.

Mit den besten Grüßen,

F.

Wie konnte er nur in so eine Situation geraten sein? Die Frage kreiste ununterbrochen in seinem Kopf herum, als er ein lautes, röchelndes Husten hörte. Dann erschrak er. Unter der schwarzen Bauplane schaute ein Schuh hervor. Er kannte den Schuh. Er hatte ihn damals selbst ausgesucht. Er starrte für einige Zeit auf die schwarze Bauplane. Dann zog er die Bauplane langsam zu sich heran.

Linda hatte sich verschluckt und spuckte eine Ladung Salzwasser aus. Sie musste immer wieder husten. Ihre Augen waren noch geschlossen. Kyle dachte an die letzten Zeilen, die er gerade gelesen hatte. Er ließ Linda nicht aus den Augen und rückte immer näher an die rote Holzkiste heran. An der Kiste war ein rostiges Schloss angebracht. Er zog den rostigen Keil aus dem Schloss und öffnete die Kiste. Bis an den Rand gefüllt mit Konservendosen. Chunk Light Tuna, stand auf den obersten Dosen. Er schob ein paar Dosen zur Seite und sah weitere Konservendosen mit der Aufschrift Sardines in vegetable oil. Neben einer Reihe von Dosen lag ein mittelgroßer, silberner Haken. Kein klassischer Angelhaken. Eher ein Fleischerhaken, der zu dick war, um Fische damit zu fangen. Kyle war völlig am Ende. Seine Nerven spielten ihm einen üblen Streich, wie er immer noch hoffte. Dann hörte er wieder ein starkes Husten. Sie öffnete ganz langsam ihre Augen und sah Kyle an der roten Holzkiste sitzen. »Waa ...?« Mehr brachte sie nicht heraus. Sie spuckte und ihre Augen fielen wieder zu.

Die erste Nacht auf hoher See war eindrucksvoll. Der Wellengang hatte sich seit der Mittagszeit noch verstärkt

und eine raue Brise fegte über das kleine Holzboot hinweg. Kyle war an der gleichen Stelle, an der er mittags gelegen hatte, vor Erschöpfung eingeschlafen. Das Holzboot trieb immer weiter in die dunkle Nacht hinein. Es hatte etwas Gespenstisches, so weit draußen auf dem offenen Meer.
Eine Welle schwappte in das Holzboot. Beide pressten sich mit aller Kraft an den Boden, und versuchten das Gleichgewicht zu halten. Eine gute Ladung Wasser war in das Boot gespült worden. Und dann erkannte sie, was Kyle in seiner Hand hielt, während er langsam auf sie zugelaufen kam. Linda hatte sich mit aller Kraft aufgerichtet und schmetterte ihren Fuß gegen Kyles Kopf, der sofort nach hinten klappte und gegen die Bootswand schlug. Er hatte keine Chance.

Die Sonne stand weit oben und sorgte für eine wohlige Wärme.
Das Wasser war ruhiger geworden. Ein Schatten huschte über das Holz und ein kleiner Seevogel setzte sich auf den Rand des Holzbootes.

DANKSAGUNG

Ein ganz besonderer Dank geht an Monika Sedlaczek, die sich mit großer Geduld und Hingabe jederzeit bereit erklärt hat, auf Fragen aller Art einzugehen.

Auch ein sehr großes Dankeschön geht an meinen Vater, Dr. Helmut Sedlaczek, der das Buch mit großer Vorfreude als Erster gelesen hat, und dem ich den einen oder anderen guten Ratschlag zu verdanken habe.

Ein weiterer Dank geht an unseren Hund Flynn, der mit mir auf endlosen Spaziergängen unterwegs war, und mir stumm Gesellschaft geleistet hat, während ich so manche Ideen in meinem Kopf entwickelt habe.

Inspiration gab es aus vielen verschiedenen Ecken.

Und zu guter Letzt möchte ich meinem Alter Ego Frederick Hagel danken, mit dem ich zusammen diese Reise angetreten bin, und sie zu Ende gebracht habe.

Wer weiß, vielleicht kreuzen sich unsere Wege irgendwann noch einmal.

EXKLUSIVE LESEPROBE DES NÄCHSTEN BUCHES

Der Flug dauerte fünf Stunden.

Der Douglas International Airport war in Nebel gehüllt. Er hatte siebenunddreißig Minuten Aufenthalt in Charlotte. Er lief an den Zeitungsständen vorbei, die vor den Duty-Free-Shops standen, kaufte einen Kaffee und schaute durch die große Fensterfront auf das Rollfeld. Eine riesige Maschine rollte gerade über die Startbahn. Er beschloss sich etwas die Beine zu vertreten und ging hinaus auf die Besucherterrasse.

Sein Flug wurde aufgerufen und er stellte sich am Gate an. Die Fluggäste strömten durch die Abfertigungshalle. Sein Anschlussflug dauerte eine Stunde und fünfundzwanzig Minuten. Von oben sahen die Lichter aus wie aus einer Modellbau-Landschaft. Alles Miniatur. Es war dreiundzwanzig Uhr neunundzwanzig, als die Maschine zum Landeanflug überging.

Die hellen Lichter des Terminal strahlten in die Dunkelheit hinaus.

Er wartete geduldig auf seinen Koffer und verließ den Flughafen. Eine eisige Kälte kam ihm entgegen.

Er bezahlte den Taxifahrer und checkte in ein Motel 6 ein, in dem er eine unruhige Nacht verbrachte.

Der erste Vortrag für diesen Vormittag hatte um Punkt neun Uhr begonnen. Er saß in einer der hinteren Reihen eines überfüllten Auditoriums. Als er zwei Wochen vorher die Einladung samt Akkreditierung und Vortragsplänen für die jährliche Tagung der Amerikanischen Vereinigung für Bronchologie und interventionelle Lungenheilkunde bekommen hatte, war er speziell an diesem Vortrag interessiert. Er schaute auf das Namensschild, das in einer Plastikhülle an seinem Jackett baumelte. Sein Blick wanderte durch die Sitzreihen. Er versuchte ein paar bekannte Gesichter zu erkennen. Bisher war ihm niemand begegnet, den er kannte. Er widmete sich wieder dem Redner hinter dem aus der Ferne winzig erscheinenden Rednerpult.

Ihm war die Frau nicht aufgefallen, die zwei Reihen hinter ihm saß und ihn nicht eine Sekunde aus den Augen ließ. Wäre sie ihm aufgefallen, hätte er mit ihrer Erscheinung trotzdem nichts anfangen können. Sie war eine ganz besondere Frau. Ihre Haare waren aschblond und perfekt frisiert. Sie trug ein dezent aufgetragenes Make-up und einen dunkelblauen Blazer. Darunter kam eine weiße Bluse zum Vorschein. Nach außen war sie eine unscheinbare, aber dennoch attraktive Frau in ihren Vierzigern. Nach außen.

Er war sehr stolz auf seine Verkleidung. Die Maske war so gut, dass er damit jeden täuschen konnte. Das wusste er. Er hatte wirklich gute Arbeit geleistet. Die Perücke war mit mehreren Klammern an seinem eigenen Haar befestigt, über das er eine Unterziehhaube gezogen hatte, so daß sie keinesfalls herunterrutschen konnte. Im Inneren Teil der Perücke befand sich ein luftdurchlässiges Netzgewebe, das die

Schweißbildung etwas verringerte. Die synthetischen Fasern sahen täuschend echt aus. Zudem verfügte sie über ein Kopfhautimitat, das den Übergang sehr natürlich aussehen ließ. Das ganze Make-up war auf einer Latexhaut aufgetragen, die er zwei Stunden zuvor im Badezimmer seines Motelzimmers aufgesetzt hatte. Mit Mastix, einem speziellen Hautkleber den professionelle Maskenbildner einsetzten, hatte er die falschen Wimpern aufgeklebt, die er danach mit Mascara verfeinert hatte.

War seine Maskerade erst einmal entfernt, würde er sich für alle Zeit in Luft auflösen, ohne je erkannt zu werden.

Schon bald würde er in Dr. Friend´s Leben treten.

Ein renommierter Lungenfacharzt aus Baltimore versuchte gerade den Schwerpunkt einer komplex verlaufenden und häufig zu Komplikationen führenden Erkrankung der Lunge zu veranschaulichen. Dieser Teil der Lungenheilkunde hatte ihn immer am meisten interessiert.

Eine Ultraschallaufnahme der Lunge flimmerte in dreifacher Vergrößerung über eine große Leinwand. Der Brustkorb war so stark vergrößert, dass er wie ein überdimensionales Gespenst wirkte.

Ein Röntgenbild zeigte eine Verschattung der Lungenhälfte. Eine übermäßige Flüssigkeitsansammlung im Brustkorb zwischen der Lunge und den Rippen war deutlich zu erkennen.

Als der Vortrag beendet war, wurde die Saalbeleuchtung angeschaltet. Die vielen Besucher strömten hinaus durch die beiden Seitenausgänge. Der nächste Vortrag begann in einer knappen Stunde, deshalb beschloss er, sich die Beine zu vertreten. Er verließ das überfüllte Auditorium.

Er hatte nicht bemerkt, wie ihm die Frau aus dem Tagungsraum nach draußen gefolgt war. Schon bald würde er ihre Bekanntschaft machen.